파로호

글 : 송금호

라짬

파로호(破虜湖)는 원래 날갯짓 한 번에 구만리를 난다는 대붕(大鵬)이란 뜻의 호수였다

  강원도 화천의 아름다운 호수 파로호에는 아프고 슬픈 두
개의 역사가 잠겨있다. 일제강점기 강제노역의 아픔과 한국
전쟁이 남긴 슬픔은 아직도 사람들의 마음을 시리게 한다.
푸른 물결에 잠겨있는 비극의 역사는 80여 년의 세월이 흘러
도 호수의 산그림자처럼 여전하다.

  1937년 중일전쟁을 일으킨 일본은 중국군, 중국 내 한국
독립군과의 전투에 필요한 군수물자 생산을 위해 북한강 상
류에 발전소를 만들었다. 6년이 넘는 공사 도중 강제로 징용
을 당해 난공사에 투입된 한국인 중 1,000여 명이 사고로 희
생되었다 하니, 지금의 화천수력발전소와 화천댐은 기실 우
리 한국인의 피로 만들어진 것이다.

  비극은 몇 년 후 다시 일어났다.

  한국전쟁이 고지전으로 이어지기 직전인 1951년 5월에
후퇴하던 중공군 수만 명이 강원도 화천 일대에서 숨졌으며,
그중 상당수의 시신이 이곳 호수에 수장됐다.

  중공군을 깨뜨렸다는 의미의 파로호(破虜湖)라는 이름은
그렇게 생겨났다. 이름 자체에 이념 갈등과 비극이 담겨있
다. 원래는 날갯짓 한 번에 구만리를 난다는 뜻을 가진 대붕

(大鵬)이란 뜻의 호수였다. 그래서 이곳 사람들은 원래의 이름인 '대붕호'로 부르기를 원한다.

이 호수가 두 개의 아픔과 슬픔을 여전히 담고 있듯이, 그것으로 비롯된 안타까움은 먹구름이 되어 아직도 한국 사회를 덮고 있다.

일제는 위안부와 징용의 강제를 여전히 부정하고, 이제는 독도까지 침탈하려는 야욕을 노골적으로 드러내고 있다. 일제의 침략은 지금도 계속되고 있다.

다른 하나는 대한민국 사회가 아직도 이념의 굴레에서 벗어나지 못하고 있다는 것이다. 수만 구의 중공군 시신이 수장돼 있는 호수에서 위령제라도 지낼라치면 '빨갱이'로 매도하는 사회다. 철 지난 이념 논쟁을 일으켜 정치적 목적으로 이용하기도 한다. 인간 세상의 근본인 휴머니즘보다 이념이 더 위에 있는 안타까움이 아닐 수 없다. 멀쩡한 나라를 다 뒤집어 놓은 대통령의 계엄령 선포도, 그 이면에 숨겨진 혐중(嫌中) 공작과 극우(極右)들의 부화뇌동도 따지고 보면 이념에 기대어 저지른 것이다.

이 글은 소설 형식이지만 사실을 토대로 한 것이다. 파로호, 아니 대붕호에 얽힌 슬픔과 아픔을 되새김하면서 아직도 진행형인 일본의 침탈에 어떻게 대응할 것인가를 생각해 봤으면 한다. 한편으로는 이념의 굴레 속에 갇혀 허덕이는 우리의 자화상을 되돌아보는 기회도 됐으면 더없이 좋겠다.

2025. 3.

송금호

목차

나영

두 달 전쯤인 지난 10월 말, K 대학에서 열린 동북아 안보 정세에 대한 토론회가 끝나고 네댓 명의 대학원생들이 뒤풀이로 맥주를 곁들인 간단한 저녁 식사를 하는 자리였다.

K 대학 대학원 국제정치학 석사과정 3학기째인 박선욱 씨가 나영에게 도발적인 질문을 했다. 두 사람은 전공이 다르지만 같은 대학원에서 자주 마주치기도 하고, 박 씨는 준호의 역사학과 후배이기도 해서 카페 같은 곳에서 우연히 만나 가끔 어울리기도 했다.

"나영 씨, 오늘 세미나에서 뭐 느낀 것 없어요?"

박선욱 씨가 눈을 동그랗게 뜨고는 나영을 바라보며 묻자, 그녀는 뜬금없는 질문에 한참을 머뭇거렸다.

"아니, 나영 씨. 오늘 세미나 주제 발표에서도 그런 말이 나왔지만, 중국이 우리 한국에 대해 너무 함부로 하는 게 아니지 않아요?"

박선욱 씨는 스스로 질문과 답을 함께 내놓으면서 나영을 다그치듯 했다.

식사 겸 안주로 시킨 돈가스 한 조각을 베어 물던 나영은 그렇게 말하는 박선욱 씨를 빤히 바라보다가 이내 준호를 비롯한 다른 사람들의 얼굴로 시선을 돌린다.

순간 어색한 긴장이 좌중을 감싸는데 박선욱 씨는 아랑곳하지 않았다.

"사드는 분명히 한국의 영토 안에 설치되고, 게다가 한미 양국은 분명히 북한의 미사일을 방어하기 위한 것이라고 밝혔잖아요. 그런데도 중국 정부는 자국에 진출한 롯데를 몰아내기 위한 불매운동을 하는 것은 물론 한국방문 관광객을 줄여버리면서 한국을 압박한 사실들에 대해서 말하는 겁니다."

박선욱 씨가 숨 돌릴 틈도 없이 말을 쏟아내고 있는 동안에 나영은 난처한 얼굴을 하면서 눈길을 둘 마땅한 곳을 찾지 못해서 허둥대는 것처럼 보였다. 나영뿐 아니라 그녀가 동포로서 중국 국적을 가진 유학생이라는 사실을 다 알고 있는 다른 학생들은 마음이 불편하고 어색해서 다들 말없이 생맥주잔을 들고서 찔끔거리듯 마시고 있다. 특히 준호는 잔뜩 긴장까지 하고 있었다.

"그때의 상황은 과거 명나라와 청나라가 우리 조선을 속국으로 생각하면서 여러모로 압박했던 것이나 다름이 없지 않아요? 말로는 형제 국가이니 뭐니 하지만 실제로 자신들의 이익과 배치되는 상황이 벌어지면 가차 없이 짓밟아버리는 것이 중국 아닌가 이 말입니다."

박선욱 씨의 말투는 갈수록 거칠어지는데, 정작 그의 표정이나 태도는 느긋하다 못해 거만해 보였다. 다리를 꼬고서 상체는 뒤로 잔뜩 젖혀서 보는 이들의 마음을 불편하게 할 정도였다. 그는 500cc 생맥주잔을 들더니 천천히 몇 모금 마시고는 탁자에 내려놓는데 그 소리가 유난히 컸다. 침묵이 흐른다.

이때 감초 별명을 갖고 있는 배철수가 나섰다.

"선욱 씨, 나영 씨한테 왜 그래유. 안 그래도 타향살이에 고생이 많은데유."

가끔 충청도 사투리를 구사해 좌중을 웃기면서 버성긴 분위기를 누그러뜨리는 배철수가 너스레를 떨면서 박선욱 씨의 앞에 얼굴을 들이민다.

"에이 저리 가봐요. 이거 우리가 대충 넘어갈 일은 아니잖아. 나영 씨는 조선족이지만 중국 국적을 갖고 있는 중국인이잖아요. 그런 상황에 대해서 무슨 말이라도 해야 하는 것 아닌가?"

박선욱 씨는 이제 노골적으로 나영을 공격하고 있다. 그는 비하의 어감을 풍긴다고 해서 요즘 한국 사회에서는 잘 쓰지 않는 조선족이라는 말까지 써가면서 거세게 몰아붙이고 있다.

준호는 박선욱 씨가 왜 이렇게까지 나오는지는 알 수 없었지만 그의 지금 행동은 다분히 의도적이면서 비이성적이라는 생각이 들었다. 오늘 토론회는 '한미일 군사협력 강화와 동아시아의 외교·안보 환경 변화'라는 주제로, 대학 교수들 주축으로 벌인 순수한 자리였다. 정치인들이 참가하지 않아서 이념대결을 벌이는 볼썽사나운 장면도 없었고, 순전히 학술 차원의 논리와 주장을 내놓기에 대학원생들이 대부분인 청중들의 반응도 차분했다. 그러나 민감한 부분이 슬쩍슬쩍 언급되면서 때로는 긴장감이 돌기도 했다. 토론회 패널로 참가한 K 대학의 한 젊은 교수는 '한미일 군사협력 강화는 미국의 전략적 목표이며, 이를 추진하는 과정에서 미국은 일제의 강제징용 배상을 비롯한 과거사 문제에 대한 한일 간 갈등을 해소하는데 한국이 일방적 양보를 하도록 한다.'라고 주장했다. 그러면서 결국은 미국의 압박으로 한·미·일 군사동맹이 이루어질 것으로 전망했다. 준호는 그 교수님의 의견에 전적으로 동의하면서 등줄기에 서려오는 오싹함을 느꼈다. 자칫 한국이 '신냉전'의 최전선에서 북한, 중국, 러시아 3국과 군사적으로 대립해야 하는 처지에 빠질 것 같은 예감이 들었기 때문이었다.

오늘 토론회에서 사드 문제는 그냥 스쳐 지나가는 정도로 언급돼 사람들의 관심을 끌지는 않았다. 게다가 사드로 인한 한중(韓中)간의 논란은 이미 몇 년이나 지난 과거의 일이다. 그것으로 인해 양국 간 또는 양국 국민 간 앙금은 남아있을지라도 지금의 화두는 아니다. 박선욱 씨의 말은 그래서 뜬금없다.

준호의 기분을 매우 언짢게 하는 것은 박선욱 씨가 준호와 나영의 관계를 잘 알면서도 그렇게 막무가내로 나오고 있다는 점이다. 대학원에서 함께 한국 고대사를 전공하고 있는 준호와 나영은 3년째 연인관계다. 나영은 중국 대학에서 역사학과를 졸업한 뒤 한국의 K 대학에 편입했고, 이후 바로 K 대학 대학원에 입학했다.

준호는 군복무를 마치고 K 대학 사학과 3학년으로 복학했을 때 나영을 만났으며, 같은 과 동기로 지내다 소중한 인연으로 이어졌다. 박선욱 씨도 같은 과 학생이었는데, 그는 시력 문제로 군대를 면제받았기에 준호보다는 두 살이나 어렸다. 보통 군대 제대한 뒤 복학을 하면 예비역이라고 해서 형이라는 호칭으로 불러주는 것이 상례인데, 웬일인지 박선욱 씨는 준호를 비롯한 예비역들에게 형이라는 존칭을 붙이지 않았다. 그냥 선배라고 부르는 것이 덜 정감이 갔지만 억지로 강요할 거리가 아니어서 그의 행위를 일부러 나무라는 사람은 없었다. 그는 어쩐 일인지 역사학과를 졸업하고는 대학원에서 국제정치학을 전공하고 있다.

오늘 토론회는 외교·안보 분야이기에 역사학도인 준호로서는 군이 참석하지 않아도 됐지만 그는 친구들과 함께 일부러 방청했다. 준호는 아직도 역사 왜곡의 바탕에는 침략 사관을 가진 일본을 비롯한 강대국들의 치밀한 전략이 깔려있다는 것을 느끼고 있었다. 역사는 항상 되풀이된다고 했다. 그래서 역사를 배우는 것은 과거의 역사를 헤집어 분석해 얻은 교훈으로 오늘, 또는 미래에 일어날 일에 대처해나가기 위함이다. 그는 역사는 지나간 미래라는 말을 잊지 않고 있다. 그런 차원에서 보면 외교·안보는 반복되는 역사의 범주 안에 속해 있다고도 할 수 있다.

주말이면 거의 빠뜨리지 않고 나영과 함께했던 준호는 이번 주 토요일 어머니를 모시고 시골 외갓집에 다녀와야 했기에 그녀와의 만남을 오늘로 잡았고 기왕 토론회에도 함께 참석한 것이다.

평소 나불거리지 않고 과묵한 박선욱 씨에게 비록 호감은 없었지만, 거부감까지는 없었던 준호는 학부 시절 그의 일본 여행 제안을 거절한 적이 있었다. 일본에 있는 한반도 관련 고대사 유적지 답사여서 가고 싶었는데 항공편과 숙박비를 비롯한 모든 비용을 일본에 있는 지인이 댄다고 하는 것이 영 꺼림칙해서 막판에 가는 것을 그만두었다. 그 일로 박선욱 씨는 한동안 준호에게 눈인사도 하는 둥 마는 둥 했지만, 준호는 오히려 미안해하면서 그에게 가장 비싼 스타벅스 커피 쿠폰을 SNS로 선물했었다.

박선욱 씨의 돌발 행동으로 인해 분위기는 어색하다 못해 매우 거북해졌고, 이제는 누군가 큰 상처를 입을 수밖에 없는 지경에 이르렀다는 생각에 다들 침울했다. 그러면서 모두가 상처 입을 대상자로 당연히 여겨지고 있는 나영을 힐끗거렸다.

그때 뜻밖에도 나영의 침착한 말이 또렷하게 들린다.

"박선욱 씨의 말씀에 제가 답변드릴 위치에 있지는 않지만, 굳이 원하신다면 얘기를 좀 할까요?"

의외의 반응이었기에 다들 나영을 바라보면서 그녀의 기색을 살폈다.

"한국의 사드 배치에 대해 고사성어(故事成語)로 밝힌 중국의 입장을 그대로 옮긴다면 '항장무검 의재패공'(項莊舞劍 意在沛公)입니다."

나영이 몇 마디를 하고서 호흡을 가다듬는 동안 박선욱 씨를 비롯한 대부분은 그녀의 입에서 나온 고사성어 여덟 글자가 무슨 뜻인지를 몰라 어리둥절하고 있었다.

그 뜻을 알고 있던 준호는 엷은 미소를 지으면서 조용히 나영의 다음 말을 기다렸다.

"박선욱 씨. 못 알아듣는다면 설명해 드릴까요?"

나영의 당돌한 말에 다들 박선욱 씨를 바라본다. 그의 눈초리는 나영을 향해 있었지만, 눈동자는 초점 없이 흔들리고 있었다.

"이 말은 몇 년 전 사드 배치에 대한 중국 정부 입장을 묻는 로이터통신 기자에게 왕이 외교부장이 답한 말입니다. 중국의 진시황 사후 패권을 다퉜던 항우(項羽)와 유방(劉邦)이 홍문(鴻門)에서 만나 술자리를 하던 중, 당시 항우의 사촌 동생인 항장(項莊)이 범증(范增)의 지시를 받고 유방을 죽이기 위해 칼춤을 춘 것을 말하는 이 고사성어를 왕이 외교부장이 사드에 빗대어 표현한 것입니다. 더 풀어드린다면 항장의 칼춤은 그냥 흥을 돋우기 위한 칼춤이 아니고 사실은 유방을 죽이려는 의도인데, 사드도 겉으로는 북한 미사일에 대비한 것이라고 하지만 사실은 중국을 겨냥한 것이나 다름없다는 것이지요.”

잠시 침묵이 흘렀다. 그녀의 말에 아무도 대꾸나 질문을 하지 않으니, 분위기는 더 서먹하고 냉기가 감돌았다.

“아. 그건 중국의 일방적 주장이잖아요. 그런 억지가 어디 있습니까?”

아까보다는 다소 낮은 소리지만 박선욱 씨의 돌진은 여전했다. 그러나 나영도 즉각 반응을 내놓으면서 물러날 기세가 아니다.

“그러게요. 그럴 수도 있겠지요. 외교나 안보는 각자 자기 나라의 이익에 맞춘 논리를 내 세우니까요. 그러나 주장과 사실은 냉정하게 분석하고 판단해야 한다고 생각합니다. 특히 한국처럼 세계열강의 틈바구니에 끼어 있어서 자주적이고 주체적인 외교·안보 행위가 제약받을 때는 더욱 그렇지요.”

그러자 박선욱 씨가 얼른 반문하면서 두 사람의 논쟁이 가열 돼간다.

“한국이 뭘 자주적이지 못하다는 말인가요?”

“한국의 현실이 그렇다는 것이지요. 열강들 틈에 끼어서

주권을 챙기지 못하고 일본에 침탈당한 110여 년 전의 일이나, 지금 미국이나 러시아 일본 중국의 틈바구니에 낀 상황이 별반 다르지 않다고 생각해요. 거기다가 분단이라는 상황까지 겹치면서 이념의 굴레서 허덕이고 있잖아요."

"그러니까 한국은 미국과 일본 이런 국가들과 동맹을 맺어서 안보를 챙기려고 하는 것 아니겠어요? 그런 차원에서 사드 배치도 단계적인 일인데 왜 중국이 그 난리를 치느냐 이거죠."

"바로 그거지요. 한국과 미국이 동맹국으로서 공동의 이익을 챙기기 위해 사드를 배치한 것에 대해서는 이해합니다. 그러나 그것이 다른 나라의 안보 이익을 침해한다면 당연히 그 당사국은 반발하겠지요. 중국은 사드의 한국 내 배치로 인해 자국의 안보 이익이 침해당한다고 판단하기에 그에 상응한 조치를 하는 것이 아니겠어요?"

"아니, 사드가 무슨 중국의 이익을 침해합니까? 북한의 미사일 발사를 탐지하고 그것을 요격하기 위한 시스템이라는 것을 모르세요?"

박선욱 씨의 언성은 갈수록 높아져 간다.

"그렇다면 박선욱 씨는 사드에 대해서 얼마나 알고 계시나요?"

나영은 아직도 언성을 높이지 않고 차분하다. 다른 사람들은 두 사람의 논쟁에 잔뜩 긴장하면서도 흥미롭게 듣고 있다.

박선욱 씨로부터 얼른 대답이 나오지 않자 나영이 입을 연다.

"제가 알고 있는 사드는 이런 것입니다. 사드 한 개 포대는 발사대가 6기이며, 1기당 8개의 격추용 미사일이 탑재되어 있다고 해요. 여기에 레이더 및 통제를 위한 통신장비 등이 있습니다. 이 가운데 사드의 중추라고 할 수 있는 '엑스 벤더 레이더'는 2가지 방식으로 운용할 수 있는데, 이 중 종말단계 방식의 레이더는 약 1,000㎞에서 상승 중인 탄도미사일을 감지해 600여㎞에서 낙하하는 탄도 미사일을 정확히 탐지하는 능력을 보유하고 있답니다. 이밖에, 전진 배치 방식은 중거리탄도미사일이나 대륙간탄도미사일의 발사를 사전에 탐지하는 임무를 수행하는데, 최대 탐지거리가 1,800~2,000㎞에 달하는 것으로 알려져 있다고 해요."

나영이 잠시 말을 끊고 박선욱 씨를 바라보자, 그도 그녀를 뚫어져라 쳐다본다.

"바로 이 고성능 레이더를 두고 중국이 반발하는 것입니다. 한국에 배치된 사드 구성 장비 중 레이더의 탐지거리가 중국 동부의 상당지역을 감시할 수 있기에 일부 군사전문가들은 북한보다는 사실은 중국을 겨냥한 것이라는 분석을 내놓고 있습니다. 저도 전문가가 아니기 때문에 더 이상의 자세한 내용은 모르지만, 분석가들은 극단적으로 이렇게도 말합니다. 만약 북한이 남한을 핵이나 화학무기가 탑재된 미사일로 공격할 때 굳이 고도를 성층권까지 높여서 발사할 이유가 있을까 말입니다."

그녀는 그렇게 말하면서도 누군가를 정면으로 응시하지 않고 마치 강의하는 교수처럼 차분하고도 천천히 이리저리 눈길을 옮겨 놓았다.

"제가 조금 더 덧붙인다면 사실 사드의 한국 배치는 중국 말고도 러시아도 우려했었다고 해요. 사드가 미국이 추진하고 있는 미사일 방어체계의 핵심 무기이기 때문이라는 것이지요. 어쨌든 저는 이렇게 생각해요. 국가의 안보는 가장 최우선의 가치라고 해도 과언이 아니지요. 국가가 없는 국민의 불행을 한국인은 뼈저리게 느껴봤잖아요. 그런 면에서 저는 한국의 사드 배치에 대해 개인적으로 왈가왈부할 생각이 없어요. 다만 동맹의 가치만을 중요시하다가 다른 쪽의 반감과 반발이 커지는 상황도 고려해야 한다는 생각입니다. 거기서 한 발 더 나간다면 역지사지의 자세도 필요하지 않나 생각이 되고요."

"그러니까요. 왜 중국은 한국과 미국의 안보 이익에 부합하는 행위에 보복하느냐 그것입니다. 내 말 이해 안 되세요?"

박선욱 씨가 다시 따지듯이 말한다. 막무가내식의 말투에 다른 사람들 모두 고개를 갸웃거리는데 정작 나영은 변함없는 표정으로 담담하게 대응한다.

"한국과 미국이 생각하고 추구하는 안보동맹 행위와 상대국인 중국이 판단하고 추구하는 안보 이익은 당연히 서로 충돌될 수밖에 없지 않아요? 저는 한국의 사드 배치는 동맹국끼리의 이익에 부합하는 행위이기 때문에 제3자가 왈가왈부할 거리는 아니라고 보지만, 그 상대국인 중국은 최소한 불편한 심기를 갖고 있거나 아니면 더 나아가 이 같은 적대 행위에 대한 대응은 가능하다고 봅니다.

예를 들어 과거 쿠바 위기 때를 생각해 보세요. 1959년 피델 카스트로 혁명군이 쿠바의 권력을 장악하자 미국은 쿠바에서 망명 나온 자들을 훈련 시켰어요. 이후 망명자들로 구성된 사람들을 쿠바에 침투시켜 봉기를 일으키는 피그만 작전을 벌였다가 실패했었지요. 이로써 미국과 쿠바의 관계가 최악으로 치닫고, 이어서 소련이 쿠바에 공격용 핵미사일기지를 비밀리에 건설하려던 사건이 벌어졌어요. 그때 케네디 대통령이 핵미사일을 싣고 쿠바로 향하던 소련의 선박을 막아서면서 세계는 핵전쟁의 공포에 휩싸였었고, 결국 소련이 이 계획을 포기하면서 사태가 마무리되었지만 얼마나 위험했던 순간들이었습니까. 당시 미국으로서는 턱밑에 비수가 들어오는 것으로 느꼈기 때문에 절대로 쿠바에 핵미사일기지가 건설되는 것은 용납할 수 없었고, 심각한 안보 이익을 침해당했다고 단정한 당시 미국 대통령은 핵전쟁도 불사하겠다는 자세로 대응했던 것입니다.

사드 문제가 이 같은 수준의 위험스러운 상황은 아닐지라도 어쨌든 자국의 안보 이익이 침해됐다고 생각하는 당사국이라면 중국 아니라 그 어느 나라라도 대응을 하지 않을 수 없을 것입니다. 나의 이익이 침해됐다고 생각하고 판단하는 것은 본인 당사자입니다. 자신의 이익을 위해 행동하는 사람들이 타인의 이익이 침해됐다고 생각할까요? 외교·안보 관계에서는 반드시 자국의 이익은 타국의 이익과 배치되는 결과를 낳을 수밖에 없는 것이 현실입니다. 안보전문가들이 하는 말 있잖아요. '나의 안보는 상대에게는 위협이다.' 심지어 동맹들끼리의 행위도 자국의 이익을 우선하기 때문에 동맹국에 피해 끼치는 일도 있지 않습니까? 얼마 전 미국 정보기관이 한국의 대통령실을 도청했다는 믿기지 않은 현실은 바로 이것을 증명하는 것입니다. 그러기에 자국의 이익이 침해됐다는 판단 아래 상대국이 어떤 보복 조치를 했을 경우 그것을 원망하기보다는 그런 상황이 발생하지 않도록 사전에 충분한 대비책 강구를 하거나, 그 같은 보복적 상황이 만들어지지 않도록 하는 것이 더 중요하지 않았을까요?"

나영의 주장에 대해 박선욱 씨는 더 이상 반박을 하지 않고 잠자코 있더니 갑자기 벌떡 일어서서 가게 밖으로 나갔다. 한순간 좌중에는 정적이 감돌았다. 일행들은 그가 화장실을 갔거나 아니면 그 좋아하는 담배를 피우러 갔을 거라는 생각이었는데, 나간 지 십여 분이 더 지나도 그는 돌아오지 않았다.

준호는 나영이 박선욱 씨와 공방을 벌이는 동안 그녀의 얼굴에서 한순간도 시선을 떼지 않았지만, 나영은 그에게 눈길 한 번 주지 않았다. 마치 이 문제는 내 것이니 당신은 끼어들 생각일랑 하지 말라는 표시 같았다.

하기야 다소 감정이 섞인 박선욱 씨의 태도와 말에 자칫 응수를 잘못했다가는 이성과 논리는 사라지고 서로의 주장만이 엉켜서 감정싸움으로 번질 수도 있었다.

다들 차분해지면서 박자가 빠른 아이돌 음악이 시끄럽다는 느낌 없이 가게 안을 맴돌고 있다는 것을 알아차리고 있을 즈음 감초인 철수가 어색한 분위기를 살리려 한다.

"자, 여러분. 오늘 아주 심도 있고 유익한 토론이 있었습니다. 발언과 소신은 각자의 몫이고 판단도 다들 각자의 것입니다. 부족한 부분이 있다면 각자 집에 가서 책도 보면서 공부 좀 더 하시기를 바랍니다. 알겠지유?"

특유의 넉살을 살짝 섞은 배철수의 말에 학생들은 긴장을 풀면서 편안한 얼굴로 돌아가고 있었다. 그런데 나영이 자리에서 조용히 일어나더니 좌중에 꾸벅 인사를 하고는 나직한 목소리로 말한다.

"미안합니다. 제가 주제넘게도 많은 이야기를 한 것 같습

18

니다. 그러나 굳이 변명하자면 한국은 조국이고 국적은 중국인 저로서는 굳이 누구를 편들고자 하는 말은 아닙니다. 현실을 제대로 직시할 때 한국과 중국의 관계를 대립이 아닌 상생과 협력의 관계로 발전시킬 수 있다는 생각에서 평소 저의 소신을 얘기한 것입니다. 당돌하고 언짢은 부분이 있었다면 사과드립니다.”

그러면서 그녀는 다시 고개를 수그린다.

그녀 뒤로 준호는 문 쪽에서 걸어오고 있는 박선욱 씨를 발견하고는 자기도 모르게 천천히 자리에서 일어났다.

그런데, 박선욱 씨는 자신이 앉아있는 자리로 오더니 아직도 서있는 나영을 향해서 굵고 낮은 소리로 의외의 말을 한다.

“나영 씨. 아까 내가 조선족이라고 하면서 다그치듯 말한 것은 내 진심이 아닙니다. 미안해요.”

그러면서 다부지게 보이는 네모난 얼굴에 박힌 눈을 동그랗게 뜨면서 살짝 웃음을 지어 보이려 애쓴다. 감정과 얼굴빛이 부조화를 이루다 보니 상이 찡그려 보인다.

그의 말에 나영도 가볍고 친절한 어투로 인사를 받는다.

“아니에요. 제가 당돌했지요. 미안합니다.”

이때 배철수가 벌떡 일어서더니 두 손바닥을 흔들면서 말한다.

“선욱 씨. 그렇지 않아도 나영 씨가 막 우리에게 당돌한 모습을 보여서 미안하다고 그랬어요.”

그리곤 나영을 향해서 엄지손가락을 치켜세워 보이면서 말한다.

“나영 씨. 그렇게 미안해하지 않아도 됩니다. 역사를 공부하는 나영 씨나 외교·안보를 공부하는 우리나 다들 현실을 있는 그대로 봐야 하는 것은 당연하지요."

나영은 배철수의 그 말에 가벼운 미소를 지어 보이고는 자리에 앉았다. 준호는 그런 나영의 얼굴에서 평소 가끔 엿보이는 한국 사회 조선족 처녀의 어두운 그림자가 살짝 드리웠다 사라지는 것을 볼 수 있었다.

언젠가 나영은 준호에게 자신의 정체성에 대한 고민을 털어놓은 적이 있었다. 그녀는 직접 겪은 경험을 통해서 중국 국적 동포들이 한국에서 그다지 좋게 평가받지 못하고 있다는 사실을 얘기하면서, 자신도 한국에서 살고 있는 많은 동포의 심정과 같을 것이라고 말했다. 준호는 말투만 약간 다르다는 느낌만 받았을 뿐, 그녀가 동포라는 생각조차 들지 않았기에 나영의 토로를 듣는 순간 미안한 마음이 들었고, 그 뒤로 가끔 그 문제를 생각하면서 나름대로 정리를 해뒀다.

호칭부터 문제였다. 한국에 나와 있는 중국 국적 동포들을 조선족이라고 부르는 것은 어쩌면 당연한 표현이다. 처음에는 이 호칭이 아무런 문제가 없었지만, 언제부터인가 조선족이라는 말이 비하하는 것을 포함해 부정적인 의미로 쓰이기 시작했다.

호칭 문제는 정치권으로까지 비화가 되며, 한동안 논란이 이어졌지만 결국 중국 국적 동포로 표현하는 것이 바람직하다는 견해가 일반화되면서 잠잠해졌다. 그렇지만 가끔 중국 국적 동포의 범죄 사건이 터질 때마다 많은 한국인들은 조선족 새끼들이라고 욕하며 비우호적인 감정을 여지없이 드러내곤 한다.

어떤 한국인들은 중국 국적 동포에게 '어느 나라 사람이냐?'고 대놓고 묻기도 한다. 할아버지 또는 아버지의 나라인 한국은 동포들에게는 조국이다. 그러나 중국 국적을 갖고 있는 중국인으로서의 정체성도 엄연하다. 굳이 어느 나라 사람이냐고 묻는 것은 한국과 중국 중 하나를 선택하라는 고약한 질문이다.

언젠가 나영도 이런 질문을 받았다. 한국과 중국의 축구 대표 팀 경기를 시청하던 중 옆자리에 있던 대학원생이 그녀에게 누구를 응원하느냐고 물은 것이다. 순간 나영은 당황해했다. 축구를 잘 알지도 못한 그녀는 준호와 함께 양국 대표 팀의 경기를 '누가 이겨도 좋다'는 생각을 갖고 재미로 보고 있었는데, 막상 누구를 편들어야 하는 상황이 매우 곤혹스러웠다. 얼른 대답을 못하고 있던 나영은 그냥 웃어넘기고는 곧 자리에서 일어나 밖으로 나갔고, 그동안 즐겁게 웃으면서 거닐었던 대학로 거리를 착잡한 심경을 안고 혼자 서성이고 있었다. 준호가 곧 그녀를 찾았지만, 나영은 축구 경기를 중계하는 호프집에는 다시 들어가지 않았다.

준호는 그때 나영이 한 말을 생생하게 기억하고 있다.

"저 같은 중국 국적 동포들이 때로는 조선족으로 비하되고 있는데, 사실 우리들은 피해자입니다. 국권을 빼앗기니까 독립운동을 하겠다고 만주로 오신 저희 할아버지, 유복자로 태어나신 저희 아버지를 비롯해, 수많은 조선 출신 동포들이 이역만리 중국 땅에서 나라 잃은 설움에 절어 살았지요. 독립운동을 하겠다는 사람을 포함해서 2백만 명이 넘는 조선인이 일본의 압제를 피해 중국으로 왔다가는 해방이 되자 70만 명 넘게 귀국했고, 남은 사람들은 조선의 혈통과 말을 그대로 간직한 채 중국 땅에서 70년 넘게 살아왔어요. 우리는 중국에서 살고 있기에 생존에 필요한 중국어를 배우고, 중국 국적으로 살아가고 있지요. 조선의 전통 민속을 비롯한 고유한 문화, 조선말과 조선인의 혈통을 이어가고 있지만 막상 조국인 한국에서는 말이 통하는 값싼 노동자라면서 이방인 취급을 당하고 있는 것이 현실입니다."

그렇게 긴 말을 해놓고 그녀는 눈물을 훔쳤다.

준호는 나영의 가녀린 어깨를 토닥이며 달랬지만 그녀의 마음속 깊은 곳에는 한국에서 살며 축적된 이질감이 분명히 존재하는 것 같아 안타까웠다.

협박

아침 일찍 준호는 지도교수인 양무선 박사의 전화를 받았다. 6시 30분에 일어나서 가벼운 스트레칭을 한 후 물 한 잔을 마시고 책상에 앉았는데, 7시가 조금 넘어서 교수님이 전화를 걸어 온 것이다.

"성 군, 오늘 바쁘지 않으면 연구실에 좀 올 수 있나?"

"몇 시쯤 찾아뵐까요?"

"오전 열한 시쯤 오는 게 어때? 점심도 같이하고 말이야."

"알겠습니다, 교수님. 이따 뵙겠습니다."

준호에게 있어 교수님의 호출은 거절할 수 없는 사제지간의 일이다. 그분이 갑자기 부르시는 것은 분명한 목적이 있을 것이기 때문에 설령 다른 약속이 있을지라도 취소하고 달려가야 한다. 게다가 방학인데도 연구실로 불러내는 것이기에 특별한 사정이 있을 것이란 예감이다.

한국 고대사를 전공하는 역사학자로서 일부 강단사학계는 물론 재야사학계에서도 주목과 존경을 받는 양 교수님은 준호에게는 절대 사부님이시다. 사학과를 졸업하고 굳이 K 대학원으로 진학한 것은 양 교수님을 지도교수로 모시고 진정한 역사학도의 길을 걷고 싶었기 때문이었다.

"교수님. 안녕하세요?"

"어서 오게."

교수님은 항상 그렇듯이 얼른 일어서서 고개를 수그리고는 안경 너머로 준호를 바라보면서 인사를 받는다. 그는 제자를 비롯한 그 누구에게라도 인사 절차는 깍듯하게 차린다.

"거기 의자에 좀 앉게."

엉거주춤 서 있다가 교수님이 권한 자리에 앉은 준호의 코에 향긋한 커피향이 살그머니 찾아든다. 탁자 위 두 개의 커피잔에서는 김이 모락모락 오르고 있다.

"내가 아끼는 동티모르 커피야. 성 군에게만 특별히 주는 거니까 소문은 내지 말게."

농담 반 진담 반 투로 말씀하시는데도 교수님의 표정에는 어떤 감정도 엿보이지 않는다.

"잘 마시겠습니다."

"성 군, 방학을 맞아 좀 놀기도 해야 하는데, 나로 인해 방해받지 않는지나 모르겠네. 미안하군 그래."

준호는 양 교수님의 말에 손사래를 친다.

"아니에요, 교수님. 저도 요즘 사학계 여러 이슈에 대해 교수님께 여쭤보고 싶었던 차입니다."

준호의 말에 양 교수는 고개를 끄덕거리고는 커피를 한 모금 마신 뒤 정면에 앉은 준호를 보지 않고 창 쪽으로 눈길을 두고서 말한다.

"그렇겠지. 요즘 우리 강단사학계는 물론 정부와 정치권에서도 제정신을 차리지 못하고 있는 것 같네. '전라도 천년

사(史)' 발간 문제를 비롯해 아직도 식민사학의 그림자를 벗어나지 못하고 있으니 참으로 안타까운 일이야."

탄식에 가까운 어조로 말씀하시는 양 교수님의 얼굴은 금방 어두워졌다. 50대 후반이지만 항상 꼿꼿한 자세에서 풍기는 당당하고 빈틈없는 평소의 모습과는 달리 오늘은 어쩐지 지친 기색이 조금 엿보였다.

"이것은 불순한 의도에서 추진되는 것이 확실해. 일제가 우리나라를 침략하기 위해 역사를 조작한 소위 '임나일본부설'을 강화하기 위해서 저지르고 있는 짓이야. 한국의 주류 강단사학자들은 남원의 유곡리와 두락리 가야 고분군을 '기문국'(己汶國)이라고 주장하고 있지만, 이것은 아무런 근거도 없는 일방적 주장에 불과하다고. 기문국은 우리나라 역사서인 삼국유사와 삼국사기에 나오는 지명이 아니고, 오직 일본서기에만 나오는 지명이잖은가. 일본 사학계와 주류 강단사학계가 마치 성서처럼 떠받들고 있는 일본서기는 8세기에 만들어진 일본의 역사책이지만, 초기 기록이 신화에 기대있거니와 편찬 목적이 일본 선대 황실의 권위를 알리고 칭송하기 위한 것이지. 이 때문에 많은 과장과 조작, 일방적 주장으로 가득하다는 것은 나뿐만 아니라, 일본의 양심적인 학자들도 인정하고 있잖은가 말이야."

양 교수님의 말씀에 확실한 사실과 논리에 근거한 신념이 배어있음을 느낀 준호가 질문을 드린다.

"교수님, 그들이 주장하는 근거는 무엇인가요?"

"근거? 근거는 없지. 그냥 주장하는 것이야."

"무슨 꼬투리라도 있으니까 그런 주장을 하는 것 아니겠습니까?"

"그들의 주장을 뒷받침하는 것이 사실은 일본서기에 '기문국'이라는 표현이 있을 뿐, 그 외에는 아무런 증거가 없단 말이야."

"그런데도 남원의 고분군 주인이 기문국이라고 주장한 사람은 누구입니까?"

"이마니시 류(今西 龍)지. 그가 누구인지는 알고 있겠지?"

"일제강점기 때 경성제대에서 교수로 근무한 일본인 역사학자로 알고 있습니다."

"그는 단순한 학자가 아니야. 일본 정부와 조선총독부의 지시를 받아서 한반도의 임나일본부설을 조작해서 기정사실로 만들어버린 역사 왜곡의 장본인이었지. 우리 조선의 역사와 영역을 한반도로 축소한 것도 모자라 고구려의 웅혼한 기상 등을 일체 배제하고 피지배의 역사로 만들어버린 반도 사관의 기획자이자, 그런 내용으로 조선의 역사를 꾸민 총독부 산하 조선사편수회의 핵심 인물이기도 하지. 우리 고대 유적들을 다 파헤쳐서 수없이 귀중한 유물들을 일본으로 빼돌려간 파렴치한 도둑이기도 하고 말일세."

양 교수님은 마음속 묻어뒀던 화가 올라오는지 다소 언성이 높아지신다. 그리고는, 이미 식어버린 커피잔을 들고서 입맛만 다시고는 다시 내려놓는다.

"우리 문화재청이 벌인 이 말도 안 되는 일은 일제가 우리나라 침략의 정당성을 만들어내기 위해 역사를 조작한 소위 '임나일본부설'을 강화하기 위해서 벌인 못된 짓 중의 하나라고 할 수 있지. 이마니시 류는 1922년에 일본서기의 '기문국'이 전북 남원이라고 왜곡했는데, 한심하게도 우리 정부는 그의 주장을 그대로 따라서 유네스코에 세계문화유산으로 신청하고, 게다가 '전라도 천년 사(史)'에도 그대로 실었으니 참으로 한심스럽고 통탄할 일이 아닌가."

양 교수의 한숨 소리가 준호의 귀에까지 또렷하게 들린다.

준호는 무슨 말인가를 해서 교수님을 위로해 드리고 싶은 마음이 굴뚝같았지만 얼른 떠오르지 않는다. 우울하고도 답답한 침묵이 흐른다.

갑자기 양 교수가 자리에서 일어나더니 책상으로 가서 무슨 책자를 하나 들고 온다.

"성 군, 이 책의 여기를 한 번 읽어보게나. 아직도 이런 작자를 추종하는 사람들이 우리 대한민국의 유명 대학에서 역사를 가르치고 있다니, 참 속이 터질 일이야."

준호는 양 교수가 탁자 위에 펼쳐놓은 책에서 노란색으로 밑줄을 그은 부분을 천천히 읽어 내렸다.

'경주여, 경주여. 십자군이 예루살렘을 바라보는 마음이 지금의 내 마음이다. 우리 로마는 눈앞에 있구나. 우리 심장은 고동치기 시작한다.'

다 읽은 준호가 눈을 동그랗게 뜨고서 양 교수의 얼굴을 바라본다.

"그래, 이 시(詩) 같지 않은 글 나부랭이는 이마니시 류가 1930년에 간행한 '신라사 연구'라는 책에 수록된 것이네. 얼른 보더라도 과거 일본이 우리 신라를 정복했었고, 지금 다시 정복했다는 것을 격하게 표현한 것이 아닌가. 이런 식민 사관의 원흉인 일본인 이마니시 류를 지금도 한국 주류 강단 사학계는 스승으로 섬기고 있으니 우리 사학계, 아니 우리나라의 앞길이 캄캄할 수밖에."

준호는 얼굴이 화끈거리는 것을 느꼈다. 근대화를 먼저 도

모해 서양 문물을 받아들여 급격히 국력을 키운 일본에 의해 조선이 식민지로 전락한 것도 분한데, 해방된 지 벌써 80년이 다 돼가도록 아직도 일제의 식민사관을 추종하는 사람들이 이 나라 강단사학계의 주류를 이루고 있다는 것에 사학도로서 너무 부끄러워 쥐구멍에라도 들어가고 싶었다.

준호는 숨이 가빠지는 것 같았다. 그는 화가 나면 등 쪽에 묘한 전율이 흐르면서 숨쉬기가 어려워진다. 준호는 천천히 심호흡을 하면서 안정을 찾아갔다.

"성 군, 어때 화가 많이 나지?"

제자의 마음에 평지풍파를 일으켜 놓은 교수님은 이번에는 평소의 담담한 어조로 준호를 자극했다.

"네, 교수님."

준호는 얼른 대답을 시작했지만 무슨 말인가를 시원스레 쏟아내지 못하는 자신이 답답했다. 그러면서 교수님이 오늘 자신을 불러낸 이유가 이마니시 류와 관련이 있을 수 있다는 생각이 들었다.

"교수님, 저희가 이런 고질적이고도 잘못된 현실을 타개해 나갈 수 있도록 가르침을 주십시오."

그는 교수님에게 본론을 요구했다. 그런 준호를 빤히 쳐다보는 양 교수의 눈이 잠시 감겼다가 떠지더니 이내 형형한 빛이 감돌기 시작한다.

"그래. 내가 시간을 많이 끌었군."

그리고 나서는 벌떡 일어나 다시 책상으로 가더니 서류봉투를 하나 들고 와서 준호 앞에 놓는다. 큰 서류봉투였는데 얼핏 준호의 눈에 들어오는 것은 우편 소인이었다.

"내가 며칠 전 받은 우편물이네. 등기로 온 것이 아니라서 밀쳐놓고 있다가 어젯밤에 뜯어봤지. 그런데 이상한 글이 씌어있어서 여러 생각을 하다가 자네를 불렀네.”

준호는 교수님의 말씀에 긴장이 된다. 무슨 일이 벌어지고 있는 것 같은 느낌이 와락 밀려왔다.

“읽어보면 알겠지만 나를 협박하면서 한편으로는 회유하는 편지야. 발신인이 누군지는 알 수 없지만 말이네.”

양 교수의 말이 다 끝나기도 전에 준호는 얼른 봉투 안에 들어있는 종이를 꺼냈다. 편지는 두 장이었는데 비교적 큰 글씨로 인쇄된 것이었다. 편지를 읽어나가는 준호는 얼굴이 다시 화끈거리고 붉어지고 있다는 것을 느꼈다.

‘중략… 양 교수 당신의 행동과 말이 우리 사학계에 미치는 폐해가 매우 크니 앞으로 자제해 주길 바란다. 향후 그런 일을 계속한다면 당신의 입에서 나온 말이 비수가 되어 거꾸로 당신을 향할 것이다. 명심해라.

아 한 가지 더, 당신에게는 고운 딸, 아니 우리에게는 곱지는 않지. 자폐가 있으니. 우리는 그 아이가 어디에 있는지 다 알고 있다는 것만은 알아줬으면 한다…중략’

편지에는 이 말 외에도 갖은 욕설과 비난, 흉측한 말이 덧붙여 있어서 화가 치밀어 오른 준호는 마지막 부분을 다 읽지 못하고 떨리는 손으로 편지를 탁자 위에 내려놓았다.

준호가 어찌할 바를 모르면서 거친 숨을 몰아쉬는 동안 양 교수는 의외로 차분하게 앉아서 눈을 가볍게 감고 있었다.

“교수님. 이 협박 편지를 경찰에 신고해야 하지 않나요? 세상에 이런 나쁜 놈들이 다 있나.”

준호가 분노에 찬 음성을 토해냈다.

“사실 이런 협박 편지를 받은 것이 이번은 처음이 아니네.

20여 년간 아마 열 번도 더 받았을 거야. 그런데 그동안은 은근하고도 점잖은 표현이었는데 이번은 매우 난폭하구먼. 거기다가 우리 딸을 지켜보고 있다고 하니 나로서는 큰 근심거리일세."

"그러니까 경찰에 신고해야지요."

"아니야. 자네가 놓친 부분이 있구먼. 마지막 부분을 잘 읽어보게. 만약 어딘가에 신고를 하면 바로 행동에 돌입한다는 표현이 있어."

준호는 얼른 편지를 다시 들어서 마지막 부분을 살펴봤다. 신고하면 즉시 보복행위를 하겠노라는 노골적인 글이 분명히 박혀있다.

편지를 내려놓으면서 한숨을 내쉬는 준호를 바라보던 양 교수가 자리에서 일어나며 말한다.

"성 군, 이제 점심 먹으러 가지. 일부러 죽지 않을 거면 밥부터 먹고 나서 이야기해 보세. 그리고 너무 걱정은 말 게나. 무슨 방도가 있을 거야."

"아니, 그래도 교수님. 이건 그냥 대충 넘길 일이 아닌데요. 진영이까지 노리고 있다지 않습니까?"

준호는 자리에 앉은 채로 스승님을 올려다보면서 항의하듯 말한다.

진영이는 이제 스물한 살인 양 교수님의 따님이다. 아들이 하나 있는 교수님 부부는 20여 년 전에 간난 여자아이를 입양했는데, 자라면서 자폐성 장애를 갖고 있다는 것을 뒤늦게 알았다. 대학에서 특수교육학을 전공하고 마침 장애인특수학교에서 근무하던 부인은 학교를 그만두고 입양한 딸을 키우는 일에 전력을 다했다. 다행히 치료가 잘되어 인지적 공감 능력이 비 자폐성 장애인에 거의 가깝고, 높은 지능을 갖고 있어서 지금은 대학에서 특수교육을 전공하고 있다. 양 교수 부부에게는 항상 기쁨을 주는 예쁜 딸이기도 하면서 염려의 대상이기도 하다.

"대충 넘기자는 것이 아니고 차근차근 생각하고 분석을 해서 대응책을 마련하자는 거네. 자네를 부른 것도 그런 이유야. 어쩌면 이 문제는 나 혼자만의 것이 아닐 수 있다는 생각이 들어. 나 이외에 식민사관을 비판하고 일본서기의 문제점을 낱낱이 밝혀내고 있는 다른 학자들, 그리고 나를 선생으로 모시고 있는 자네 같은 학생들도 이 같은 일을 당할 수 있다는 거지. 말하자면 우리 한국 사회에서 필연적으로 발생할 수 있는 일인데, 이것을 단순한 개인의 일로 치부해서 처리하기에는 뭔가 찜찜하고 답답한 느낌이야."

양 교수는 아직도 흥분이 채 가라앉지 않아 씩씩거리는 제자를 내려다보면서 차분하게 그리고 차근차근 설명해 준다.

"그리고 말이네, 이건 자네와 나 둘이 나서서 해결할 문제도 아니야. 그렇다고 국가의 공권력이 개입해서 해결될 문제도 아니지. 물론 협박과 해코지를 하는 현상에 대해서는 잠시 멈추게 할 수는 있을지라도 이런 문제가 발생하는 구조적인 부분을 도려내지 않고서는 언제든 발생할 수 있고, 또 예기치 않은 피해자가 발생할 수도 있다는 것이네."

준호는 다소곳이 듣고 있었다. 교수님의 말씀 도중 그는 슬그머니 일어나 엉거주춤 서서 자기보다 작은 키의 스승님과 눈높이를 맞췄다.

"가세. 내가 생각해 놓은 것들이 있는데, 그 이야기는 밥을 먹고 와서 하자고."

양 교수는 그렇게 말하고는 앞장서 출입문 쪽으로 발걸음
을 옮겼다.

흔들리는 뿌리

양 교수님은 준호에게 굳이 곰탕을 사주셨다. 학자에게 는 섭생이 가장 중요한데 맑은 국물에 기름기를 뺀 살코기 가 들어있는 이 전통음식이 자기 경험으로는 최고의 보양식 이라는 말씀도 해주었다. 거기다가 수육도 한 접시 추가시켰 는데, 준호는 교수님의 그런 모습이 왠지 어색하다는 생각이 들었다.

"성 군, 내가 이렇게 고기까지 쏘는 건, 성 군을 부려 먹기 위함이야. 마치 전장에 나가기 전의 병사들에게 배불리 먹이 는 그런 것과 아마 유사하겠지. 허허허"

준호는 그런 교수님의 얼굴에 가벼운 미소로 대답했지만 밥을 먹는 내내 교수님이 꺼내놓으실 말씀이 궁금해서 곰탕 국물 맛과 비싼 소고기 수육의 맛을 제대로 느끼지 못한 것 같았다.

"성 군, 지금부터 내가 하는 이야기를 잘 듣게나."

식사후, 교수님은 다시 근엄하고 빈틈없어 보이는 표정을 하시고서 말문을 여셨다.

"내가 분석하는 바로는 우리 대한민국의 역사를 왜곡하는 친일 식민사관에 사실은 균열이 발생하고 있는 것 같아. 과거에는 식민사관의 전도자인 이병도, 신석호를 비롯한 역사학자들과 그의 제자들이 우리나라 대학을 비롯한 연구기관의 강단을 독점하면서 이 나라의 역사학계를 주름잡았지만, 이제는 그들 주류 강단사학계에 도전하면서 진실을 밝히려는 민족사학계는 물론 재야 사학계의 주장이 점차 설득력을 얻어가고 있단 말이네. 거기다가 비록 숫자는 적지만 나처럼 식민사관을 비판하는 강단사학자들, 그리고 나 같은 천학(淺學)을 따르는 자네 같은 젊은 학자들도 점차 많아지고 있단 말이지.

기존 강단사학자들의 친일 식민사관이 점차 무너져가고 있는 것은 단지 비판 세력이 커가는 이유만 있는 것이 아닐세. 그동안 우리는 허구에 가득 찬 일본서기는 신봉하면서 우리 민족의 유산인 삼국사기와 삼국유사는 불신하는 어리석음을 통렬하게 비판하면서도, 실제 실증적 부분에서는 반박하기가 어려웠지. 그러나 새로운 고고 유물의 발견과 이에 따른 올바른 해석은 물론 일시적이지만 남북한 교류로 인한 북한 역사학계의 논문과 고고학 발굴 자료들이 알려지면서 친일 식민사관의 뿌리까지 흔들고 있거든. 말하자면 이제 식민사관이 설자리가 점차 없어져 가고 있다는 위기감이 주류 강단사학계에도 널리 확산이 되고 있다는 것이지."

"교수님, 그런 것이 대세라면 이제는 걱정 없이 우리의 올바른 사관을 정립 해나가면 되지 않겠습니까?"

"아니야. 그렇지 않아요. 오히려 저들은 이제 본격적인 싸움판을 벌이고 있다고 생각이 되네. 두 가지야. 예전에는 근현대 부분에서 친일파를 옹호하거나 일제 식민 지배를 옹호할 때 역사 논쟁이 벌어졌지만, 최근에는 주로 고대사 분야에서 논쟁이 벌어지고 있다는 점이 다르다네.

앞에서도 얘기했지만, 우리 문화재청에서 가야 고분군을 유네스코 국제 문화유산으로 등재 신청하면서, 전북 남원을 '일본서기'의 기록을 왜곡해 야마토 왜(大和 倭)의 식민지 '기문국'으로, 경남 합천은 마찬가지로 '일본서기'의 이른바 임나 7국의 하나인 '다라국'으로 등재 신청하면서 본격적인 고대사 논쟁이 불붙기 시작했지. 바로 이것이 저들의 첫 번째 공작이네.

두 번째는 노골적인 공격이야. 지금까지는 한국의 주류강단사학계가 이 나라의 역사계를 다 휘어잡고 있었지만, 이제는 민족사학계 및 재야사학계의 합리적인 지적과 비판이 강력히 제기되는 한편, 우리 역사에 대한 시민들의 관심 증대, 일부 종교단체에서의 집중적인 홍보 등에 따라 친일 식민사관의 허구와 비논리성이 들통이 나면서 저들이 구석에 몰리는 상황이지. 이렇듯 갈수록 위기감을 느낀 저들은 급기야 폭력성을 드러내고 있는 것이고, 나에게 보낸 이 편지가 바로 그 증거이네."

준호는 귀를 쫑긋하고서 교수님의 말씀을 머리에 담았고, 가슴에는 저항의 불씨가 지펴지고 있는 것을 느꼈다.

"교수님. 역사학계가 변하고 있다고는 하지만 아직도 요원한 것 같습니다. 모 대학원에서는 아직도 석사나 박사학위를 받는 과정에서 우리 고대사 자료를 불신하는 경향이 뚜렷하다고 합니다."

"그것은 사실 내가 경험자네. 그 대학에서 내 박사학위 논문이 통과할 때 애를 먹었지. 고대사 관련 논문을 작성하면서 삼국사기를 인용했더니 학위논문 통과를 시켜주지 않더라고. 이유인즉 삼국사기 초기 기록은 믿을 수 없기에 학문적 가치가 없다는 것이야. 황당했지. 나도 처음에는 멋모르고 항의를 했었지. 우리나라 역사서인 삼국사기를 인용하면 안 되는 이유가 무엇이냐고 따진 거지. 그런데 나중에 선배로부터 충격적인 이야기를 들었어요. 대학 강단을 장악하고 있는 역사학자들은 죄다 친일 식민사관에 경도되어 있다는 것이야. 지금도 그런 경향이 있지만 그때만 해도 역사학계는 완전한 '도제'(徒弟)의 형식이었지. 지금의 서울대학교인 경성제국대학 시절부터 일본의 식민사학에 매몰된 선생으로부터 교육을 받았고, 그들로부터 학위를 받아 교수가 되어 학생들을 가르치고 있는데, 그 근본이나 생각이 어떻겠는가? 그러니 우리나라 역사서인 삼국사기 초기 기록은 부정되고, 대신 일본서기는 인용을 해주는 어처구니없는 일이 벌어졌었다네."

"교수님. 저도 지금 삼국사기 연구를 하면서 매우 흥미롭게 여기는 부분들이 많았어요. 예를 들면 삼국사기에 나와 있는 개기 일식과 월식 천문 기록을 현대의 천문학을 인용해서 확인해 보니 거의 사실로 밝혀지고 있더라고요. 심지어 날짜까지 거의 정확했답니다. 그런데도 우리 역사학자들이 삼국사기 기록을 불신한다니 정말 이해가 되지 않았습니다."

"그래. 바로 그런 부분을 밝혀서 우리가 역사적 사실을 바로 잡아야 하네. 사실 친일 식민학자들이나 일본 측에서 삼국사기를 부정하는 이유는 간단하지. 자기들이 주장하는 임나일본부설을 입증하는 데 있어 삼국사기는 방해가 된다는 것이야."

교수님은 이미 식어버린 커피잔을 흘깃거리면서 말씀을 이으신다.

"일본서기는 서기 720년에 고대 '야마토의 왜왕(倭王)'을 역사의 주체로 삼아 쓴 책이잖은가. 야마토 왜는 빨라야 3세기 후반에 한반도에 있던 가야계가 규슈에 진출하면서 시작된다고 하는 것이 옳다고 봐야 하네. 일본에서도 천황조(天皇祖)의 발상지라고 인정하는 규슈 남부 미야자키(宮崎)현(縣)의 사이토바루(西都原) 고분군이 있는데, 이 유적은 서기 3세기 말부터 시작하는 가야계 고분이야. 그건 학자들도 인정하고 있어. 그렇다면 야마토 왜는 빨라야 서기 3세기에 시작했다는 것이지. 그런데 일본서기는 일본의 역사가 서기전 660년에 시작하는 것으로 실제 역사를 1,000년가량 늘려 놨단 말이지. 그러니 앞뒤가 맞지 않는 내용이 셀 수 없이 많아. 물론 역사적 사실과 부합하는 일부 내용들도 있지만 결정적으로 중요한 부분인 국가의 성립 시기나 규모, 주변국들과의 관계 등에 대해서는 허구의 냄새가 진동하지 않던가.

이것뿐만이 아니야, 삼국사기에는 고구려 백제 신라의 국가성립 시기를 기원 전후로 기록하고 있는데, 일본서기는 야마토 왜의 성립 후인 4세기 이후로 기록하고 있다네. 우리의 고대 역사를 무려 300~400년이나 후퇴시켜 버리고 있는 셈이지. 저들이 삼국사기 초기 기록을 부정하는 가장 큰 이유가 바로 여기 있네. 삼국사기 내용이 틀렸다는 가정 아래에서만 일본서기의 기록을 인정받을 수 있기 때문이라는 것이지."

"교수님. 얼마 전 발굴된 풍납토성에서 발굴된 토기와 목재 등을 탄소 측정한 결과 기원전 2~3세기경으로 추정된다는 결과가 나왔잖아요. 이 토성은 한성 백제시대 것인데, 그렇다면 백제의 국가성립 시기도 기원전으로 인정되는 것 아니겠어요?"

"바로 그것이네. 우리는 일제강점기 동안 수많은 고대 유물을 도굴당하고 탈취당했지. 일본인들은 임나일본부설을 뒤집을 수 있는 한국의 고대 유물은 다 숨겨버리거나 없애버렸지. 일부 유물이 반환되고는 있지만 대부분 의미 없는 것들뿐이고, 고대사의 비밀을 밝혀줄 중요한 유물 90% 이상은 아직도 일본인들의 박물관과 개인 창고에 숨겨져 있다네."

양 교수의 말이 끝나기 무섭게 준호는 부리나케 일어나서 정수기에서 물을 한 컵 떠와 스승님 앞에 놓았다.

"일본서기에는 신라 고구려 백제 가야 등 한반도에 있거나 걸쳐 있던 모든 국가가 모두 야마토 왜에 조공을 바치던 속국이라고 서술해 놨지 않았던가. 생각해 보게. 야마토 왜는 6세기까지 제철 기술도 없었는데, 기원전 1세기 이전에 이미 건국한 고구려를 비롯해 당시 상당한 제철 기술을 갖고 있던 백제와 신라, 가야 등 조선의 나라들이 모두 식민지였다는 것이니, 이걸 믿을 수 있겠는가? 고조선이 기원전 108년에 한(漢) 무제(武帝)에게 멸망한 것은 중국을 통일한 한나라에 비해 상대적으로 군사적인 힘이 조금 부족했던 것도 있었지만 사실은 내분에 의한 것이었지. 그 강대한 한나라의 침공을 무려 1년 가까이 막아냈고, 끝내 멸망한 고조선의 유민들이 곧바로 고구려를 건국했지 않은가."

"교수님, 일본의 이런 역사 왜곡이 시작된 게 언제부터인지요? 임진왜란 전부터인가요? 아님, 그 이후인가요?"

"좋은 질문이네. 일본에 메이지(明治) 정권이 등장하기 이전에는 일본에서도 일본서기를 사실로 서술한 역사서로 보는 학자들이 거의 없었다고 해도 과언이 아니야. 임진왜란은 도요토미 히데요시가 대륙을 정벌하겠다는 허황된 꿈을 갖고 일으킨 것이지. 당시 그는 조선과 명나라뿐만 아니라 태국, 필리핀, 대만, 인도까지도 정벌하겠다는 뜻을 공개적으로 표명하기도 했었지. 미친 작자였지.

그러다가 이후 우리나라를 강제 병탄한 일본은 한국의 역사부터 손을 대기 시작했지. 조선총독부의 이마니시 류를 필두로 일본인 식민 사학자들이 일본서기는 진짜고, 삼국사기는 가짜라고 우기기 시작해. 예를 들어 일본서기에는 서기 371년에 백제 국왕과 그 아들이 야마토 왜의 사신에게 이마를 땅에 대고 충성을 맹세했다고 나와. 반면 삼국사기는 그해 백제의 근초고왕과 아들 근구수가 고구려 평양성을 공격해 고구려 고국원왕을 전사시켰다고 나온다고. 둘 중의 하나는 거짓이지. 한국과 중국의 사료(史料)를 분석해서 판단과 비판을 해보면, 고국원왕을 전사시켰다는 삼국사기 기록은 중국의 '북사'(北史)와 '위서'(魏書)에도 나오는 역사적 사실인데, 백제왕이 야마토 왜의 사신에게 충성을 맹세했다는 내용은 일본서기에만 나오는 것이야. 역사학의 기초인 사료 비판의 잣대로 보더라도 터무니없는 것이란 말이지.

정리하면 일본서기는 진짜고 삼국사기는 가짜라고 주장하는 역사학자는 일제가 한국을 강점하기 전까지는 존재하지 않았지. 그 후 일제 식민사관에 찌들어있는 한국의 강단사학계 교수들 대부분은 그런 일본의 주장을 그대로 받아들이고 있다는 것이고."

"네, 교수님. 저들의 식민사관은 구한말 일본의 조선 강점을 합리화하려는 것이잖아요. 저희도 항상 분개하면서 안타까워하고 있는 부분입니다. 그런데요 교수님. 북한에서는 일본서기를 근거로 오히려 임나일본부가 일본 본토에 있었다는 학설을 주장하고 있다는데 그것은 어떤 것인가요?"

"북한 사학자들은 일본의 관(官) 사학자들이 주장하는 임나(任那)는 한반도의 가야계가 일본 열도에 진출해서 세운 소국(小國), 분국(分國)이라는 분국 설을 주창했지. 내가 잘 살펴봐도 매우 설득력 있는 학설이야. 그 부분에 대해서는 나중에 더 얘기할 기회가 있을 거네. 그러나 한국의 주류 강단사학계는 분국 설을 비난하는 것을 넘어, 북한학계의 분국 설을 인용하면 '종북'으로 몰아붙이고 있는 것이 현실이야. 말하자면 빨갱이라는 딱지를 붙이는 거지. 우리나라에서 그보다 더 무서운 주홍 글씨가 어디 있겠나."

"교수님, 그러면 이 같은 사실을 언론을 비롯한 매체를 통해서 국민에게 널리 알리는 작업이 더 필요하지 않겠어요?"

"그래. 그렇지만 성 군도 잘 알다시피 우리나라는 일본을 넘어서는 어떤 행위도 용납하지 않는 나라가 돼가고 있어요. 일본은 고대 및 근대역사 왜곡을 넘어서 위안부 및 징용에서 강제성과 불법이 없었다고 강변하고 있지만, 지금 우리 정부는 일본과의 협력 운운하면서 이상한 태도를 보이고 있어요."

교수님의 말씀이 이어지는 동안 탁자 위에 놓인 스마트폰의 진동음이 여러 번 울렸는데도 준호는 무시했다.

다시 진동음이 울린다. 그러자 교수님은 잠시 말씀을 멈추시고는 준호와 스마트폰을 번갈아 바라봤다.

얼른 카카오톡을 켜니 문자가 도착했다는 빨간 표시가 네다섯 개나 밀려있다. 오늘 밤 만나기로 한 친구들이 약속 장소를 안내한 것도 있고, 육군 장교로 복무하고 계시는 삼촌이 보낸 문자도 있었다. 웨이신에는 아무런 표시가 없는 걸 보니 아직 나영에게서 온 문자는 없었다.

"교수님, 죄송해요."

그러면서 준호는 전화기를 뒤집어 놓았다.

"아니야, 내가 너무 오랫동안 붙들고 있는 것 같아 미안하군."

"아닙니다, 교수님. 괜찮아요."

"그럼, 우리 잠시 바람 좀 쐬고 오세나. 밖이 좀 춥기는 하지만 좁은 연구실에만 있으려니 공기도 탁하고 말일세. 사람에게는 무엇보다도 신선한 산소가 필요한 것이 아니겠는가. 마치 우리나라에 좋은 지도자가 절실하듯이 말이야."

두 사람은 벗어놓았던 두툼한 겉옷을 입고서 연구실 밖으로 나갔다. 바람이 쌩쌩하게 귓가를 스쳤지만, 오히려 시원한 느낌이 들었다.

100인회

바람을 쐬고 들어오신 교수님은 다시 힘을 얻은 것인지 바로 중요한 부분을 다시 꺼내려다 잠깐 머뭇거렸다. 그러다가 무슨 생각에 골똘히 잠긴 것 같은 표정으로 잠시 눈을 감았다.

"이 일에는 보이지 않는 엄청난 힘이 작용하는 것 같아."

준호는 귓속을 파고드는 교수님의 말씀에 고개를 번쩍 들고 스승님의 얼굴을 바라보았다.

"이건 국가 차원의 개입이라고 생각할 수밖에 없어. 마치 구한말 일본이 한국을 먹어 치우기 위해 벌이던 전 국가 차원의 공작처럼 말이네. 물론 그 후로도 식민지를 합법화하고 합리화하려는 일본의 빈틈없는 작업이 계속되었지만."

준호는 교수님의 말씀이 무엇을 의미하는지 조금 이해될 것 같아서 틈을 엿보다 얼른 여쭈었다.

"교수님. 그러면 이 모든 역사 왜곡과 교수님을 비롯한 우리 역사 지킴이분들에게 가해지는 협박까지도 일본 정부와 관련이 있을 수 있다는 말씀이라는 것이지요?"

"단정할 수는 없지만 가능성이 충분하다는 생각이 드네."

"일본 정부 내에 실제 그런 일을 조종하고 집행하는 공식 기구가 있을까요?"

"아니 없을 거네."

"그럼, 실체가 없는데 누가 이런 엄청난 일을 벌인다는 말씀이죠?"

"일본에는 우리의 구한말, 즉 19세기 말에도 이런 일을 벌이는 공식 기구는 없었지. 그러나 분명하게도 조선총독부는 매우 신속하고도 치밀하게 한국의 역사를 축소 왜곡하면서 일본의 조선 침략을 정당화하는 역사 왜곡을 진행 시켰지. 조선사편수회를 조선총독부 산하에 두고서 조선의 역사를 한반도로 한정시키고, 고대사를 축소 시키고, 수많은 고대 유적을 도굴해서 유물을 일본으로 가져가고, 일본에 불리한 삼국사기 고대사 기록을 부정하는 논리를 만드는 등 헤아릴 수 없는 못된 일을 저질렀지."

"교수님. 그래도 일본은 우리가 해방되고서부터는 이런 일을 저지를 수 없었지 않아요?"

"단순한 상황으로만 보면 그럴 수 있었지. 그러나 일본은 매우 체계적이고 주도면밀하게 역사 왜곡을 끌고 나갔어. 해방 이후에도 일본은 과거 식민사관을 이어받은 한국의 주류 강단사학자들을 앞세워 기존의 식민사관을 고착시키는 일을 벌여왔고. 이 일을 벌이는 방법 중 가장 유용한 것은 돈이네. 일본은 강점기 내내 조선에서 써먹었던 방법을 지금도 쓰고 있어. 밀정으로 포섭해서 활동 자금을 주는 것을 포함해서 일본 문부성 등 각종 장학금으로 유혹해 이용하고, 일본종교 조직을 이용하고, 학연을 이용하고, 때로는 일본기업들을 이용한 우회 지원을 하는 등 갖가지 방법을 동원해서 한국 내에 친일파들을 계속 유지하고 생성시켜 왔다네."

"교수님. 그러면 일본 내에 그런 일을 주도하고 있는 비정부기구라도 있다는 건가요?"

준호의 질문에 교수님은 대답 대신 고개를 몇 번 끄덕이신다. 준호가 다시 물 한 컵을 갖다가 드리는데, 순식간에 비워졌다.

짧은 한숨을 쉰 교수님이 다시 입을 여신다.

"일본에는 100인회라는 조직이 있다고 하네."

"100인회요?"

준호가 반문했다.

"그래, 100인회. 말하자면 일본인 100명으로 구성된 조직인데, 아직 실체에 대해서는 정확히 알려진 바가 없지. 이 조직은 메이지유신 이후 만들어져 일본이 조선을 비롯한 대륙을 침략하려는 목적 달성을 위한 모든 행위를 지원해 왔다고 하네. 예를 들어 전쟁에 대한 국민의 지지와 동원을 유도하는 심리적 지원 행위, 전쟁물자 조달을 위한 애국 행동 유인 행위, 각종 첩보 행위, 역사 왜곡 및 문화재 약탈, 문화 및 학술 분야 접근을 통한 침략 정당화 여론 조성 외에 식민 지배 논리의 합리화, 미국을 비롯한 각 국가에서 벌이는 다양한 형태의 로비활동 등 일본이라는 국가를 위해서 벌이는 모든 행위에 대해 지원하는 조직이라는 것이지."

"그런 조직을 끌어나가려면 엄청난 예산이 필요할 텐데요? 그리고 그 수장은 누가 되나요?"

"내가 들은 바로는 예산의 일정 부분은 일본 정부가 국가 안보 비용 명목으로 지원하는 것 같아. 우리 국정원이 현금으로 사용할 수 있는 정보비 같은 성격의 예산으로 추정이 되네. 그러나 이 조직은 엄청난 자체 자산을 보유하고 있지. 종교단체나 기업의 자산으로 위장해 있기도 하고, 개인 자산으로 위장해 놓기도 하고. 국내외에 수많은 부동산을 소유하고 있으면서 각종 개발 사업에도 투자를 해서 엄청난 돈을 벌어들이기도 해요. 가슴이 쓰린 것은, 이들의 자금조달 재원 중 상당 부분은 한국과 중국에서 약탈해 간 문화재, 즉 골동품을 판 것이라네.”

“교수님. 이들은 그럼 실체가 있는 조직이면서 막강한 자금력까지 갖고 있네요?”

“자금뿐 아니라 권력도 막강하지. 비록 공식 기구는 아니지만 일본을 움직이는 리더, 즉 통솔집단이라고 할 수 있지. 중앙정부와 그 산하 고위공무원들은 이 조직에 협조하지 않을 수 없네. 예를 든다면 위안부 문제나 강제징용 배상 문제에 대한 대응이나 독도문제에 대한 정책도 사실상 이들의 구상과 지휘에 따라 일본이 움직이고 있다고 해도 과언이 아니야.”

“엄청난 조직이네요.”

“독일을 비롯한 외국에 설치된 소녀상을 철거하는 문제에 대해 공식적으로 철거를 주장하는 일본 정부의 힘보다는 비공식적으로 움직이는 이 조직의 힘과 활동이 더 무섭고도 막강하지. 이 조직은 실제 눈에는 포착되지 않지만, 일본의 국익 또는 일본 우익의 이익을 위해서는 세계 어느 곳, 어느 분야에서든 위력을 발휘하는 무시무시한 존재라네.”

“요즘도 이 조직이 활개를 치고 있다는 건가요?”

“그렇지. 일제 식민지 시절 자행한 각종 범죄행위마저 숨기고 왜곡하는 것을 넘어서 지금은 독도를 자기네 땅이라고 공공연히 떠들고 있잖은가. 아이들 교과서에도 수록하고 말이야. 일본 정부는 물론 각종 우익 사회단체와 연구기관, 종교단체, 문화단체, 학술단체 등이 이들 조직의 힘이 미치지 않은 곳은 없다고 할 수 있지. 심지어는 일본 폭력조직인 야쿠자도 이 조직과 연결돼 있다는 것이야. 일본 극우세력이 말하는 일본의 혼을 만들고 조종하는 집단이야."

"그래도 일본의 집권당이 바뀌면 이런 조직들도 그 실체가 드러나면서 문제점이 드러나지 않았겠습니까? 그들도 민주주의 국가인데요."

"좋은 질문 같은데 한 가지를 간과한 거네. 내각제인 일본에서 언제 정권이 바뀐 적이 있었던가? 패전 후 우익인사들이 설립한 일본의 자민당은 지금까지 3년 정도를 빼고는 장기 집권을 하고 있지. 물론 잠시 완벽한 다수당이 되지 못해서 연정을 한 경우는 있었지만 말이야."

"그 조직의 구성원들은 어떤 사람들인가요?"

"처음부터 100명의 회원으로 만들어졌는데, 회원의 임기는 종신제로, 누군가 죽고 나면 대기하고 있는 사람이 회원으로 가입된다고 하네. 죽은 회원의 아들이 된 사례도 있고. 자격은 첫째가 일본의 이익을 위해서 할복도 할 수 있을 정도의 충성심이 강해야 하고, 둘째는 대부분 극우 인사로 꾸려진 내부 심의를 통과해야 하지. 이 말은 절대 우익이어야 회원이 된다는 것이지. 셋째는 비밀 엄수를 위해서 철저한 점조직 형태의 활동을 하도록 한다는 것이야. 이 조직은 일본이 패망하고 전범들이 처형되거나, 또는 감옥에 갇히면서 와해 위기를 맞았는데 막판에 살아났지."

"어떻게 그럴 수 있었나요?"

"미국 덕택이지."

"미국이요?"

"당시 미국은 일본을 완전한 자본주의 및 민주국가로 만들려는 계획에 따라 전쟁범죄에 연루된 죄수들을 전부 감방에 가뒀지. 모두 극우 인사들이었어. 그리고 1급 전범 중 일부인 7명은 처형을 했지. 이때 극우단체인 100인회도 당연히 와해 되다시피 했지. 기업이나 학계, 문화계, 야쿠자 등에 숨어서 노출되지 않은 사람들도 있었지만, 정계와 군부에 있던 중요 회원들이 전범으로 재판을 받고 사라질 상황이었어. 그런데 갑자기 미국이 이 전범들을 대부분 석방을 해버린 거야."

"왜 그렇습니까?"

"물론 그럴만한 사정은 없지 않았어. 미국은 2차 대전 종전 후 아시아에서 스탈린의 공산주의 세력을 막아내는데 중국을 염두에 두고 장제스가 끌고 있던 국민당 군을 지원했지. 그런데 일본이 패망하고 난 뒤 벌어진 중국의 국공내전에서 예상외로 마오쩌둥의 공산당이 승리를 해버린 거야. 국민당 군은 미국의 엄청난 지원을 받았지만, 지도부를 비롯한 군부가 모두 부패했기 때문에 중국 인민들의 지지를 받지 못했지. 막판까지 몰렸던 마오쩌둥의 인민 해방군이 최종 승리를 하면서 장제스의 국민당 군이 지금의 대만으로 도망해 버리자, 갑자기 아시아 대륙에 대한 미국의 전략에 차질이 빚어졌던 것이네. 그래서 미국은 급히 전략을 바꿨지. 당시는 자본주의와 공산주의의 이념대결이 점차 치열해 가는 시기였지 않은가. 미국이 일본을 아시아 대륙에서 공산주의 세력을 막아내는 최후의 보루로 설정한, 이른바 '애치슨 라인'을 선언한 것도 다 이런 미국의 생각 때문이었지. 김일성이 남한을 공격한 배경에는 미국의 결정도 크게 작용한 것은 두말할 것도 없다네."

"그 이야기는 저도 한국전쟁 관련 책을 통해서 봤습니다."

"그래. 하여튼 미국의 이런 결정으로 일본 극우세력만 살판이 났지. 각급 전범들이 석방된 것은 물론 모든 공직에서 추방당한 전범들이 다시 원래 자리로 복귀했다네. 맥아더는 자신이 실시한 일본 전범들의 공직 추방령을 하루아침에 없었던 것으로 해버린 것이지. 이 같은 상황은 해방 직후 자신의 죄를 알고 자진해서 숨었던 한국 내 친일 부역자들을 미군정이 다시 공직에 임명하는 꼴이나 다를 바 없는 것이지.

전쟁을 일으켜 아시아에서만 천만 명 이상의 목숨을 잃게 하고 민간인 학살, 위안부와 강제징용 등의 반인륜 범죄를 저질렀지만, 패전 직후 다시 극우세력이 판을 치면서 군국주의의 망령을 품고 있는 지금의 일본은 사실 미국이 만들어준 것이라고 해도 과언 아니야."

"그때 미국은 민주주의를 신봉하는 국가여서 일본도 같은 민주주의 국가체제를 만들려는 것 아니었나요?"

"처음에는 그랬지. 미국은 일본에 민주주의 제도를 도입하도록 하는 등 나름의 노력을 기울였지. 그러나 태평양전쟁의 최종책임자인 일본 천왕 히로히토를 1급 전범으로서 처벌해야 했는데도, 일본 우익 세력의 요청을 받아서 처벌하지 않았어. 특히 미국은 일본에서 공산당을 비롯한 사회주의 정당들이 활동하도록 했지만, 극우 정당인 자민당이 사실상 영구집권 하도록 확실히 뒷배를 봐줬지. 쉽게 말하면 미국의 이익을 위해서 일본 극우세력의 놀이터인 자민당을 키운 세력은 미국이고, 그 덕분에 오늘날 일본은 극우세력이 주도하는 나라가 된 것이네."

"이게 진짜라면 일본은 미국의 도움으로 군국주의의 망령을 그대로 간직하고 있는 것이 아니겠습니까?"

"정확히 짚었어."

"어처구니없네요. 전쟁을 일으켜 그렇게 수많은 사람을 살상한 일본 군국주의 세력을 청소하려던 미국이, 결국에는 일본 우익을 부활시켜 준 꼴이 된 것이잖아요. 교수님. 어디서부터 잘못되었을까요?"

"아까 말했던 공산주의 세력을 견제하기 위한 미국의 이념 차원의 전략도 있지만, 그 외에 미국이라는 국가 이익을 위해서 저지른 오류라는 해석도 있어. 일본과의 전쟁에서 승리한 미국은 도쿄에서 전범재판을 벌였지. 그런데 이 재판에서도 몇 가지 어처구니없는 일을 저질렀다네."

"미국이 말씀입니까?"

"가장 큰 잘못은 일본이라는 국가에 대해 책임을 묻지 않았네. 제1, 2차 세계대전을 일으킨 독일에 대해서는 미국을 비롯한 연합국들이 가혹하리만큼 전쟁배상 책임을 물은 반면 일본에 대해서는 국가가 아닌 개인들에게만 전쟁범죄의 책임을 물은 것이지."

"어떻게 그런 처사를 할 수 있나요? 독일 등 다른 패전국과의 형평에도 어긋나잖습니까?"

"그걸 누가 뭐라고 하겠나. 미국의 마음이지. 물론 미국은 오키나와를 비롯한 일본 내 미군 기지를 확보했잖은가. 자기들의 이익만 챙긴 것이지."

"참으로 이해할 수 없는 처사를 했군요."

"그 다음 문제는 더 큰 것일세. 첫 번째는 일본 히로히토 천황을 면책해 준 것이네. 당연히 전쟁 범죄자로 처벌해야 했지만, 미국은 일본의 우익 세력과 거래를 해서 천황을 내버려뒀지. 아시아에서 1천만 명 이상을 죽도록 했고, 1천만 명 이상을 부상시키는 등 엄청난 범죄를 저질렀는데도 불구하고, 천황을 면책한 것이지."

"미국은 왜 그런 결정을 했나요?"

"그때 미국 상원에서는 히로히토를 전범으로 기소해야 한다는 결의안이 제출되기도 했지. 그러나 맥아더를 비롯한 그의 측근들은 전쟁의 책임을 강경 군부 책임자들에게 전가하고 향후 히로히토는 상징적 입헌군주로 두는, 이른바 '블랙리스트 작전'을 계획하고 있었지. 결국 히로히토는 기소되지 않았고, 목숨뿐 아니라 황위까지 지켜낸 것이지. 반면 미국은 자신들이 만든 일본의 헌법 초안을 완성하면서 천황의 정치적 실권을 빼앗는 한편 일본에 거대한 미군기지를 둘 수 있게 된 것이네."

"결국 미국의 이익을 위해서 천황을 살려둔 것이네요."

"이뿐만이 아니야. 731부대라고 알지? 그 조직의 부대장을 비롯해 부대원들도 전부 사면해 버렸어. 아니 아예 처음부터 처벌할 계획을 버렸던 것이네."

"그 악명 높은 마루타 생체실험부대 731부대를 말씀하시는 것이잖아요?"

"731부대는 중국 만주에서 생체실험 등 온갖 극악한 범죄를 저지른 일본군 산하 의학실험소지. 이 부대에서는 아이들에게 콜레라균 사탕을 먹게 하고는 그 경과와 치료 과정을 실험하는가 하면, 신생아들을 동상에 걸리게 해서 치료를 실험하는 등 어린아이까지 마루타로 사용하는 반인류적 범죄를 저질렀지. 남녀 여러 명을 한꺼번에 밀폐된 방안에 가두고 공기를 차단하고는 점차 산소 부족으로 죽어가는 모습을 유리창으로 살펴보면서 상태를 기록하기도 했지. 이들은 세균무기 실험 대상자로 멀쩡히 살아있는 사람을 이용하는가 하면, 산채로 사람의 복부에서 장기를 꺼내는 등 차마 인간으로서는 할 수 없는 악행을 저질렀지. 많은 우리의 독립투사들이 붙잡혀 이곳에서 생체실험 대상이 됐고, 중국인을 비롯한 민간인들도 많이 희생됐지.”

“그런데 이 부대에 대해서는 미국이 전쟁범죄로 아예 처벌을 하지 않았다는 것인가요?”

“처벌을 안 한 것이 다 무엇인가. 오히려 그들이 잘 먹고, 잘살도록 해줬지?”

“네?”

“미국과 맥아더는 이 악명 높은 731부대의 이시이 시로 부대장을 극진히 대접했지. 미국은 이시이가 실험한 생체실험 자료를 넘겨받는 조건으로 당시 일본 돈 25만 엔을 그에게 줬다네. 당시 의사 4년 치 연봉을 준 것이지.”

“세상에 어찌 그럴 수 있습니까?”

“그뿐 아니야. 이시이를 미국국방부의 세균무기 개발실의 고문으로 위촉했고, 그 이후에는 병원을 개업해서 풍족하고 편안하게 살도록 해 줬어. 물론 그 731부대에 소속됐던 다른 장교나 부대원들도 다들 잘 살았다네.”

“미국은 순전히 자기들 이익을 위해 그런 극악한 범죄자와 거래하고, 그들을 후하게 대접했다는 것입니까?”

준호는 눈앞이 컴컴해질 정도로 분노가 치밀어 올랐다. 자기도 모르게 언성이 높아졌다.

"아직 감정을 드러낼 단계는 아니네. 그보다 더한 미국의 행위가 또 있지."

준호는 씩씩거려지는 숨을 가다듬기 위해서 숨을 깊게 들이마셨다가 내뱉었다. 도쿄의 전범재판에 문제가 많다는 말을 막연하게 들었지만 이렇게 소상하고도 적나라하게 그 이면을 알기는 처음이다.

"몇 개월 전 총격을 받아 죽은 아베 신조 일본 총리는 잘 알겠지?"

"일본인이 사제 총을 만들어 암살했었지요. 일본의 대표적 극우 인사잖아요. 우리나라 알기를 흑싸리 껍데기로 아는, 아, 아닙니다. 죄송합니다. 한국을 너무 무시하는 그런 사람이었지요."

"그 아베의 외조부는 기시 노부스케라고 일본의 유력한 정치인이면서 전쟁범죄자였지. 일본의 괴뢰국인 만주국의 인사와 재정을 총괄하는 산업부 차관을 했고, 그때 만주와 중국에서 벌어진 중일전쟁에 군수물자를 비롯한 많은 재정 지원 업무를 했었지. 특히 아까 말했던 만주 731부대를 사실상 지휘하고 행정업무를 통합하는 업무도 했다는 사람이야. 1941년부터는 귀국해서 상공 대신 및 군수성 차관으로 전쟁물자 수급을 총괄했어요. 정치적으로는 일본의 침략전쟁을 정당화하는 행각도 수없이 저지른 사람이지. 그런데 미국은 이 자를 전범 용의자로 체포했지만 기소하지 않고, 감옥에 3년 반 동안 내버려뒀다가 1급 전범 7명을 사형시키고 난 다음날 바로 석방을 해버렸지. 아무런 죄도 묻지 않고서 말이네."

"미국이 이 자와 무슨 거래를 했던 것인가요?"

"당시 주일 미국대사는 이 인간을 친미적 인물로 점찍고 은밀한 거래를 한 것으로 알려졌네. 기시 노부스케는 그 후 승승장구해서 57년에는 일본 총리대신까지 해 먹었지. 미국은 이 같은 친미 인물들을 키워주면서 미국의 요구를 들어주는 미일 군사동맹 강화에 써먹고 말이야."

"이런 파렴치한 전쟁범죄자가 미국의 이익 때문에 다시 살아나서 총리까지 한 거군요."

"이렇게 미국과 거래를 통해 일본의 실력자가 된 기시 노부스케는 그 뒤 전쟁범죄자들을 모두 사면해 줘 버렸지. 전범재판에서 종신형을 선고받은 일본인 16명 모두가 사면받았다네. 당시 사면을 받았거나 면책을 받은 전쟁범죄자들은 이후 대부분 일본의 정치와 경제, 사회에서 중심적 역할을 하면서 오늘의 일본을 좌지우지하고 있는 세력의 구성원들이지.

그래서 지금 우경화로 치닫고 있는 일본 사회, 전쟁을 할 수 있는 국가로 변모해서 다시 제국주의의 깃발을 내걸고 있는 일본의 지금은 미국이 그 틀을 만들어 준 것이나 다름이 없다고 나는 생각하네. 일본 극우세력의 부활은 바로 아베의 외조부 기시 노부스케부터이니까 말이지."

"말씀을 듣고 보니 일본이 자신들의 전쟁범죄를 지금도 인정하지 않거나 사죄하지 않고 있는 것도 이런 맥락 때문이라는 생각이 듭니다."

"독일과는 상반된 태도지. 독일은 전범 처리 이후에도 자신들의 잘못을 처절히 반성하고 지금도 스스로 전범을 추적하고 단죄하는 일을 멈추지 않고 있지. 그러나 일본은 사죄는커녕 뻔한 사실조차도 모르쇠로 뭉개버리고, 피해자들을 무시하고 있잖은가."

"분통이 터질 일입니다."

"나도 그러네. 이런 사실을 알고부터는 서방 세력의 리더인 미국에 대해 도대체 믿음이 가지 않으니 걱정일세. 요즘 다시 거론되고 있는 강제징용 배상 문제도 사실은 이 같은 전범들이 만들어 놓았거나 그들을 따르는 일본 우익의 논리대로 일본 정부가 움직이고 있는 것이지. 특히 독일과는 반대로 태평양전쟁에서 군수물자를 생산하거나 전쟁용역을 통해서 돈을 번 많은 일본 전범 기업들은 단 하나도 망하지 않고 오히려 더 많은 부를 창출하는 어이없는 나라가 일본이네. 다 미국의 덕이지."

"그러면 이 전범들과 100인회는 어떤 관계가 있을까요?"

"100%라고 보네. 지금 일본의 행보를 보면 겉으로는 자위대라는 제한적인 군대를 갖고 있는 것 같지만, 결국에는 강력한 무력 국가로 등장할 걸세. 어쩌면 그때는 미국도 제어하기가 힘들지 모르겠네. 어쨌든, 전쟁을 할 수 없는 평화헌법을 개정하려는 시도의 저변에는 일본 극우단체 집합체인 이 100인회의 존재가 주축이 되어 있는 것은 확실해."

"교수님은 이 100인회의 존재를 언제부터 아셨는지요?"

"사실 나는 이 조직에 대해 10여 년 전 처음 제보를 받았어. 후지와라(藤原) 씨라는 일본인을 만났는데, 그 사람의 먼 조상은 백제 왕족이었다는구먼. 1천 360여 년 전 백제가 망하면서 일본 오사카 지방으로 건너갔고, 그곳에서 주류 정치세력 중 하나로 후손들이 대를 이어 살아왔다는 것이네. 지금은 완전한 일본인이 된 셈이지. 그분도 일본 외무성 고위 관리를 지냈지만, 후지와라 가문은 지금 일본의 4대 가문의 하나라고 알려져 있네. 후지와라 씨의 부친은 해운 사업가인데, 몇 년에 한 번씩일망정 한국에 와서 옛 백제지역 왕릉에 참배했다고 하데. 그의 부친은 생전에 '앞으로 한국과 일본은 임진왜란에 버금가는 큰 전쟁을 치를 수도 있다.'라는 말을 자주 했다는 것이야."

"참 특이한 이력을 가진 분이네요. 먼 조상이 백제 도래인이라는 사실을 간직하면서 뿌리로 인식하고 있으니 말입니다."

"사실 일본에는 우리 한국보다 더 자신들의 조상에 대해 관심갖고 기리는 문화가 강하다네. 그건 그렇고, 그 후지와라 씨의 부친이 바로 100인회와 관련이 있다는 것이지. 그의 부친은 죽기 전 아들에게 자신이 일본 100인회의 회원이라는 사실을 밝히면서, 그 조직에 대해 말해줬다네. 중요한 것은 그의 부친이 100인회 조직의 활동을 막아야 한다는 유언을 아들에게 했다는 것이지."

"후지와라 씨는 그 사실을 알고서 충격을 받았겠네요?"

"뭐 충격은 좀 받았겠지만, 그럴 수 있었겠다고 생각했다고 하더라고. 자신도 외무성 관리를 지내는 동안 일본을 움직이는 보이지 않는 절대 권력이 존재한다는 것을 대충은 알고 있었고, 실제 외무성에 근무할 때도 가끔 이해하지 못할 지시를 따를 수밖에 없었던 경험을 했다고 털어놓았네."

"어쨌든 반발이나 의문은 품지 않았나 보죠?"

"일본인 특유의 습성이지. 그들은 거대한 주류와 대세에 대해서는 거의 반발하지 않고 순응하거나 수용하는 기질을 갖고 있지. 살인을 서슴지 않는 사무라이들의 사회가 한동안 지속되면서 목숨을 부지하기 위해서는 무조건 엎드려야 한다는 바탕이 형성돼 그렇다는 분석도 있어요. 그래서 일본 역사에서 민란이라는 것이 없었다는 분석도 있다네."

"그랬었군요."

"그는 부친이 남긴 유언을 실행할 것인지에 대한 고민에 빠졌지. 일본 국민이면서 고위 관리를 지낸 그로서는 일본의 이익에 해가 되는 이 사실을 천하에 밝히는 것이 과연 합당한 것인지에 대해 망설임이 있었다고 토로하더군. 부친의 유언이지만 천년도 넘은 먼 조상의 나라를 위해서 현재의 조국을 배신하는 일이 될 수도 있다는 생각이 들었을 거야. 그러다가 이웃 국가인 한국과 일본이 서로 극한의 대결 끝에 파멸하는 것보다는 상생하는 관계가 되어야 하고, 그러기 위해서는 일본의 극우적 행태에 제동을 걸어야 한다는 판단을 내렸다고 하더군. 그것이 진정 일본을 위하는 길이라는 생각도 했겠지. 공직에 있던 동안 4~5년을 그렇게 보내고, 퇴직을 하자마자 마침내 한국을 찾았다네."

"그때 교수님을 만나셨던 건가요?"

"내가 만난 것은 그 뒤의 일이지. 후지와라 씨는 한국의 K대학의 교수로 계시다가 퇴임하신 최재석 교수님을 찾아 만났다네."

"최 교수님은 몇 년 전 안타깝게 작고하신 것으로 알고 있습니다."

"그렇다네. 당시 최 교수님은 올곧은 민족사관과 실증 사관으로 무장하고 계신 몇 안 되는 사회학자라는 것을 일본에서조차 인정받고 있는 분이셨지. 그는 최 교수님이 자신의 이야기를 들어줄 적임자라고 생각하고서 두 차례나 찾아와 만났다는군. 참고로, 최 교수님은 일본 천황이 백제 출신이라는 엄청난 주장을 편 분이지. 고대 일본 성씨들의 계보를 모아 만든 책인 신찬성씨록(新撰姓氏錄)을 근거로 일본 천황가가 백제계라는 매우 충격적인 사실을 밝혀냈었지. 후지와라 씨가 최 교수님과의 세 번째 만남에서 100인회 이야기를 털어놨네.

그때 최 교수님의 연세가 85세 셨네. 어느 날 내게 전화가 와서 찾아뵙더니 심각한 표정으로 이 말씀을 하신 거야. 쉽게 말해서 자신은 너무 늙었으니, 나한테 이 일을 맡으라는 거였지. 제자인 나는 그 말씀을 지시로 받아들였네. 사제지간의 숙명이랄까. 나는 몇 개월 후 후지와라 씨를 직접 만나 많은 대화를 나눴고, 그때부터 3년 가까이 가끔 만나서 조금씩 100인회의 실체를 파악해 왔다네. 그때 국정원에 근무하는 내 친구의 도움도 받으려 했었지."

"그럼 많은 자료를 수집해 놓으셨겠네요?"

"아니야. 그와 여러 차례 만나서 서로 의견을 교환하면서 조금씩 정보를 얻어가고 있었지. 사실 나도 그때까지만 해도 긴가민가했었네. 그런데 점차 100인회의 윤곽을 잡아가고 있는 시점에 후지와라 씨로부터 언젠가 다시 연락하겠다는 짧은 메시지가 왔고, 그 뒤로 7년여 동안 서로 소통이 없었네. 그때는 동일본대지진이 일어나고 후쿠시마 원전이 폭발하는 대형 사고가 발생한 뒤라서 일본 사회가 뒤숭숭했기 때문으로만 생각하고 말았었지."

준호는 교수님의 다음 말씀이 이어질 때까지 잠자코 기다렸다.

"당시 후지와라 씨는 그의 부친이 남긴 말도 해줬는데, 이대로 가다가는 언젠가 한국은 일본과 중국, 러시아, 미국의 틈바구니에 끼어서 고사할 수 있다라는 우려의 예측을 했다는 거야. 후지와라 씨는 그런 일은 절대 일어나서는 안 된다는 말까지 나에게 했었는데, 무슨 연유인지 갑자기 훗날 연락하겠노라는 메시지를 남기고 소통이 끊어진 거였네."

"최 교수님도 그 뒤 아무런 말씀이 없었나요?"

"아니지. 가끔 나에게 묻곤 하셨지. 그분과 연락이 끊겼다는 말씀을 드리니 많이 안타까워하셨지. 지금은 작고하셔서 다시는 뵐 수 없으니, 스승님을 잃어버린 죄인 신세가 바로 나일세."

"아까 말씀하신 국정원의 친구라는 분은 이 일과 어떤 관련이 있었나요?"

"아까도 잠깐 언급했지만, 아직 구체적인 얘기는 못 한 부분이구먼. 나는 후지와라 씨를 만날수록 100인회 실체에 대한 심증이 굳어졌네. 그래서 마침 국정원에서 고위직으로 근무하는 친구의 도움을 받을 수 있을까 싶어서 그를 만났지. 조심스럽게 말을 꺼냈고, 그 조직의 한국 내 줄기를 찾을 수 있도록 도움을 요청했네. 국정원은 말 그대로 국가의 안위를 위한 최고의 정보기관이잖은가. 그렇기에 일본 100인회에 대한 정보가 있을 것으로 예상했지. 그 친구는 내 말을 끝까지 경청하더니 자신이 알기로는 국정원에 그런 정보 파일은 없을 거라고 단정하더군. 그런데 3년 가까이 지난 뒤 어느 날 그 친구가 갑자기 전화를 걸어와서는 퇴직한다는 거야. 아직 정년이 많이 남을 나이여서 이상하다는 생각만 하고 전화를 끊었는데, 며칠 후 다시 연락이 와서는 만나고 싶다고 하더군. 이상한 것은 약속 시간 1시간 전에 갑자기 장소를 바꾸기를 요청했고, 경기도 양주에 있는 모 사찰 내 법당에서 만났네. 뭔가 심상치 않다고 여기던 나는 생전 처음 부처님 앞에서 그 친구와 은밀한 대화를 나눴지.”

여기까지 말씀을 하신 교수님이 창밖을 바라보았다. 밖은 벌써 어둑해지고 있었다. 동지가 며칠 남지 않아서인지 노루꼬리 만 한 동짓달 해는 어느덧 사라지고 없었다.

준호는 어둑한 창밖이 거북스러웠다. 누군가 이 은밀하고도 엄청난 비밀을 엿듣기라도 하는 것 같아서 어둠이 무서워졌다. 그는 이미 오늘 밤 친구들과의 약속을 까맣게 잊고 있었다.

“교수님, 커튼 좀 치고 오겠습니다.”

“그러게나.”

준호는 자리로 돌아오면서 두 개의 컵에 물을 가득 따라 가져왔다.

“그때 알았지. 그 친구가 나의 부탁으로 일본 100인회의 존재에 대한 국정원 내부 파일을 확보하려 했고, 또한 나름대로 관련 정보를 수집하려 했다는 사실을 말이야.”

양 교수님은 이 대목에서 잠시 말을 멈추었다. 짧았지만 적막감을 이기지 못한 준호가 더 이상 참지 못하고 물었다.

“그런 일로 퇴직을 당한 것이었군요?”

“그랬던 것이지. 겉으로는 경제정보를 이용한 이권 개입이라는 멍에를 쓰고 퇴직했지만, 사실은 일본 100인회에 대한 정보에 접근한 것이 명예퇴직을 한 진짜 이유이지.”

“참 어이가 없네요, 교수님. 무슨 간첩 노릇을 한 것도 아니고 우리의 국익을 위해서 일본의 비밀 조직에 대한 정보를 파악하려던 것인데 국정원의 조치가 너무 지나친 것이 아닌가요?"

"바로 그거네. 일본 100인회는 간단한 조직이 아니야. 한국 내에서도 그 조직에 접근하려는 그 누구도 용납되지 않는 게 엄연한 현실 같아요. 이 말은 한국의 정계, 학계, 문화계는 물론 외교, 군사, 심지어 정보 분야에까지 그들의 눈과 힘이 작동되고 있다는 말이라네."

"참, 답답합니다. 치욕의 일제강점기가 끝난 지가 언제인데 아직도 일본의 힘이 곳곳에 도사리고 있다는 것에 제 가슴도 떨릴 정도입니다."

"후에 생각해 보니 후지와라 씨가 나에게 연락을 끊은 시점이 내 친구가 국정원에서 퇴직한 시기와 거의 맞아떨어지더라고."

"그렇군요. 두 분의 행보가 관련이 있을 수 있나요?"

"아니야. 서로의 존재를 모르지. 다만 100인회를 추적하려는 의도는 둘 다 갖고 있었지만 말이네."

"그러시면 앞으로 어떻게 할 작정이셔요?"

준호가 조심스럽게 여쭈었다.

"이제 그 얘기를 해야지."

그런데 교수님의 말씀이 채 끝나기도 전에 준호의 스마트폰에서 진동음이 계속 울렸다. 문자가 아니라 전화가 온 것이다. 준호는 그때 서야 친구들과의 약속이 다시 떠올랐고, 스마트폰과 교수님의 얼굴을 번갈아 바라보았다.

"전화를 받아보게나. 아까부터 계속 진동 벨이 울렸던 것 같은데 누군가 급한 일이 있어서 연락할 수도 있잖은가?"

교수님의 차분한 권유에 준호는 가벼운 눈인사를 드리고

는 화면을 살폈다. 예상대로 친구 이정수였다. 화면에서는 어서 빨리 전화를 받으라고 재촉하는 것처럼 통화 표시 쪽으로 물결이 치고 있다.

"어서 받아보게나."

그렇게 말씀하시고 양 교수님은 자리에서 일어나신다.

"나야."

"왜 이렇게 안 오는 건데?"

"…"

준호는 대답을 못하고 귀에 수화기만 대고 있다.

"준호야!"

"미안해. 아직 출발 못 했어. 다들 왔어?"

"그럼, 다 왔지. 네 동생 하영이도 오고, 귀여운 후배 철수도 왔다. 너만 오면 돼. 그런데 왜 아직 출발도 못 했다는 거야?"

"그게 좀 만나 뵙고 갈 분이 계셔서. 정수야, 내가 금방 다시 전화할게. 너희들 먼저 식사 시작해. 알았지?"

그리곤 얼른 전화기 종료 버튼을 누르려는데 수화기에서 정수의 말이 흘러나온다.

"준호 얘 뭔 일이 있는 게 아니냐?"

혼잣말인지 친구들에게 하는 것인지 몰라도 준호는 그의 말에 맘속으로 혼자 대답했다.

'그래.'

"내가 저녁 약속이 있는 사람을 붙잡아 놓았군 그래. 저녁 7시가 넘었어. 동짓달이라서 그런지 벌써 칠흑 같은 밤이 되어버렸네. 어서 가보게. 오늘 못다 한 이야기는 다시 날을 잡아서 하세나."

양 교수님이 자리에 앉지도 않은 채 준호를 보내려고 하신다.

준호도 엉거주춤 일어나면서 죄송스러운 낯빛을 감추지 못하는데 교수님이 손목시계를 보더니 다시 말씀하신다.

"어서 가 봐. 그리고 낼이나 모레 중으로 시간 날 때 미리 전화 좀 주게나. 마저 할 얘기가 있으니 말일세."

"죄송합니다. 오늘 너무 중요한 일인 것 같은데 말씀을 마저 듣지 못하고 가게 되어서 송구합니다. 참, 저는 모레부터 친구들과 박물관 견학으로 지방을 다닙니다. 이번에는 가야사박물관을 위주로 다니거든요. 그래서 저는 내일이 좋은데 교수님 시간이 어떠신가 여쭙습니다."

"그래 내일 보세나. 오전 10시쯤 여기 연구실에서 만나세."

"내일 뵙겠습니다."

화천수력발전소

밤 11시쯤 친구들과 헤어진 준호는 지하철역에서 내려 집으로 걸어가는 동안에도 오늘 있었던 양 교수님과의 대화가 머릿속에 가득 차 있어서인지 동네 편의점을 그냥 지나치고 말았다. 어머니가 문자로 면도기를 사 오라고 하셨는데, 깜박한 것이다. 세심한 엄마의 성격으로 보아 집에 성인 남자 친척이 오셨을 거라는 생각이 들었다.

집에는 뜻밖에도 삼촌이 와 계셨다. 그리고 보니 아까 낮에 삼촌의 문자가 왔는데, 미처 읽어보지도 못했다. 아버지보다 아홉 살이 적은 삼촌은 육군 대령으로 강원도에 있는 부대 연대장으로 재직 중이다. 정보사령부에서 근무하다가 지금은 일선 연대장으로 재직 중인데, 주말에 동기들과의 모임에 참석하기 위해 간신히 휴가를 내서 숙모와 함께 오신 것이다. 그리고 보니 내일이 토요일이었다.

"우리 준호가 이제는 어엿한 어른이구나."

"이이는 아직도 준호가 어린애로만 보이는가 봐. 군대도 갔다 오고 이제는 장가를 가도 누가 뭐라 하지 않을 나이인데. 안 그래?"

늦은 밤인데도 어른들은 아직 잠자리에 들지 않고 거실에서 대화를 나누고 있었다. 50대 후반으로 공기업에 다니시면서 정년을 불과 1~2년 남겨놓으신 아버지는 동생 내외가 찾아오자, 술상을 차려놓고 기분 좋게 술잔을 기울이고 계셨다.

"준호도 이리 와서 한잔할래?"

삼촌이 먼저 자리를 권했다.

"그렇지 않아도 삼촌에게 부탁드릴 일이 있는데 잘됐네요."

"우리 준호가 뭐가 필요한가? 오늘 기왕 만난 김에 용돈은 좀 챙겨줄 거야. 나는 아니고 네 숙모가. 허허. 그래, 부탁거리가 뭐냐?"

삼촌이 묻는다.

"다른 게 아니고 제가 한국 고대사를 전공하기는 하지만 우리나라 근현대사에 대해서도 관심이 많거든요. 특히 우리의 항일투쟁사 공부를 좀 하고 싶어요. 아직 이 부분에 대한 학위논문이 많이 없어서 자료 찾기가 어렵네요. 역사박물관이나 이런 곳에 가봐도 구체적인 자료를 구할 수가 없더라고요. 혹시 국방부에는 우리 독립군들의 항일투쟁사 기록이 좀 있을까 해서요."

"그건 국방부 전사(戰史) 자료실을 통해서 좀 확인해 볼 필요가 있겠다. 나도 한국전쟁 전투상보를 비롯한 기록은 많이 봤는데, 독립투쟁 과정에서 벌어진 전투 기록은 잘 모르겠구나. 오히려 독립기념관 같은 곳에 자료가 많지 않을까? 하여튼 동기나 후배들에게 도움을 좀 요청해 볼게."

"고맙습니다. 참 삼촌, 최근 제가 근현대사를 조금 공부하다가 일제강점기 때 일본이 우리 한국 내에 군용 시설물을 만드는 과정에서도 강제 노역이 많았다는 말을 들은 적이 있거든요. 구체적으로 그런 곳을 찾아서 답사를 한번 하고 싶은데 알 수 있을까요?"

"우리 땅에서 일본이 한국인 징용자를 동원해 구축한 시설물이라면 꽤 규모가 컸거나 터널 등 힘든 공사였을 텐데. 인천 부평 미군기지가 일제강점기 때 병참기지여서 군수물자를 생산했던 곳은 확실한데, 그곳을 만들면서 우리 조선인을 강제로 징용한 것인지는 모르겠다. 그곳에 땅굴도 있다고 하니 더 알아보면 사실 여부가 확인될 수도 있지 않겠냐?"

삼촌은 고개를 갸웃거리면서 궁리하고 계신다. 하기야 군 생활 대부분을 정보 분야에서 근무하신 삼촌이 이런 이야기를 잘 알 수 없다는 생각에 준호는 뜬금없고 무리한 부탁을 드린 것 같다는 생각이 들었다.

그런데 그때 숙모의 목소리가 준호의 귀를 두드렸다.

"그 문제라면 내가 좀 알 것 같은데, 여보, 당신네 화천 부대 옆에 유명한 파로호가 있잖아요."

"파로호, 한국전쟁 때 오랑캐, 즉 중공군을 깨뜨린 곳이라고 해서 이승만 대통령이 파로호(破虜湖)라고 이름을 지은 호수지."

"그곳에 댐이 있잖아요. 화천댐이라고. 발전소도 있고요."

"댐과 수력발전소가 있지. 아 맞다. 그 댐과 발전소가 일제강점기 때 만들어진 곳이다."

"그래요. 내가 그 부분에 대해 좀 아는데, 일본이 1937년 중일전쟁을 일으켰잖아. 이때 일본은 중국 항일군과 중국 땅의 조선독립군과의 전투에서 사용할 군수품 생산기지를 조선 남쪽에 만들기 위해서 발전소가 필요했고, 그 당시 댐과 함께 만든 수력발전소가 바로 지금의 화천수력발전소야. 그때 많은 사람이 그곳에서 강제로 일했다고 하더라. 강제징용인 거지. 댐 근처 주민들에게 들은 이야기인데, 거기서 많은 조선인이 목숨을 잃었대. 우리 할아버지도 일본 본토로 강제징용됐기에 남의 얘기 같지 않아서 기억하고 있어. 어떤 주민은 아직도 그때의 화장터가 남아있다면서 얘기를 해주더라고."

준호는 귀가 번쩍 뜨였다, 그는 존경스러운 눈빛으로 숙모를 바라보았다.

"화장터 위치를 좀 알 수 있을까요?"

"내가 기록해 둔 게 있을 테니 집에 가서 찾아볼게."

"고맙습니다."

준호는 엄지척으로 숙모와 삼촌에게 감사를 표했다.

"숙모. 내년 여름방학에 틈을 내서 현지답사를 할 예정이니까, 그때까지만 장소를 좀 알려주시면 돼요. 대충 주소만이라도 주시면 저랑 동료 학생들이 함께 가서 자세히 알아볼게요."

"그러렴. 그때 강원도에 오면 우리 집에도 왔다 가. 강원도 토종닭으로 몸보신 시켜줄게."

"꼭 찾아뵐게요."

"너 혼자도 아니고 다른 학생들도 함께 간다면서 숙모한테 폐 끼치는 게 아니냐?"

어머니가 나서신다.

"아이 형님, 괜찮아요. 젊은이들이 오면 나이 먹은 우리들이 기 받아서 좋지요."

그리고는, 고개를 돌려 준호를 바라보면서 다짐을 놓는다.

"꼭 오거라. 와서 이 숙모가 쓴 시와 수필도 좀 읽어주고. 요즘 젊은이들의 화두는 무엇인지도 궁금하다. 오기만 하면 내가 고맙지. 안 그래요 여보?"

"그럼. 집에 손님들이 온다는데 좋은 일이고말고. 당신이 맨날 혼자니까 내가 항상 미안하지."

준호가 제기한 문제로 길어진 늦은 밤 가족들의 대화는 숙모와 삼촌의 애틋한 말로 마무리 되어 갔다.

일본의 해저터널 계획

　　양 교수님은 일찍 나와 계셨다. 준호가 약속 시간보다 30
분 일찍 도착해서 혹시나 하고 연구실 문을 노크했는데 안에
서 양 교수의 목소리가 들렸다.

　　"일찍 왔구먼. 오늘도 내가 특별히 동티모르 커피 한 잔 대
접하겠네."

　　"교수님, 고맙습니다. 참, 일찍 오시느라 어찌 식사는 하셨
는지요?"

　　"그럼. 아침 식사는 웬만해서는 거르지 않네. 먹기 싫어도
아내가 권하니 아니 먹을 수 있나. 나이 먹을수록 안주인 말
을 잘 들어야 한다네. 허허허"

　　"네."

　　준호는 평소 같지 않은 교수님의 농담에 고개를 수그리고
는 혼자 살며시 웃었다.

　　준호가 커피를 몇 모금 마시는 동안 교수님은 거의 닫혀있
던 커튼을 활짝 걷었다.

　　"자 어제 못다 한 이야기를 다시 해 보세."

교수님이 웃으면서 자리에 앉는다.

"오늘은 저도 시간이 많습니다."

"그러면 내가 지금껏 분석해 온 100인회 얘기를 좀 더 하 겠네. 넓은 의미에서 100인회는 일본의 이익을 위해서 존재 하고 있고, 하는 일은 경제, 안보, 외교, 행정, 군사, 문화, 교 육, 체육. 심지어는 폭력조직 등 모든 분야에 두루 걸쳐 있다 고 해도 과언이 아니야. 물론 돈이 들어오는 일이라면 파친 코나 모터보트 경주 등 온갖 일도 다하지. 이들은 일본이 갖 고 있는 동아시아 외교·안보 전략에도 물론 관여하고 있으면 서 방향을 이끌고 있어. 잘 들어보게.

일본은 동아시아 외교·안보 전략에 몇 가지 원칙이 있어. 첫째는 한국과 북한은 절대 화해와 협력관계로 발전해서는 안 되고 갈등과 분열이 지속되도록 하는 것이야. 전쟁까지 가면 좋겠지만 어리석지 않은 조선 민족이 동반 파국으로 가 는 길은 가지 않을 거라 보네. 어찌 됐든 남북 화해와 교류 는 결코 일본의 이익에 도움이 안 된다는 것이야. 남북이 정 치는 제외하더라도 경제협력만이라도 활발하게 진행한다면, 경쟁 관계에 있는 경제는 물론 안보 및 외교 분야에서도 결 코 일본에 유리할 수 없다는 것이지. 일본의 독도침탈에 대 응하는 것도 남북한이 협력해서 대응한다면 일본은 당연히 불리하지 않겠나.

둘째는 한국과 중국이 상생 관계가 되지 못하도록 한다는 것이야. 일본은 임진왜란 때 조선을 거의 삼킬 뻔했지만, 명 나라의 참전으로 다 잡은 고기를 놓쳤다고 생각하고 있어요. 물론 전국 각지에서 일어난 의병과 이순신 장군 같은 영웅이 있었고, 도요토미 히데요시가 죽는 등 일본 내부에 문제도 있었지만 말이네. 어쨌든 일본은 한국과 중국이 동아시아지역 동반자로서 함께 하지 못하도록 막아야 한다는 원칙을 갖고 있지.

셋째, 일본은 대륙진출의 꿈을 절대로 버리지 않고 있다는 것이야. 지금은 군사적인 침략을 할 수 없다 하더라도 경제 및 문화진출로 수천 년간 버리지 않고 있는 그들의 야욕을 대신하려 하지. 이를테면 일본이 한일 해저터널을 추진하는 것도 이 같은 대륙진출의 한 방법이지."

"한일 해저터널은 꼭 필요한 건가요?"

"자네 생각은 어떤가?"

양 교수가 되묻는다.

"제 생각은 양국 간의 교류를 위해서는 필요하다는 생각이 들기는 합니다."

"그렇지. 국가 간 교통로를 만든다는 측면에서는 당연히 필요하다는 의견들도 있어. 그러나 한일 해저터널은 단순히 경제 문화 교류의 관점으로만 볼 일이 아니네."

"어떤 부분이 또 있나요?"

"아까도 얘기했지만 일본은 대륙진출의 꿈을 버리지를 않고 있어. 일본인들의 DNA에는 거대한 대륙을 갖고 싶고, 그곳에 안착하고 싶은 것이 있다네. 일본이 임진왜란을 일으킨 것은 대륙으로 연결된 한반도를 자신들의 영토로 만들고자 함이었지. 이후 대륙까지 차츰 먹어보겠다는 것도 사실이고. 이때 실패한 일본은 메이지유신으로 서양의 기술문명을 받아들여서 제국주의로 급성장했고, 드디어 조선을 침탈했지 않은가. 원래 일본은 조선과 만주, 몽골까지를 그들의 영구한 국가영토로 확보하려는 꿈을 갖고 있어요. 그래서 일본

70

이 '만주와 내몽골은 중국과 아무런 상관이 없다.'라는 만몽사관(滿蒙史觀)을 주장하기도 했고, 만주사변으로 그 지방을 차지한 뒤 만주국이라는 괴뢰 국가를 만든 것도 그 같은 국가전략 목표의 일환이었다네. 필리핀을 비롯해 일본이 침략한 다른 아시아 국가들은 직접 통치의 영토로 하기보다는 식민지로 활용할 계획이었지.

잘 생각해 보게. 일본은 자신들의 국토가 섬이라는 것도 있지만 무엇보다도 지진과 화산 폭발이 수시로 일어나는 비안정적 영토라는 약점을 갖고 있어요. 그렇다고 버릴 수는 없는 마당에 치명적인 자연재해가 없는 곳에 거점을 확보하려는 것은 당연지사 아니겠는가. 실제 일본은 전 세계 곳곳에 엄청난 땅을 확보하고 있지. 물론 일본인 개인이나 회사 명의지만 아메리카에는 일본인들이 엄청난 토지를 소유하고 있다네.

이런 일환으로 일본은 끊임없이 해외로 눈을 돌려왔으며, 특히 한반도를 비롯해 아시아 대륙에는 남다른 군침을 흘리고 있는 것이야."

"그럼 한일 해저터널도 그 같은 대륙진출 목적으로 봐야 하는 것인가요?"

"내 견해는 그래. 한일 해저터널은 일제강점기 중반기 때부터 벌써 검토했다고 알려졌네. 일본은 내선일체(內鮮一體)라는 구호를 내걸고 아예 조선을 일본에 흡수해, 통치하려 했지. 중국 만주 지역도 마찬가지고. 강점기 내내 통치는 총독부 형태였지만 향후 일본 국내의 행정기관처럼 편제하려고 했던 것이야. 해저터널은 바로 그 목적 달성을 위해서 필요했던 것이지."

"그러면 왜 실행하지 않았는지요?"

"여러 가지 기술적 문제도 아직 남아있었고, 무엇보다도 태평양전쟁을 일으키면서 막대한 전쟁 비용을 감당하려다 보니 실행의 엄두를 못 냈던 것이었겠지."

"그때 벌써 일본이 그런 구상을 했다는 것이 정말 놀랍습니다. 바다 밑을 뚫어서 터널을 만든다는 계획을 했다는 것 말입니다."

"사실 놀랄 일도 아니네. 자네, 유로터널 알지?"

"영국과 프랑스 간 도버해협의 지하를 뚫어 만든 터널을 말씀하시는 거잖아요?"

"유로터널이 언제 개통이 됐는지 아는가?"

"1994년 개통됐다고 들었습니다."

"맞네. 그렇지만 이 터널 공사가 언제 시작됐는지 알면 놀랄 거네."

"오랫동안 공사를 했었나 보죠?"

"공사 기간은 8년밖에 걸리지 않았어. 그런 게 아니라 이미 이 터널에 대한 계획은 1869년에 시작되었다네. 수에즈 운하가 개통되고 미국에서는 대륙횡단철도가 개통된 해이기도 하지. 우리 조선 시계로 보면 고종 6년 때로 많은 천주교 인들이 전국 각지에서 순교를 당하고 있을 때였지.

그해 영국과 프랑스에서는 해저 터널위원회가 발족이 되고, 1878년 굴착을 시작했으나 곧 중지됐다네. 이미 그때 기획은 물론 설계까지 했었다는 얘기지. 그 후 100년이 지나서 양국 정부로부터 인가를 받았고, 마침내 개통한 것이라네.

일본은 이 사실을 알고서 1920년대부터 유럽에 파견한 스파이를 통해서 이 설계도를 비롯한 계획서를 입수했다는 것이야.”

“말씀을 듣고 보니 한일 해저터널은 일제강점기 때부터 상당히 구체적으로 진행이 됐었군요.”

“그만큼 한일 해저터널은 일본에는 매우 중요한 프로젝트 라는 것이지.”

“지금 일본의 움직임은 없나요?”

“그 얘기일세. 한일 해저터널은 일본이 버리지 않고 있는 중요한 국가 목표인데도 불구하고, 이상하게도 일본 내에 서의 겉으로 움직임은 많지 않아. 물론 일본 정부도 공식적 으론 입도 뻥긋 안 하고 있지. 그런데 희한하게도 이 문제를 제기하는 곳은 우리 한국이고, 그것도 해당 지역인 부산에 있는 한국인이라는 것이야. 그동안 한국에서 한일 해저터널 건설을 주장하는 사람들은 끊임이 없었지만, 의미 있는 움 직임은 별로 아니었지. 특히 위안부나 징용 등 한일 간 역사 청산 문제가 강하게 제기되는 시기에는 아예 입도 뻥긋 안 한단 말이야. 그러다가 보수정권이 들어서면 다시 움직임 이 활발해. 현 정부가 들어서면서부터는 아예 노골적인 추 진 움직임을 보이고 있다네. 국내 어떤 경제지에서는 칼럼 을 통해 공개적으로 한일 해저터널을 추진하자는 목소리를 내고 있더라고. 부산에서는 아예 해저터널 사업을 추진하자 는 목표를 내걸고 단체를 만들고 있으니 곧 공식적인 단체 가 결성되겠지.”

“교수님. 맞는지 모르지만 제 기억으로는 역대 한국 대통 령들이 일본을 방문할 때면 먼저 한일 해저터널을 제안한 것 으로 알고 있는데요.”

“그건 맞아. 노태우 대통령을 비롯해 김대중 노무현 대통

령도 제안했지. 물론 일본 측이 화답했고. 그렇지만 여기에
는 많은 외교적 포석이 깔려있다네. 한국 정부로서는 일본이
그토록 원하는 것을 먼저 제안을 해줌으로써 일본으로부터
받아내야 할 것들을 쉽게 취할 수 있다는 외교 전술의 일환
이었을 것이야. 역설적으로 한일 해저터널은 양국 정상들이
협상의 지렛대로 활용할 정도로 사실상 매우 중요한 현안이
라는 것을 웅변하고 있는 셈이지."

"교수님 말씀을 듣고 보니 그렇군요."

"한일 정상 간의 화두에 이처럼 해저터널 문제가 등장하
는 과정이 사실은 더 중요하지. 한국 정부가 외교적으로 역
이용하는 것은 나중 문제고, 일본은 이 문제를 풀기 위해서
끊임없이, 그리고 모든 수단을 동원하고 있으며, 그 배후에
바로 일본 100인회가 있다는 것이야."

"그렇다면 일본 내에서의 해저터널 연구회는 차지하고라
도 한국에서의 추진 움직임도 그들과 연계가 돼 있다는 것인
가요?"

"나는 분명하다고 생각하네. 왜냐하면 한국 입장이라면
그런 해저터널을 뚫어야 할 아무런 이유가 없기 때문이야.
어떤 이들은 경제적인 부분을 들고 있지만 사실 해저터널로
인해 얻는 이득 100% 중 일본이 90이라면 한국은 겨우 10
에도 못 미치지. 앞에서 얘기했지 않은가. 일본은 이미 한반
도와 만주를 자신들의 영토로 만들어 직접 통치를 계획했고,
그것을 위해 해저터널을 구상한 것이라고. 실제 저들은 이를
실현하기 위해 일본 내 혼슈와 규슈를 잇는 간몬 터널을 이
미 1942년 개통했다네. 확실한 것은 아니지만, 1927년 착공
해 1932년 준공한 동양 최초의 해저터널인 통영 해저터널은

일본이 한일 해저터널을 만들기 위한 시범사업이었다는 얘기도 있지.

이 문제는 쉽게 결론을 낼 수 있는 것이 아님에도 한국의 경제계나 일부 학계에서는 은밀하면서도 끊임없이 제기가 돼 왔고, 특히 1981년 통일교 문선명 총재가 제안을 해서 한동안 떠들썩했는데. 문 총재가 일본 정부를 좌지우지하는 일본 극우세력과 막역한 사이라는 것은 주지의 사실이잖은가.

이후 우리 정부도 정상들 간의 대화를 뒷받침하는 차원에서 한일 해저터널에 대한 타당성 검토를 했었지만, 경제성이 없다는 결론을 내린 바 있지. 정치인들 간의 대화는 별개로 수익성 분석 측면에서는 사실상 폐기를 해버린 셈이지. 그럼에도 다시 해저터널 사업이 수면 위로 떠오르는 것은 일본의 100인회가 다시 본격적으로 나섰다고 볼 수 있네."

"그런데 이 터널은 구체적으로 어떤 경로로 이어지나요?"

"우리 부산에서 일본 대마도 섬을 연결하고 다시 일본의 이키섬, 그리고 규슈의 후쿠오카로 이어지는 약 200㎞의 코스로 보면 된다네."

"일본은 과거 군국주의 시절처럼 군사적 목적으로 한일 해저터널을 추진하는 것은 아닌가요?"

"그때는 한반도와 만주를 통치하려는데 필요한 교통 및 물류체계 확보를 위하는 한편, 장차 식민 속국으로 만들려고 했던 중국, 베트남, 말레이반도까지를 철도로 연결하려는 계획의 일환이었지만 지금은 경제적인 이유가 더 크다고 봐야 하겠지. 예를 들어 일본 열도에서 출발한 화물선이 유럽에 도착하기까지는 거의 한 달 가까이 걸리지만 만약 한일 해저터널이 개통됐다면, 한반도를 경유해서 TMR(만주·몽골횡단

철도), TCR(중국횡단철도), TSR(시베리아횡단철도) 등 대륙 철도를 연결한 일본 출발 철도화물은 2주 안에 유럽에 도착할 수 있지. 일본에는 물류 부분에서 엄청난 경쟁력이 생기는 것은 물론 경유지인 한국, 중국, 중앙아시아, 러시아, 동유럽 등의 국가들과 경제협력을 추진할 수 있어서 일본에 다시 경제부흥을 안겨줄 수도 있다는 분석이네. 내가 물류 및 교통, 경제전문가가 아니어서 그 경제적 효과가 얼마인지 산술적으로 추산할 수 없지만 일본으로서는 절대 필요한 사업이 아닐 수 없다고 생각해."

"일본의 또 다른 경제영토 확장으로도 볼 수 있겠네요?"

"그렇지. 북한과의 화해 협력을 전제로 우리가 시베리아 철도나 중국철도를 이용할 수 있을 때 그 철도의 시발점이 부산이 될 수 있지만, 만약 한일 해저터널이 개통된다면 그 시발점은 부산이 아니라 일본이라는 것을 생각해 보면 그 효용가치에 대해서는 아주 명확해지지."

"그렇다고 일본이 공식적으로 제안해 왔을 때 무작정 반대만 할 수는 없지 않겠어요?"

"물론 그래. 일본은 실무적인 차원에서 구체적인 제안을 해 오지 않고 있지만, 문제의 100인회를 통한 치밀하고도 고도의 계산된 전략으로 우리 정부와 경제계, 시민사회를 공략하고 있어. 예를 들면 이런 것이야. 한일 해저터널에 관해 한국의 모 경제지에 실린 것인데, 만약 이 사업이 추진된다면 부산에서 일본 대마도까지의 약 50㎞는 한국 측이 건설하고 나머지 150㎞ 일본 구간은 일본 측이 건설하게 된다는 말을 아예 못 박듯이 적시해놨더라고. 사업비용은 이익이 되는 쪽이 필요에 따라 예산을 부담해야 하는데, 경제적 타당성이 없는 사업에 왜 우리 정부가 예산을 투입하느냐 이거야. 말이 안 되는 이 주장도 사실 일본 측의 교묘하고도 치밀한 계산에 따라서 흘리고 있는 것이라고 생각이 들어. 이 사업을 하려면 건설 기간은 약 10년이고 총 공사비용은 대략 우리 돈으로 100조 원(단선)에서 200조 원(복선)에 이를 것으로 추산되는데, 이 가운데 3분의 1구간만 한국이 맡더라도 30조에서 70조 원의 예산 투입이 필요하거든. 그렇지 않아도 국가재정이 어려워져 쓸 돈이 없어 중요한 예산을 깎아대면서 허덕이는 판에 일본의 이익을 위해서 이처럼 엄청난 예산을 쓴다는 것은 어불성설이지. 그런데도 버젓하게 이런 주장을 펴는 사람들이 있고, 일부 언론들도 교묘하게 동조하고 있는 것은 바로 일본 100인회의 집요하고도 치밀한 공작의 산물이지 않고 뭐겠는가.”

“그렇다면 우리가 반대하는 이유는 명백하군요.”

“그렇지. 한일 해저터널을 반대하는 사람들을 향해서 대일(對日) 경계심이라는 ‘재팬 포비아’가 작용하고 있다는 등의 말은 이 문제를 감정적 차원으로 몰고 가려는 일본의 계산된 주장이라고 볼 수 있지.”

“찬성론자들은 안보적 차원의 주장도 하나요?”

“물론이지. 한국의 가장 큰 위험 요소는 북한과의 전쟁 중이라는 것이지 않은가. 70년째 휴전을 이어오고는 있지만 언제 전쟁이 다시 터질지 모르는 위험지역이 한반도지. 종전선언으로 전쟁을 종식하자는 주장이 끊임없이 제기되고 있는데도 미국은 아직도 그럴 생각이 없는 것 같아. 어쨌든 이런 상황에 맞춰 해저터널 찬성론자들은 여지없이 이 부분에 대해서도 안보적 접근을 하고 있더라고.”

"어떻게 말입니까?"

"한반도에서 전쟁이 일어났을 때 일본에 있는 미군의 병력 및 장비가 반나절 만에 신속하게 이 터널을 통해 반입될 수 있다고 떠들어대고 있지. 그래서 한일 해저터널은 그 전략적 가치가 돈으로 환산할 수 없을 정도로 엄청나다는 논리를 펴고 있어."

"그럴듯하군요."

"언뜻 그럴 수 있다는 착각이 들 수도 있지. 그러나 한반도에서 전쟁이 일어나는 순간 우리 대한민국의 운명은 벌써 끝났다고 봐야 해. 쌍방의 모든 게 초토화된 뒤 누가 승리를 한들 무슨 의미가 있겠는가. 게다가 현대전이 과거처럼 전투병들끼리 육탄전을 벌이는 지상전보다는 첨단무기의 싸움이고, 해상과 공중에서 누가 우위를 차지하느냐에 따라 승패가 결정되는데 전쟁물자와 인력을 수송하는 것이 무에 그리 중요하다는 것인가. 그리고 한반도 전쟁은 핵전쟁의 가능성이 매우 크고 생물학전은 물론 세상의 모든 첨단무기가 동원될 것이기 때문에 한반도 유사시를 내세워 해저터널을 주장하는 것은 견강부회(牽强附會)라고 할 수 있네."

양 교수님의 열띤 말씀을 듣는 동안 스마트폰이 또 여러 번 울렸지만, 준호는 계속 무시했다. 자동차 소음처럼 여겨졌고, 때로는 아무런 의미 없는 울림같이 느껴졌다.

"교수님. 어제 말씀하신 대로 역사 왜곡에도 일본 100인회가 치밀하게 공작하고 있는 것으로 보이는데, 도대체 우리 정부는 이 같은 사실을 알고나 있는 건가요?"

"내 생각에는 국정원을 비롯한 정보기관들은 대충이라도 파악하고 있지 않을까, 뭐 이런 생각이 들기도 하네."

"교수님 친구분이 혹시 그 자료에 접근하지 않았을까요?"

"그 친구는 나에게 더 이상 얘기해주지 않았네. 다만 한 가지 충고는 하더군. 더 이상 깊게는 들어가지 말라고. 이 말은 자신이 100인회의 꼬투리를 잡고 조금 더 깊이 들어가려다 당했다는 것을 말하는 셈이지. 더 확실한 것은 우리 국정원에도, 아니 그 외의 우리 정부 기관에도 일본 100인회의 첩자나 밀정이 존재한다는 것 아니겠는가."

"그 뒤로 친구분은 연락이 되지 않나요?"

"음. 전에 사용하던 전화는 없는 번호라는 안내가 나오더라고. 아마 번호를 바꿨을 것인데, 그 친구가 나에게 전화를 하지 않는다면 연결될 수는 없을 거야."

교수님은 회한이 밀려오는지 잠시 창 쪽으로 눈길을 돌렸다.

미행

　준호는 교수님의 말씀이 계속되는 동안 긴장감으로 땀이 날 지경이었다. 춥지 않은 실내에서 따뜻한 스웨터를 입고 있어서이기도 했지만, 군복무 때 비무장지대 정찰을 하던 때처럼 모든 신경이 곤두선 상태였다.

　"성 군, 내 말이 무엇을 의미하는지는 이미 간파했을 것이니 이제 터놓고 말한다면, 내가 이 일로 무슨 일이 생긴다면 자네가 내 뒤를 이어주게나. 일본 극우들의 사령부인 100인회의 실체와 한국 내에서 암약하는 그들의 하수인, 즉 밀정들이 누구인지 세상에 알리는 일 말일세. 어떤가?"

　"저를 믿어주셔서 감사합니다. 제가 맹세코 반드시 교수님을 보필해서 이 문제를 풀어나가겠습니다."

　"내가 고맙네. 그러나 분명히 할 것은 내가 유고(有故) 시에 나를 대신해 달라는 것이네. 그때까지는 그냥 지켜만 봐주게. 다만 지금까지 내가 확보한 것과 향후 확보하게 될 것 등 모든 자료는 여기 내 연구실에 보관해 놓겠네. 저기 캐비닛 옆에 조그맣고 허름한 종이로 만든 사과 상자가 보이지 않은가? 그 속에 넣어둘 것이네. 중요한 것일수록 그런 곳에 허접한 자료처럼 보관하는 것이 오히려 안전할 수 있을 것 같아서야. 그리고 정리해 놓은 USB 형태의 파일은 내가 추후 다른 방식으로 전달 통로를 만들어 놓겠네."

준호는 교수님이 손으로 가리키는 곳으로 눈길을 보냈다가 이내 교수님의 눈빛과 마주했다. 교수님의 얼굴은 비장해 보였고, 눈에는 범접할 수 없는 의지가 서려 있었다.

잠시 서로 아무 말도 없었다. 양 교수는 스승으로서 제자에게 무거운 짐을 지우는 것 같아서 마음이 무거웠고, 준호는 연구와 강의만 하셔야 할 스승이 어쩌면 지금 한국에서 가장 힘든 일을 맡고 계신다는 생각에 안타깝기도 하고 한편으로는 안쓰럽기도 했다. 스승과 제자는 그런 맘을 침묵으로 달래고 있었다.

"오늘도 내가 많은 시간을 뺏었군. 부디 내가 이 일을 완수할 수 있도록 응원 해주게나."

"저도 언제든 참여할 수 있도록 마음의 준비를 하고 있겠습니다."

"고맙네. 지난번 내가 얘기한 근현대사 공부는 좀 진척이 있는가?"

"요즘 열심히 독립투쟁사 자료를 찾고 있습니다. 문화나 계몽의 방법으로 독립 정신을 고취하는 부분도 중요하지만, 그보다 먼저 목숨을 바쳐 싸운 무장투쟁을 우선해서 기록하고 기려야 하는 것이 아니겠습니까?"

"당연하지. 나는 우리 독립기념관이 있지만 무장 항일 독립투쟁기념관을 따로 만들어서 우리 선열들이 얼마나 많은 피를 흘려가면서 치열한 투쟁을 했는지를 후손들에게 가르쳐야 한다고 보네. 수많은 항일 무장투쟁 사실이 있지만 국민 대부분은 모르고 있는 것이 안타깝구먼."

"네 저도 그렇게 느끼고 있습니다."

"참, 일본이 우리 국내에서 저지른 강제 노역, 즉 징용 사례는 찾았는가?"

"사실 어젯밤에서야 한군데 알았습니다."

"그래? 거기가 어딘가?"

"강원도 화천에 화천수력발전소 있잖습니까? 옛날에는 구만리수력발전소라고 불렀다고 합니다."

"거기 큰 호수를 막은 발전소가 있지. 호수 이름이 파로호라고 하지 아마."

"네 맞습니다. 일제강점기 막바지 때 그 발전소를 만들면서 댐을 막는 대규모 공사를 했는데, 그때 우리 조선인들이 강제로 징용을 당했다고 하더라고요. 사람들이 공사 중에 많이 죽거나 다쳤는데, 댐 근처에는 그때 사용한 화장터도 아직 남아있답니다."

"그래? 좋은 사례를 찾은 것 같군. 잘 조사해 보게. 아직도 우리나라 곳곳에 그런 일제 침략의 역사가 버젓이 남아있단 말일세."

성준호를 보내고 양 교수는 연구실 책상 의자에 앉아서 어두워져 가는 창밖을 바라보았다. 눈이 내리려는지 하늘에는 시커먼 구름이 몰려가고 바람도 제법 강하면서 소슬했다.

얼핏 손목시계를 보니 벌써 12시가 훌쩍 넘어가고 있었다.

'점심을 먹여서 보낼 것 그랬나.'

양 교수는 아직 어리지만 어쩐지 듬직해 보이는 성 군을 떠올렸다. 다른 제자들에 비해 과묵했고, 항상 단정한 자세를 잃지 않은 학생이다.

양 교수는 그러다 생각의 길, 사로(思路)에 빠져들었다. 세상에 태어나서 무슨 일을 성취하려는 것은 도대체 무슨 연유인가. 죽으면 아무것도 남기지 않는데, 그깟 이름을 위해서 소중한 인생을 다 쏟아붓는 사람들의 생각은 어떤 것일까. 기왕 가는 길이니 가는 것인가. 양심이라는 것의 기준, 학자적 양심은 어디까지일까. 요즘처럼 권력을 사유화하는 것을 비판하는 대열에 참여하는 것도 해야 하지 않을까. 고독한 싸움에 말려들어 가족들의 안위를 걱정하는 이 상황이 안타깝다. 모두 다 쉽지는 않은 일들이다.

양 교수는 지하철을 타고 가다가 양천구청역에서 내렸다. 두 정거장을 더 가야만 집에 갈 수 있지만 진영이가 커피숍에서 일하는 모습이 보고 싶어서다. 비교적 경증의 자폐장애를 앓았던 딸은 엄마의 극진한 보살핌과 본인의 노력, 탁월한 치료 덕분에 타인들은 거의 느끼지 못할 정도로 좋아졌다. 그런데도 본인은 항상 스스로 염려하고 있는 것 같았고, 조금도 부족하지 않다는 것을 증명이라도 할 것 같이 매사에 적극적이고 얼굴에도 늘 웃음기를 띠려고 노력한다. 기특하기 짝이 없고, 가족들 간 서로 스스럼이 없어서 양 교수는 진영이를 입양했다는 사실이 진짜가 아닐지도 모른다는 착각이 들 정도다.

오후 3시가 조금 넘어가는데 구청 민원실에는 사람들이 북적였고, 그 옆 한구석에 있는 커피숍에서는 두 젊은 여성이 부지런히 손님들의 주문을 받아서 커피를 비롯한 음료를 만들고 있었다. 진영이는 커피 내리는 일을 하고 있는데, 주변 사람들의 행동에는 관심이 없고 오직 거기에만 몰두하고 있다. 진영이다운 모습이다.

구청사 밖으로 나오니 눈발이 조금 약해지면서 봄날 벚꽃이 흩날리는 것 같다는 착각이 들 정도다. 그는 회색과 먹구름으로 꽉 찬 하늘을 올려다보고는 어깨를 한 번 움츠리고서 지하철역 쪽으로 천천히 발걸음을 옮겼다.

양 교수가 모퉁이를 돌아 지하철역 입구로 막 들어서 계단을 내려가는데, 그의 뒷모습을 놓치지 않으려는 건장한 체격을 한 중년 남자의 눈초리가 재빠르고도 매섭게 표적의 등에 꽂혔다.

밀정들

어제 초저녁 양 교수는 후지와라 씨의 전화를 받았다. 7년 만이다. 그는 내일 한국으로 갈테니 김포공항에서 만나자고 했다.

양 교수는 약속 시간보다 1시간 일찍 도착해서 국제선 청사 이곳저곳을 걸어 다녔다. 누구와 약속하든지 항상 미리 와 있는 것이 습관이었지만 오늘은 집에서 시간을 맞추면서 기다리기가 답답했고 마음이 질정 없어서 더 빨리 나온 것이다.

김포공항 국제선은 한산했다. 양 교수는 평소 양복 안주머니에 넣고 다니던 스마트폰을 들고서 진동을 기다렸다. 아직 만나기로 한 시각은 멀었지만 미리 연락할 수도 있다는 생각에서다. 출국장과 입국장을 오르내리는 에스컬레이터를 타고 여기저기 구경을 하고서도 시간이 남았다.

급기야 항공편 도착을 알려주는 전광판을 찾아서 오사카발 항공기를 찾아보기도 했다. 사실 부질없는 일이다. 후지와라 씨는 자신이 타고 올 비행기 도착시간이 아니라 만나는 시간을 알려줬기 때문이다. 어쩌면 그는 미리 와 있을지도 모를 일이다.

그때, 순간 손에 잡고 있던 스마트폰에서 진동이 느껴진다.

"여보세요?"

얼른 전화를 받았다.

"양 교수님. 저 후지와라입니다."

일본말투지만 분명한 한국어로 대답했다. 외교관으로 있을 때 주한 대사관에서 근무한 적이 있는 그는 유창하지는 않지만, 통역 없이 대화가 충분하게 한국어를 잘한다.

"지금 어디 계십니까?"

"1층 출국장 오른편에 있는 커피숍 앞에 있습니다. 밤색 목도리를 걸쳤고 검정 코트를 입고 있습니다."

"저는 2층에 있습니다. 곧 그쪽으로 내려가겠습니다."

"여기로 오시지 말고 택시 승강장 쪽으로 오십시오. 함께 택시를 타고 이동하도록 하시지요. 공항 근처 조용한 시내로 가도록 죄송하지만 도착지를 미리 생각 좀 해놓으십시오."

"알겠습니다."

양 교수는 그제야 자신과 후지와라 씨의 처지가 생각났다. 어쩌면 감시를 당하고 있을 사람들이 상봉하는 기쁨을 버젓하게 나눌 수는 없는 것이다.

부지런히 걸었다. 평소 걷기운동은 하는 편이지만 사색 삼아 하는 것이기에 빠른 걸음걸이는 아니다. 서둘러 걸어 공항 청사 밖에서 택시 타는 곳을 바라보았다. 신호등이 파란불인데 서너 사람이 건너가고 있고, 그들 중 검정 코트를 입고 오른쪽 어깨에 작은 가방을 멘 사람이 분명히 보였다. 양 교수는 얼른 움직이려다 이미 건널목 신호등이 깜빡거리는 것을 보고는 걸음을 늦췄다. 그러면서 그는 주위를 둘러봤다. 혹시 후지와라 씨를 미행하는 사람이 있는지를 살펴보았지만, 특별히 뒤쫓는 사람은 없어 보인다.

"사장님. 부천시청 앞쪽으로 좀 가주시겠어요? 그 앞 커피숍에 갈 예정입니다. 부탁드립니다."

후지와라 씨와 함께 택시를 탄 양 교수는 생각해 둔 부천시청 앞으로 가기로 했다. 두 사람은 승강장에서 만나 눈인사만 하고는 차례가 오자 함께 택시 뒷좌석에 타고서 아무 말도 하지 않고 서로의 손만 가볍게 잡았다. 후지와라 씨의 손아귀 힘은 생각보다 셌다. 나이가 60대 중반을 훌쩍 넘겼지만, 아직도 강단이 있었다. 10여 년 전 처음 만났을 때도 흔들림 없는 조선의 선비 같은 인상을 받았었다.

부천시청 앞에서 내린 양 교수 일행은 상가들이 밀집해 있는 곳으로 걸어가다가 자그마한 커피숍으로 들어갔다. 문을 열자 가게 안의 따뜻한 공기가 12월의 북풍과 섞이면서 소용돌이를 치며 얼굴을 휘감는다.

"후지와라 선생님. 이렇게까지 찾아주시니 감사합니다. 송구하기도 허구요."

양 교수는 마음에 담았던 인사말을 얼른 쏟아냈다.

"무슨 그런 말씀을 하십니까? 저야말로 우리 양 교수님을 만나는 것이 경개여고(傾蓋如故)입니다."

그는 안경을 벗어 성애를 닦으면서 눈을 깜짝거리면서도 또박또박 답례 인사를 한다.

"아, 그렇습니까? 어찌 그 사기(史記)에 나오는 말을 다 하시는군요?"

양 교수는 속으로 놀랐다. 경개여고라는 말은 사마천(司馬遷)의 사기에 나오는 말로, 어쩌다 잠깐 만났지만 마치 죽마

고우 같은 느낌을 받는다는 의미로 쓰는 것이다. 여간해서는 잘 알 수 없는 단어다.

"저도 퇴직을 한 뒤 사기(史記)에 대해 조금이나마 공부했습니다. 아직 많이 부족합니다."

"아닙니다. 대단하십니다."

양 교수는 후지와라 씨의 말에서 깊은 우정과 신뢰를 느꼈다.

"어설픈 문자를 써서 죄송합니다만 저는 요즘 사마천과 사기에 관심갖고 있습니다. 하기야 우리 일본에는 사마천에 풍덩 빠진 분이 계시지요. 그렇고 보니 사마천의 천(遷)은 냇가를 말하는 천(川)과는 다르지만, 한국어로 읽기는 똑같네요."

후지와라 씨는 점차 여유 있는 모습을 보인다.

"저도 그 유명한 작가를 익히 알고 있습니다. 시바 료타로(司馬遼太郎)라는 분이죠. 우리 한국에도 많이 알려진 분이지요. '올빼미의 성'이란 영화가 한국에서 상영된 적이 있지요."

"일본에서는 매우 유명한 분입니다. 그분은 사마천을 흠모하다 못해 자신의 이름을 본래의 후쿠다 테이이치(福田定一)에서 '사마천에 이르려면 먼(遼) 사람'이라는 뜻으로 시바 료타로라는 이름으로 개명했지요."

"그렇지요. 그분은 무슨 위대한 인물을 주인공으로 내세우는 것보다는, 이를테면 전쟁에서 패한 사람을 주인공으로 내세우거나 평범한 사람들을 주인공으로 만들어서 각자의 삶 속에 녹아있는 면면을 통해 역사의 의미와 사회의 단상을 그려냈더군요."

"교수님의 평이 대단합니다. 그분은 소설가이자 역사가의 반열에 오를 정도로 일본 사회에 지대한 영향력을 가진 역사 소설가였지요. 그는 일본 관동군 전차부대 소대장으로 있다가 미국의 본토 공격에 대비해 일본으로 와서는 패전을 경험했지요. 그 과정에서 전쟁의 참혹상, 어린아이를 비롯한 모든 사람보다 전쟁행위를 더 중시하는 당시의 상황을 매우 비판하는 글을 쓰기도 했지요. 지금은 작고했지만, 아직도 일본인들의 사랑을 받고 있습니다."

"네."

양 교수는 짧게 대답하고는 커피잔을 입으로 가져갔다.

"교수님. 너무 오랜만에 찾아와서 정말 미안합니다."

"아닙니다. 저야 도움을 받는 처지인데 후지와라 선생님께서 미안해하실 일이 아니지요."

"그건 아닙니다. 제가 먼저 말을 해놓고 여러 해가 지난 지금에서야 나타났으니 야속하기도 하셨을 겁니다. 또 제가 이 문제에 관여하기로 한 것은 애초 저의 부친의 뜻이었지만, 이제 제 생각도 확고해서입니다. 아까 잠깐 얘기가 나왔지만 시바 료타로 선생은 일본 패망의 순간과 상황을 지켜보면서 '일본은 왜 이런 나라가 됐는가.'라는 생각으로 고뇌의 순간들이 많았다고 했듯이, 저 또한 이대로 가다가는 일본과 한국 모두 파멸의 구렁텅이로 빠질 것 같다는 우려를 하고 있습니다. 저의 소견으로는 한국과 일본 중국은 같은 문화권으로서 오랫동안 치열한 다툼을 벌여왔지만, 그와 더불어 종교를 비롯한 문화는 물론 혈통까지 뒤섞여왔다고 생각합니다."

"선생님 말씀대로 한국과 일본 중국은 굳이 DNA를 추적하지 않더라도 많은 혈연적 교류가 이어져 왔지요. 한국에도 수많은 중국계 성씨들이 수천 년, 또는 수백 년째 살아오고 있고, 일본도 마찬가지죠. 선생님처럼 일본에도 한반도에서 건너간 사람들의 자손이 엄청나게 많습니다. 상당수는 아직도 조상들이 처음으로 썼던 성씨를 쓰고 있는 경우가 많다고 들었습니다."

"그렇습니다. 고구려 마지막 왕인 보장왕의 아들 약광과 고구려 유민 수천 명의 후손들은 고마(高麗) 씨라는 이름으로 현재 사이타마현 고마군(高麗郡)에 정착해서 살고 있답니다. 지금도 그들의 자손들은 약광 왕자가 일본에 온 것을 기념하자는 문화제를 이어오고 있지요. 이 밖에도 일본 땅 안에서는 저를 비롯해 한반도에 조상을 둔 많은 사람이 많은 것이 엄연한 사실입니다. 심지어 일본 황실에서는 50대 간무 천황 어머니가 백제계라는 사실을 밝히지 않았습니까?"

"어찌 보면 한반도와 일본은 떼려야 뗄 수 없는 관계지요. 물론 오랜 세월 동안 원래의 혈통을 그대로 유지하지는 않지만, 굳이 따진다면 아무리 먼 윗대의 조상이라도 그 근본을 생각하지 않을 수는 없겠지요."

"교수님 맞습니다. 그렇다고 이제 와서 수천 년 전 조상들의 혈통을 추적해서 동질성을 찾자는 것이 아닙니다. 저는 그보다는 인류의 지속성을 생각했습니다. 지금 상황처럼 모든 국가끼리 끊임없는 경쟁과 갈등이 지속된다면 인류는 곧 멸망할 것으로 생각됩니다. 국가라는 이익 이전에 인류라는 이익이 존재한다는 것을 앞세워야 한다는 것이에요. UN을 비롯한 국제기구들도 이런 보편적 이상을 실현하는 데는 한계가 있을 수밖에 없다는 것은 우리가 익히 느껴온 것입니다. 저는 지금에 와서 저의 조상이 1,360년 전 한반도 백제에서 건너온 분이라는 것을 군이 내세우고 싶지는 않습니다. 그것은 어쩌면 국가 우선주의에 매몰된 현대사회에서 의미가 없어 보입니다. 그 대신에 저는 사해동포주의(四海同胞主義)를 주장합니다. 이는 혈연에 의한 동포가 아니라 인류라는 의미의 동포를 말합니다. 공존해야만 지속 가능한 인류가 되는 것이기 때문에 공멸의 길을 가지 않도록 해야 하는 것은 명제라고 생각합니다."

"선생님 정말 좋은 말씀이시네요. 사실 일제강점기 때 우리 한국 민중이 3.1운동을 펼치면서 독립선언문을 발표했는데, 거기에 지금 선생님께서 말씀하신 사해동포라는 말이 들어있습니다. 지금 인류는 국가라는 형이상학(形而上學)을 만들어놓고, 그것의 이익을 위해서 국가를 구성하고 있는 사람들을 전쟁터로 내몰았던 것이 아니겠습니까? 종교적 갈등으로 엄청난 사람들이 핍박과 살해를 당하고, 거기다가 20세기부터는 이념대결까지 겹치면서 많은 사람이 죽었지요. 그런데도 아직 인류가 멸망하지 않는 게 신기할 정도입니다."

"동감입니다. 교수님. 저는 제 부친의 유언을 단순하게 받아들인 것이 아니라 그 의미를 생각하고 또 생각하다가 마침내 알아냈습니다. 그것은 1천360년 전 아득한 내 조상이 살았던 땅의 이익을 위한 것이 아닌 바로 인류의 생존을 위해서 행동해달라는 것을 깨달은 것입니다. 거기다가 부친이 남긴 일기장과 비공개 수필 등을 읽으면서 고뇌도 조금이나마 알게 됐고요."

"제가 선생님께 부끄럽습니다. 사실 저는 역사학을 공부하면서 한반도를 떠나서 또는 고대 한국의 삶의 무대 중 한 곳인 만주와 그 주변을 떠난 적이 없었던 것 같습니다. 진실을 밝혀야 한다는 생각으로 연구하고 강의를 하면서도 후지와라 선생님처럼 큰 뜻을 품지 못했습니다."

"아닙니다. 저도 사실 부친으로부터 충격적인 이야기를 듣고 난 후 7, 8년을 허비했습니다. 많은 독서를 하고, 한국을 비롯한 세계 여러 곳을 여행하고, 외교관으로 활동해 오면서 보고 느꼈던 많은 것들을 되새김하면서 저의 심적 갈등을 정리했습니다. 앞으로 저의 일생은 아까 말씀드렸던 사해동포주의적 관점에서 일을 하는 것으로 정리를 했고, 그 구체적인 일로 지난번 말씀드렸던 일본 극우단체인 100인회의 정체에 대해 교수님께 알려 드리려는 것입니다. 비록 아직은 꼬리 정도만 잡은 느낌이지만 제가 나름대로 준비하고 심어 놓은 것들이 성과를 낸다면 꽤 많은 도움을 드릴 수 있다고 생각합니다."

"선생님. 감사합니다."

양 교수는 앉은 채로 후지와라 씨를 향해서 머리를 숙였다.

후지와라 씨는 오른손을 들어 안경을 추켜올리면서 양 교수의 인사를 받았다. 그가 어깨에 걸머졌던 가방을 열고 서류봉투 하나를 꺼내서 양 교수에게 내민다.

"이것은 제가 부친에게서 들었던 100인회에 대한 자료와 제가 그동안 틈틈이 모았던 것들입니다. 명확한 것은 아니지만 100인회의 실체, 정확히 말씀드리면 한국 내 암약하는 밀정들을 들춰내는데 조금이나마 도움이 될 것입니다. 그리고……."

후지와라 씨는 잠깐 말을 멈추더니 커피숍 안을 조심스럽게 살폈다. 젊은 커플 두 사람만이 그들만의 세계에 빠져들어 있었고, 계산대에서는 중년의 여인 혼자 한가로이 책을 펴놓고 있었다.

"선생님. 무슨 다른 말씀이라도 있으신지요?"

양 교수가 긴장하면서 묻는다.

"그 안에 따로 두 장짜리의 문서가 있습니다. 정상적인 공식 문서는 아니지만 '극비'(極祕) 도장이 찍혀있는 것입니다."

후지와라 씨가 목소리를 아주 낮추고서 말하자 양 교수는 자신도 모르게 주위를 둘러보고는 후지와라 씨의 얼굴을 똑바로 바라보았다. 안경 너머의 눈동자가 빛이 나는 것 같다.

"다케시마, 아니 독도와 관련된 문건입니다. 매우 중요한 것이니 잘 살펴보시고 대응책을 마련하도록 하십시오."

"알겠습니다."

그러면서 양 교수는 어깨에 메었던 가방을 열고 후지와라 씨가 준 서류봉투를 얼른 집어넣었다. 가슴이 쿵쾅거리면서 진정이 되지 않았다.

"요즘 독도를 두고 일본의 움직임이 심상치 않습니다. 오랜 외교관 생활을 해 본 제 느낌으로도 매우 우려할 만한 상황이 연출되지 않을까 걱정도 됩니다."

"잘 검토해서 대응하도록 하겠습니다."

"그러면 저는 오사카로 넘어가 보도록 하겠습니다. 김포공항 가는 택시만 좀 잡아주시고 교수님은 따로 가시도록 하세요."

후지와라 씨는 이별을 서두른다.

"조금 있다가 저녁이라도 함께 하시지요. 공항까지도 제가 동행하겠습니다."

"아니 그럴 필요까지 없습니다. 분명히 어디선가 우리를 지켜보는 눈들이 있을 겁니다. 그리고 저는 공항에서 따로 만날 사람이 있습니다. 그 분과 함께 저녁 식사를 하고, 예약해 둔 비행기로 출국하겠습니다. 참. 혹시 저에게 무슨 일이 있으면 오늘 저녁에 제가 만나는 사람이 교수님께 연락할 겁니다. 그분은 여성으로서 일본인이지만 남편이 한국인입니다. 저보다도 한국어를 더 잘할 정도이니 의사소통에는 문제가 없을 것입니다."

"그러시다면 할 수 없겠네요. 그럼 나가서 택시를 잡아드리겠습니다."

양 교수가 먼저 앞장서서 밖으로 나왔다. 대로를 조금 벗어난 골목이어서 택시를 잡는 것이 어렵지는 않았지만, 양 교수는 스마트폰으로 택시를 불렀다. 요금이 자동결제 되어서기도 하지만 택시 번호를 기억할 수 있고, 후지와라 씨가 공항에 도착한 것을 바로 확인할 수 있기 때문이다.

택시가 곧 왔고, 후지와라 씨는 아쉽게도 허리를 잔뜩 굽힌 인사만 남기고 홀쩍 떠나버렸다. 일본에서까지 왔는데 식사도 한 끼 대접 못하고 보내드리는 것이 못내 아쉽고 미안했다. 발을 떼지 못하고 한참을 멍하니 도로를 달리는 차들을 바라보던 양 교수는 어깨에 멘 가방을 손가락으로 몇 번 두드려보고는 지하철 7호선 부천시청역 입구로 바삐 걸음을 옮겼다.

석궁

준호는 이른 아침 양 교수님의 전화를 받고는 화들짝 놀라 침대에서 튕기듯 일어났다. 새벽에 잠이 깨어 뒤척이다가 다시 깜박 잠이 들었었다.

"성 군, 지금 우리 집으로 좀 올 수 있겠는가?"

수화기에서 들려오는 목소리는 평소 양 교수님의 목소리가 아니었다.

"바로 출발하겠습니다."

준호는 두터운 점퍼를 걸치면서 방을 나섰다.

교수님 집은 단독주택이다. 학자이셨던 선친으로부터 물려받은 집을 조금 수선해서 그대로 사용하고 있었는데, 정원은 제법 널찍했다. 그는 주차를 하자마자 서둘러 대문으로 가서 초인종을 눌렀다.

누구냐는 물음도 없이 '텅' 소리를 내면서 대문 자물쇠가 열렸고, 곧바로 안에서 현관문이 여닫히는 소리도 들린다. 준호가 대문을 밀치고 들어가니 양 교수님이 두터운 점퍼를 입고서 대문 쪽으로 걸어오고 계셨고, 현관문 앞에는 사모님과 진영이가 서로 팔짱을 끼고서 이쪽을 바라보고 있다.

"이른 아침에 불러서 미안하네."

교수님의 음성은 떨리고 있었다. 추위 때문은 아니라는 생각이 얼핏 들은 준호는 집 안팎을 둘러보면서 이상한 점이 없나 살폈다. 몸이 한 바퀴 다 돌아갈 무렵 양 교수님의 떨리는 목소리가 다시 들렸다.

"우리 집 개가 잘못됐네."

"개가요? 그 진돗개 백구 말씀이지요?"

"그렇다네."

준호는 교수님의 대답이 채 끝나기도 전에 현관 왼쪽으로 아담하게 지어진 개집 앞으로 바삐 발걸음을 옮겼다.

개집 앞에는 하얀 백구가 전등 불빛을 받아 웅크린 것처럼 누워있는 것 같았는데, 가까이 다가간 준호는 깜짝 놀라 멈칫했다. 자세히 살펴보니 개의 목덜미 쪽에는 쇠막대기 같은 것이 박혀있었고, 그 부위에서 피가 흘러나와 하얀 털을 검붉게 만들어 놓았다.

"어찌된 것인가요?"

차분한 목소리를 억지로 만들어 교수님에게 여쭈었다.

아직도 양 교수님은 죽은 개와는 거리를 두고서 준호와 개를 번갈아 바라보더니 부인과 딸에게 손짓하면서 말씀하신다.

"여보. 진영이 데리고 들어가 있구려. 우리도 잠시 후 들어갈 테니."

그 말씀에 두 사람이 머뭇거리면서 현관문 안으로 들어가자, 교수님은 심호흡을 하시고는 준호에게 가까이 다가선다.

"한밤중에 밖에서 무슨 소리가 났던지 진영이가 우리 방문을 두드렸네. 눈을 떠보니 새벽 2시쯤 되었을 거야. 딸애 말이 우리 백구가 으르렁거리는 소리를 내는 게 아무래도 느낌이 좋지 않다는 거야. 진영이는 잠귀가 매우 밝네. 조그마한 소리에도 잠이 깰 정도지. 그래서 나와 아내가 귀 기울여 봤는데, 그때는 아무 소리도 들리지 않더라고, 사실 그동안 우리는 백구가 우리 가족을 지켜준다는 생각만 했지, 백구를 걱정해 보지는 않았었거든. 나는 아무 일 없을 것이라는 말로 진영이를 달래서 방으로 들여보냈지.

다시 잠을 청해서 막 잠이 들려는데 이번에는 내 귀에도 백구가 낑낑거리는 소리가 분명히 들리더군. 갑자기 온몸에 소름이 돋는 것처럼 느낌이 매우 안 좋았네. 조금 기다려보니 더 이상 소리가 들리지 않았어. 별일 아니겠거니 하면서 애써 다시 잠을 청하려는데 잠은 이미 달아나 버렸지, 뭔가. 그렇다고 일어나자니 아내를 깨울 것 같아서 한참 동안을 누워있었네. 아무리 해도 잠은 안 오고 자꾸 백구가 신경 쓰이더라고. 그래서 슬그머니 안방을 나와서 현관문을 열고는 개집을 바라봤는데, 백구가 밖에 누워있었고, 이상해서 다가가 봤지. 그랬더니 저 지경이지 뭔가. 참 이게 무슨 일인가 모르겠네.”

양 교수님은 긴 한숨을 내쉬었다.

준호는 교수님의 말씀이 끝나자마자 백구의 몸을 살폈다. 목덜미에 박힌 것은 석궁 화살이었다.

“다른 피해는 없는 것인가요?”

“그래. 물론 아직 살펴보지는 않았지만, 뭐 없어져서 아까운 물건은 밖에 놔두지 않으니까 말이지.”

“그만 안으로 들어가시지요. 춥습니다.”

"그러세."

양 교수님이 앞장을 서서 현관문을 여는 동안 준호는 다시 백구의 사체가 있는 쪽을 바라보았다. 그리고 대문과 그 양옆으로 쭉 늘어서 있는 담벼락을 바라보았다. 담은 그리 높지는 않지만, 사람이 쉽게 넘어올 수는 없는 정도다. 개 목덜미에 꽂힌 상태로 보아 석궁 사냥전문가의 솜씨 같았다. 그렇다면 담벼락 밖에 사다리를 놓고 넘어다보면서 백구를 겨냥했을 수도 있다는 생각이 들었다.

"뭐 하는가. 어서 들어오게."

준호는 교수님의 목소리에 얼른 고개를 돌려 거실로 들어섰다. 사모님과 진영이는 아직도 함께 붙어 서서 긴장한 눈으로 가장과 준호를 번갈아 바라보고 있다.

"사모님, 너무 걱정 마세요. 그리고 진영아, 아마도 도둑이 들어왔다가 백구에 들키니까 갖고 다니던 화살을 쏜 것 같아. 날이 밝으면 내가 잘 묻어줄 테니 너무 맘 아파하지 말고 어서 들어가 쉬어. 응?"

준호가 안심하라는 의도로 차분하게 말했지만, 아직도 진영이는 큰 눈을 동그랗게 뜨고 불안해하는 기색이 역력했다. 그녀는 이런 황당하고도 무서운 상황에 부닥치면 내재 된 자폐증이 발현될 수도 있다. 그래서 더 맘이 쓰였다. 양 교수님 내외도 진영이 때문에 속으로는 더 안절부절못하고 있는 것 같았다.

"그래 진영아. 우리 백구가 불쌍하구나. 그렇지만 어떻게 하겠니. 기왕 이렇게 된 이상 좋은 곳에 잘 묻어주자. 응?"

차근차근 말씀하시는 아버지를 뚫어지게 바라보던 진영이는 그제야 고개를 가볍게 끄덕이고는 엄마를 바라본다. 사모님은 그런 진영이를 보면서 안심하라는 듯한 미소를 보내고 는 이어 딸의 어깨를 감싸며 안방으로 데리고 들어갔다.

양 교수님은 준호에게 거실 소파에 앉으라는 손짓을 하시 고는 먼저 털썩 앉으면서 다시 한숨을 내쉰다.

"오밤중에 이게 다 무슨 일인가. 성 군이 별일 아니라는 투 로 말했지만, 나는 머릿속이 엉클어진 느낌이네. 전혀 상상 하지도 못한 일이 실제 벌어지니까 아주 혼란스럽군."

교수님의 음성은 다소 차분해졌어도 아직은 떨림이 느껴 졌다. 교수님은 이 사건이 자신에게 닥쳐올 불행의 서곡처럼 느끼고 계시는 것 같았다.

"교수님. 아직은 아무것도 확인된 것이 없지 않잖습니까? 너무 걱정하거나 자책하지 마십시오."

"느낌이 안 좋아. 지난번 얘기했지만, 내가 하는 일로 인해 서 나에게 무슨 일이 있는 것은 그렇다 치더라도 나 이외의 가족들에게 피해가 간다면 어찌 감당할 수 있다는 말인가?"

교수님은 안방 쪽을 돌아보면서 가만가만 말씀하셨지만 백구 일로 인한 불안한 마음이 밖으로 내비쳐지는 것은 어쩔 수 없는 것 같았다.

"이런 말을 해서 성 군에게 미안하네."

"아닙니다, 교수님. 너무 심려하지 마세요. 그리고 제 소견 입니다만 교수님 혼자서 이렇게 무거운 짐을 다 지려고 하지 마셔요. 저를 비롯해 주변의 의기 있는 사람들을 모아서 함 께 움직이는 것도 좋을 것 같습니다."

준호가 나직한 소리로 조심스럽게 말씀드린다.

아침밥을 먹고 가라는 교수님과 사모님의 말씀에도 굳이 지금 가야 할 일이 있다면서 현관문을 나선 준호는 따라 나오시는 교수님을 억지로 거실로 들여보내 드리고는 혼자서 백구가 있는 곳으로 갔다. 그는 목줄을 풀고는 축 늘어진 백구를 움직여보려고 했지만 벌써 얼어가면서 땅바닥에 붙어서 쉽지 않았다. 겨우 현관에서는 보이지 않도록 개집 옆으로 옮겨놓고는 교수님 집을 나섰다.

☆

운전을 하면서 준호는 오늘 할 일을 정리해 봤다. 우선 경찰에 신고해야 했다. 교수님은 좀 생각해 보자고 하셨지만, 이것은 예삿일이 아니다. 단순 도둑의 소행이라고 해도 경찰에 신고해야만 범행 현장을 다시 찾을 가능성이 높은 범인에게 경고를 줄 수 있는데, 아무래도 이번 사건은 양 교수님에게 심리적 압박을 가하려는 의도에서 저지른 사건이 분명하기에 더욱이 경찰의 움직임을 보여줄 필요가 있을 것 같았다.

"하영아, 나야."

준호는 전화로 이종 사촌이면서 친구인 하영을 찾았다.

"무슨 일이야. 이렇게 일찍부터. 뭔 일 있냐?"

하품을 하면서 전화를 받지만, 하영은 금방 진지해진다.

"오늘 별일 없으면 나하고 같이 할 일이 좀 있다. 이따 12시쯤 데리러 갈 테니 따뜻하게 챙겨입고 있어."

"차 가지고 올 거야?"

"응. 집에는 안 들어갈 거니까 이모랑 어른들께는 말씀드리지 말고 그냥 친구 만난다고만 하고 나와."

"오케이"

준호는 차의 속도를 올렸다. 평소 너무 얌전하게 운전한다고 친구들이 핀잔을 줄 정도로 규정 속도 이하를 철저히 지키는 그였지만 오늘은 마음이 급하면서도 무언가 불안감이 스멀거리고 있다.

집으로 돌아온 준호는 아침밥을 먹는 둥 마는 둥 얼른 해치우고 다시 양 교수님 댁을 찾았다. 교수님은 벌써 채비하고 기다리고 계셨다. 집 근처 파출소에 신고했더니, 즉각 출동한 경찰이 화살을 수거하고 사진을 찍는 등 증거를 수집하면서 이것저것을 묻는다. 그러나 양 교수와 준호는 백구 살해 사건의 이면에 도사리고 있는 이야기를 할 수는 없었다. 제삼자가 들으면 허무맹랑하게 여길 수도 있고, 또 그렇게 단순하게 대응할 일이 아니었기 때문이다.

사체를 처리해도 된다는 경찰의 판단과 도움으로 준호는 벌써 꽁꽁 얼어버린 백구를 비닐로 감싸고 큰 마대에 넣어 차 트렁크에 실었다. 시계를 보니 벌써 11시가 넘어가고 있다.

양 교수님은 백구를 화장하는데 동행하겠다고 하셨지만, 준호는 극구 말렸다. 백구 일로 충격을 받았을 사모님과 진영이를 돌보는 것이 더 긴요한 일이라는 것을 몇 번 말씀드리고는 얼른 차에 올라탔다.

"뭔 일인데?"

차에 타자마자 하영이 묻는다.

"어젯밤 양 교수님 댁 개가 죽어서 화장을 시켜야 하거든. 나한테 부탁하시는데 나 혼자 처리하기에는 좀 그래서 널 불렀지."

"개가? 그 개 진돗개라고 했잖아."

"응."

석궁

준호는 짧게 대답하고 만다.

"아니 멀쩡한 개가 왜 죽나?"

"강추위에 그럴 수도 있겠지."

준호는 애써 심드렁한 태도를 보인다. 그러면서 맘 한구석에서는 양 교수님을 둘러싸고 벌어지는 일을 말하고 싶어지는 욕구를 느낀다.

"개가 엄동설한에 죽는다고? 개는 피부에 열을 발산하는 땀구멍이 없고 털이 있어서 웬만하면 얼어 죽지 않는다는 걸 모르냐? 동토에서도 옷 안 입고 사는 것이 개들이야. 허스키 몰라? 그것도 개집에 있었을 것이고, 아마도 교수님 가족들이 따뜻한 이불까지 갖다줬을걸."

"그래도 그냥 죽은 걸 어떻게 하나? 원인을 알 수 있도록 해부할 수도 없는 노릇이고."

"그러니까 이해가 가는 이야기를 해야지."

하영은 고개를 갸웃거리면서 의심하고 있다.

"야 뭘 그리 심각하게 생각하나? 개 한 마리 죽은 것 가지고."

준호는 하영이 더 캐묻지 않도록 방어막을 쳤다. 한 발짝만 더 들어오면 저 눈치 빠른 녀석이 금방 상황을 파악하려 들것이고, 그러면 교수님과 둘만 알고 있기로 한 약속이 깨지는 것은 물론 복잡하게 얽힐 수 있기 때문이다.

경기도 파주에 있는 화장터에서 백구를 화장해서는 인근 야산 입구에 뿌렸다. 산을 휘감듯 몰아치는 삭풍 속에서 백구는 하얀 가루로 변해서 날았다. 준호는 개가 유전적으로 사람을 따르는 동물이라는 게 신기하기도 했지만, 기르는 사람들도 그에 못지않은 반려의 감정을 갖는다는 것이 묘하기도 하다.

일을 다 마치고 하영의 집으로 가는 도중에 교수님으로부터 전화가 걸려 온다.

"교수님, 백구 잘 보냈습니다."

준호는 다른 말을 하지 않고 얼른 간단하게 말씀을 드렸다.

"수고 많았네."

"사모님은 괜찮으세요? 진영이는요?"

"두 사람 다 괜찮은 것 같네. 시간이 가면 잘 진정이 되겠지. 참, 아까 경찰서 형사들이 다녀갔네."

"교수님, 제가 지금 운전 중이라서 나중에 전화를 드리겠습니다."

준호는 옆자리에 앉아서 스마트폰에 열중하고 있는 하영을 힐끗 한번 바라보고는 얼른 전화를 끊었다.

☆

그날 저녁, 준호는 양 교수님 댁 근처 사거리 커피숍에서 교수님을 만났다.

"경찰 말대로라면 활은 석궁에서 발사된 것이 맞네. 그런데 화살을 어디서 제조했고, 어떤 유통과정을 거쳐서 누구에게 간 것인지는 밝히기가 쉽지 않다고 하네. 그것도 사람에게 쏜 것이 아니고 개에게 쏜 것이기에 중대한 사안으로 보지 않으니, 수사를 깊이 하지는 않겠지, 아마. 재물손괴 사건이니까."

"네 그럴 공산이 크겠지요. 그런데 교수님. 이렇듯 교수님에 대한 공격이 점점 강도가 높아가는 것 같은데, 이제라도

석궁   103

경찰에 신변 보호를 요청하던지, 무슨 조치를 해야 하지 않겠어요?"

준호는 미리 준비한 말씀을 드린다.

교수님은 대답은 안 하시고 대신 커피잔을 들고서 한 모금 마신다. 잠깐이지만 무슨 심각한 생각을 하시는 것 같다.

"그것보다는 성 군, 오늘 벌어진 일이 내가 한국 강단사 학자들의 식민사관을 비판하면서 그들의 친일행각을 들춰 내는 행위에 대한 경고나 보복이라는 것은 아니라는 생각이 드네."

"그럼 다른 이유라도 있는 것인가요?"

"그래서 마음이 찜찜하네. 협박 편지야 그동안 몇 차례 받 았었고, 나뿐만 아니라 식민사학을 비판하는 민족사학계나 재야사학계 학자들은 수시로 이런 협박을 받고 있지만 집에 서 기르는 동물을 살해하는 정도의 일은 아직 없었던 것으로 기억하고 있네."

"교수님은 그 일본 100인회와 관련이 있다고 생각하시는 것인가요?"

"그런 생각이 들어서 이리 혼란스럽네. 그렇지만 내가 100인회를 추적하는 것은 아직 자료 수집 단계고, 특별히 움 직인 적은 없지 않은가? 며칠전 후지와라 씨를 만난 일과 그 리고, 아, 내 친구 국정원에 있던 그 친구를 만나서 자료 수 집을 요청한 것밖에는 없단 말일세."

"혹시 후지와라 씨가 이와 관련된 자료를 수집하고 추적 하면서 뒤가 밟힌 것이 아닐까요?"

"지금으로서는 그렇게 추단하는 것이 가장 합리적인 것 같네."

"그렇다면 후지와라 씨도 추적당하고 있다고 봐야 하겠지요. 그분은 그런 낌새를 눈치채지 못하신 것 아닐까요? 그렇기에 한국에까지 오셔서 교수님에게 자료를 전달한 것이겠지요?"

"모르겠네. 사실 후지와라 씨가 날 만나러 와서는 무슨 첩보원들 접선하는 것처럼 극도로 조심했었거든. 날 만나서 대화를 나누고 서류봉투만 건네고는 그 길로 바로 일본으로 돌아가셨어. 나에게 조심하라는 말씀은 없었지만, 생각해 보니 자신과의 만남 과정에서 보여준 행동은 나에게도 조심하라는 메시지를 준 것이라는 생각이 드네."

"후지와라 씨로부터는 그 뒤 소식이 없나요?"

"응. 지난해 12월 27일 오셨다가 가셨으니 이제 보름이 지났군. 아직 다른 소식은 없네. 연락은 항상 그분이 먼저 하기로 하셨으니 나는 기다릴 수밖에."

교수님은 고개를 숙이고 계신다. 안경 너머로 교수님의 까만 눈썹이 조금씩 꿈틀거리는 것으로 보아 몹시 피로하신 것 같다.

"교수님 제 생각에는 경찰에 신고하고 신변 보호 요청을 비롯해서 차라리 공개적인 행보를 하는 것이 어떨까요?"

한참을 조용히 있던 준호가 조심스레 말씀드린다.

"그럴까도 생각했는데 조금 전 말했듯이 좀 더 사태 추이를 지켜보는 것이 좋을 것 같네. 솔직히 아직 누군가로부터 구체적인 메시지를 받은 것도 아니지 않은가?"

"그렇지만 이미 우편으로 위협을 받으셨잖아요. 제 생각에는 이미 저들의 망에 포착이 되지 않았나 싶어요. 그 100인회 관련해서 말이에요."

그렇게 말하는 준호를 교수님은 잠깐 지긋이 바라보고만 있다가 고개를 조금 끄덕이신다.

"조금만 더 지켜보세. 조만간 후지와라 씨로부터 연락이 올 터이고, 지금보다는 더 중요한 100인회 자료를 얻을 수 있을 테니 말일세."

준호는 아무런 대답도 안 했지만, 동의를 하지 않을 수 없었다. 지금 경찰에 신고한다는 것은 사실상 100인회에 대한 정보 수집과 그 뒤 세상에 밝히는 일을 중단하는 것을 말하는 것이기 때문이다. 교수님의 신변은 보호되겠지만 대한민국을 지키는데 도움이 되는 일은 포기해야만 하는 결정이다.

"혹시 무슨 자그마한 일이라도 있으면 바로 연락을 주십시오. 항시 대기하고 있겠습니다."

"고맙네."

국내 100인회

　며칠이 지나도록 양 교수님과 그 가족들에게는 아무런 일이 일어나지 않았다. 그동안 준호는 마음 한구석에 걱정 덩어리가 하나 달린 것 같은 느낌으로 하루하루를 보냈다. 교수님에게 무슨 일이라도 일어난다면 어떻게 해야 하나라는 생각이 갈피를 잡지 못하고 흐르다가 머릿속이 혼란스럽기도 했다.

　며칠전 교수님이 삼촌을 만나기로 했는데, 준호는 아무래도 삼촌께 다시 말씀을 드려야겠다는 생각이 들었다. 교수님은 자신에게 정도를 알 수 없는 위험이 점차 다가오고 있다는 것을 알면서도 해야 할 일을 놓을 생각이 없으신 것 같다. 100인회 문제도 그렇지만 지난번 후지와라 씨로부터 받은 독도와 관련된 문건을 정부 고위관계자에게 전달해서 빨리 적절한 대응책이 마련되도록 해야 한다는 뜻을 굽히지 않고 있었다. 그렇다면 삼촌을 만나는 날짜를 최대한 앞당기는 것이 그나마 교수님을 도와드리는 것이 아니겠는가.

　"숙모. 저 준호예요. 안녕하셨어요?"

"그래, 우리 준호 잘 있었지?"

숙모는 언제나처럼 반갑게 대해주신다. 근무 중인 삼촌보다는 숙모께 전화를 거는 편이 좋겠다 싶은 준호의 생각은 맞아떨어졌다. 삼촌은 동계 훈련에 들어가셔서 일반전화는 받을 수 없는 상황이었다.

"숙모, 삼촌은 언제나 오시나요?"

"5일간인데 벌써 3일이 지났으니, 주말에는 오시겠네. 그때 전화를 하든지, 아니면 그냥 이번 주말에 놀러 와서 말씀드려봐. 무슨 얘기인지 모르지만."

"아, 그러시구나. 아녜요. 그래도 미리 전화로 좀 통화하고 나서 뵙도록 할 게요."

"그래? 급한 일이 아니면 그렇게 하렴. 참, 친구들하고 여기 파로호에 오는 일정은 변동이 없지?"

"꼭 가봐야 해요. 저희한테는 해야 할 공부거든요."

"그렇겠지. 나는 그동안 혹 참고가 될 만한 것들을 좀 더 조사해 보마. 일본이 사망한 징용 한인들을 화장했다는 기록이나 증언도 찾아볼게."

"고맙습니다. 우리 숙모님 역시 멋지세요."

"이만 끊자. 주말에 삼촌 오시면 너에게 전화하라고 할게. 알았지?"

"숙모, 건강하세요."

숙모와 통화를 하는 동안 웨이신 문자가 들어오는 진동음이 울렸지만, 준호는 개의치 않았다. 친구들과 통화 중이었더라면 얼른 끊고 확인했을 텐데 숙모와의 대화 도중 끊을 수는 없었다.

웨이신에는 지금 통화 할 수 있는지를 묻는 나영의 문자가 도착해 있다. 준호는 얼른 웨이신에서 무료 통화를 연결했다.

곧 맑은 목소리의 나영이 나온다.

"준호 씨?"

"잘 있었어요?"

"네, 준호 씨는요?"

"조금 바쁘기는 했지만. 부모님께서도 잘 계시지요?"

"우리 부모님들은 바쁘신 분들이세요. 지난 12월 한국에서 귀국할 때만 신경 쓰시는 것 같더니 지금은 안 그래요. 나 혼자 놔두고 하얼빈 눈 축제에 놀러 다니시느라 여념 없으세요."

"무남독녀 외동딸을 그렇게 방치해도 되나?"

"그러게요. 대신 외할머니가 오셔서 맨날 요리해 주세요."

"하얼빈 눈 축제는 세계 3대 눈 축제로 유명한데 왜 부모님이랑 같이 안 갔어요?"

"처음에 함께 갔다가 그냥 왔어요. 같이 놀 사람이 없으니까, 재미가 없나 보지요."

"아니 거기 친구들이랑 좀 놀지 그랬어?"

"준호 씨. 여기 고향 친구들은 대부분 벌써 결혼했어요. 저는 여기 기준으로는 노처녀입니다."

"아 그렇겠네. 내가 가서 같이 놀아줄까요?"

"진짜요?"

나영의 놀라는 목소리로 봐서는 농담으로 받아들이지 않은 것 같다. 준호는 얼른 수습했다.

"어휴, 나는 나영 씨 보러 당장 가고 싶은 맘이 굴뚝같아요. 그렇지만 사실 양무선 교수님 연구를 도와드리고 있는

게 있어서 발만 동동 구르고 있답니다."

"준호 씨는, 이제 보니 농담도 잘하네요?"

"내 맘은 진짜예요. 나영 씨"

"알아요."

"지난번 얘기했던 나영 씨 할아버지 말 이예요. 중공군으로 한국전에 참전했을 때의 소속 부대는 알아봤어요?"

"그렇지 않아도 아버지께서 알아 오셨어요. 전사하신 날짜도 대충 알았는데, 지금껏 아버지가 알고 계시던 것하고는 꽤 다르다고 하네요. 할아버지의 시신을 확인한 바가 없어서 날짜와 장소도 특정할 수가 없다는 거예요. 준호 씨. 내용은 제가 이따 웨이신으로 보낼게요."

"아마 참전하셨던 소속 부대를 알면 한국 국방부에 있는 자료를 통해서 돌아가신 날짜와 장소는 대충 파악할 수 있을 거예요. 삼촌에게 미리 말씀드려놓을 테니 기대를 해도 괜찮을 거예요."

"정말 고마워요. 우리 아버지는 할아버지 얘기만 나오면 눈물부터 흘리세요. 시신은 물론 유품을 비롯해, 아무것도 돌아오지 않았잖아요."

"꼭 찾아볼게요. 아버지께도 잘 말씀드리세요."

"그럴게요. 준호 씨, 보고 싶어요."

다정하고 은근한 나영의 목소리에 준호는 행복감이 밀려온다.

"나도 보고 싶어요."

"이따 저녁에 웨이신으로 화상통화해요. 알았죠?"

"문자로 시간 미리 조정하자고요."

통화를 마치고 준호는 부엌으로 가서 커피를 내렸다. 창밖에서는 눈발이 날리고 있다. 대부분 회색빛인 아파트들 사이를 빽빽이 메운 하얀 나비들은 바람 부는 대로 이리저리 흩날린다. 나무들은 영하로 떨어진 기온의 도움을 받아 가지에 나비들을 얹히고 있다. 세상을 하얗게 만들고야 말겠다는 생각인지 눈발은 더 거세진다.

양 교수는 그동안 정리 해놓은 자료를 내놓았다. 백구가 살해된 사건이 있은 지 보름 만에 스승과 제자는 연구실에서 마주 앉은 것이다.

양 교수는 마음의 정리를 마쳤다. 100인회 문제는 후지와라 씨가 좀 더 많으면서 구체적인 자료를 건네줄 때까지 기다리기로 하고, 대신 그가 준 독도 관련 문건에 대해 준호의 도움을 받아서 정부 관계자에게 빨리 전달하기로 한 것이다. 이미 준호 삼촌과 약속이 잡혀서 토요일인 내일 아침 강원도 화천으로 떠날 예정이다.

그는 내일 화천 행 계획도 짤 겸 그동안 수집해 온 100인회 관련 내용들을 준호에게 보여줄 생각이다. 완벽한 자료는 아니지만 대체로 그 윤곽이 잡히고 있는 100인회의 성격과 단편적이지만 그들의 조직에 대해 몇 발짝 더 들어간 설명을 해주기로 했다.

"이게 지금까지 후지와라 씨로부터 받은 자료와 그리고 우리 민족사학계 학자들로부터 조금씩 수집한 100인회 관련 자료네. USB로도 저장해놨지만 우선 몇 장으로 간략해서 출력한 것이니까 살펴보게."

양 교수는 준호에게 다섯 장으로 된 인쇄물을 건넸다.

자료를 읽고 있는 준호를 뒤로 하고 양 교수는 잠깐 연구실을 나섰다. 화장실을 가려는 것보다는 제자가 편안하게 읽도록 배려하고자 함이었는데, 막상 문을 열고 복도로 나서니 누군가의 그림자가 저쪽 복도 끝에서 비상계단 쪽으로 금방 사라지는 것 같은 느낌을 받았다.

신경이 예민해서인가 생각하다가 그는 문득 발걸음을 빨리했다. 비상구 계단 문을 열려던 그는 아직도 문이 다 닫히지 않은 것을 발견했다. 누군가 서둘러서 문을 열고 나가다가 문을 덜 닫은 것 같았다. 그는 잠시 망설이다 손잡이를 돌려 문을 열었다. 헛기침을 한 번 하고는 기지개를 켜는 소리를 내면서 귀를 쫑긋 기울였다. 희미하지만 분명 계단을 내려가는 신발 자국 소리가 들린다.

대학 연구실은 9층 건물로 승강기가 충분해서 학생들이나 교수들이 굳이 비상계단을 이용하지는 않는다. 건강을 생각해서 계단을 이용하는 교수나 학생들이 있기도 하지만 올라가는 경우가 대부분이다. 양 교수는 심장이 조금 빨리 뛰는 것을 느꼈다.

연구실로 돌아오니 준호는 자료를 다 읽고 나서 양 교수를 기다리고 있었다.

"다 읽고 난 느낌이 어떤가?"

"확실히 100인회의 정체가 그림이 되어 보이는 것 같습니다."

"지금까지 수집된 것에다 내 합리적 상상력이 가미된 것이기에 아직은 완전하지 않네. 그러나 후지와라 씨의 말대로라면 100인회의 존재는 분명한 것이고, 다만 그 자세한 실체를 파악하기는 아직 어려움이 있네. 그러나 100인회의 성격에 대해서는 이제 정리가 된 듯하네."

"저도 그 부분에 대해서는 합리적 공감이 갑니다."

"그래."

양 교수는 고개를 끄덕이면서 제자를 바라본다. 그러면서 마음 한구석에서 일고 있는 미안함과 고마움이 뒤엉켜 가슴이 저린다. 아직 청춘의 맑고 밝은 기분으로 공부에 열중해야 할 어린 제자에게 너무 무거운 짐을 지운다는 생각과 그런데도 진심으로 자신을 도와주고 있는 그가 고마워서 애틋한 생각에 그는 잠시 눈을 감았다.

"교수님. 이런 일본의 100인회 같은 조직에 대응하는 어떤 비공식 기구라도 우리나라에는 없나요?"

제자의 질문에 양 교수는 가슴이 횅해지면서 한숨을 내쉬려다가 가까스로 멈췄다.

"안타깝지만 우리나라는 그런 자생 조직이 없다네. 물론 국가가 운용하는 공식적인 조직, 이를테면 국정원이라는 기구가 있어서 국가의 이익을 위한 공작을 하는 경우도 있지만 대북한 관련이 대부분이지. 일본의 100인회처럼 사실상 국가가 인정하는 그런 민간 조직은 전혀 없어요. 굳이 있었다면 일제강점기 때의 우리 독립운동단체였지. 1919년 임시정부가 수립되어 무장투쟁과 각종 외교활동을 했었지만 이와는 별개로 수많은 자생 독립조직이 결성되어서 항일투쟁을 했었더랬지. 목적은 조국 해방을 위한 것이어서 필요한 자금도 스스로 만들어 썼으니 눈물겨운 투쟁이었고. 어쨌든 우리 대한민국은 잃어버린 것을 찾기 위해 자발적이고 순수한 투쟁의 대열에는 많은 국민이 오랜 기간 참여했지만, 일본처럼 국가나 민족의 이익을 위해 정예 단체를 결성해서 치밀하게 활동하는 조직은 지금 없다고 봐야지."

"교수님. 참 답답합니다. 제가 알기로는 일본은 패전 후 극우세력이 금방 자리를 다시 잡았잖아요. 우리는 해방이 됐지만 국민은 좌우로 갈라져 극심한 분열을 보였고요."

"그렇기는 하지. 그러나 그 문제는 우리 국민성 때문으로 볼 것은 아니라고 생각하네. 지난번에도 말했지만, 미국은 일본과의 전쟁에서 승리한 뒤 태평양전쟁을 주도한 군국주의 세력을 일소할 계획으로 천황을 포함한 전쟁범죄자들을 처벌하고 민주주의 국가 수립을 진행했다가 중도에 방향을 틀고 말았지 않은가. 당시 극우단체들이 해체됐는데, 명성황후를 시해하고 우리 민족에게 온갖 못된 짓을 한 현양사(玄洋社), 일본말 표기로는 겐요샤인데, 이때 이들이 미군정에 의해 와해가 됐지. 100인회의 중요조직인 이 겐요샤의 해외 공작을 담당하는 하부조직이 흑룡회라고 해. 그러나 미국의 이 같은 일본 극우세력에 대한 제거 작업은 금방 중지됐어요. 그 이유는 지난번 설명했었지. 흑룡회를 비롯한 100인회 하부조직은 멀쩡히 부활했고, 일본은 다시 극우세력이 주도하는 국가가 되어버렸다네."

"그렇군요."

"우리 대한민국은 참으로 특이한 경우라고 봐야 하지 않겠나? 나라를 위기에 빠뜨린 것은 정치지도자들이고, 그 위기에서 나라를 구한 세력은 억압받고 탄압받던 백성들이야. 생각해 보게. 일본의 침략을 예견했으면서도 예방하지 못해 임진왜란을 자초한 것은 권력자들이었지만 나라를 구한 것은 핍박받던 이순신 장군 같은 분과 수많은 의병이고, 승병들이었네. 병자호란도 마찬가지였지. 인조는 친명사대(親明事大)로 인해 난을 자초했고, 그때도 전국에서 많은 의병이 한양을 향해 가고 있는 와중에 얼마 버티지 못하고 항복을 해버렸지. 몽골 침략 때도 마찬가지고. 이처럼 우리는 항상 정치권력이 저질러놓은 환란과 위기를 백성들이 나서 수습했었지. 세상이 안정되면 나라를 위기에 빠뜨린 장본인들은 정치권력과 경제권을 챙기면서 슬그머니 다시 기득권세력으로 들어앉아 왔지. 지금도 물론 그렇다고 보네. 이러니 '고귀한 만큼 책임도 진다'라는 의미의 노블레스 오블리주는 한국에서 찾아보기 힘든 게 아니겠는가."

"우리 국민이 각성을 많이 해야겠어요."

"우리 국민은 잘하고 있어요. 기득권과 권력자들이 문제지."

양 교수님은 허탈한 웃음을 지어 보이는데 얼굴에는 그늘이 가득하다.

"이야기를 이어 가보세. 전쟁에 패한 일본에서 전쟁을 부추기고 앞장선 극우세력은 미국에 의해 와해 된 것 같았지만, 아이러니하게도 미국의 이익에 의해 부활하고 말았지 않은가. 이들 세력이 일본 자민당이라는 장기 집권 세력의 주축이 되었고. 이들은 전범 묘소인 신사를 참배하는 것을 당연하게 여기고 있네. 여기에다 역사를 왜곡하고 날조하는 것도 모자라 이제는 엄연히 남의 나라 영토인 독도도 빼앗으려 들고 있지 않은가 말일세. 아까 말했던 일본의 극우단체인 겐요샤와 그 하부조직 흑룡회는 1946년 연합군 최고사령부에 의해 해체됐지만 밑으로는 비밀리에 조직이 유지되다가 1961년 다시 공식적으로 부활을 선언하고 활동을 하고 있다네. 흑룡회는 지금 유럽과 미국은 물론 에티오피

아를 비롯한 아프리카, 터키와 모로코, 동남아시아 각국, 멀리 남아메리카 등 전 세계에 걸쳐서 일본의 이익을 위해서 날뛰고 있는데, 일본의 초국가주의단체의 선봉에 서 있지. 후지와라 씨의 100인회 자료에도 흑룡회에 대한 부분이 중요하게 다루어지고 있었네. 비단 이 흑룡회 뿐 아니라 일본의 극우단체는 정치, 경제, 군사, 외교를 비롯해 문화, 체육 등 사회의 모든 분야에 강력한 뿌리를 박고 있지. 다시 말할 것도 없이 이들 극우단체의 최고봉에는 100인회가 자리 잡고 있고 말이야."

양 교수님은 말씀을 마치시고는 눈을 질끈 감았다.

"일본은 그렇다 치고 아쉬운 것은 우리 대한민국일세. 한국은 정권이 바뀔 때마다 엄청난 변화를 수반해요. 진보정권이 들어서면 남북 화해라든가, 일본과의 역사문제 청산이라든가 이런 부분에도 많은 관심을 쏟다가도 보수정권이 들어서면 북한과는 다시 대립각을 세우고, 일본과는 가까워지지 못해 안달하거든. 물론 한미일 3각 안보동맹을 맺으려는 미국의 압박에 따라 어쩔 수 없다는 측면도 있지만, 지금 정권은 그 선을 분명히 넘어서는 위험한 행보를 하고 있다고 보네.

다시 말해 국가나 민족의 이익보다는 정치적 집단의 이해와 개인의 정치적 성취를 우선시하고 있다는 것이지. 이 부분이 일본과 다르지. 덧붙인다면 일본 극우세력은 온갖 못된 짓을 하면서도 국가와 민족의 이익을 우선시하는데, 이에 반해 한국의 극우는 자기들이 속한 집단이나 개인의 이익만을 우선하고 국가 및 민족의 이익은 안중에 없다는 것이 특징인지. 참 특이한 우익의 모습이지. 요즘 말이 많아지는 뉴라이트 같은 집단이 정말 우려스럽다는 생각이 드네."

교수님은 이제 권력자도 비판하기 시작했다.

"그처럼 일본의 치밀하고도 무서운 공격에 대해 우리는 아무런 방비가 없다면 곧 무서운 결과가 올 수 있지 않겠습니까?"

"당연하지 않겠나? 구한말 일본의 침략을 받을 때도 그렇고, 멀게는 1592년 임진왜란 때도 일본은 치밀하게 준비했었지. 미리 엄청나게 많은 첩자를 보내서 정보를 수집하고 많은 공작도 벌였지. 돈으로 포섭하고, 인간적인 수법을 써서 배신하지 못하도록 했지. 요즘 말로 그루밍이라는 수법 등 갖가지 방법으로 침략 여건을 조성했었지. 이처럼 무력 침략 이전에 반드시 보이지 않는 조직을 활용해서 온갖 공작을 벌여온 것이 일본의 특징이야."

"그럼, 일본 정부의 공식적인 주장이나 발표는 이런 사전 공작이 이뤄진 후에 진행되겠지요?"

"물론이야."

준호는 머리가 먹먹해지는 느낌이다. 거대한 먹구름이 몰려와 하늘을 메우는 것 같은 착각이 일었다.

"바로 그 일의 중심에 있는 조직이 일본의 100인회지. 외교관 출신인 후지와라 씨도 현직에 있을 때 이런 눈에 보이지 않는 조직의 활동에 무조건 협조하는 경우가 여러 번 있었다는 것이야. 그는 주로 한국과 대만, 중국에 파견되었었는데 상부의 지시에 따라 공작을 지원하는 일을 했었다는 거네."

교수님의 말투는 여전히 차분했지만, 준호는 갈수록 흥분이 되는 것 같았다.

"또 중요한 부분이 있네. 그 100인회가 요즘에는 한국과 중국을 이간질하는 간계를 벌이고 있다는 것이지. 그 짓에 우리 정부나 정치인, 언론까지 이용당하고 있다는 것이고. 과거 우리가 IMF(국제통화기금)의 지원을 받는 지경에 이르렀을 때 통화 스와프를 요청한 한국 정부 요청을 일본은 단박에 거절했었지. 우리가 망해가는 것을 보면서 손을 내밀어 줄 마음은 전혀 없었던 거야. 그런데 김대중 대통령 때 우리는 이 위기를 의외로 빨리 극복했어. 성매매 여성을 포함해서 온 국민이 금모으기운동에 나서는 등 참으로 눈물 나는 시기였지. 물론 많은 사람들이 생활고로 자살하는 등 엄청난 희생도 있었고.

이때 한국은 중국과의 무역에서 엄청난 외화를 벌어들이기 시작했어. 중국도 경제개발에 한국의 기술과 자재 등 필요한 것들이 많았던 측면도 있었지만, 어쨌든 우리는 중국에 대한 수출을 통해서 위기 탈출에 도움이 컸다는 사실도 부정할 수 없는 거지. 지금까지 약 20년간 한국이 중국에서 무역으로 벌어들인 돈은 약 7천200억 달러네. 우리 돈으로 약 1천조 원에 가까운 거액이야. 어찌 된 일인지 지금은 무역 적자국이 되었지만 말일세.

하여튼 저들 일본은 바로 이런 과거 사례들을 잘 분석해서 한중간 이간질 공작을 하고 있지. 한국과 중국은 수천 년 동안 수없는 갈등 속에서 싸워왔지만, 해양을 통해 넘어온 것들에 의해 한반도에 위기가 닥칠 때면 중국은 묘하게도 우리가 다시 일어서는데 도움이 되더란 말이지. 일본은 이같은 구도가 다시 형성되지 못하도록 방해하는 전략을 쓰고 있어요."

"중국도 동북공정을 통해서 고구려를 비롯한 한반도 북부 지방 나라들이 중국의 지방정부였다는 주장을 하고 있지 않습니까? 그런 측면에서는 중국과 일본이 공조하고 있다고 봐야 하지 않나요?"

"적어도 한반도의 고대사 부분에서는 그럴 개연성도 없지 않아. 70년대에 재일교포 사학자인 이진희 씨가 광개토대왕 비문에 대한 일본 측 조작설을 제기하자, 한 중국학자가 세미나에서 비문이 조작됐을 가능성은 없다고 한 일이 있었다네. 그 중국학자가 개인적인 의견을 표명한 것으로 나중에 밝혀졌지만 우리는 서운하게 생각했지.

어쨌든 중국과 일본은 한반도에서의 국가 형성이 기원후에 시작된 짧은 기간이었고, 그 영토도 한반도 내에 국한되었으며, 대부분 기간에 북쪽은 중국, 남부는 일본의 식민지 시절이었다는 것을 공감하는 부분은 일치하지. 왜냐하면 중국은 동북공정을 통해 고구려, 발해를 비롯한 한반도 관련 고대국가들이 중국의 지방정부였다는 것으로 규정해 버렸고, 일본은 백제와 신라가 국가로 발전한 시기는 4세기 후반이라는 전제하에 한반도 남부지역을 야마토 왜, 즉 일본이 200년 이상을 지배했었다는 임나일본부설을 주장하기에 거기서 이들 두 나라의 이해관계가 맞아떨어진 것으로 볼 수 있지 않은가.

물론 요즘에는 광개토대왕의 기록을 일본식으로 해석하는 학자는 거의 찾아볼 수 없고, 임나일본부설의 허구를 지적하는 일본 내 학자들조차도 많아지는 상황이지만 말이네."

"그럼, 이들 두 나라가 실제 은밀한 공조를 하고 있지는 않지만, 결과적으로 한반도의 고대국가 역사에 대해서는 공통

된 의견을 갖고 있는 것이군요."

"그렇다고 보네. 중국이 일부러 이 부분에 대해 일본과 공조를 했다고 보이지는 않아. 두 나라의 이해관계가 맞아떨어진 결과가 아니겠는가. 중화주의 중국은 자존심이 강해서 일본과 뒤로 야합하는 일은 하지 않을 것으로 생각이 되네."

"중국이 고구려와 발해의 역사를 중국 역사에 편입하고 있는 이유가 무엇인가요?"

"중국의 역사 동북공정은 자국의 이익에 따른 것이지만 우리로서는 받아들일 수 없는 부분이지. 그러나 더 심각한 것은 우리 내부의 문제일세. 우리나라의 강단사학자들 상당수는 북부여와 고구려로 이어지는 고조선의 계통 연장을 인정하지 않고 있어. 이 외에 일본의 반도사관을 그대로 받아들여 '낙랑군은 대동강 주변에 있었다.'라는 등 한사군이 한반도 내에 존재했었다는 주장을 지금도 하고 있지. 중국의 사기(史記)를 비롯해 많은 사료에서는 고조선 및 한사군의 위치를 중국의 요하 및 요동에 있었다고 말하고 있지만 무시하고 있다는 것이지. 한국의 주류사학계가 주장하지 않는 것을, 중국이 애써서 주장해 줄리 없지 않겠는가."

"문제는 우리 한국의 친일 사학자들이군요."

"그렇다네. 나도 젊은 사학도 시절 한때는 그런 교수들의 주장에 맹목적으로 따랐다는 것이 부끄럽기 짝이 없어."

"그래도 교수님은 역사를 바로 잡기 위한 일을 하고 계시잖아요."

"별 칭찬을 다 듣는군. 어찌 되었든 뜻있는 우리끼리라도 일본의 이러한 은밀하면서도 무서운 침략에 잘 대응해야지."

양 교수님은 말씀을 잠시 중단하시더니 자리에서 일어나

고개를 돌려 벽시계를 보시고는 준호에게 시선을 멈춘다. 준호는 힐끗 시계를 보고는 자신도 모르게 벌떡 일어섰다. 어느덧 8시가 넘어가고 있는데 섣달 이맘때는 밤중이라고 해도 과언이 아니다. 해가 진 지 세 시간이 다 돼가니 사람들은 휴식에 들어갈 시각이다. 벌써 몇 시간 동안 선생과 제자는 배고픔도 잊고 100인회 이야기에 몰두해 있었다.

"성 군, 많이 늦었지? 식사 시간도 지났고 말이야."

교수님은 아직은 어떻게 하자는 결론은 내리지 않은 듯 준호의 의견을 묻고 있다.

"교수님. 오늘 조금 늦더라도 기왕에 말씀을 마저 해주시는 게 어떨까요?"

준호가 교수님의 의중에 동조하는 것 같은 말을 하자 교수님은 아무런 표정 없이 고개를 가볍게 끄덕거리더니 자리에서 일어나면서 대답하신다.

"그래? 어쨌든 밥때가 넘었으니 뭔 요기라도 좀 하세나."

그리곤 선 채로 스마트폰을 뒤적거리신다.

"제가 찾아볼게요."

준호는 양 교수님이 근처 배달음식점을 찾는 것으로 생각하고는 얼른 자신의 스마트폰을 켜면서 말씀드린다.

"아니네. 우리 학교 정문 건너편에 있는 김밥집에 전화를 걸려고 하네. 성 군도 괜찮지?"

그렇게 말씀하시면서 이미 전화를 걸고 있었다.

"우리 교수님. 어쩌다 아직도 저녁을 못 드셨어요?"

교수님 말씀대로 맛깔스러운 김밥으로 저녁 한 끼를 때웠다. 배달을 온 40대 중후반의 아주머니는 김밥집에서 일하는 분 같지 않게 털이 풍성한 목도리를 하고, 고급스러우면서 두툼한 코트를 입고 있었다.

그 여성은 두 사람이 김밥을 다 먹을 때까지 옆에서 이것저것을 챙겨줬다. 그러고 보니 김밥만 가져온 것이 아니라 된장찌개와 달걀 반숙도 두 개를 더 챙겼고, 맛있어 보이는 김장 김치도 함께 가져왔다. 준호는 그저 먹기에 바쁜 사람처럼 입에 김밥 토막을 열심히 집어넣었지만 어쩐지 분위기가 어색해서 목이 메는 것 같아 물 잔을 자주 입으로 가져갔다.

"천천히 먹게나. 그리고 이상하게 생각할 것 없어."

교수님이 한 말씀 하시는데 준호는 그것이 더 이상하게도 여러 생각이 스쳐 가도록 하는 것 같았다.

김밥을 다 먹자, 그 여성이 나갈 채비를 했다.

"오빠. 너무 늦게까지 무리하지 마세요. 가족들 속상하게 하지 마시고요. 저 가요."

"잘 먹었다. 춥기도 하고 미끄러울 수 있으니 조심히 가거라."

"네."

"뭘 그리 골똘히 생각하나? 쟤는 내 친동생일세. 사랑만 쫓아 시집가서 잘 사는가 싶더니 남편이 환경운동에 몰입하고 가세가 기울자, 지금은 손수 김밥집을 하고 있지. 어렸을 적부터 부지런해서 제 가족 건사하는 것은 넉넉히 하고 있으니 그나마 다행이랄까."

커피를 가져온 교수님이 가볍게 웃었다.

준호는 다시 얼굴이 붉어지는 것을 느끼면서 속으로만 피식 웃고 말았다. 그러면서 아무것도 모르는 것이 얼마나 쓸데없이 무모한 생각으로까지 번지게 하는 것인가에 대해 순간이나마 경험했다.

동조자들

식후 커피잔이 채 비워지기도 전에 양 교수님은 다시 말씀을 꺼내신다. 내일 함께 강원도 삼촌에게로 가는 일정이 있는데도 교수님은 오늘밤 모든 이야기를 다 쏟아놓으실 작정인 것 같았다.

"성 군, 나는 이런 일련의 한국 집권자들의 대중국 인식과 발언이 단순하게 한미일 삼각동맹을 완결하려는 과정에서 일어나는 자연스런 현상이라고만 보지 않아. 이것은 한미일 동맹 차원을 뛰어넘는 누군가의, 또는 어떤 조직의 고도로 치밀한 전략에 의한 결과물이라고 판단된단 말이야. 그 장본인은 바로 일본이라고 보고 있어."

"여기에도 100인회를 비롯한 일본 극우세력과 일본 정부가 개입됐다고 보시는 건지요?"

"아까 후지와라 씨의 자료를 토대로 내가 작성한 내용을 읽어봤잖은가. 실제 일본인들은 그 같은 일을 하고도 남지. 역사학자인 우리가 한 번 더 반추해 볼까? 구한말 일본이 정한론(征韓論)을 들고서 우리 조선을 먹으려고 왔을 때, 그들은 이미 조선 역사에 대한 왜곡을 준비해 왔지. 그 첫 번째가 단군조선의 부정이야. 우리의 역사서, 중국 역사서 등 수많은 곳에서 존재하는 단군조선을 부정하는 데서부터 일본의 침략은 시작되었지. 그전에 단군조선은 역사의 실체였단 말이야. 다만 그 시대에 만들어진 자료나 고고학적 자료들이 발견되지 않았거나 발견됐지만 무시하거나 왜곡돼 버린 바람에 우리가 그것을 체계적으로 만들어놓지 못한 부분이 있기는 하지만 엄연한 역사야. 신화라고 치부한 것은 바로 일본인들이었고, 조선총독부의 조선사편수회가 만든 반도사관, 또는 식민사관에서 단군신화라는 명칭이 공식 사용된 것이야. 안타깝게도 지금 우리 국사 교과서에도 버젓이 단군신화라는 말이 사용되고 있다네. 1986년이었던가, 대표적 친일 사학자였던 이병도 씨가 죽기 직전 병원에서 조선일보 기자와 기자회견을 한 일이 있지. 그는 자신이 잘못한 것 중에 실제인 단군조선을 신화로 비정(批正)한 것이었다고 고백했었네. 이처럼 자신들의 이익을 위해서 치밀하게 움직이는 집단이 바로 일본이네."

양 교수님은 잠시 호흡을 가다듬고 계신다. 엄연한 역사를 비롯해 수많은 조선의 역사를 왜곡하거나 없애버린 일본의 극악한 행위도 그렇지만, 일본인들의 일본을 위한 사관에 우리의 유수 한 대학의 사학자들이 아직도 붙잡혀 있다는 것이 분통 터질 일이기 때문이리라.

교수님은 잠시 후 말씀을 이으신다.

"후지와라 씨에 따르면 일본은 한중 관계를 악화시키기 위한 다각도의 공작을 분명히 진행하고 있다는 것이야. 그 방법으로는 한국의 극우세력을 뒷받침 해주어 그들이 움직이도록 한다는 것이지. 우선 한미일 공조 강화를 역설토록 하는 방식으로 한국 내 여론을 분열시키고, 북한과의 강 대 강 대결을 계속 유지하면서 한반도의 긴장도를 끌어올리는 한편, 이를 통해 한중 관계는 이념대결 국면으로 조성해서 상호 혐오와 갈등을 심화시키려는 공작을 펼치고 있다는 말이지."

"국내 어떤 조직들이 일본 100인회에 동조하고 있나요?"

"아직 구체적으로 나타나지는 않았지만, 후지와라 씨의 자료에 따르면 한국의 뉴라이트를 중심으로 그런 조직이 형성되고 있다는 것이야. 지금은 그들이 몸을 낮추고 있지만 아마 조금 있으면 대놓고 자신들의 정체를 드러내는 행위를 할 걸세."

"그렇지만 우리 대다수 한국인의 감정과는 동떨어져서 쉽지는 않겠지요?"

"물론 그렇겠지. 그러나 지금 권력을 쥔 사람들과 결속한다면 그 파급효과는 매우 클 걸세. 얼마 전 세종시에선가 어떤 정신 나간 사람이 3·1절에 일장기를 내걸었지 않은가. 이런 일들이 앞으로는 비일비재할 것이네."

"그럴 수도 있겠네요."

준호가 고개를 끄덕이면서 다시 여쭌다.

"교수님. 한중 관계를 나쁘게 하려는 일본의 이간계가 통할 수 있을까요?"

"통하다, 뿐이겠는가. 아주 효율적으로 작용하고 있지. 러시아 우크라이나 전쟁 이후 특히 군사적으로는 한미일 삼각 동맹 추진과 긴밀한 군사적 공조에 대해서는 누구도 토를 달지 못하는 상황이 되어버렸지. 한때 사회주의를 대표하는 러시아와 서방의 대결로 인해 신냉전주의라는 말이 돌 정도로 일부 국가에서는 이념에 대한 재무장이 되살아나고 있네. 바로 우리 대한민국이 그런 나라 중의 하나지. 아니 최선봉에 서있지. 그런 판국이니 안보를 위해서 한미일 삼각동맹을 구축한다는 논리는 비록 대세는 아니지만 한국 내에서는 지금 먹히고 있네. 그것에 편승해서 사회주의국가인 중국에 대한 혐오와 비난은, 꼬투리만 있어도 국내 언론들은 침소봉대하거나 빠뜨리지 않고 있지. 특히 한국을 비롯한 서방 국가에서는 중국과 관련해서 주로 나쁜 뉴스만 나가지. 내가 봐도 심할 정도야. 그러면서 중국에 대한 부정적 인식이 일반화되고 있는 측면도 많아. 이러니 중국이나, 중국인들에 대한 한국 내 평판은 상승작용을 일으켜서 지금은 악화일로에 있지 않은가.”

“구체적으로 일본은 어떤 행위를 벌이고 있다고 보시는 건가요?”

“우선 지금의 한국 내 최고 권력자와 집권당 관계자들의 인식을 완전히 바꾸어버렸다고 봐야지. 그 구실은 아까도 얘기했지만, 한미일 공조 및 굳건한 삼각동맹이며, 이를 위해서는 오직 친미(親美)이어야 한다는 논리야. 특히 이를 실현하기 위해서는 과거사 문제를 비롯한 일본과의 관계에서도 한국이 먼저 해결점을 제시하면서 앞서가라는 것이잖은가.”

“함정인가요?”

“함정이라기보다는 굴레에 갇힌 것이라고 봐야지. 이념과 친미라는 두 개의 굴레 말이네.”

“일본이 만들어 놓았고, 결국 그들이 이용하고 있는 형국이네요.”

준호가 탄식한다.

"일본은 세계 정세와 동아시아의 외교·안보 상황을 이용해서 교묘하게 한국 정부와 권력자들을 이런 두 개의 굴레에 가두어버렸지. 세상물정에 어둡거나 기득권 지키기에 여념이 없는 한국의 권력자들은 그 굴레가 어쩌면 편한 것 같아서 무작정 따라가는 것이야. 마치 아무것도 모르는 세 살배기 아이가 사탕을 받아먹으면서 유괴되듯이."

"그러나 교수님. 정부 관계자나 권력자, 정치인들만 가지고는 우리 국민의 정서를 일본이 의도한 대로 끌고 가는 것은 쉽지 않을 것 아니겠어요?"

"물론 그렇지. 그런데 한국의 언론을 한 번 보게나. 많은 방송, 신문사가 있지만 70% 이상이 보수 일색이네. 이들도 일본 극우세력의 손아귀에 걸려있다고 봐야 하겠지. 왜냐면 한국의 일부 보수언론들은 돈이면 악마와도 손잡을 수 있는 존재들이니까. 게다가 멋모르는 일부 언론들은 반중(反中) 정서를 이용해서 인터넷 기사 조회 수 올리기에 좋다는 내용은 앞다퉈 선정적으로 다루기도 하지. 무엇보다 안보라는 이유로 언론의 자유가 위축되고, 권력자의 행보도 진짜 언론을 경원시하는 의도가 엿보인다면 국민의 정서를 의도한 대로 끌고 가기는 더 쉽다고 봐야겠지."

"아까 본 자료에는 정치권 및 정부 관계자 외에 언론계, 학계, 보수단체는 물론 종교계까지도 일본 극우의 마수가 뻗쳐있다는데 참으로 걱정스럽습니다."

"그래. 후지와라 씨에게 기대를 좀 걸어보자고. 일본 극우세력들이 한국 내 누구와 어떤 단체를 포섭했고, 얼마나 많은 밀정을 심어놨는지 말이야. 후지와라 씨는 그 자료를 일부라도 곧 주겠다고 약속했다네. 그것으로 한 번 나라를 위해 싸워보세. 그 방법은 차차 의논해야겠지."

"저도 힘껏 싸우겠습니다!"

준호는 밤 10시 30분이 되어서야 내일 아침 9시까지 교수님 댁으로 가기로 약속하고는 연구실을 나왔다.

지하철 안은 따뜻했다. 밤이 깊어서인지 승객이 적어 준호는 자리에 앉을 수 있었다. 일곱 정거장을 가서 갈아타고서 또 네 정거장을 더 가야 집 근처 지하철역에 다다를 수 있었다.

양 교수는 연구실을 나오면서부터 몇 번인가 힐끔 뒤를 돌아봤다. 아까 성 군을 남겨놓고 화장실을 다녀오면서 느꼈던 묘한 불안감이 다시 스멀거렸기 때문이다. 교정에는 아무런 그림자마저 보이지 않았고, 방금 나온 연구실 건물에는 모두 불이 꺼진 상태로 검은 형체를 하고서 학교 뒷산을 일부 가리고 있었다.

눈에 거칠 것이 없어 보이자, 그는 다소 차분한 마음으로 서서 서쪽 하늘에 떠 있는 반달을 구경했다. 달이 추위에 떨고 있는 듯 흔들거리고 있는 것 같아 안경을 밀어 올려서 초점을 맞추니, 겨울밤 달무리가 희미하다.

이상기온으로 한겨울 동장군 기세는 아니지만, 그래도 겨울의 복판인 1월의 밤은 한기가 제법이다. 북쪽에서 쌩쌩 불어오는 겨울바람이 교정을 훑으며 지나가자 갑자기 으스스해진다.

그는 목도리를 감싸고 있는 코트의 옷깃을 여미고는 택시
들이 줄지어 기다리고 있는 곳으로 서둘러 발걸음을 떼었다.

파로호에 잠든 영혼들

화천으로 가는 길은 뻥 뚫려있었다. 올림픽 도로를 타고 가다가 얼마 전 개통된 서울 양양 고속도로를 올라탔다. 가다가 중앙고속도로를 갈아타서 춘천까지 갈 요량이다. 토요일 오전이면서 하행 길이어선지 차가 조금 막혔지만, 준호는 쉬지 않고 단번에 갈 수 있다는 생각으로 달렸다.

굳이 옆자리에 탄 양 교수님은 조수 노릇을 톡톡히 하시려는지 사모님이 준비해 주신 귤을 까서 입에다 넣어 주신다. 그러면서도 이번 화천에서 삼촌을 만나는 일을 비롯해 두 사람이 관련된 말씀은 한마디도 안 하신다. 준호는 잠자코 운전에만 집중했다.

"다음 휴게소에서 커피 한 잔 마시자고."

교수님의 말씀에 따라 준호는 한참 후 가평휴게소로 들어갔다. 비교적 한적한 휴게소 내 테이크아웃 커피숍에서 아메리카노 두 잔을 사 오신 교수님과 식당 의자에 앉아서 커피 향을 즐기고 있는데, 알 것 같은 사람이 언뜻 스치는 것을 느꼈다.

엉덩이를 들고 일어나려던 준호는 금세 그대로 자리에 눌러앉았다. 확실하지 않은 사람을 찾아보는 것은 자칫 예민해져 있는 교수님에게 불필요한 걱정을 더 해드리는 것 같았다.

"삼촌 내외를 모시고 나와서 점심이라도 대접해 드려야 하는데 어쩌실지 모르겠네 그려."

"그렇지 않아도 숙모께서 아침에 전화하셨어요. 토종닭 백숙을 준비해 놓는다고요. 아무런 부담 없이 오셨으면 좋겠다는 말씀도 교수님께 전해드리래요."

"이래저래 폐를 끼치는구먼."

"아닙니다. 교수님 덕분에 저도 오랜만에 몸보신도 좀 하겠습니다."

"엄밀히 말해서 나로 인해 성 군이 몸보신하는 것은 아니지. 그 반대일세."

교수님의 얼굴에 오랜만에 밝은 빛이 엿보인다. 인정은 이렇게 사람의 마음을 편안하게 하는 것 같다.

"출발해 보세."

커피잔을 비우고 나서 준호는 앞장서서 주차장으로 향했다. 그러면서 교수님이 눈치채지 못하도록 자연스럽게 주변을 살폈다. 아까 본 그 사람의 실루엣은 분명히 알고 있는 사람의 것이다. 그는 커피를 마시면서 그 그림자의 주인공을 생각해 냈다.

'그가 왜 하필 지금 여기 휴게소에 있을까?'

차에 탈 때까지 주변을 살폈지만, 그는 보이지 않았다.

☆

    삼촌 내외분은 언제나처럼 밝은 표정으로 준호와 양 교수님을 맞이해주셨다.

    "어서 오십시오. 교수님."

    "이렇게 폐를 끼치게 됐습니다. 양무선이라고 합니다."

    "성삼일 대령입니다. 우리 준호에게서 말씀 많이 들었습니다. 군인이지만 저도 역사와 사회학에 대해 관심이 많습니다. 훌륭한 스승을 만나서 행운이라고 준호가 얘기를 자주 했기에, 처음 뵙지만 서먹서먹한 느낌이 들지 않습니다."

    "저도 마찬가집니다. 사모님도 편안해 보이셔서 참 마음이 좋습니다."

    "별말씀을 다 하세요. 우리 준호 잘 부탁드립니다. 모쪼록 편안한 시간이 되시기를 바랍니다."

    숙모의 인사는 정갈하면서도 정다웠다.

    "그럼 폐라고 생각하지 않겠습니다. 사실 처음 뵈는 분에게 금방 이런 좋은 감정을 갖기가 쉽지는 않은데 오늘 두 분은 제게 특별한 것 같습니다. 그래서 제가 덕담 한 말씀 올리겠습니다. 중국의 역사책 '사기'(史記)에 '백두여신(白頭如新) 경개여고(傾蓋如故)'라는 말이 있습니다. 머리카락이 하얗게 셀 때까지 오랫동안 알았어도 서로 서먹한 사이 같고, 반면 길을 가다가 처음 만나 잠깐 우산을 함께 쓰면서 인사를 나눴는데도 마치 오래전에 사귄 친구 같다는 의미입니다. 저는 오늘 두 분에게 그런 좋은 느낌을 받습니다."

    "우리 교수님께서 정말 큰 선물을 주시는군요. 그렇게 생각해 주시니 저희가 더 반갑고 감사드립니다."

양 교수님의 덕담과 담소. 그리고 토종닭 요리로 맛있는 점심이 이어지면서 화천 삼촌의 관사에서는 웃음소리가 이어졌다. 서울과 달리 쌩쌩 부는 바람이 창문을 두드리지만 화천의 하늘도 맑아서 거실에는 햇살이 가득했다.

숙모가 내오신 따뜻한 모과차를 마시면서 삼촌과 양 교수님이 바짝 마주 앉았다. 준호는 옆에서 숙모와 함께 다소곳하게 앉아서 두 분의 대화를 들을 준비를 마쳤다.

삼촌은 양 교수님이 건네주신 문서 중 한글 번역본을 순식간에 읽고는 일본어로 된 서류도 뒤적거리면서 자세하게 살펴보았다. 양 교수님은 그런 삼촌을 지켜보면서 침을 삼키고 있었고, 준호는 숨 막히는듯한 분위기에 눈길을 어디로 둬야 할지 몰라 눈을 질끈 감기를 여러 번 했다.

"대령님께서 이 문서를 국가정책을 관장하는 높은 분에게 전달될 수 있도록 해주십사하고 이렇게 불쑥 찾아온 것입니다."

"교수님의 말씀이 무엇인지 알겠습니다. 그리고 이 문서의 성격에 대해서도 파악을 좀 했고요. 그런데 이 일은 신중하고도 충분한 고려가 필요하다고 생각이 됩니다. 말씀하셨지만 자칫 엉뚱한 사람의 손에 들어간다면 오히려 교수님이나 이 자료를 건네준 일본 분에게 엄청난 해가 갈 수도 있는 문제이기 때문입니다."

그러면서 삼촌은 준호를 바라본다. 말은 하지 않았지만, 해를 입을 사람은 준호도 포함된다는 의미 같았다. 금쪽같은 조카가 어쩌면 국가 간의 비공식 전투에 개입됐다는 생각에 삼촌의 마음이 편해 보이지 않은 것을 알 수 있다.

"그렇지요. 그러면 어찌하면 좋겠습니까? 저로서는 다른 방도가 없어서 이렇게 찾아뵌 것입니다."

"그것은 제가 방법을 찾아보겠습니다. 저도 지금으로서는 당장 누구에게 어떤 방식으로 전달해야 할지 방안이 서지 않는군요. 그렇지만 저도 군 생활 대부분을 정보기관에서 했기 때문에 방안을 찾을 수는 있을 겁니다."

"그렇게만 해주신다면야 저로서는 더할 나위 없지요."

"아닙니다. 듣고 보니 정말 중요한 일을 하고 계시네요. 그러나 제 생각도 그렇고 육감으로도 대단히 위험한 일인 것 같습니다. 각별히 조심하셔야겠습니다."

그러면서 삼촌은 다시 준호를 바라본다. 준호는 걱정을 하지 말라는 표시로 살짝 웃음을 지어 보냈지만, 삼촌의 꾹 다물어진 입술은 심각하고 심란한 마음을 대변하고 있었다.

"그리하겠습니다."

교수님이 얼른 대답했지만, 삼촌은 잠시 뜸을 들인 뒤 말씀하신다.

"앞으로 일주일만 시간을 주십시오. 그 동안에 이 문서를 어떻게 전달할지 저 나름의 판단과 계획을 말씀드리고 논의드리겠습니다."

"논의라니요. 저는 성 대령님께 이 문제에 대해서는 사실상 일임하고 싶습니다. 말씀드렸지만 독도문제는 지엽적인 것 일 수도 있겠지요. 일본은 우리 한국을 다시 장악하려고 100인회 같은 극우단체들까지 나서서 치밀한 공작을 하고 있으며, 독도침탈은 그 시작에 불과하다는 생각이 듭니다. 어쩌면 그렇게 구한말과 닮았는지 때론 오싹하기도 합니다."

"저도 교수님의 말씀을 듣고 나서야 일본의 독도침탈 야욕이 단순한 외교적 주장이 아니라는 것을 알았습니다. 국가를 수호하는 군인의 한 사람으로 정말 죄송합니다."

"아닙니다, 대령님. 이렇게 나서주시는 것만 해도 저에게는 큰 힘이 되고 있습니다."

"그런데 교수님, 아까 서류 내용 해설 부분에 독도문제가 1905년부터 시작됐다, 라고 하셨는데, 그 부분을 좀 알려주시지요."

"아, 그 부분이요? 이렇습니다. 1900년 10월 25일 대한제국 고종황제는 일본인들이 울릉도를 불법 침입해 산림벌채와 불법어로를 자행하는 것에 대응해, 울릉도와 독도를 지방 행정구역의 독립된 군(郡)으로 승격시키고, '울릉도와 죽도 및 석도(독도)를 관할 한다.'라는 내용의 칙령 41을 발표해 관보에 게재했습니다. 혹시 모를 일본의 억지 주장이나 침탈을 막기 위한 것이었지요."

"그렇습니까? 그러면 확실한 우리 영토가 맞지 않나요?"

"그렇지요. 문제는 그 이후 일본의 공작입니다. 1904년 독도 근해에서 한 해 수천 마리의 깡치를 잡아가던 일본인 어부 나가이(中井)가 대한제국에 독도에서의 어로 독점권을 신청하려 하자, 일본 정부가 이를 저지합니다. 그리고는 '독도는 일본 땅에서 버려진 무인도다'라는 억지 명분을 앞세워 일본 정부에 어로 독점권을 신청하도록 합니다. 당시에 한국인은 물론 일본인 어부들조차도 독도가 한국영토라는 것을 알았다는 이야기이죠. 그 후 일본은 1905년 1월 28일 내각 회의에서 독도를 무주지(無主地)로 전제, 일본 영토에 편입한다고 결정했습니다. 그런데 일본은 이 같은 독도편입을 중앙 관보에는 게재하지 않고, 그해 2월 22일 시마네현(縣)의 현보(縣報)에 슬그머니 게재했어요. 독도가 이미 한국의 영토라는 사실을 잘 알고 있었기에 벌인 도둑행태가 아니겠어요. 일본은 앞서 한국의 외교권 등을 모두 빼앗는 을사늑약을 같은 해 2월 15일 자행했지요, 이후 독도 청원을 내각에서 의결 통고한 날로 정하고서 독도를 일본 명칭인 다케시마의 날로 정하는 못된 짓을 벌였던 것입니다."

"그러면 독도문제는 미국과도 관련이 있다는 것은 무엇 때문입니까?"

삼촌의 질문은 계속됐고, 준호는 숙모와 함께 조용히 두 분의 대화를 듣고만 있었다.

"그것도 궁극적으로는 일본의 공작 때문에 벌어진 일입니다. 일본의 항복으로 태평양전쟁이 끝난 뒤 미국을 주축으로 한 연합군은 대일(對日) 강화조약을 추진합니다. 이때 연합국이 작성한 1차 초안에서 5차 초안까지에는 독도가 한국의 영토로 들어가 있었습니다. 그런데 일본이 공작을 벌였어요. 5차 초안을 입수한 패전국 일본은 휴회 기간 3개월 동안 승전국인 연합국들을 상대로 로비를 벌입니다."

"어떤 로비 말입니까?"

"일본은 독도를 미국 전투기의 폭격 연습장으로 제공한다는 등의 제안을 하면서 미국 측에 6,600만 달러라는 당시로서는 거금의 정치자금을 제공합니다. 독도를 가지고 미국과 거래를 한 것이지요."

"정말입니까?"

삼촌이 믿기지 않는다는 표정으로 물으신다.

"사실입니다. 이를 통해 일본은 강화조약 6차 초안부터 9차 초안까지에는 독도는 주인이 없는 땅이었으며, 1905년 합법적으로 일본 영토에 편입됐다, 라는 내용이 들어가도록 만들었습니다."

"그렇다면 미국의 개입이 확실해 보이네요."

"대령님. 당시 연합국 사령관은 미국의 맥아더였습니다. 실제 협상을 비롯한 모든 전후처리는 미국이 주도하고 있었기 때문에 이 부분은 적어도 미국의 적극적인 양해나 결정이 없었으면 불가능하다는 것이지요."

삼촌의 표정은 많이 일그러져있었다. 준호도 일본의 독도 침탈까지 미국이 중요한 몫을 담당했다는 사실에 속에서 부아가 치밀어 올랐다.

"그런데, 대령님. 이후 반전이 있었습니다. 일본의 로비로 작성된 이 같은 초안이 1951년 9월 8일 조인된 샌프란시스코 강화조약에서는 채택되지 않았습니다. 당시 우리 정부가 어떤 노력을 기울였는지 저는 모르겠지만 연합국의 일원인 영국, 호주, 뉴질랜드 등 다른 연합국이 일본의 주장을 받아들이지 않았던 것이지요. 이런 우여곡절이 있었지만 결국 연합국은 독도가 일본의 영토라는 문서는 남기지 않습니다. 물론 한국의 영토로 인정하는 결정적인 문서도 만들지 않았지요. 일본의 주장을 받아들이지 않았다는 것은 독도가 원래 한국의 영토라는 것을 인정했다는 합리적 해석이 가능하지요."

"이렇게 명백한데 왜 일본은 그토록 독도에 집착을 하는 건가요? 저도 피상적으로만 알고 있어서 이번 기회에 교수님의 말씀을 더 듣고 싶습니다."

"저들이 악착같이 독도에 집착하는 것은 경제, 군사, 안보 등 동해에 대한 엄청난 이해가 걸려있기 때문입니다. 독도를 일본 땅으로 하면 배타적 경제수역(EEZ)에 따른 어업협정과 독도 인근 해저에 대한 광물 개발권, 한일대륙붕 공동개발 협정 등 한일 간 첨예한 부분에서 우위를 점할 수 있다는 음흉한 계산이 깔려있습니다. 당연히 군사 안보적 측면에서도 엄청난 이익이 존재하고요. 이런 목적하에 일본은 독도를 분쟁화시켜서 국제사법재판소에서 최종 승소 판결을 받아내겠다는 전략을 추진하고 있는 것입니다. 아까 읽으신 서류에 담긴 것 그대로입니다."

"교수님, 제 판단으로도 만일 독도가 일본으로 넘어간다면 우리 한국은 동해에서 경제는 물론 군사적 주도권마저 엄청나게 큰 손실이 예상되지요. 사실 1904년~1905년에 벌어진 러일전쟁 때 독도 인근에서 마지막 해상전투가 있었습니다. 지금에도 독도는 전략적 가치가 매우 큰 곳입니다. 중국과 러시아가 동해서 연합훈련 또는 공동작전을 펴는데 대항해서 미국과 일본은 독도를 가장 중요한 지점으로 여기고 있기 때문입니다."

"그래서 독도문제에 대해서는 단호하면서도 철저한 대응이 필요합니다. 게다가 지금 일본은 독도 분쟁을 기정사실화하고 있으면서 정부와 100인회 같은 극우단체 등 모든 자원을 총동원해서 침탈을 노골화하고 있으니 안타까운 심정입니다. 제가 한낱 역사·사회학자로서 학생들을 가르치고 있지만, 이 같은 사실을 안 이상 그냥 있을 수가 없네요. 현직 군인 신분인 대령님께 이렇게 무겁고 힘든 과제를 안겨드려서 송구하기도 합니다. 다시 한번 죄송스럽고, 깊이 감사드립니다."

"아닙니다, 교수님. 저는 대한민국 군인입니다. 국토를 수호하고 국민의 생명과 재산을 지키는 일이 저의 소임인데 어찌 이런 일을 마다하겠습니까. 다만 이 일에 일본 정부는 물론 매우 무섭고 치밀한 일본 초국가 조직까지 가세하고 있다고 하니 매우 우려스럽습니다. 염려하시는 바와 같이 우리 대한민국 내부에도 일본의 앞잡이들이 있다는 것은 모두 인정하고 있는 사실이니 더더욱 조심하시는 것이 좋을 것 같습니다."

삼촌은 긴 대화를 하시면서도 이번에는 조카에게 눈길을 주지 않았다. 30년 가까이 군에 몸담아 온 삼촌의 표정은 매우 진지했으며, 전투 상황 또는 전세에 대응해 무언가 결단을 내리려는 군 지휘관의 모습 같아 보였다.

"이번 여름방학 때 오기는 하겠지만 겨울의 파로호도 보기 괜찮다. 언 강물 위로 하얀 눈이 쌓여서 마치 설원에 온 것 같은 느낌이 들어서 아름답기도 하단다. 겨울철이지만 전망대로 가는 도로는 다 포장이 되어서 차로 이동하기도 어렵지 않아."

숙모의 말씀에 준호가 대답을 못하고 있자 양 교수님이 나서신다.

"사모님, 이 기회에 저도 겨울 파로호 구경 좀 했으면 하지만 서울에서 일정이 있어서요."

"이렇게 오셨는데 하룻밤 묵으시면서 쉬어가세요. 복잡한 서울의 밤과는 아주 다르답니다. 바람 소리는 많이 나지만 자연의 소리여서 생각이 제법 맑아진답니다."

숙모의 말씀이 끝나기도 전에 삼촌도 거드신다.

"웬만하면 쉬었다가 내일 가셔요. 저희하고 파로호 구경도 좀 하고요. 참, 준호에게는 해줄 말도 있다. 지난번 부탁한 중공군 관련 자료 말이다."

삼촌까지 나서고, 파로호 자료 얘기까지 나오자, 교수님은 아무 말씀도 안 하시고 그저 잔잔한 미소만 띠고 계신다.

　"삼촌, 그동안 뭐 좀 알아놓으셨어요?"

　"중공군 60군단 180사단이라면 1951년 5월 15일부터 그달 말까지 우리 국군 6사단 및 미군과 경기도 가평과 춘천시 사북면 일대에서 치열한 전투를 벌였었지. 당시 전투 상보를 살펴보니까 180사단은 거의 궤멸이 되다시피 했더구나. 국민당 출신 병사들은 상당수 항복을 해서 포로로 잡히기도 했고."

　"나연이 할아버지가 바로 그 부대 소속이었답니다. 생사가 확인이 안 되니 중국 정부에서는 처음에 실종으로 판단했다가 나중에는 전사한 것으로 분류했다 하더라고요."

　"그때 포로 협상 명단에 없었다면 전사한 것이 확실하겠지."

　"나연이 할아버지 전사 장소도 대충 그 어디쯤이겠군요."

　"그렇다고 봐야지. 내가 그 당시 벌어졌던 한국군 전투상보를 살펴보고, 또 파로호 지암리 전투에 대한 여러 논문을 읽어본 결과 아마도 춘천시 사북면 지암리와 파로호 부근에서 전사했을 가능성이 가장 크다고 본다."

　이때 옆에서 잠자코 듣고만 계시던 숙모가 나선다.

　"여보, 당시 파로호에 중공군 시신을 몽땅 수장했다는 얘기는 왜 안 해주시는 거예요?"

　삼촌은 그런 숙모를 쳐다보지는 않고 창 쪽으로 눈길을 돌리면서 아무 말씀도 안 하시는데, 준호는 눈을 동그랗게 뜨고 삼촌과 숙모를 번갈아 바라보았다.

　"여보. 당시에 있었던 그 부분에 대해서 사실대로 얘기해

주셔요. 이미 지나간 일이지만, 알아야 할 것은 알아야 하지 않겠어요? 여기 화천에서는 모르는 사람이 없는데 말이죠."

"그런 일이 있었나요?"

준호가 삼촌과 숙모를 번갈아 쳐다보면서 천천히 물었지만 아무도 대답은 없다. 그런데 잠자코 계시던 양 교수님이 의외의 말씀을 꺼내놓으신다.

"저도 그런 얘기를 들은 적이 있습니다. 벌써 20년이 다 된 얘기지만 김대중 정부 시절에 이 문제가 수면 아래서 잠깐 거론된 적이 있었지요. 강원도 화천의 파로호에 중공군 유해 수만 구가 수장되어 있다는 것에 대해서요."

"그런 적이 있었어요?"

숙모의 반응에, 양 교수님은 "네, 제가 알기에는 당시 우리 정부와 중국 정부 간 상당히 깊숙한 대화가 오갔던 것으로 알고 있습니다. 서로 껄끄러운 주제여서 공개적으로 대화를 나눌 형편은 못 되는 것이었기에 사람들은 잘 모르고 있었을 겁니다."라고 말했다.

"교수님. 그런데 왜 양국 정부가 서로 껄끄러운 주제인가요? 지금도 한국 내에서 중공군 전사자 유해를 발굴해서 송환하고 있지 않습니까?"

준호가 이해하지 못하겠다면서 질문을 하자 양 교수님은 삼촌을 지긋이 바라보신다. 듣고는 있지만 표정에는 별다른 반응을 보이지 않고 창밖만 바라보고 있는 삼촌에게서 준호에게로 눈길을 돌린 양 교수님은 호흡을 가다듬으시고는 말씀을 이으신다.

"내가 알기로는 1951년 5월 중공군 마지막 춘계 대공세 때의 일 이었을 거야. 당시 전투에 패해 후퇴하던 2만 명이 넘는 중공군들이 파로호 인근에서 전사를 했는데, 미군들이 그 시신들을 파로호에 수장을 해버렸다는 거야. 바로 이 부분이야. 중국 정부 입장에서는 승리를 주장하고 있는 한국의 항미원조 전쟁에서의 패배 기록이고, 반면 미국은 중공군 전사자들을 제대로 처리하지 않고 모두 물속에 넣어버린 것이지. 중국 정부는 아픈 기억이고, 한국은 우방인 미국 군인들이 일종의 전쟁범죄를 저지른 것이기에 세상에 드러내놓고 말하기가 서로 껄끄럽지 않았겠어?"

양 교수님은 그렇게 말씀하시는 중간중간 삼촌에게로 슬쩍 눈길을 돌리면서 기색을 살피는 것 같았다. 아직도 삼촌의 표정 변화는 없다.

"교수님. 중국 정부는 그렇다 쳐도 시신 수장이 왜 전쟁범죄인가요?"

"그건 전쟁 중이라도 적군 포로에 대해서는 학대를 하지 말아야 하는 등 제네바 협정이라는 것이 적용된다네. 그 속에는 적군의 전사자에 대해서도 매장을 해주는 등의 적절한 조처를 해줘야 한다는 내용이 포함돼 있지. 적군의 전사자가 너무 많아 귀찮다고 해서 한꺼번에 강물에 쓸어 넣어버리는 행위는 비인도적 행위라고 볼 수 있지 않겠나?"

준호는 대답 대신 머리를 천천히 끄덕이면서 양 교수님의 말씀을 이해했다.

"저도 여기서 주민들로부터 그런 얘기를 많이 들었어요. 화천 인근 부대에서 오랜 기간 근무하신 부사관 가족들도 똑같은 이야기를 해줬고요. 그래서 파로호에서는 밤낚시도 잘되지만 귀신이 나온다는 얘기도요."

숙모는 몸을 움칠거리면서 약한 여인의 품세를 보이신다.

"귀신은 무슨."

이제껏 잠자코 계시던 삼촌이 혼잣말로 한마디 하신다. 그래도 눈길은 여전히 창밖이다.

"당신도 함께 들었잖아요? 거, 작년에 전역을 앞둔 김 원사님 가족을 초청해서 함께 식사할 때 파로호에 얽힌 슬픈 이야기라고 하면서 그 부인이 말씀하신 것을요. 어휴, 그때도 김 원사님이 무슨 쓸데없는 말을 하냐면서 면박을 줘서 옆에 있는 우리까지 당황했잖아요. 당신의 지금 태도도 그때 김 원사님과 같이 매우 냉소적입니다, 서방님."

남편의 굳어진 표정을 살피면서도 할 말은 다 하시는 숙모는 그래도 살가운 호칭으로 어색한 분위기를 풀려는 노력도 곁들이신다.

"삼촌. 파로호에 중공군 시신들이 그렇게 많이 수장된 게 사실인가요?"

준호가 이제는 삼촌에게로 질문을 던졌다.

"우리 준호 질문이 어째 삼촌을 압박하는 것 같네. 그리고 너무 깊이 들어오는 것 아니냐? 자기 여자 친구 할아버지 일로 시작해서 이제는 한국전쟁사까지 들추고 있으니, 허허."

의외로 밝은 목소리다.

"삼촌, 죄송해요."

준호가 머리를 긁적이면서 멋쩍은 웃음을 보인다.

"그래. 기왕 나온 얘기니 좀 해줄게. 정확히 말하면 1951년 5월 초부터 그달 말일까지 한국군과 미군은 지암리 파로호 인근 전투에서 중공군 2만 4,000명을 사살한 전과를 올린 것은 사실이다. 포로도 약 1,000명 이상을 잡았고. 그런데 분명한 것은 당시 중공군 전사자들을 파로호에 수장했다는 공식적인 기록은 없단다."

"그러면 그 말이 사실이 아니란 것인가요? 시신들을 강물에 넣어버린 것이요."

"나로서는 그 말에 대해 정확한 답을 해줄 수는 없구나. 나는 현역 군인이고, 파로호 일부의 관할 부대 연대장으로서 나의 말은 책임을 져야 하기에, 객관적으로 확인된 사실이어야만 말할 수 있단다. 그 부분에 대한 진실을 파헤치는 것은 역사학도인 너의 과제인 것 같다. 필요하면 당시 전투 상황을 비롯해 많은 이야기를 남긴 전투상보와 이를 토대로 쓴 논문들을 구해주마."

삼촌의 말씀은 단호했다. 어쩌면 진실을 알고 있으면서도 말을 할 수 없는 현역 고위 장교의 입장을 그대로 표현한 것이리라. 준호는 삼촌의 그 입장 이해되고도 남았다.

"그렇게 하겠습니다."

준호의 다소곳한 태도에 숙모가 다시 나섰다.

"준호야. 숙모가 도와줄게. 나는 이곳 현지 사람들을 만나잖니. 문학 수업을 하면서 많은 사람들과 대화를 하면서 일제강점기 때 화천수력발전소를 건설하면서 한국인 강제 징용자들이 많이 희생됐다는 것도 알았다. 아직 돌아가시지 않고 그때의 일을 기억하는 분들도 계실지 몰라. 이 숙모를 기대해 봐. 그리고 덧붙이는 건데, 이건 성 모 연대장님의 부인이 아닌 역사를 밝히고자 하는 조카를 도와주려는 어느 여성 문학인의 행동이라고 보면 된다. 알았지?"

숙모의 말씀에는 뼈가 있었다. 조카에게 속 시원히 말을 해주지 않는 남편의 처지를 이해한다면서도 자신이 나서는 것은 이해해달라고 못을 박는 것이다.

"우리 숙모님 최고입니다."

준호의 활기찬 목소리가 거실을 울린다.

"시간이 많이 지체됐는데 그만 출발하는 게 어떨까?"

파로호 이야기가 대충 정돈이 되자 양 교수님이 자리에서 일어날 태세를 갖추면서 말씀하신다.

"교수님, 진짜로 가시게요?"

숙모가 다시 붙잡고, 삼촌도 다시 한번 하룻밤 유숙을 권하신다.

"그러세요, 교수님. 기왕 이렇게 어려운 걸음 하셨는데 편히 좀 주무시고 내일 가셔요. 저에게 좋은 말씀도 더 해주시고요."

"아 아닙니다. 이렇게 중요한 말씀으로 대령님께 부담을 드렸는데 어찌 저라고 한가롭게 여유를 찾겠습니까. 그리고 우리 집에는 여자들만 있어 놔서 늦게라도 가봐야 할 것 같습니다."

그러면서 양 교수님의 시선이 준호에게 옮겨오자, 그는 얼른 대답을 찾았는지 옆에 앉은 숙모의 팔을 가볍게 잡으면서 말한다.

"숙모. 저희 가봐야 할 것 같아요. 여름방학 때 올 거니까 그땐 숙모께서 귀찮다고 할 때까지 신세를 질 거예요."

"그러면 할 수 없구나."

준호는 삼촌에게 깍듯이 인사를 하고는 겨울바람이 틈새를 비집고 들어오는 현관문 쪽으로 향했다.

후지와라의 죽음

양무선 교수는 주방으로 가서 과일을 챙겨 나왔다. 아내가 깨끗하게 씻어놓은 사과와 딸기가 담긴 그릇을 들고서 소파에 앉아 TV를 켰다. 당뇨 경계 수치에 있는 그는 아침에 일어나면 공복에 미지근한 물 한 컵을 마시고는 스트레칭을 한 뒤 큰 사과 반 개를 껍질까지 먹었다.

"여보, 휴대폰이 계속 울리네요."

아내가 휴대폰을 들고서 안방에서 나오며 하는 말이다.

양 교수는 거실 벽의 시계를 바라보았다. 7시가 조금 넘어가고 있었다. 이렇게 이른 아침에 누가 전화를 건 것일까? 거의 없는 일이다. 그는 순간 불길한 예감이 들었다. 가슴이 두근거린다. 예전에 없는 신체의 변화다. 건강검진을 해도 고혈압이 확인되지 않는데, 얼마 전부터 주변 환경의 시각적 변화나 조그만 감정의 변화에도 심장 고동이 확연하게 느껴질 정도로 빨라진다.

"여보 뭐해요?"

아내가 휴대폰을 건네주고 있는데도 양 교수는 받지 않고서 심신의 변화에만 촉각을 세우고 있다.

"아, 미안해요."

휴대폰 화면에는 모르는 전화번호가 뜨고 있다. 양 교수는 망설여졌다. 좋은 느낌이 들지 않아서일까, 아님, 전화가 끊어졌으면 하는 마음 때문일까, 그는 잠자코 화면을 바라만 보고 있었다.

"무슨 전화길래 안 받는 거예요?"

걱정이 담긴 아내의 목소리에 그는 퍼뜩 정신을 차렸다. 괜한 생각과 행동으로 쓸데없는 걱정을 끼친다는 생각이 들었다.

"여보세요?"

"여보세요. 양무선 교수님이시죠?"

상대방은 여성이었다. 유창한 한국말이지만 외국인, 아니 일본 말투가 금방 느껴진다. 검은 테 안경을 쓴 후지와라 씨가 금방 떠오른다.

"그렇습니다. 누구신가요?"

"혹시 후지와라 상을 아시지요?"

말이 단도직입적이다. 양 교수는 흠칫했다. 가슴이 요동을 치도록 심장박동이 빨라진다. 그러다가 순간 안도의 한숨을 조용히 내쉬었다. '혹시 내게 무슨 일이 있거나 급히 연락드릴 일이 있으면 한국에 있는 여성분에게 전달하도록 하겠습니다. 한국인 남자와 결혼을 한 일본 여성인데 믿을 수 있는 분입니다.'라는 후지와라 씨의 말이 생각났기 때문이다.

"잘 알고 있습니다. 그런데 무슨 일이 있습니까?"

"저는 어젯밤 일본에서 왔습니다. 가급적 빨리 교수님을 만났으면 합니다."

148

"그래요? 급한 일인가 보죠?"

다시 가슴이 두근거리기 시작한다.

"아니, 만나서 말씀드리겠습니다."

"그럼, 몇 시쯤 가능한가요?"

"저는 오전에도 좋습니다."

"그러면 우리 대학으로 오시겠어요? 혹시 제가 재직하고 있는 학교를 아시나요?"

"잘 압니다. 그러나 그곳이 아니라 다른 곳이면 좋겠습니다."

"다른 마땅한 장소를 찾는다면, 음, 서울 지리를 잘 모르시잖아요?"

"아니요. 제 남편이 태워다 줄 것입니다. 시간과 장소만 결정해 주시면 거기로 갈 수 있어요."

"알겠습니다. 그러면 장소와 시간을 정해서 이 전화번호로 메시지 보내드릴게요."

"고맙습니다."

☆

행주산성 밑으로는 맛집으로 소문난 음식점들이 꽤 많다. 아직 통째로 개발이 되지 않아서 군데군데 옛 당산나무들도 있고, 시골 집터에 멋지게 지은 카페 건물도 여러 군데다.

양 교수는 작년 가을 아들이 휴가 나왔을 때 모처럼 가족끼리 교외로 나왔는데, 행주산성 맛집을 찾아낸 아들의 안내로 와본 적이 있는 굴비 집 앞 카페를 생각해 냈다.

오전 10시 30분에 만나기로 한 양 교수는 일찌감치 집을 나섰다. 그는 운전을 하면서 휴대폰을 몇 번이나 만지작거렸다. 성 군에게 전화를 해서 가는 곳을 말해줘야 할지 말아야 할지를 고민하고, 무슨 일로 급히 만나자고 하는지에 대한 의문과 궁금증이 꼬리에 꼬리를 물고 있을 즈음 차는 어느새 카페에 도착했다. 약속 30분 전이다.

무슨 일일까? 후지와라 씨는 지금껏 자신이 직접 연락해 왔다. 그는 주도면밀하게도 자기 전화번호를 쓰지 않았고, 항상 다른 전화번호를 사용했었다. 그리고 자신이 어쩌지 못하는 상황에서는 다른 사람을 보내겠다는 말을 애당초 했었다. 오늘처럼 다른 사람을 보내는 것은 무슨 일이 있는 것이리라. 양 교수는 이 상황이 결코 좋은 징조는 아니라는 생각이 든다.

그는 턱을 괴고 창밖을 바라보았지만, 앙상한 가지들만 정월달 삭풍에 흔들거리는 것 외엔 별다른 감흥을 주는 겨울 풍경은 들어오지 않는다. 그는 답답했지만, 무료하게 앉아있을 수밖에 없었다. 그러자 마음이 깊은 수렁 속으로 차츰차츰 들어가는 듯, 허공에 떠 있는 듯 무기력해지는 느낌이다.

'성 군이라도 옆에 있었으면 좋았을걸.'

문득 이런 생각이 들자, 자신도 모르게 안주머니에서 휴대폰을 꺼냈다.

"성 군, 오늘은 집에서 쉬고 있겠네?"

"교수님, 그동안 밀린 책 좀 읽고 있습니다. 삼촌에게서는 아직 연락이 없으시네요. 제가 일부러 전화를 드리지 않아도 아마 말씀하신 대로 사전 준비나 어떤 절차를 진행 중일 거예요."

"그것 때문으로 전화를 한 것은 아니네. 말씀드린 지 겨우

4일밖에 지나지 않았는데 벌써 재촉할 수야 있나."

"무슨 다른 말씀이라도?"

"그냥 잘 있는지 궁금해서 전화한 걸세."

"삼촌께서 연락이 오면 바로 전화를 드리겠습니다."

"고맙네."

"교수님, 힘내십시오."

"그래."

통화가 끊겼지만, 양 교수는 아직도 수화기를 귀에 대고 있다. 끝내 오늘 만남을 얘기하지 못하고 말았다. 일거수일투족을 감시당하고 있다는 생각으로 중압감에 가득한 처지를 누군가에게라도 알리고 또 의지하고 싶지만 그럴 수 없는 형편이다. 한편으로는 양 교수 개인의 일이 아닌 국가의 일, 민족의 일인데도 불구하고 여러 사람에게 속 시원히 터놓고 함께 대응하지 못하고 있는 현실도 참으로 개탄스럽다. 거대한 일본의 힘과 치밀한 공작 앞에서 무기력하게 무너져 내리는 조국의 현실을 차마 볼 수 없어서 스스로 목숨을 끊은 매천(梅泉) 황현(黃玹)을 비롯한 많은 우국지사의 분하고 고독한 심경은 어떠했을까. 그분들이 가졌을 고뇌와 괴로움의 10분지 1도 안 되겠지만, 요즘은 무척이나 힘들다는 생각이 가끔 들었다.

"혹시 양무선 교수님 아닙니까?"

고개를 든 양 교수 앞에는 오목조목한 얼굴의 젊은 여성이 서 있다.

"제가 양무선 맞습니다. 일본에서 오신 분이시지요?"

"맞아요. 제가 전화를 드렸었어요."

그러면서 허리를 거의 반으로 접어 인사를 한다.

양 교수는 엉거주춤 일어나 여인에게 자리를 권하면서 슬쩍 주변을 살폈지만, 다른 사람은 보이지 않는다.

"남편분과 함께 오신다고 하지 않으셨나요?"

"아닙니다. 남편은 저를 여기에 태워다주고 갔습니다."

비교적 짧은 문장으로 말한다.

"그렇군요. 반갑습니다. 정식으로 인사를 드리지요. 저는 양무선 교수입니다."

"저는 이시카와 아이코(石川 愛子)라고 합니다."

잠시 침묵이 흐른다. 서로 무슨 말을 해야 할지를 모르는 사람들처럼 가만히 있는데, 양 교수는 양손으로 깍지를 꼈다 풀었다 반복하면서 아이코라는 여자의 입이 열리기만을 기다렸다. 왠지 그녀를 똑바로 바라볼 엄두가 나지 않는다.

초조해하는 양 교수를 잠시 바라보고만 있던 아이코가 침묵을 깼다.

"교수님. 놀라지 마십시오. 후지와라 상이 사망했습니다."

순간 뒷머리에 무언가 부딪치는 느낌이 오면서 현기증이 엄습한다. 눈앞에 있어야 할 사람도 보이지 않는다. 그는 눈을 감고 말았다. 귀에도 아무런 소리가 들리지 않았다. 가슴도 쿵쾅거린다. 그는 맞잡은 두 손을 더 꽉 잡았다. 잡을 수 있는 것이 그것밖에 없었다. 기억의 저편에서는 후지와라 씨가 안경을 밀어 올리면서 앉아 있다.

양 교수는 심호흡을 두어 번 하고는 겨우 자세를 잡을 수 있었다. 그제야 아이코를 차분하게 바라보니 그녀는 고개를 숙인 채 흐느끼고 있다.

반면, 그는 점차 안정을 찾아갔다. 아니 어쩌면 예상한 일이기도 했었는지 모른다. 아침 일찍 모르는 전화가 온 것부터, 그리고 후지와라 씨가 자기 대신 연락해 줄 사람이 있을 거라는 말을 했었다는 것도, 두근거리는 가슴을 안고 기다리는 내게 차마 바로 말을 하지 못하고 있는 그녀의 태도에서 양 교수는 이미 매우 좋지 않은 일이 벌어졌을 것이리라고 직감했다. 걱정과 두려운 마음은 뇌에서 호르몬을 분비해 혈관이 수축이 되면서 신경이 예민해지는데, 양 교수는 인사를 하는 그녀의 음성에서 이미 불길함을 감지한 것 같았다.

그는 잠자코 있었다. 이번에는 그가 아이코라는 여자에게 시간을 주고 있다. 그러나 시간이 흐를수록 점차 두려움이 해일처럼 밀려왔다. 후지와라 씨가 왜, 어떻게 죽었는지 아직 들어보지도 못했는데도 그의 이성과 감성은 벌써 저만치 앞서서 반응을 나타내고 있다.

"후지와라 상이 교수님에게 꼭 전달해 드리라는 것입니다. 사망 일주일 전 저에게 주셨습니다."

그녀는 어느 정도 진정이 됐는지 핸드백에서 조그만 편지 봉투를 하나 꺼내 건네준다.

양 교수는 눈으로는 주위를 둘러보면서 그녀로부터 편지 봉투를 받아서 안주머니에 넣었다. 그러면서 살펴본 봉투는 밀봉돼 있었고, 손에 느끼는 감촉으로는 종이 외에 조그만 물체가 하나 들어있는 것 같았다.

"아이코라고 하셨지요? 한국말을 잘하시는군요."

"제 남편은 한국 사람이어요."

양 교수는 대답 대신 얼굴을 끄덕였다. 아침에 전화를 받을 때, 아니 이미 후지와라 씨에게 들었던 것 같았다.

"여기는 카페라서 마실 것을 주문해야 하는데 무엇을 드시겠습니까?"

"저는 커피가 좋겠습니다."

양 교수는 주문하러 가기 위해 일어섰다. 다리에 힘이 빠졌는지 걸음걸이가 휘청거리는 느낌이다.

"아메리카노 두 잔 주세요. 따뜻한 것으로요."

커피잔에서 김이 모락모락 거리면서 코끝을 간지럽히지만 두 사람은 마실 생각은 하지 않고 그냥 바라보고만 있다.

"후지와라 상의 죽음은 좀 석연치 않습니다."

비음이 약간 섞인 아이코의 말이 그의 귓전을 두드린다. 그는 커피잔에서 눈을 떼고 아이코를 바라보았다. 그리곤 아랫입술을 안으로 오므려 위 이빨로 지그시 눌렀다. 심장이 다시 쿵쿵거리기 시작한다.

"정확히 표현하면 후지와라 상 주변 사람들은 그가 그렇게 사망한 것에 대해 이해하지 못합니다. 제 남편도요."

뒤이은 그녀의 말에 양 교수의 마음 저 깊은 곳에서 어떤 물줄기 같은 것이 솟아오르려는 꿈틀거림이 느껴진다.

"공식적으로 발표했나요?"

양 교수가 이제는 담담한 표정으로 묻는다.

"휴양 차 간 일본 구마모토현의 아소산(阿蘇山) 근처 온천 목욕탕에서 숨진 채 발견이 됐답니다."

"사망원인은 무엇인가요?"

"혼자 목욕하다가 질식해서 사망한 것으로 발표가 됐는데, 저도 자세한 내용은 잘 모르겠습니다. 다만……."

"다만 무엇입니까?"

"후지와라 상이 사고 나기 3일 전에 제게 전화하셨습니다. 지금 제가 드린 그 봉투를 교수님께 꼭 전해드리라고요."

"어떻게 전달을 받았나요?"

"만나지는 않았습니다. 오사카 난바역에 있는 코인 물품 보관소에서 가져왔습니다."

"그때 바로 저에게 연락을 안 하셨군요."

"후지와라 상은 자기에게 무슨 일이 생기면 바로 전달해 드리라고 했습니다."

양 교수는 고개를 끄덕이는 것으로 대답을 대신하면서 자신도 모르게 곰곰이 생각에 들어갔다. 아이코의 말대로라면 후지와라 씨는 이미 자신에게 어떤 일이 생길 거라는 것을 미리 알고 있었다는 얘기가 되는 것이다.

"언제인가요? 후지와라 씨가 사망한 날이?"

"장례를 치른 지 이제 3일 되었습니다."

"후지와라 씨의 죽음에 대한 언론보도라도 있었나요?"

"전혀 없었습니다."

"그러면 아이코 씨는 어떻게 아셨나요?"

양 교수는 그렇게 질문을 해놓고는 자신이 마치 수사관이 피의자를 조사하듯 말하고 있다는 것을 자각하고는 그녀에게 살짝 고개를 숙였다. 그러나 아이코는 개의치 않은 태도다.

"저와 후지와라 상과는 3일에 한 번씩 통화하기로 약속이 되어 있습니다. 물론 특별한 연락이 아니면 제가 전화합니다. 개인 휴대전화로 연락이 안 되면 집으로 전화를 하지요."

"아이코 씨가 그동안 수고가 많으셨군요."

그러자 그녀가 손사래를 치면서 말한다.

"저는 단순히 후지와라 상의 의뢰를 받고 움직인 것뿐입니다. 두 분이 어떤 문제로 연락을 하시는지는 전혀 알지 못합니다."

"그래도 그런 역할을 해주시는 게 쉽지 않은 일이지요."

"별거 아닙니다. 그리고 저는 후지와라 상으로부터 은혜를 입은 적도 있습니다. 대학 다닐 때 장학금을 받았는데, 그분이 그 재단의 이사로 계셨습니다. 그때부터 알았고, 사실 지금 남편도 후지와라 상이 소개를 해 줬습니다."

"그렇습니까? 남편하고는 어떻게 만나셨어요?"

양 교수는 갑자기 그녀의 남편이 궁금해졌다.

"제 남편은 한국 금융회사 직원입니다. 일본 오사카에 파견 나왔을 때 만났습니다. 사실 제가 한국 남자와 결혼하고 싶었거든요."

아이코는 약간은 상기된 얼굴이지만 대수롭지 않게 대답한다.

양 교수는 다시 고개를 끄덕이는 것으로 그녀에게 간단히 반응했다. 더 자세하게 물어보는 것이 실례라는 생각이 들었고, 후지와라 씨의 죽음에 관련된 이야기를 최대한 많이 들어야 하는 판국에 쓸데없는 연애사를 캐묻고 있다는 것이 스스로에게 아쉽기도 했다.

"후지와라 씨의 가족들은, 부인과 자녀들도 있나요?"

"부인과 아드님 한 분이 계시는데 매우 애통해했습니다. 특히 부인은 실신할 정도였어요. 부부 사이가 좋았다고 합니다."

"평소 지병이 있었다는 얘기는 없었나요?"

양 교수는 한 발짝 더 들어갔다.

"당뇨병을 앓고는 있었지만 심하지는 않았답니다. 평소 산책과 자전거 타기 운동을 꾸준하게 해왔기 때문에 꽤 건강했답니다."

"그 온천탕에는 후지와라 씨 외에는 아무도 없었나요?"

"하필이면 그랬었던 것 같습니다. 나중에 들어간 손님 두 사람이 발견하고 신고했다고 합니다."

"그런데 후지와라 씨는 왜 집에서 그 먼 곳까지 온천욕을 갔을까요? 혼자서 여행을 가신 건가요?"

"아니요. 여럿이 함께 갔는데, 부인을 비롯한 일행은 구마모토성을 관광하는 동안 후지와라 상은 온천욕을 즐기겠다고 따로 떨어졌답니다. 그리고 사고가 난 것이지요."

"한국에서는 그렇게 사망했을 경우 부검을 하는 등 원인을 밝히는 수사를 하는데 일본 경찰은 그렇지 않았습니까?"

"그런 것 같았어요. 부인을 비롯한 가족이 원하지 않았고, 경찰도 아무런 문제가 없다는 의견이어서 그대로 끝났어요."

"장례는 어땠나요? 혹시 참석하셨어요?"

"물론입니다. 제가 존경하는 분이고, 저에게는 은인입니다. 유골은 평소 다니시던 절에 모셨습니다. 그날 많이 울었어요."

아이코 씨는 곧 울 듯한 태세인데, 양 교수는 한숨을 길게 몰아쉬면서 눈을 감았다. 잠시라도 갑작스럽게 떠나버린 후지와라 씨를 추모하고 싶었지만, 사실 도대체 무슨 영문인지 몰라서 우선은 불안감이 더 컸다.

"아이코 씨. 제가 오늘 너무 오랫동안 붙들고 있는 것이 아닌지 모르겠습니다. 궁금한 것이 많아서 자꾸 질문을 하네요. 미안합니다."

"아닙니다. 저는 이번이 처음이자 마지막으로 후지와라 상의 심부름을 하는 것입니다. 좋은 분이었는데 갑자기 돌아가시니 저도 충격을 받았습니다. 제가 이번에 전달해 드린 편지가 후지와라 상의 의도대로 좋은 일에 쓰였으면 좋겠습니다."

"고맙습니다. 우리끼리 꽤 의미 있는 일을 진행하다가 이런 불상사가 나서 저도 애통하고 안타깝습니다."

"그럼 저는 이만 돌아가겠습니다. 더 궁금하신 부분이 있으면 연락을 주세요."

"알겠습니다. 아 그런데 어떻게 가시는가요? 여기는 한적한 곳이라서 택시 잡기가 힘듭니다."

"좀 떨어진 곳에 남편이 차를 주차해 놓고서 기다리고 있어요. 남편이 저를 태워다주고 갔다는 말은 교수님께서 부담을 가질까 봐 거짓말을 한 것입니다. 죄송합니다."

"그랬었군요. 그러시다면 오히려 다행입니다. 그럼 안녕히 가십시오."

"안녕히 계세요."

아이코가 떠나고도 양 교수는 한참 동안 그 자리에 앉아있었다. 그녀와의 길지 않은 대화지만 몇 가지는 확실하게 추려진 것 같다. 돌연사할 정도의 중병이 없이 비교적 건강한 후지와라 씨가 갑자기 졸도하는 바람에 목욕탕 물에 빠져 사망했을 가능성은 없다. 여행을 함께 간 일행들과 떨어져 화산분화구가 있는 한적한 온천에서 사망했다는 것, 무엇보다도 자신에게 무슨 일인가 닥칠 것을 알고 있었다는 아이코의 말, 무언가 나에게 주려고 사전에 치밀하게 준비를 해왔던 사실, 이것으로만 미루어도 단순한 사고사가 아닌 것이 확실하다. 혼자서 온천욕을 즐기고 있는 후지와라 씨를 목욕탕 물속에서 살해한 사람들은 분명 존재하는 누군가이다. 신고를 한 두 사람이 범인이 아닐까? 혹시 100인회의 하수인

인가. 그 조직의 행동대원들인가? 구한말 명성황후를 살해한 일본 흑룡회 소속 자객들이 지금도 설치고 있다는 것인가. 오싹함이 전신을 훑고 있는 것 같다.

그녀는 이미 자리를 떴지만, 그는 집으로 가야겠다는 생각도 하지 않고 그대로 앉아있었다. 불안과 슬픔이 몰려오니 자신도 어쩔 수 없는 나약한 인간이라는 생각이 든다.

그는 문득 안주머니에서 아까 아이코로부터 받은 편지봉투를 꺼냈다. 밀봉되었기에 그는 카페 안을 한 번 살피고는 봉투 입구를 조심스레 찢어서 열었다. 편지와 USB가 하나 담겨있다. 그는 편지를 펼쳤고, 동봉된 USB는 그의 오른손 바닥 안에 꼭 쥐었다.

말을 안 듣는 브레이크

행주산성 입구 도로를 벗어나 올림픽 도로로 접어들었다. 이상기온 탓인지 겨울철 날씨답지 않게 맑은 하늘과 햇볕이 화창한 느낌을 주고 있다. 며칠 전 내린 눈이 아직 덜 녹아서 도로에 인접한 마른 풀숲에는 군데군데 눈이 웅크리고 있다. 벌써 1월의 중순을 넘기고 있으니 절기로는 입춘도 보름 정도밖에 남지 않았다.

양 교수는 아까 읽은 후지와라 씨의 유언장 편지를 읽은 뒤 허무하다는 생각이 머리를 꽉 채우자 먹먹한 느낌으로 한참을 앉아 있다가 일어나 운전대를 잡았다. 그가 죽었다는 사실을 알았을 때, 아니 이미 그것을 예견했을 때 다리에 힘이 빠져서 중심조차 잡기가 수월치 않았는데, 막상 사태를 파악하는 결정적 내용이 담긴 유언 편지를 읽고 나서는 오히려 덤덤해졌다. 머릿속은 단순해지고 차츰 맑아지는 것 같았다. 어쩌면 지금까지 벌어진 일련의 일들이 단지 상상 속의 일처럼 느껴지고, 자신의 목숨이 위태로운 줄 알면서도 맘먹은 일을 기어이 진행해 온 후지와라 씨의 삶과 죽음도 예정처럼 진행되어 온 것이 아닌가 하는 생각이 든다. 영혼이 마비된 것일까. 아니면 내 처지도 곧 후지와라 씨처럼 될 것이라는 예감에 오히려 더 단단해지는 것일까.

차의 속도를 냈다. 뒤차가 빵빵거리면서 전조등을 계속 깜빡거리는 것을 뒤늦게 알아차린 양 교수는 자신이 너무 천천히 가고 있다는 생각에 이르자 급하게 속도를 높였다. 주행거리가 30만㎞를 훨씬 넘었어도 아직 차는 쌩쌩하다.

멀리 있던 앞차의 브레이크 등이 선명하게 보이더니 어느새 간격이 너무 가까워졌다는 생각에 급히 브레이크를 밟았다.

그런데 신발 바닥에 닿는 브레이크가 버텨주는 힘이 없이 쑥 밀리는 느낌이다. 속도가 줄지 않는다. 얼른 반사경으로 좌우를 살폈지만, 양쪽 모두 차들이 쌩쌩 달리고 있어서 피하기가 어려울 것 같다. 순식간에 앞차의 바로 뒤꽁무니까지 간격이 좁혀졌다. 그는 두 손을 부르르 떨 정도로 핸들을 꼭 잡고서 계속 브레이크를 밟아댔다. 그러나 순식간에 '쿵' 하면서 앞차를 추돌하면서 상체가 앞으로 밀리고, 차체가 오른쪽으로 기운다는 생각에 몸을 왼쪽으로 비틀던 양 교수는 허공에 떠 있다가 추락하는 느낌을 마지막으로 정신을 잃고 말았다.

은밀한 사고

준호가 양 교수님의 딸에게서 전화를 받은 것은 오후 2시쯤이다. 아버지가 교통사고를 당해 병원에 계신다는 진영이의 울먹이는 소리에 그는 하마터면 휴대폰을 놓칠 뻔했다. 그의 머리에 가장 먼저 떠오르는 것은 '혹시'였다. 그는 읽고 있던 책을 덮지도 않은 채 부리나케 병원으로 달려갔다. 택시를 잡아타고 신촌 세브란스병원에 도착하니, 사모님과 진영이는 수술실 앞 가족 대기실 앞에 서서 발을 동동 구르고 있었다.

"교수님 상태는 어떠세요?"

숨을 헐떡이며 한꺼번에 묻는 준호에게 사모님이 울먹이는 소리로 겨우 대답하는데,

"머리를 다쳐서 뇌수술 중이어요. 그 외 장기들도 많이 다쳤나 봐요."

준호는 두 손으로 얼굴을 감쌌다. 울음이 나와서가 아니라 올곧은 스승님이 사경을 헤매고 있으니 안타까움에 미칠 지경이다. 그러나 교수님 가족들은 얼마나 더 가슴이 아플까를

생각하니 감정을 드러내서는 아니 되었다.

"사모님, 너무 걱정하지 마세요. 진영아, 너무 걱정 하지 마. 교수님은 잘 이겨내실 거야."

준호는 대기실 밖으로 나와서 하영에게 전화를 걸었다.

"하영아. 지금 바쁜 거 아니지?"

"왜?"

장난기 어리게 전화를 받는다.

"지금 신촌 세브란스병원으로 좀 올래?"

"무슨 일이야?"

금방 진지해진다.

"하여튼 일단 와 봐. 같이 좀 알아볼 게 있어."

"뭔데 그래?"

"사실은 양 교수님이 교통사고를 당해서 지금 수술을 받고 계셔. 그런데 교통사고가 어떻게 났는지 알아보기도 해야 하고 그래서 그래."

순간 하영에게서 아무 소리도 안 들린다.

"하영아 듣고 있나?"

그래도 답이 없다. 그러더니.

"너 솔직히 얘기해 봐. 교수님한테 무슨 일 있는 거지?"

이번에는 준호가 말이 없다.

"너 똑바로 얘기 안 할 거야?"

치고 들어오는데 뭔가 아는 눈치다.

"이따 만나서 얘기하자."

"날 바보로 알아? 두 사람이 무슨 일 꾸미고 다니는지는 몰라도 나도 대충 감은 잡고 있다."

하영의 말을 듣는 순간 준호는 그가 이미 의문을 품고 있었지만, 내색은 하지 않고 있다는 것을 알 수 있었다.

"교수님 지금 심각해. 머리를 다쳐서 뇌수술하고 있고, 장기들도 좀 손상이 됐나 봐. 얼른 와."

"알았어."

하영은 다행히 더 이상 얘기는 하지 않고 전화를 끊었다.

☆

"양무선 환자분 보호자님!"

수술실 간호사의 목소리가 들리자, 준호는 용수철에서 튕기듯 자리에서 일어났다. 사모님과 진영이는 엉거주춤하며 불안한 낯빛으로 준호와 소리 나는 쪽을 번갈아 바라본다.

"여기 있습니다."

준호 일행이 다가가니 간호사와 의사 한 분이 수술실 앞에 서 있다.

"양무선 환자분 가족이시지요? 뇌수술은 잘 진행했습니다. 지금은 손상된 장기와 관련된 부분을 치료하고 있는데, 시간이 더 필요하겠네요."

"뇌수술은 잘 됐나요? 후유증 같은 그런 것이요."

사모님의 질문이 쏟아진다.

"뇌출혈이 약간 있어서 봉합하고 피는 제거를 했습니다만 후유증이 없으리라고 100% 확신할 수는 없습니다. 예후를 지켜봐야 할 것 같습니다."

"생활하는 데는 지장 없겠지요?"

"아직은 알 수 없습니다. 앞으로 치료를 잘해야 하고, 환자 본인이 잘 견뎌주셔야 합니다. 좀 기다려보시지요. 그럼, 이만."

"선생님, 감사합니다."

뒤돌아서는 의사 일행을 향해 연신 고개를 숙이는 사모님과 두 손을 맞잡고 불안한 눈빛으로 눈물만 글썽이는 진영이를 바라보던 준호는 사모님 앞으로 다가갔다.

"앞으로 잘 치료하면 문제없을 거예요. 너무 걱정하지 마세요."

"그래요."

사모님은 고개를 몇 번 끄덕거리더니 진영이의 어깨를 감싸안고는 다시 대기실로 향하신다.

준호는 수술실 앞에서 혼자 서성이다 병원 정문 쪽으로 발걸음을 옮겼다. 하영이 도착할 때가 됐다.

"사고가 꽤 크게 났어요. 사고 차량이 앞차를 추돌하고 뒤집히면서 오른쪽으로 뒤따르던 차들이 연쇄 추돌사고를 냈습니다. 현재까지 병원 치료를 받는 분은 운전자 양무선 씨를 포함해 총 7명입니다. 사고 관련 차량은 모두 넉 대고요."

준호의 물음에 교통사고를 조사하는 담당 경찰은 기계적인 어투로 대답했다.

"사고 내용이 확인됐나요?"

이번에는 하영이 묻는다. 그러자 경찰이 하영을 힐끗 쳐다보더니 준호에게 묻는다.

"이 사람은 누굽니까?"

"교수님 제자입니다."

"사고 내용은 뒤따르던 차들의 블랙박스 영상과 뒤편 운전자들의 진술을 토대로 파악하고 있습니다. 지금까지의 조사로는 양무선 씨의 차가 급가속을 하다가 앞차를 추돌해서 사고가 난 것으로 보입니다."

"급가속을요? 우리 교수님은 절대로 그렇게 운전을 하지 않으시는데요."

의아하다는 듯이 준호가 묻는다. 턱없이 큰소리다. 사무실 안 다른 경찰들이 조사를 하다 말고 이쪽을 바라본다. 준호는 얼른 고개를 숙이면서 멋쩍은 표정을 지었다. 그런 그를 잠시 물끄러미 바라보던 담당 경찰이 대답한다.

"사고운전자 가족들은 다 그렇게 말합니다. 아, 급가속을 한 것은 확실해요. 너무 천천히 가다가 뒤따르는 차가 빨리 가라고 전조등을 깜박거리니까 급히 속도를 냈다고 하더라고요. 그런데 곧 정체 구간이 이어지면서 다른 차들은 속도를 줄이는데 이 차는 그대로 달리더라는 겁니다. 전방주시를 제대로 하지 않았던 것 같아요."

"그러면 그것이 사고원인이라고 판명된 것인가요?"

다시 하영이 질문한다.

"아니, 아직 최종 판단은 나오지 않았어요. 더 조사를 해봐야 알겠지만, 지금까지 취합된 자료와 관련자들의 진술로는 그렇게 추정이 됩니다. 그리고 운전자가 지금 수술받고 있다니 살아나면, 아, 아니, 때가 되면 진술을 받을 겁니다."

경찰은 이미 결론을 내놓은 것 같은 투인데, 운전자가 죽을 수도 있다는 것도 염두에 두고 있는 것을 드러내다가 얼른 말을 바꾸고 있다. 가슴에서 무언가 치밀어 오르는 것 같았지만 준호는 하영을 힐끗 쳐다보면서 조용한 심호흡으로 마음을 달랬다.

"아, 조사관님! 교수님 차량 보험사에 연락해야 하는데 보험 관련 서류가 차 안에 있거든요. 사고 차량을 견인해 간 곳을 몰라서 그러는데 어딘지 알 수 있나요?"

"잠시 기다리세요."

☆

서울 강서구 방화동에 있는 정비공장 한쪽 구석에는 양 교수님의 차량이 여기저기 구겨진 채 처박혀 있었다. 어쩌다 보았던 교수님의 차는 항상 말쑥한 노신사 같았다. 먼지조차 찾아보기 힘들 정도로 깨끗했고, 색은 다소 바랬지만, 보기 흉할 정도는 아니었다. 새 차를 산 지 15년째이니 지금은 단종이 되었을 것이다. 가족이 함께 이동하는 등 특별히 쓸 일이 없으면 차를 운행하지 않은 교수님의 차는 제 수명을 다하려면 아직 멀었지만, 사고로 온 차체가 엉망이 되어 있다.

"사고 차 주인 되시나요?"

정비공장 직원이 명함을 건네면서 묻는다.

"아닙니다. 제자들입니다. 저희 교수님이 운전자이시고, 지금 병원에서 치료받고 계셔서 저희가 보험사 연락과 차량 수리 문제에 대해서도 일을 봐야 합니다."

"차가 많이 부서져 수리해야 할 가치가 있는지는 잘 모르겠네요. 이 문제는 보험사와 의논을 좀 해 보세요. 수리비가 차량 가격보다 훨씬 더 많이 나올 것 같으니까요. 우리야 뭐 수리를 하는 것이 좋겠지만 그래도 그렇지, 이런 차는 폐차를 하는 게 나을 것 같아요."

40대 초반으로 보이는 직원은 서글서글하게 말해준다. 찌그러진 차의 조수석 문을 여는데 끼익 소리를 내면서 겨우 문이 열리고, 하영이 재빨리 문을 비집고 들어간다. 한참 동안 차 안에서 부석거리면서 움직이는 것 같았던 그가 밖으로 나오더니 책자 같은 것들을 오리털 점퍼 주머니에 집어넣고 책 한 권은 손에 들었다.

"보험증서 외에는 별것 없는 것 같아." 하영의 말에, "평소 차를 잘 이용하지 않으시니까 그렇겠지." 준호도 심드렁하게 대꾸한다.

"그럼, 연락 기다리겠습니다. 보험사와 빨리 협의해 주세요. 혹시 경찰에서 차량 검사를 할 수도 있어요. 사고원인이 명확하지 않을 때 그럴 수도 있거든요."

정비공장 직원의 말이 두 사람의 신경을 거스르게 한다.

"어떤 부분이 그렇다는 건가요?"

하영이 재빨리 묻는다.

"경찰이 여러 정황이나 목격자들의 진술을 토대로 사고원인을 밝히는 과정에서 필요하다면 차체 조사를 할 수도 있다는 얘기입니다."

그는 대수롭지 않다는 투다.

"조사를 위해서 차를 보관해야 한다는 것인가요?"

"그럴 수도 있습니다. 수리하던 폐차를 하던 그 시기는 경찰의 수사에 따라야 한다는 것입니다."

"혹시 교수님 차에서 특별한 정황이나 뭐 이상한 점은 없었나요?"

"저희야 모르지요. 아직 조사를 안 해봤으니까요. 경찰에서는 아직 연락이 없네요.”

그러자 준호가 끼어들어 대화를 정리하려 한다.

“저희는 교수님의 평소 운전 습관으로 봐서 절대 과속하지 않을 것으로 생각하거든요. 솔직히 이 사고를 이상하게 생각하고 있습니다.”

“사고운전자가 교수님이세요?”

“네 저희 K 대 대학원 스승님입니다.”

“지금 몸 상태는 어떠신가요?”

“많이 안 좋으세요. 머리를 다쳐 몇 시간 동안 수술을 했고, 장기 손상도 좀 있어서 지금은 그 부분 치료를 하고 있습니다.”

“걱정이 많으시겠어요. 생명에는 지장이 없으신가요?”

“뇌수술은 잘됐다고는 하지만 예후를 살펴봐야 한다고 하네요.”

준호가 대답하고는 아랫입술을 깨문다. 잠시 침묵이 흐른다.

“사고운전자가 진술하지 못할 경우, 자칫 모든 사고 책임을 다 뒤집어쓰는 경우가 많습니다. 보험사와 상의해서 잘 대응하셔야 할 것 같네요.”

안타까움이 배어있는 직원의 말이다. 그러자 하영이 얼른 말꼬리를 잡는다.

“저 과장님. 그래서 말씀인데요. 경찰이 얘기를 하지 않더라도 차에 대해 조사를 좀 해주실 수 없나요? 아무래도 사고가 석연치 않아서 말입니다.”

그러면서 슬쩍 준호를 쳐다본다.

“어떤 부분이 그렇습니까?”

김 과장이 반문하자 이번에는 준호가 이어간다.

"아까도 말씀드렸지만, 우리 교수님은 절대로 과속을 하지 않는 분이세요. 그런데 급가속했다는 것이고, 브레이크도 잡지 않고서 앞 차를 그냥 들이받았다는 것이거든요. 여러모로 이해가 안 되는 부분이 많습니다."

"그러면 차체 결함일 수도 있겠네요."

김 과장이 고개를 갸웃거리면서 무엇을 생각하는 눈치다.

"제가 틈나는 대로 한 번 검사해 볼게요. 스키드마크, 즉 브레이크를 밟을 때 타이어가 미끄러지면서 남긴 바퀴 자국이 현장에 없었다면 그 쪽에 문제가 있었을 수도 있거든요. 보험사도 의심하고 있다면 경찰이나 저희한테 조사를 의뢰할 겁니다. 그럼, 서로 연락하도록 하시지요."

공장을 나서는데 먹구름들이 강한 바람을 타고 하늘을 가리며 날고 있다. 을씨년스러운 날씨에 두 사람의 발걸음도 빨라진다.

주변을 떠도는 그림자들

'양무선 교수님께 올립니다.

 이 편지를 읽으실 때쯤이면 저는 하늘나라에서 교수님을 보고 있을 것입니다. 갑작스럽게 인연이 끊어지는 것이 아쉽기도 하지만 인생이란 회자정리(會者定離)이니 어쩌겠습니까. 우리가 만나서 도모하려 했던 일을 잘 추진하시기를 바랍니다. 저는 저승에서도 사해동포주의(四海同胞主義)가 꼭 실현되기를 염원하겠습니다. 동양의 평화는 물론이려니와 인류가 민족 및 국가 우선주의를 탈피하고, 이념에서 벗어나 영속의 길로 갈 수 있기를 진정으로 바랍니다. 특히 한국과 일본, 중국은 역사와 문화는 물론 생물학적으로도 분리할 수 없는, 이른바 샴쌍둥이 같은 존재입니다. 서로 앙숙으로 싸우기보다는 함께 협력해서 번영의 길로 가는 것이 옳지 않겠습니까. 그 일에 저의 자료가 조금이라도 도움이 됐으면 원이 없겠습니다.

 동봉한 USB에는 100인회에 대한 좀 더 구체적인 내용들이 담겨있습니다. 특히 조선, 아니 한국 내 100인회 관련 조직과 그들에 포섭된 각계 한국인들의 일부 명단이 있습니다. 한국과 중국을 이간질하는 간계의 내용도 좀 있습니다. 잘 활용하시어 일본의 못된 국가 이기주의, 흉악한 일본 극우세력들에게 침탈당하고 있는 귀국의 현실을 타개하는데 도움이 되기를 바랍니다. 궁극적으로는 동양의 평화, 세계의 평화를 이루는데 이바지되었으면 좋겠습니다.

100인회는 눈과 귀가 많아서 매우 정보가 빠르고 행동도 민첩합니다. 저도 조심한다고 했지만 결국에는 꼬리를 잡힌 것 같습니다. 한국에서도 마찬가지일 겁니다. 그리고 제 죽음의 소식을 듣더라도 절대 내막을 알려고 하지 마세요. 힘드시겠지만 그냥 모른 체 하시는 것이 궁극적으로는 우리, 아니 교수님의 일에 도움이 되고, 또 유리할 것입니다. 부디 몸조심하시기를 바랍니다.

먼 훗날 하늘나라에서 상봉하길 바랍니다.

후지와라 드림'

준호는 편지를 읽고 또 읽었다. 한자를 섞어 한글로 씌어 있는 글은 분명히 양무선 교수님에게 쓴 후지와라 씨의 유언이었다. 후지와라 씨는 이미 자신이 일본 100인회에 노출되었고, 그들에 의해 죽임을 당할 것이라는 예상을 하고 이 편지를 미리 작성한 것이다. 어떻게 해서 이 유언장 같은 편지가 교수님에게 전달이 됐는지는 모르겠지만, 준호는 후지와라 씨 다음으로 양 교수님이 100인회의 목표가 됐을 것이라는 확신이 들었다. 불길한 예감은 틀리지 않은 것 같았다.

"이제 전체적인 사건의 윤곽이 좀 드러나는 것 같다."

하영의 목소리가 정신을 차리게 한다. 준호는 고개를 들어서 하영을 바라본다.

"그렇구나."

준호는 짧게 대답했다. 그 한마디 속에 앞으로 다가올 불운한 상황과 불확실한 미래에 대한 염려가 가득하다. 그런데 하영은 의외로 쾌활한 목소리다,

"이제야 내 존재가치를 내보일 때가 된 것 같구먼."

혼잣말 같지만, 하영의 말은 준호에게 동지라는 생각이 들도록 한다.

"무슨 말인지 알았어. 그런데 이 편지는 어떻게 입수한 거야?"

준호가 물었다.

"아까 정비공장에서 교수님 차 안에 들어갔잖아. 조수석에 책이 한 권 있어 얼른 살펴보니 그 안에 웬 편지봉투가 있어서 얼른 꺼내봤지. 대충 첫 부분만 읽어봤는데도 매우 중요한 것 같았어. 그래서 자동차보험 서류에 끼어서 들고 나왔어. 그런데 지금 생각해 보니 편지 내용에 들어있는 USB를 찾았어야 했는데, 아 그땐 그걸 알 수가 없었지. 에이 멍청한 놈."

"자책하지 마. 그것도 잘한 거야."

"어쨌든 지금까지 네가 한 말과 교수님에게 온 이 편지의 내용들을 종합하면 교수님과 후지와라 씨가 일본 100인회의 추적을 받는 것은 확실하네. 후지와라 씨는 일본에서 꼬리가 밟혀 이미 죽임을 당했고, 교수님에게는 지난번 편지 협박에 이어 집에 있는 진돗개를 죽이면서까지 강력한 압박을 해왔고 말이지."

하영이 품고 있는 의문에 이번에는 준호가 직설적이다.

"이번 교수님 사고는 단순한 교통사고가 아니란 말이지?"

"그런 것 같아. 운전자 과실이라는 경찰의 추정을 믿을 수 없어. 누군가 사고가 나도록 했다는 심증이 매우 강하게 들어."

"하영아, 정비공장 그 직원을 다시 만나보는 것이 어떨까?"

"왜?"

"아니 운전자의 과실이 아니면 차량 문제일 수도 있다고 했잖아. 혹시 브레이크 고장이라던가 뭐 그런 것들이 작동하지 않았을 수도 있지 않았겠어?"

"맞아. 경찰도 교수님이 급가속했다가 제동을 하지 않고 그대로 달리면서 앞차를 추돌했다고 했었지. 교수님이 앞차의 브레이크 등이 들어오는 것을 보지 못했을 리 없고 말이야."

"그럴 가능성이 크겠다. 다시 찾아가 보자."

준호가 서두른다.

그러나 하영은 일어날 생각을 하지 않고서 고개를 갸웃거리면서 무슨 생각에 잠긴다. 그러더니 어디론가 전화를 건다.

"야, 견 선생. 잘 있냐?"

말하는 품이 친한 사이 같아 보인다.

"그런데 궁금한 것이 있어서 전화했다. 지금 괜찮으냐? 바빠? 그러면 언제? 오늘 저녁에 맥주? 좋지. 응 그럼, 우리 맨날 만나는 홍대 앞 그 집에서 보자. 응, 이따가 7시쯤 봐. 응."

하영이 전화를 끊자마자 준호가 묻는다.

"누군데?"

"고등학교 동창인데 자동차 전문가야. 지금 아버지가 운영하는 카센터에서 일하고 있어. 자칭 맥가이버에다가 탐정

174

이야. 이 녀석한테 물어보면 될 것 같아."

"그거 잘됐다."

잠시 버성긴 분위기가 가시자, 하영이 나직한 목소리로 정색하고 말한다.

"그건 그렇고, 앞으로 이 문제를 어떻게 할 건데?"

"무슨 문제?"

"양 교수님 교통사고 원인은 조용하게 밝혀나가면 될 일이지만 교수님과 함께 진행해 왔던 일본 100인회 정체와 일본에 포섭된 한국 내 밀정들을 밝혀나가는 것 말이야. 교수님 교통사고의 원인이 아직은 밝혀지지 않았지만, 만약 누군가 고의로 교통사고를 일으켰거나 아니면 일부러 사고가 나도록 했다면 위험은 바로 네 코앞에 와있다는 거 아냐? 너도 조심해야지."

"설마 나까지 그러겠어. 그리고 아직은 명확하지 않잖아, 일부러 교수님을 해코지했는지."

그렇게 말하는 준호의 음성은 조금 떨리고 있었다. 실제로 그래서 하영이도 느꼈는지는 모르겠지만 준호의 마음은 이미 저 깊은 속에서부터 올라오는 두려움이 있었다.

"삼촌!"

준호가 눈을 크게 뜨고 하영을 바라본다.

"삼촌? 누구?"

"우리 삼촌 말이야. 지난주에 교수님과 함께 화천에 가서 삼촌을 만나고 왔잖아."

"그랬다고 아까 말했었지."

"어쩌면 우리가 삼촌을 만난 사실도 알고 있을지 모르겠어."

"그래? 그 먼 곳까지 가서 누구를 만나는지 알았겠어?"

"아니. 느낌이 안 좋아. 사실 그때 교수님에게도 말씀을 안 드렸지만, 알 만한 사람을 얼핏 본 것 같기도 했어."

"누군데?"

"우리 대학 때 같은 과 학생이었던 사람인데, 지금은 대학원생이지. 내가 복학해서 학부는 같이 다녔어. 군대를 면제 받았다는데 나보다는 어리고."

"그 사람이 이상한 점이 있었나?"

"뭐 특별히 그런 점은 모르겠는데, 복학했을 때 그 친구가 일본 고대 유적답사 여행을 제안했는데 거절했거든. 그런 뒤로 사이가 서먹해졌었지."

"왜 거절했는데?"

"왜 있잖아. 대학 새내기 때 무슨 연구회라고 해서 가입했는데 사실은 종교단체인 것처럼, 겉으로는 멀쩡한 것 같지만 속으로는 내막이 있는 그런 모임이나 단체들 말이야."

"그런 낌새가 있었나?"

"처음에는 내 돈으로 일본에 가는 줄 알았는데, 나중에 보니까 일본 모 단체에서 모든 경비를 지원해 준다고 하더라고. 그래서 친한 선배에게 물어봤더니 그게 일본 극우파 자금이라는 거야. 그래서 취소한다고 했더니 그때부터 한동안 날 보고 아는 체도 잘 안 하더라고."

"그놈이 무슨 연관이 있다고?"

"아니. 지난번 교수님과 화천 가는 휴게소에서 잠깐 스친 것 같아. 잠깐 슬며시 찾아봤는데 확인을 하지는 못했어. 그렇지 않아도 예민해 계시는 교수님에게 말씀드릴 수는 없었지. 아무래도 영 찜찜해."

"그 친구도 양 교수님을 잘 아는 거야?"

"대학원에서 국제정치학을 전공하고 있거든."

"너하고 사이는 어때?"

"지난해 10월 동아시아 포럼 때 함께 세미나에 참석한 적이 있었어. 이제는 좋지도 나쁘지도 않아. 좀 거슬리기는 해도 특별한 문제는 없는데, 이상하게 그때 휴게소에서는 순간 내가 그 사람에게 미행당하고 있다는 생각이 들더라고."

"하기야 한국의 정치인들이나 고위공무원들까지 일본 애들에게 포섭된 하수인들이 워낙에 많은 판이니 그 사람인들 아니라고 할 수는 없겠지만 좀 뜬금없다."

"나도 그런 생각이 들기는 하지만 교수님이나 나를 감시하기 위해서는 우리와 가까이 있는 사람이어야 하지 않겠어? 교수님과 내 주변에는 그럴만한 사람이 없는 것 같단 말이야."

"그러면 네 삼촌도 노출됐다는 얘긴가?"

"그래서 그때 휴게소부터 화천 삼촌 댁에 도착할 때까지는 따라붙는 차가 있는지 수시로 확인했거든. 별 이상은 없었어. 한적한 지방도로여서 미행하는 차가 있으면 금방 알았을 거거든."

"그래도 지금 전화해 봐. 혹시 삼촌한테 무슨 일이 있는지. 그리고 삼촌에게도 후지와라 씨에 대한 부분을 말씀드려야 되잖겠어? 아직은 확실하지 않지만, 교수님 교통사고 부분도 석연치 않다는 것도 함께 말이야."

"그래야겠지. 그런데 막상 삼촌에게 전화하려니 겁이 난다. 그 사이 무슨 일이 있었지 않나 싶어."

준호가 휴대폰 화면을 보면서 말한다. 오후 5시 25분이다. 밖에는 벌써 초저녁 어스름이 내려앉고, 길거리의 사람들은 어깨를 잔뜩 웅크린 채 겨울바람을 헤치고 있다.

그는 주위를 한 번 슬쩍 둘러보면서 휴대폰을 다시 집어 들었다.

☆

"사모님. 어제 교수님께서 누구를 만나러 가신 줄 혹시 알고 계셔요? 아침에 제게 전화하셨을 때는 아무 말씀이 없었거든요. 그런데 갑자기 어디를 가셨는지 의아해서요."

준호가 여쭙자, 사모님은 굳은 얼굴에 무언가를 생각하는 눈치다.

"아 이른 아침에 모르는 번호로부터 전화가 와서 내가 거실로 갖다가 드렸어요. 그 시간에는 과일을 드시면서 뉴스를 보는 시간인데, 모르는 전화번호라서 그런지 받기를 좀 망설이다가 받으시더라고요. 그때 전화를 한 사람과 만날 약속을 하시는 것 같았어요."

"집을 나서실 때 무슨 다른 말씀은 없으셨나요?"

"없었어요. 오전 9시 넘어서 차를 끌고 나가셨지요."

"어디로 간다는 말씀도 없었고요?"

"손님을 만나고 오겠다고 하셨는데, 표정이 좀 굳어있어서 걱정은 좀 됐지만 물어보지는 못했지요."

"참, 사모님. 병원 측에서 교수님이 입었던 옷은 받으셨나요?"

"코트만 받았어요. 운전하면서 코트를 벗어 조수석에 뒀나 봐요. 119구급대가 교수님을 병원으로 옮기면서 잠깐 덮었던 것 같아요."

"그 코트 주머니에는 별다른 것이 없었나요?"

"별다른 것은 없는 것 같았어요."

"알겠습니다."

"그런데 왜 뭔가를 찾으시는 게 있나요?"

사모님이 날카롭게 물어 오신다.

순간 준호는 당황해지려는 표정을 다잡았다.

"교통사고에 대한 단서들이 있을까 싶어서 그렇습니다. 교수님이 진술하지 못하고 계시니까 조사 내용이 사실과 다르게 교수님께 불리하게 나올 수도 있을까 걱정이 돼서요."

"나도 사실 의문이 갑니다. 그날 누군가를 만나고 오는 길에 사고가 났기 때문에 누구를 만나려 했는지, 그 사람을 좀 찾고 싶어요."

"교수님 전화기는 아직 찾지 못하셨지요?"

"이상하게 사고 현장과 차 안에서도 발견하지 못했다네요. 경찰과 119, 그리고 병원 측에서는 가족들에게 연락을 취하기 위해 전화기부터 찾는다는데, 이상하지 않아요?"

"그럼 어떤 경로로 사모님께는 연락이 됐나요?"

"다행히 지갑은 그대로 있어서 그 안에 있는 신분증 조회를 통해 연락됐다고 하더라고요."

"교수님 휴대폰이 있으면 통화 기록을 살펴서 누구를 만나러 가셨는지 알 수 있을 텐데 지금은 난감합니다."

"그러게요. 누가 그걸 가져갔을까요?"

사모님이 가볍게 의문을 표시했지만, 준호는 퍼뜩 그쪽으로 의심이 갔다.

병원 중환자실 앞에서 나와 하영을 만난 준호가 교수님의 스마트폰이 없어졌다는 사실을 얘기하자 하영은 고개를 끄덕이면서 의미심장한 얼굴을 한다.

"우리 예측이 맞아 들어가는 것 같다. 어제 내 친구 견 선생을 만나서 물어봤는데, 이 사고는 100% 브레이크 문제일 거래. 그래서 빨리 교수님 차량의 브레이크를 조사해야 한다는 거야."

"왜 그러는 건데?"

"브레이크 패드에 문제가 있었다면 거기에서 소음이 나서 운전자들이 미리 차량에 문제가 있다는 사실을 알아차릴 수 있다네. 그런데 브레이크 기름에 문제가 있으면 운행 중 작동이 안 될 수 있다는 거야."

"브레이크 기름이 없으면 출발할 때부터 브레이크가 작동되지 않는 것 아냐?"

"처음부터 없었으면 그럴 수 있지. 그러나 브레이크 기름이 운행하면서 빠져나간다면 불행히도 운행 중에 작동이 되지 않을 수 있다는 거지."

"어떻게 그럴 수 있을까?"

"있지. 만약에 누군가 브레이크 기름 고무관에 미리 구멍을 내놓으면 가능한 일이야. 견 선생 말대로라면 고무관에 구멍을 몇 군데 뚫어놓으면 처음 출발할 때는 잘 모른다는 거지. 그러다가 주행하면서 브레이크를 밟을 때마다 기름이 그 구멍으로 뿜어져 빠져나가고, 급기야는 브레이크가 작동되지 않는다는 것이지."

"아, 그렇구나!"

"교수님 차에 실제 그런 짓을 했는지는 지금 조사해 보면 쉽게 알 수 있다는 건데, 지금은 그 정비공장에서 협조를 해

주느냐가 문제야."

"그럼, 지금 연락을 하고 찾아가 보자. 아니 차량 소유주가 알아야겠다고 하는데 협조는 무슨 놈의 협조야. 하영아, 지금 전화해 보자."

"서둘지 마. 그건 그렇고 삼촌에게는 전화해 드렸어?"

"마침 토요일인 모레 서울에 볼일이 있으셔서 오시는 길에 우리 집에 들르시겠데. 오후에 오신다니까 집에서 대기하고 있어야겠다. 전화로는 말씀드리지 못했어."

"나도 같이 있을까?"

하영의 말에 준호는 당연하다는 듯 고개를 끄덕인다.

"하영아. 지금 전화해 볼까? 정비공장의 그 직원에게 말이야."

"그래 전화해 봐."

신호는 가는데 전화는 받질 않는다. 명함을 보고 이번에는 사무실 일반전화로 걸었다. 여직원이 받아서는 누군지를 묻더니 기다리라고 해놓고, 감감무소식이다. 5분도 넘게 기다리다가 전화를 끊었다. 다시 직원의 휴대전화로 걸었지만, 이번에는 수신 거절이다. 서로 얼굴을 마주 보다가 하영이 누군가에게로 전화를 건다.

그날 밤, 북풍이 매섭게 몰아치고 있는데, 양 교수의 사고차가 들어가 있는 정비공장 안으로 두 사람의 그림자가 담을 넘어 들어갔다. 정비공장에는 불 한 점 켜있지 않아서 가로등 불빛만이 희미하게 들어오고 있었다. 한 사람이 몸을 눕혀서 양 교수의 사고 차 앞바퀴 밑쪽으로 들어가더니 한참 동안 손전등으로 뭔가를 열심히 살핀다. 사진 찍는 소리와 반짝하는 불빛이 몇 번 있고 난 후 두 그림자는 다시 담을 넘어 정비공장을 나와 골목길에 세워둔 차를 타고 사라졌다.

☆

　원래 집으로 오시기로 했던 삼촌은 용산 삼각지 인근에서 급한 용무가 있으시다는 말씀과 함께 준호에게 그쪽으로와 줄 것을 요청하셨다. 용산전쟁기념관 안에 있는 카페인데 준호와 하영 두 사람은 이곳까지 오면서 혹시 있을지도모를 술래를 피해 숨바꼭질했다. 준호는 집에서 나와 바로대중교통을 이용하지 않고 두어 정거장을 혼자서 걷다가 얼른 택시를 타서 기본요금 거리를 가다가 내렸다. 다시 지하철을 타고서 복잡한 객차 안을 헤집고 다니다가 기차가 정차한 뒤 마지막에 내렸다. 이렇게 돌고 돌다가 삼각지역에도착하기까지 걸리는 시간은 인터넷으로 알려주는 길 찾기보다 딱 두 배가 넘었다. 야무진 하영은 아예 선글라스까지착용한 채 의젓한 남자의 모습으로 변장하고서 혹시나 모를미행을 따돌리려는 수고를 마다하지 않았다. 물론 삼촌의요청이 있었다.

　두 사람이 도착하기 전부터 와 계시던 삼촌은 사복을 입었지만, 군 고급 장교로서의 당당하고도 깔끔한 품위가 엿 보였다. 하영도 어릴 적부터 준호의 삼촌을 알고 지냈기에 오랜만에 뵙는데도 스스럼이 없었다.

　준호는 후지와라 씨가 양 교수에게 보낸 편지 원본을 삼촌에게 드렸다. 사고를 당한 양 교수님의 차량 브레이크 기름관에 구멍이 뚫려있었다는 사실, 교수님의 스마트폰과 후지와라 씨의 편지에 적혀있는 100인회 관련 자료가 담긴 USB

의 행방이 묘연하다는 말씀도 다 드렸다. 편지를 다 읽고 난 삼촌은 두 사람을 향해서 고개를 끄덕이시고는 나직한 음성으로 묻는다.

"나에게 있는 그대로 설명한 것이 맞지?"

혹시 빠진 이야기가 있는지를 살피겠다는 것이다.

"네. 저 아직 말씀드리지 못한 부분이 있습니다. 지난해 12월에 교수님 댁 진돗개가 석궁 화살을 맞고 죽었어요. 그 전에는 교수님이 '다시는 역사 왜곡에 대항하는 일에 나서지 말라'는 협박 편지도 받으셨고요."

"그랬었구나. 알았다. 상황이 매우 급박하게 돌아가는 것 같구나. 화천에 오신 양 교수님의 말씀을 듣고 내가 할 일을 생각하면서 나름 검토를 했는데, 예상외로 쉽지 않은 일이더구나. 양 교수님 말씀 그대로 한국 사회 곳곳에 깊은 뿌리를 박고 있는 친일 세력의 존재들이 감지되고 있었어. 겉으로는 학회, 지연, 학연 등으로 위장하고 있지만 마치 일제강점기 때 한국의 사방공사에 유리하다고 심어놓은 아까시나무처럼 그 뿌리들이 수도 없이 뻗어져 있다는 것이 느껴진다. 이것은 하루아침에 해결할 수 있는 일이 아닌 것 같다. 그러나 야금야금 들어오는 일본의 공격을 마냥 방치할 수는 없겠지. 누군가는 몸으로라도 막아야 하지 않겠냐? 양 교수님의 뜻을 잘 이해하고 있다. 물론 피 끓는 너희들의 마음도 잘 알고 있다. 그러나 절대 경거망동해서는 안 된다. 100인회는 무시무시한 조직이다. 어쩌면 일본 정부보다 더 강하고 무서울 수도 있다. 저들은 일본의 이익이라는 대명제를 전제로 활동하기 때문에 거칠 것 없는 것으로 안다. 그러니 섣불리 양 교수님 교통 사건에 대해 파헤치려 들지 말고 그냥 평온한 것처럼 지내라. 아마도 양 교수님은 깨어나시더라도 더 이상 너에게 이 문제로는 연락하지 않으실 거다. 너에게 피해를 주지 않겠다는 생각을 하실 게 분명해. 이제 이 문제는 나에게 맡겨라. 좀 숙고를 해 보자. 알겠지?"

"알겠습니다. 삼촌."

준호는 앉은 채였지만 깍듯이 머리를 숙여 삼촌에게 대답했다. 하영도 고개를 깊숙이 숙인다.

"그래, 좋다. 그리고 준호는 이제부터 나와 연락할 때는 이 전화기를 사용해라. 따로 연락할 내 전화번호는 그 전화기에 유일하게 입력이 되어 있다."

그러면서 전화기를 한 대 꺼내놓으신다. 준호는 정신이 바짝 들었다. 교수님으로부터 얘기를 듣고 이 일에 동참할 때는 실감이 나지 않았는데, 지금은 가슴이 떨리면서도 마음속에 무언가 다져지는 것이 느껴졌다.

"그러면 교수님 교통사고에 대해서는 경찰에게도 차체 조사 의뢰하는 등의 문제 제기는 하지 말라는 말씀이지요?"

"아니다. 문제를 제기해서 수사를 하도록 해야지. 그래야만 그놈들이 활개 치면서 함부로 일을 벌이고 다니는데 약간이나마 제동을 걸 수 있지 않겠니? 대신 너희들이 직접 나서지 말고 보험사에 얘기해라. 아마 보험사도 자체 조사를 벌이면서, 필요한 부분에 대해서는 경찰에 직접 수사 요구를 할 것이야."

"네."

"우리는 당분간 사태추이를 보면서 조용하게 기다리자는 것이다. 양 교수님을 해코지한 이유는 일본 후지와라 씨로부터 100인회 자료와 독도문제에 대한 자료를 넘겨받았기 때문으로 보인다. 그런데 교수님의 스마트폰이 사고 현장에서 사라졌고, 문제의 USB도 없는 것으로 보아, 그들은 사고 수습 조력을 핑계로 그 사고 현장에 개입했을 것이다. 다행히 편지는 빼앗기지 남았지만, 그들은 이번 사건을 마무리하는 선에서 당분간 움직이지는 않을 것으로 예측된다. 그러나 그들이 USB를 확보하지 못했다면 곧 그것의 행방을 찾으려는 행동을 개시할 것이다. 그러니 내가 어떤 결정을 내리고 연락할 때까지 너희들은 섣불리 움직이려 들지 말고 본업인 학업에만 충실하기를 바란다. 이상이다."

독도 침탈

　성삼일 대령은 삼각지 전쟁기념관 카페에 일찌감치 도착
해서 사색에 빠졌다. 요즘 읽고 있는 역사책 사마천의 '사기'
의 내용 중 원한과 복수와 충절의 대명사라 할 수 있는 '오자
서(伍子胥) 열전' 편을 되새김했다. 오자서는 부친과 형이 모
함으로 죽임을 당하자, 초(楚) 나라에서 탈출해 온갖 고초를
겪으면서도 오(吳)나라에서 공명(功名)을 이루고 원수도 갚았
는데, 사마천은 이를 두고 '오자서가 모함받은 부친 오사(伍
奢)를 따라 함께 죽었더라면 땅강아지나 개미와 무엇이 달랐
겠는가. 작은 의리를 버리고 큰 치욕을 갚아 그 이름을 후세
에 남겼으니 참으로 비장하구나. 오자서는 장강에서 곤궁에
빠졌을 때도, 거리에서 구걸할 때도 마음속으로는 단 한시도
부친과 형을 죽인 초나라 평왕(平王)을 잊을 수 없었을 것이
다. 장렬한 대장부가 아니고서야 누가 이렇게 할 수 있었겠
는가.'라고 평했다.
　은혜와 원수는 대를 이어서라도 갚는다는 중국인들이 가
장 많이 알고 있는 역사적 인물 중의 한 사람이 오자서다. 오

늘날 중국인들의 기질과 정서를 이해하기 위해서는 중국의 역사를 배워야 했다.

십여 년 전부터 이 같은 생각을 한 성 대령은 중국을 알기 위한 공부를 시작했었다. 중국인의 기질과 정서를 알아야만 앞으로 그들이 어떤 방향으로 변화하는지를 예측하고, 그에 맞춤하는 대응책을 마련할 수 있기 때문이다. 이제 중국은 후진국이라면서 멸시받던 나라가 아닌 지구촌 어느 국가도 무시하지 못하는 강국이 되어버린 것이다.

그가 공부를 하면서 깨달은 분명한 사실은 오늘날 15억 중국인의 사상과 정서, 기질의 DNA가 형성된 시기는 기원전 770년부터 진시황이 천하를 통일하기까지 약 550년 동안인 춘추전국시대다. 공자(孔子), 맹자(孟子), 노자(老子), 장자(莊子), 묵자(墨子), 순자(荀子), 한비자(韓非子) 등 자(子)를 달고 있는 중국의 위대한 학자와 사상가는 모두 이때 사람들이다. 이들을 일컬어 제자백가(諸子百家)라 하였으니, 춘추전국시대 여러 학파를 통틀어 지칭하는 것이다. 물론 이들의 사상은 인접한 한국은 물론 일본과 베트남의 문화와 역사에까지 지대한 영향을 미쳤다.

성 대령은 대학원에서 석사과정을 밟으면서 사회학을 전공한 교수님으로부터 사마천의 '사기'(史記)를 추천받았다. 중국 한(漢) 나라 무제(武帝) 때 편찬된 사기는 세계 최초의 역사서이기도 했지만, 삼황오제부터 한 나라 무제까지의 역사를 다룬 3천 년 통사(通史)로서, 수많은 역사적 사실, 사람들의 정치역정과 삶을 다루고 있다. 어떤 이는 문학적 역사서요, 역사적 문학서라는 말로 표현했고, 인문학적 보물창고라 할 수 있을 정도로 고사성어를 비롯해 소중한 교훈과 사상, 경험들이 축적돼 있는 인류의 귀중한 자료이다. 또한 사기 115권은 '조선 열전'인데, 이 글에는 기원전 108년에 한나라의 침공과 내분으로 멸망한 고조선의 이야기와 한사군의 설치 기록이 있어서 한국의 고대사를 공부하는데 귀중한 사료이다. 성 대령은 사기에 나와 있는 다른 기록을 더듬어 공부하다가 한사군의 영역이 지금까지 알려진 한반도 북부 일대가 아닌 지금의 중국 요동에 있었다는 것을 발견했지만, 역사 전문가가 아닌 그로서는 더 이상 공부를 진척시킬 수 있는 부분은 아니어서 그만두었다. 어찌 됐든 중국을 알고, 중국인을 이해하기 위해서는 매우 유익한 역사서라는 인식 아래 성 대령은 사기 완역본들을 구해 공부를 해왔다.

흥미롭고 유익한 글이 너무 많아 한 때는 늦은 밤까지 읽다가 아내로부터 "늦공부가 터져서 나쁜 것은 아니지만 군장교가 다음날 일과를 생각하지 않고 있다면 칭찬받을 일은 못 된다."라는 핀잔을 듣고서야 책장을 덮기도 했다.

마오쩌둥이 국민당군의 공격과 압박을 피해 홍군(紅軍)을 이끌고 1년간의 대장정을 하면서도 항상 곁에 놓고 읽었던 책, 결국 장제스의 국민당 군을 섬으로 몰아내고 중국이라는 국가를 건립할 때까지 수시로 읽으면서 지도력과 통솔력을 얻었던 두 권의 책 중 하나가 바로 사기(史記)였다고 하니, 지도자가 아니라도 인간과 세상을 알고 싶으면 한 번쯤 꼭 읽어봐야 할 책이라는 것은 분명했다.

사마천이 친구에게 보내는 편지가 있는데, 거기에서 사마천은 사기를 집필한 심경을 다음과 같이 밝히고 있다.

"구천인지제(究天人之際) 하늘과 인간의 관계를 탐구하고, 통고금지변(通古今之變) 고금의 변화를 통달하여, 성일가지

언(成一家之言)-일가의 말을 이루고자 했다."

이는 사마천이 단순히 지나간 역사를 기록하는 것이 아니라 과거와 현재의 변화라는 역사의 흐름을 잡아 분석해서 새로운 역사서로서의 영역을 개척하는 것은 물론 미래의 일을 예측하고자 함이라는 것을 말하고 있다.

천입심출(淺入深出)이라 했던가. 오자서의 이야기가 어느새 한국과 미국과의 미래 관계, 한국과 중국과의 미래 관계에까지 들어가고 가고 말았다. 어쨌거나 사기를 공부한 덕에 중국과 중국인들의 마음을 조금이나마 이해하고 나름 그들의 계획을 예측하는데도 도움이 되고 있다.

"선배님, 무슨 시나리오에 푹 빠져계십니까?"

굵은 중저음의 목소리에 성 대령은 급히 고개를 들었다.

"충성!"

늠름한 모습의 김영만 대령이 사복 차림인데도 거수경례를 붙이고 있다.

"어서 와."

성 대령은 얼른 인사를 받고는 자리를 권한다. 육사 한 기수 선배인 성 대령은 김 대령을 무척 좋아한다. 실력도 실력이지만 진짜 군인다운 기질과 올바른 역사관을 갖고 있기 때문이다. 그런데 육사 출신인 김 대령은 정작 군 내 육사 선배들에게는 사랑을 받지 못하고 있다. 육사를 졸업하고도 독일어를 배우기 위해 외국어대학을 다니고, 국방대학을 1등으로 졸업하고, 한국의 일류대학에서 정보학 박사학위도 취득한 그는 강직한 성품으로도 정평이 나 있다. 그래서인지 따르는 후배들은 많은데 선배들은 그를 별로 좋아하지 않는다. 잘못했다가는 여지없는 비판을 받았기 때문이기도 하지만,

정작 그가 군 고위 장성들에게서 좋은 평판을 받고 있지 못하는 이유는 따로 있었다.

몇 년 전 육사 선후배들의 연말 모임에서 있었던 일이다. 각자 한마디씩 발언하는 차례가 김 대령에게 오자 그는 작심한 듯 5.18에 대한 군의 태도를 비판했다. 그는 '5.18 당시 국민을 살해한 군인은 국민의 군대가 아닌 권력자의 군대였기 때문에 우리 군은 이를 수치스럽게 여겨야 마땅하다.'라고 말했다. 술 한 잔씩을 하면서 분위기가 흥겹게 무르익어가는 상황에서 김 대령의 이 말은 찬물을 끼얹는 듯 좌중을 조용하게 만들었다. 그러자 고위 장성들이 앉아있는 테이블 쪽에서 나직하지만, 노골적으로 불쾌해하는 소리가 들려왔다.

"저 새끼 뭐야? 저 자식 전라도 놈 아냐?" "이런 자리에서 좋은 분위기 깨는 놈이 누구야?" 하는 등의 말이었다. 5.18이 민주화운동으로 정립된 지 벌써 오래지만 아직도 군 내부에서는, 특히 고위 장성들 사이에서는 어쩔 수 없이 일어난 일이라면서 국민을 학살했다는 죄의식마저 희미한 것이 현실이었다. 대전이 고향인 김 대령은 민주국가에서 어떤 이유에서건 군인이 국민을 살해한 것은 용서받을 수 없는 일이었다는 평소의 지론과 생각을 그날 여지없이 밝힌 것이다. 그는 또 지금껏 군 고위급 간부가 군복을 입은 채 5.18 국립묘지를 찾아가 참배를 한 적이 없다면서 자신이 꼭 정복을 입은 군인으로서 참배하리라는 마음을 갖고 있을 정도로 역사의식 또한 투철했다.

"뭔 시나리오가 있겠어? 우리 김 대령 기다리는 일이 큰일이구면. 그동안 별일 없었지?"

"잘 있었습니다. 서울은 모처럼 이시네요?"

"연대장 보직 끝나고 군단 정보참모를 하고 있으니, 여유가 좀 있기는 해. 참, 다른 애들은 아직 도착 전인가?"

"곧 도착할 겁니다. 오면서 SNS로 확인했는데요, 예정대로 선배님 포함 4명이 다 모입니다. 모처럼 중요한 토론도 할 겸 다들 시간을 냈습니다."

그러면서 김 대령은 슬쩍 주위를 둘러본다. 카페 안은 남녀노소 여럿이 북적이면서 다른 사람에게는 거의 신경을 쓰지 않고 있는 것 같았지만 혹시나 해서 확인을 해 보는 것이다.

"선배님. 이따가 식당에서 조용히 말씀을 나눌 일이지만, 그 뒤, 문제의 그 사태에 대해 별다른 변화는 없는 것이지요?"

"응. 양 교수님은 더 이상 이 문제에 대해 언급을 안 하고 계시지. 아직 몸이 성치 않으시고 정신적으로 힘들어서 그럴 수도 있지만 아마도 제자인 우리 준호에게도 화가 미칠 것 같아서 당분간 자제를 하고 계시는 것 같아. 그리고 교수님 스스로는 현 상태에서 무슨 일을 벌일 수 있는 것이 제한적이기 때문이기도 하겠지. 일단 독도 관련 문건은 내게 전달했으니 나를 지켜보는 수밖에 없을 테고 말이야."

"그렇군요. 요즘 일본의 태도를 보면 아예 대놓고 독도를 자기 땅으로 여기고 있는 것 같습니다. 국방 백서는 물론 교과서에도 그렇게 표기하는 것으로 보아서는 그 독도침탈계획 문건이 실현될 가능성이 매우 클 것으로 생각됩니다."

"나도 그래. 이따가 아이들 오면 논의하겠지만 이 문제는 정말 신중하고도 치밀한 작전이 필요하다. 어설피 덤볐다가는 일본의 마수에 걸려들어서 조국의 안위에도 폐해를 주는 것은 물론 우리들도 무사하지 못할 수도 있을 테니 말이야."

"선배님. 참 자괴감이 듭니다. 어찌 대한민국이 이렇게까지 엉망이 돼버렸습니까? 북한만 적이 아닙니다. 역사 왜곡은 물론 영토까지 침탈하고 있는 일본에 대해 적극적인 대응도 하지 못하고 빌빌거리는 것을 보고 있노라면 화가 나서 미치겠습니다."

"나도 그렇다. 조국과 역사에 죄를 지은 사람은 반드시 단죄를 해서 교훈을 남겼어야 하는데, 우리는 일제강점기 때 조국과 민족을 배신한 친일파들이 해방 후 미군정의 도움으로 다시 이 나라의 주류 세력으로 자리를 잡는 바람에 역사를 그르치고 말았지. 그로 인해서 지금은 오히려 친일파들의 자손이 이 나라의 경제, 문화, 정치의 대부분을 장악하는 기득권세력이 되어 있으니 한심스럽다 못해 분노가 치밀어 오른다. 그러나 우리가 감정적으로 대응하는 것은 옳지 않고 현명하지 못한 처사다. 신중 하자."

"아, 지금 서 중령으로부터 문자가 왔네요. 이 중령이랑 함께 이 앞 지하철역에 와 있는데요, 이곳에서 다 모이지 말고 우리가 갈 식당으로 아예 따로 이동해서 만나는 것이 어떻겠느냐는 의견입니다."

"그게 좋겠다. 문자를 해 줘. 우리가 만나는 식당으로 바로 오라고. 내 친구 부인이 운영하는 곳인데, 조용한 구석방으로 안내해 줄 거야."

"알겠습니다."

잠시 후 삼각지 근처 조그만 한정식집에서 만난 네 명의 장교들은 성 대령의 주재 아래 독도침탈에 대한 일본의 계획서를 어떻게 처리할지를 놓고 토론을 벌였다. 자리를 잡자마자 성 대령을 비롯한 네 명의 장교들 앞에는 두 페이지짜리 서류가 놓여있었다.

"이미 지난번 말로만 설명했지만, 이것이 일본의 독도침탈계획 문건이다. 우리는 회의를 하면서 항상 이것을 앞에 놓고 논의를 하자. 다들 읽어봤겠지만 참으로 심각한 내용이다. 더불어 우리가 앞으로 어떻게 미국, 일본과의 관계를 설정하고 대처해야 하는지를 알려주는 것이기도 하다. 조국에 충성하는 마음으로 임해주기를 바라는 마음이니 다들 다시 한 번씩 읽어보길 바란다."

"네, 선배님!"

성 대령의 기조 말이 끝나자마자 굵고 든든한 음성이 작은 방을 채웠다. 성 대령은 거의 외우다시피 한 일본의 독도침탈계획 문건을 다시 펼쳤다. 문건을 읽고 있던 장교들의 얼굴은 차츰 붉어지면서 숨소리도 거칠어져 간다.

양 교수님이 일본어로 된 원본을 한국어로 번역해 놓은 일본의 독도침탈 계획 문건의 내용은 충격적이다.

목표

다케시마(竹島)를 일본의 고유영토로 영구 편입하도록 한다. 이를 위해서 현재 한국이 불법 점령하고 있는 다케시마를 기습 점거해 실효적 지배를 확보하고, 국제적으로는 분쟁지역으로 인식하도록 한 다음 최종적으로 국제사법재판소의 판결을 통해 일본제국의 영토로 확정하도록 한다.

그러나 이 같은 목표가 어려울 경우 현재 추진되고

있는 일미한(日米韓) 군사동맹, 또는 그와 유사한 군사 협약을 근거로 다케시마를 일미한(日米韓)이 공동 관리하면서 군사전략기지로 사용하는 양보안을 절대 관철한다.

계획

1. 일본영토로의 편입(단계별)

- 일본국 내는 물론 국제적으로 다케시마가 일본의 고유영토라는 점을 부각시키는 외교전 및 홍보전을 한층 고조시킨다. 이 공작의 수행을 위해 전 세계에서 활동하고 있는 공작원, 외교관, 일본 교포를 포함한 모든 일본인을 총동원한다. 특히 일본국의 기둥인 우익(右翼) 조직의 전폭적인 지원을 받는다.

- 한국의 보수 세력이 정권을 잡고 있는 지금이 적기이며, 과업을 수행하기 위해 기(旣) 확보해 놓은 한국 정부 내 고위급 친일 인사와 각종 친일단체들에게 일본 우익단체를 통한 충분한 자금투여는 물론 반대 여론을 잠재우기 위한 갖가지 대언론 공작을 수행토록 한다.

- 미국과의 비공식적인 협상에서는 북한은 물론 중국, 러시아 등 대륙세력의 일본해를 통한 태평양 진출 방어 및 제어를 위한 전략기지로서 다케시마가 꼭 필요하다는 인식을 각인시킨다. 또한 한국이 북한과 화해 및 통일의 길로 갈 경우 자칫 일본과 미국(米國)의 한국 통제가 어려워지고 미국의 전략적 이익도 심각

히 침해당할 것인바, 이를 대비해서라도 미국의 확실한 동맹인 일본국이 다케시마를 소유해야 한다는 논리를 크게 부각시킨다.

- 이를 토대로 현재 한국이 실효적지배를 하고 있는 것과는 상관없이 다케시마가 분쟁지역이라는 것을 국제적 이슈로 인정받을 수 있도록 한다. 이를 위해 향후 5개월 이내에 형식상 일본인 어민들로 구성된 특공대를 투입해서 40여명으로 구성된 한국의 독도경비대를 무력화시키고 일본의 실효적지배를 확보한다.

- 만약 이에 대응한 한국의 군사적 행동이 탐지되거나 개시될 경우 즉각 미국의 중재로 무력충돌사태를 방지하면서 실효적지배를 견고하게 지속한다. 또한 접수 즉시 관측소를 비롯한 군사시설물과 통신케이블 가설을 통한 완전한 군사기지화를 이룬다. 이는 일·러 전쟁 승리 이후 120년 만의 통쾌한 복원이다.

미국과는 기 협의된 대로 다께시마가 일본의 고유 영토일 경우 미국에 더 큰 이익이 된다는 현실을 이유로 "또 한 번의 무력으로 인한 현상변경을 반대한다."는 입장을 천명하도록 한다.

- 이 같은 실효적 지배를 확보한 후 우호세력 확보 부분에서 일본이 현저하게 우위에 있는 국제사법재판소를 통해 영유권을 최종 확보한다.

2. 다케시마의 일미한(日米韓) 공동관리 (차선책(次善策))

- 다케시마를 중국과 러시아, 북한의 태평양진출을 저지하는 군사전략기지로 사용한다는 명분으로 일미한이 공동으로 관리하도록 한다.

- 이를 위해 일미한 군사동맹을 신속하게 추진한다. 현재 한국의 정권을 잡고 있는 보수 세력과 그 속에 잠입해 있는 일본국의 우호세력을 통해 일미한(日米韓) 군사동맹의 필요성을 한국사회에 설파한다. 또한 북한, 중국, 러시아 등 사회주의 세력의 위험성을 부각시키는 여론을 형성시키는 한편 일미한 군사동맹의 핵심인 중국 견제를 부각하기 위해 한국 내 혐중(嫌中) 여론을 고조시킨다.

- 이미 한국의 집권세력 최고위층과 비밀리 협의한 대로 기 체결한 일한(日韓) 지소미아(GSOMIA)에 이어 악사(ACSA. 상호군수지원협정)도 신속하게 체결해 나간다. 이후 자연스럽게 체결할 일미한(日米韓) 군사동맹의 핵심 조건으로 군사적 핵심요충지인 다케시마를 일미한(日米韓)이 공동 관리하는 것으로 한다.

- 이후 미국과 협의해서 다케시마에 대한 공동 관리권자에서 단계적으로 한국을 배제시키는 공작을 진행시킨다. 미국은 명목상 공동 관리자로 남겨놓고, 향후 실질적인 영유권은 일본이 갖도록 한다.

시간이 흐르고 성 대령이 무겁게 입을 열었다.

"지난번 전체적인 이야기를 다 들었겠지만, 사실 이 독도

문건은 일본의 한국 침탈 야욕의 일부분에 불과하다. 익히 알고 있겠지만, 침략행위를 주도하고 있는 일본 100인회를 추적하던 K 대학의 양 교수님이 교통사고로 위장한 살해 시도에 당했다. 다행히 목숨은 건졌지만, 그만큼 저들은 우리 대한민국 영토 안에서도 활개를 치고 있다는 것이다. 앞서 이 문건을 양 교수님에게 건네준 일본인 후지와라 씨는 일본의 온천에서 살해당한 것으로 보인다. 과거 구한말 일본인들이 조선에서 무소불위 행동을 하던 때를 연상하게 한다. 몰랐으면 할 수 없었지만, 우리가 일본 정부와 극우단체의 침략행위를 구체적으로 안 이상 그냥 넘길 수는 없지 않겠는가. 무슨 방안이라도 강구해서 조국에 가해지는 위험과 국민의 생명을 보호해야 한다. 그것이 우리가 대한민국 군 장교로서 보여야 할 의무이자 책임이다. 우선 식사부터 하자."

성 대령의 설명과 다짐에 다들 엄숙한 태도로 동의했다. 식사를 하면서는 여러 잡다한 삶의 이야기들이 오갔지만, 곧 차를 마시면서는 구체적인 의견들이 오갔다.

학군 출신으로 중령 4년 차인 서민호 중령이 말한다.

"제가 정보사에 근무하면서 수집한 정보로는 아직 일본의 독도 침공 군사작전에 대응하는 우리 군의 별도 작전계획은 없는 것 같았습니다. 현재 독도에 대한 경비는 해양경찰이 맡고 있으니, 자체 대응 작전계획은 확인할 수 없습니다. 그런데 한 가지 특이한 점은 현 정부 들어서 독도방어훈련이 축소되거나 그냥 형식적으로 이루어지고 있다는 사실입니다. 그동안 전반기 하반기 각 치러졌던 방어훈련은 해병대를 비롯한 특수부대마저 빼버리고 졸속으로 이루어지고 있답니다. 일본의 침공이 예상되는데 우리는 거꾸로 방어훈련마저 소홀하게 한다는 것이 참 이상합니다. 어쨌든 이번 일을 계기로 일본의 독도 공격에 대한 대응 작전계획을 수립하도록 공작하는 것이 어떻겠습니까?"

"좋은 의견이다. 그러나 그런 대응 작전계획을 수립하자면 일본의 공격이 예측된다는 전제가 있어야 하는데, 위에서 지시한다면 좋겠지만 그럴 일은 없을 테고, 그걸 밑에서 기안해 올리기가 만만찮을 것이다. 바로 묵살당할 가능성이 크다고 하겠지."

"우리의 국토가 침탈당할 상황인데도 그렇습니까?"

김 대령이 발끈하고 나선다. 그런 김 대령을 물끄러미 바라보던 성 대령은 물을 한 모금 마시더니 차분한 목소리로 말한다.

"내 생각은 이렇다. 지금 미국은 한미일 군사동맹을 전략적 목표로 삼고 있다. 나아가서 동북아에서 미국을 대신해 중국, 러시아와 싸워줄 국가로 일본과 한국을 선정했다. 물론 최 일선은 한국이 맡도록 하는 것이지. 한미일 군사동맹은 여러 가지 측면에서 한국을 곤란하게 할 것이지만, 우리가 간과하고 있는 또 다른 것이 있다. 바로 일본의 군국주의 야욕을 부추기는 일이다. 동맹이라는 것은 한 국가가 침략을 받았을 때 자동 개입 또는 사후승인 개입 등을 통해 군대를 파병하는 방식으로 전쟁에 개입하는 것인데, 바로 이 부분이 일본에는 엄청난 변화와 이익을 주는 것이다. 지금은 평화헌법을 갖고 있는 일본이 전투병 파병이나 다른 국가를 공격할 수는 없는 상황이지만. 아시아판 나토(NATO)인 한미일 동맹이 맺어지면 이를 근거로 평화헌법을 개정하고, 궁극적으로는 군국주의 일본을 만들어주는 꼴이 되는 것이다. 지금 상황을 분석해 보면 미국은 일본이 전쟁할 수 있는 국가가 되도록 평화헌법을 바꾸려는 것에 사실상 동의 해주고 있으며, 미사일 등 첨단무기를 계속해서 판매하고 있다. 현재 일본의 군사력은 말만 자위대라는 이름을 가졌지, 이미 세계 5위안에 드는 군사 강국으로 변모했다. 특히 해군과 공군력은 매우 막강하고, 앞으로 미국으로부터 사들일 천문학적인 규모의 공격용 미사일을 생각해 보면, 핵무기를 빼놓고는 무적의 군사력을 갖출 것이다. 이 같은 한미일 군사동맹은 곧 중국, 러시아의 대륙 세력을 견제하고 막아내는 것을 목표로 하고 있고, 이들 해양 세력과 대륙 세력이 맞붙는 곳, 즉 한반도가 전쟁터로 되는 것이다. 독도는 이때 해양 세력인 미국과 일본의 해·공군 작전지역으로서 매우 요긴하게 쓰일 곳이다. 문제는 우리 정부의 태도다. 지금 일어나고 있는 여러 가지 상황을 분석해 보면, 현 한국 정부는 일본과 군사동맹, 또는 그 수준의 어떤 관계를 맺기 위해서 매우 앞장서고 있는 것 같다. 밖에서는 미국의 압력이 작용하고, 한국 내부적으로는 보이지 않는 극우세력의 압력과 공작이 주효하고 있다고 봐야 하겠지."

"선배님. 보이지 않은 세력은 일본의 앞잡이들이 아니겠어요? 친일행각을 서슴지 않는 뉴라이트 인사들 말이에요."

"맞아. 뉴라이트 인사들이 대표적인 친일파들이지. 아니 매국노 집단이라고 해야 하나? 그들이 일본의 대표적 우익 단체 중 하나인 '국가문제기본연구소' 이사장 사쿠라 요시코로부터 활동 자금을 받아서 움직인다는 것은 공공연한 비밀이다."

"아무리 그렇다 치더라도 VIP가 제대로 판단하고 대응하면 될 것 아닙니까?"

김 대령의 거침없는 말에 성 대령이 잠깐 호흡을 가다듬더니 제지한다.

"군 통수권자까지 의심하는 것은 조금 앞서 나가는 것이지. 그 부분은 일단 여기서 끊자."

김 대령도 멋쩍은 듯 고개를 끄덕인다.

"이 독도침탈 문건은 그래서 단순히 독도만의 문제가 아니다. 방금 말 한대로 한미일 군사동맹의 필요충분조건이 바로 독도를 한미일 3국이 전략적인 기지로 사용하는 것이다. 일본에는 더욱 필요한 곳이지. 1904년부터 1년 7개월 동안 벌어진 러일전쟁 때 러시아의 발틱함대가 일본함대와 전투를 벌인 곳이 서남해와 동해였으며, 마지막 전투가 바로 이곳 독도 인근에서 벌어졌었다. 일본은 러일전쟁을 앞두고 엄연히 대한제국의 영토인 독도를 자기들 것이라고 해놓고, 거기에 관측소를 설치하고 해저에는 전선을 깔아놓는 등의 중요한 전략기지로 만들었었다. 그런 내용들은 잘 알고 있지? 김 대령!"

"네, 선배님. 당시 러시아가 보유 중인 3대 함대 중 하나인 무적의 발틱함대가 우리의 동해에서 일본에 패한 것은 전략적으로 문제가 있었다고 알고 있습니다. 왜 신생 제국주의 국가인 일본에 그렇게 패했는지 궁금했는데, 알고 보니 일본 원정의 임무를 띤 발틱함대가 유럽의 기항지에서 일본 근해로 이동하면서 무려 9개월 동안 3만 7,000 키로미터 해상을 항해해 오느라 전투력이 최악의 상태로 떨어졌고, 그 상황에서 만반의 준비를 갖추고 기다리고 있던 일본의 연합함대에 맥없이 패한 것이었더라고요. 물론 당시 러시아를 견제하려던 영국이 발틱함대의 이동 경로 등 중요한 정보를 미리 일본에 전달해 주었기도 하고요."

"그렇지. 당시 일본은 러시아의 발틱함대를 격파하면서 한국과 만주의 군사 및 식민 지배권을 확보했고, 몇 년 후 한국은 일본에 강제 병탄 되었지. 지금 일본의 우익은 그 러일전쟁 때 발틱함대를 격파해서 명실상부한 제국주의 일본의 위상을 드높였다는 지역이 독도인 점을 매우 중요하게 여기고 있다. 간략하면 일본은 군사 전략적으로나 제국주의의 향수로나 절대로 독도를 포기할 수 없다는 것이지. 조금 앞서나간 측면도 없지 않지만, 내 생각에는 구한말 때처럼 일본은 독도를 확보하고 나면 그들의 영원한 야욕인 대륙진출의 꿈을 실현하고자 다시 한국을 노릴 수도 있을 것이다."

"선배님, 그렇다면 이 독도침탈 문건은 미국의 동아시아 전략과 일본의 야욕으로 인해 만들어진 것으로 우리 대한민국에는 매우 위험한 것이잖아요?"

"물론이다."

서 중령의 물음에 성 대령의 대답은 간결하고 확고했다. 그가 다시 말을 잇는다.

"오늘 이렇게 소중한 시간을 마련한 것은 바로 이 문제를 어떻게 다루어야 하는지를 논의하기 위함이다. 다들 의견이 있으면 말해봐."

잠시 침묵이 흐른다. 밀폐된 공간이어서 더 조용하지만, 모두가 무슨 생각에 골똘해 있는지 숨소리조차 들리지 않는다.

"그렇다면 이 문건을 공론화하는 것이 어떻겠습니까?"

합동참모본부 공보부서에서 일하고 있는 이중희 중령이

먼저 침묵을 깼다.

"공론화?"

"지금까지의 분석으로 보면 우리 정부가 고유영토인 독도를 자칫 포기할 수도 있다는 것인데, 만약 독도문제에 대해 용산 안보실에서 이 같은 말도 안 되는 상황을 계획하고 있거나, 적어도 분쟁지역으로 만들어 장차 일본과 공유하려는 생각이라면, 이 문건을 아무리 높은 곳에 전달되더라도 그냥 휴지밖에 더 되지 않겠습니까?"

"사실 나도 그렇게 생각하고 있다."

"그럼 어떻게 공론화한다는 것이지?"

잠시 잠자코 듣고 있던 김 대령의 질문이다.

"우리가 국방부와 합참 출입 기자들에게 이 문건을 비롯한 정보를 슬쩍 흘리는 것입니다. 문건의 출처는 명확하지 않지만, 기자들에게는 흥미로운 자료이고 기사 쓸거리로 여길 것이라는 생각이 듭니다. 기자들이 이 문건과 정보를 토대로 국방부 장관이나 합참의장에게 일본이 독도를 침공할 경우를 대비한 한국군의 대응 시나리오가 있는지를 물으면 답변이 나올 것이고. 그 뒤 이 부분에 대해 보도를 하면 자연스레 정부 또는 우리 군의 대응책이 공론화될 수 있지 않겠습니까?"

이 중령은 나름 많은 궁리를 해 본 것 같다.

"좋은 생각이다. 그렇게만 되면 우리 국민 대다수도 독도문제에 관심을 가질 것이고, 정치권에서도 영토수호에 대한 대응책들이 나올 것이다. 이 정부도 민심이 들끓고 있는 상황이 온다면 독도문제에 대해 이상한 짓은 못 하겠지. 일본도 주춤할 것이고 말이야."

성 대령이 고개를 끄덕이면서 좋은 반응을 보인다.

"저도 그렇게 생각합니다. 야, 우리 이 중령, 언론을 활용할 줄도 알고 대단하다."

김 대령이 칭찬을 하자 이 중령은 멋쩍은 듯 살짝 웃는다.

"좋아. 우리 임무는 거기까지 수행하는 것으로 하자. 이 일은 매우 민감한 것이다. 방첩사 등 군 정보기관 애들한테 꼬리를 밟혀서도 안 되고, 기자들을 어설피 설득하려고 해서도 안 된다. 무슨 뜻인지 알겠지?"

"잘 알고 있습니다."

다들 초롱초롱한 눈빛을 내고 있다.

"그리고 내가 생각해 봤는데, 이번 작전명은 '동서남북'으로 하자. 각자 암호명은 부르는 순서다. 나는 동쪽이다. 다들 이해했지?"

모두 고개를 끄덕인다.

"그러면 언론사 기자들을 접촉하는 임무는 누가 맡겠는가?"

성 대령은 신속하게 한 발짝 더 들어간다.

"제가 평소 친하게 지내는 국방부 출입 기자가 있는데, 그분과 술 한잔하면서 넌지시 얘기를 내놓는 것이 어떨까 합니다. 사실 요즘 일본의 독도침탈에 대한 것이 매우 노골적이어서 그런 문건이 흘러 다닌다는 것만 해도 언론인들의 관심을 끌 수가 있을 것 같습니다."

이 중령은 작전 실행에 대한 계획을 좀 더 구체적으로 내놓았다. 이미 많은 생각을 해 둔 표시가 난다. 서 중령도 자신보다 선배인 이 중령의 제안에 고개를 끄덕이면서 동의를 표했다. 이후 몇 가지 의견들이 오가면서 추진계획이 정리됐다.

"좋다. 그럼, 이 문건의 복사본을 만들어서 기자들에게 배포하는 것은 이 중령과 서 중령이 맡아라. 특히 취재원을 보호해 줄만 한 기자들에게만 배포하도록 해. 복사기는 군 내부에 있는 것은 사용하지 마라. 그럴 땐 모든 문서가 자동 저장된다는 것은 알고 있지? 너희들 개인적으로 보안이 되는 곳에서 복사하되, 보안 절차를 밟도록 해라. 필요하면 나에게 말하고."

"넵. 선배님."

"이제 '동서남북' 작전은 그렇게 진행하는 것으로 결정하자. 사실 내가 가깝게 지내는 선배 현역 장군들 몇 분과도 만나 이 문제를 슬며시 꺼내어 의도를 엿보았는데 아무런 관심을 내비치지 않았다. 장성급 이상은 정치적인 판단을 하는 것이어서 그런지 몰라도 현 정권의 입맛에 맞는 사고와 행동을 하는 것이 대부분이다. 물론 속으로는 많은 생각을 하겠지만 적어도 그들에게 기댈만한 것은 없는 것 같다. 우리의 분석대로라면 일본은 진짜 독도를 빼앗아 갈 생각인 것 같다. 문건대로 그 과정을 밟아나갈 가능성이 매우 크다. 미국쪽에 나가 있는 정보사 후배로부터 귀띔을 받았는데, 미국은 독도를 공격하는 일본의 행위를 당사자 간의 분쟁으로 치부하면서 모르는 체할 가능성도 농후하다는 것이다. 자신들의 국가이익 외에는 피도 눈물도 없는 행태가 요즘 국제사회다. 여러분 모두 멸사봉공의 군인정신으로 임 해주기를 바란다."

성 대령은 엄숙하면서도 단호하게 말했다. 군대에서는 사적 모임 결성을 금지하고 있다. 그 모임이 구성원들 일신의 영달과 이익을 위한 것일 때, 그 단체는 국가나 국민에게 엄청난 해악을 끼치기 때문이다. 전두환을 비롯한 하나회 일당이 바로 그것이다. 육사 출신 선후배들로만 은밀하게 구성된 그 일당들은 결국 쿠데타를 일으켜서 권력을 쥐었고, 광주에서 많은 사람들을 학살했었다. 성 대령은 자신이 지금 후배들과 함께 도모하는 일이 결코 국가에 폐를 끼치는 일이 아님을 잘 알고 있다. 어쩌면 국가 조직의 어느 구석에서 좀이 먹어가고 있는 현실에서 자신이라도 나서야 한다는 위기감과 충성심의 발로라는 생각이다. 그렇더라도 만약에 이런 몇 사람의 움직임에 대해 상부에서 부당한 것으로 치부한다면 꼼짝없이 군 조직에서 제거될 것이다. 그는 결의에 찬 얼굴로 자신을 바라보는 후배 장교들의 모습을 살폈다. 믿음직했지만 다들 집에서는 아내와 자식을 거느리고 있는 가장이다. 그는 답답해지려는 마음을 가벼운 심호흡으로 슬며시 삭혔다.

"선배님. 그럼, 실행은 언제까지로 할까요?"

이 중령이 묻는다.

"지금이 3월 중순이니까 앞으로 한 달 정도의 준비를 거쳐서 5월 초순에 실행하는 것으로 했으면 좋겠다. 그 전에 함께 할 기자들과 군불을 땔 시간도 필요하겠지. 그때까지는 가능하겠지?"

"넵!"

이 중령과 서 중령이 함께 대답하는데 펄펄한 기운이 가득하다.

끄나풀들

"교수님, 요즘은 기분이 좀 어떠십니까?"

나뭇잎들이 날로 짙푸르러 가는 정원을 나란히 산책하며 준호가 조심스레 여쭙는다. 그런 제자를 엷은 웃음으로 대하는 양무선 교수는 오른팔을 들더니 가볍게 주먹을 쥔다. 쥐락펴락 몇 번을 하고는 이내 팔을 흔들어도 보인다.

"성 군, 요즘 공부는 어떤가?"

"저는 석사논문 준비하면서 일본 관련 공부도 하고 있습니다."

"그래야지. 내가 몸이 아직도 온전하지 않으니 미안하기가 그지없구먼. 지금 성 군에게는 지식을 습득하는 것이 중요한 것이 아니라 어떤 자세로 학문을 하느냐가 더 중요하다는 점을 항상 잊지 말게나."

"명심하고 있습니다."

양 교수는 그렇게 대답하는 제자를 슬쩍 바라보면서 고개를 끄덕인다.

"내게 하고 싶은 말이 많지 않은가?"

교수님이 문득 정곡을 찌르는 물음을 해 오자 준호는 심장의 고동이 조금 빨라지는 느낌을 받는다. 만난 지 벌써 30분이 훨씬 넘었는데도 교수님은 제자를 부른 진짜 이유를 밝히지 않고 계시는데, 시간이 갈수록 준호는 긴장이 더해지고 있다.

"그렇긴 합니다만 아직은 기다릴 수 있습니다."

준호는 속마음과는 정 반대 대답을 하고 만다.

"아직은 우리가 나설 때가 아닌 것 같다는 생각이 드네. 내가 너무 격정적으로 생각하고 판단했던 것 같아. 거대한 적인 골리앗과 싸우는 다윗에게는 하나님이 있었지만, 우리에게는 단지 우국의 열정만 있었던 것 같아."

"아닙니다, 교수님. 얼마나 많은 준비와 노력을 해 오셨는데요. 저는 이런 시작만이라도 큰 의미가 있다고 생각합니다."

"그렇긴 하지. 어쨌든 우리는 여기서 멈추세. 무슨 압력 때문이거나 또는 피해가 우려돼서가 아니라 권토중래라고 생각하게나."

준호는 교수님의 그 말씀에 아무런 대답도 할 수 없었다. 아직도 교통사고로 위장한 살해 사건으로 인한 충격이 크기도 하겠지만 혼자만이 아인 제자의 안위까지 생각해서 결정하신 것 같다는 생각이 자연스레 들었다.

준호는 맑고 밝은 햇살이 가득한 교수님 댁의 아담한 정원을 새삼스레 둘러보았다. 4월 중순의 따뜻한 기운이 꽃들을 감싸고, 작은 나무들은 연한 녹색의 줄기와 앙증맞도록 귀여운 잎사귀를 피워내고 있다.

"이제 들어가 점심 식사나 하도록 하세. 오늘 성 군이 온다니까 아내가 특별히 삼계탕을 끓인다고 하더군. 어떤가?"

그는 교수님의 얼굴을 바라보면서 미소를 지으며 팔을 두 손으로 가볍게 잡으면서 현관문 쪽으로 발걸음을 옮겼다.

☆

성준호가 돌아가고 한 시간쯤 지나서 02로 시작되는 전화번호가 떴다.

"양무선입니다."

"교수님. 저 성 이사입니다."

"대령님, 아니 이사님."

"우리 교수님은 아직도 공작원 하기는 어려울 것 같습니다."

"그런가요?"

"기분은 좀 어떻습니까?"

"좋습니다. 오늘 점심은 준호 군하고 삼계탕으로 보신했습니다."

"그러셨군요. 말씀은 하셨나요?"

"생각했던 대로 의기소침해하더군요."

"그렇겠지요. 피 끓는 나이인데요."

"제 마음도 무겁습니다만 어쩌겠습니까. 이사님 말씀대로 이건 우리 세대의 일이니, 우리가 어떻게 하든 마무리해야지요. 어떤 이들은 역사의 판단을 후세에 맡기자고 하는데 무책임한 짓입니다. 그때그때 상황에 대해서는 투쟁을 해서 바로 잡든 매듭을 지어야지요."

"맞습니다. 교수님."

"참, 진행하신 일들은 잘되고 있지요?"

"그렇습니다. 처음엔 5월 초로 잡았다가 한 보름 정도 늦어진 것 외엔 현재로선 별 차질이 생길 것 같지 않습니다."

"우리 이사님을 비롯한 직원분들께는 그저 죄송할 따름입니다."

"아닙니다. 교수님의 꺾이지 않는 의지가 부럽습니다."

"별말씀을 다 하십니다. 저야 이제 앞에도 나서지 못하는 좀생이라는 생각이 들어서 괴롭기도 합니다."

"교수님. 절대로 그렇게 생각하지 마세요. 누구도 선뜻 하려 하지 않은 일을 해 오셨잖아요. 지금부터는 교수님이 쌓아 놓은 것들을 토대로 저희가 생각한 방식으로 하겠습니다. 우리 시대에 이 문제를 해결하지 않으면 나중에는 당하고 만다는 판단에 따라, 자발적으로 나선 것이니만큼 지켜봐 주세요. 우선은 건강관리 잘 하시고요. 그리고 지난번 보내 주신 선물은 잘 받았습니다. 매우 유용한 먹거리입니다. 이것으로 많은 에너지를 재생산하겠습니다."

"잘 알겠습니다."

전화를 끊고 난 양 교수는 창밖으로 고개를 돌렸다.

그는 사고가 난 그날을 생각하면 지금도 한기가 엄습한다. 전화를 받고 나간 남한산성 밑 카페에서 후지와라 씨의 죽음을 전해 듣고는 다리가 휘청거리고 눈앞이 캄캄했었다. 양 교수는 일본인 여성이 떠나간 뒤 혼자 멍하니 앉아 있다가 후지와라 씨의 편지를 읽고서는 동봉해 온 USB가 얼마나 중요한지를 절감했다. 그런데 묘하게 불안감이 덮쳐왔다. 이 소중한 것을 어디다 안전하게 두어야 요긴하게 쓸 수 있을까? 하는 생각이 머릿속에 가득했다. 그는 카페 안을 둘러보고는 잠시 후 계산대로 다가갔다. 혼자서 바리스타 몫까지

하던 40대 중반의 여성에게 K 대 교수라는 신분을 밝히고 USB가 들어있는 편지봉투를 맡겼다. 여동생이 며칠 뒤에 찾으러 올 것이니 그때까지만 맡아달라고 요청한 것이다. 봉투에는 여동생의 전화번호도 써넣었다. 그로부터 일주일 후 카페 여사장으로부터 전화를 받은 여동생이 USB를 확보했고, 겨우 목숨을 건진 양 교수는 한참 후 여동생을 시켜 성 대령에게 그것을 전달한 것이다. 모두가 꿈만 같기도 했다.

양 교수는 두 손바닥으로 얼굴을 만져봤다. 까칠까칠한 느낌이다. 그는 두 눈을 감고 한참 있다가 살며시 떠봤다. 그러자 거실에까지 쏟아져 들어온 따뜻한 봄볕이 온몸에 와락 감겨들었다. 그는 살아있다는 것에 감사했다.

폭설이 내렸다. 신문과 방송에서는 3월 초순에 서울에 큰 눈이 온 것은 20여 년 만이라면서 호들갑을 떤다. 양 교수는 지팡이를 짚고서 현관을 나섰다. 아직도 머리에 무엇이 들어 있는 것처럼 개운하지 않고, 양쪽 다리에는 힘이 들어가지 않아서 지팡이를 의지하지 않고는 혼자 걷기가 힘들다. 의사는 자꾸 걸어보면서 신체활동을 하는 것이 원래의 기력을 찾는데 도움이 될 것이라고 얘기하지만 일어설 때마다 느끼는 약간의 현기증은 의지를 시험하곤 한다. 며칠 전 퇴원을 했지만, 몸도 마음도 망가진 것 같다는 좌절감이 그나마 멀쩡한 어깨마저 짓누르는 것 같다. 눈은 다 내렸는지 햇빛을 머금은 파란 하늘이 눈을 부시게 하고, 정원수의 크고 작은 나뭇가지에는 밤새 내린 눈이 소복이 얹혀있어 오히려 포근해 보인다.

"여보, 추운데 거실에서 움직이지 뭐 하러 나가세요?"

아내가 따라 나오면서 한마디 한다.

그는 걸음을 멈추고 뒤를 돌아보면서 아내의 얼굴을 잠시 바라보았다. 화사한 미인은 아니지만 흔들림 없는 전형적 동양 여인 풍모를 지닌 아내의 희끗희끗해진 머리칼이 눈에 들어온다. 수척해진 것은 양 교수 자신만이 아니었다.

☆

　준호는 머릿속이 혼란스럽기만 했다. 교수님의 건강이 생각보다 훨씬 더 좋아 보인 것은 반가운데, 진행해 오던 일에서 손을 떼겠다는 말씀은 의외였다. 차라리 아무 말씀도 안 하셨더라면 그냥 교수님의 처지를 잘 알고 있는 제자로서 충분히 이해하고도 남았을 테고, 이처럼 실망스럽고 먹먹한 느낌이 들지는 않았을 거였다. 그는 갈 길을 잃은 나그네처럼 마음이 조급해지다가 불쑥불쑥 일어나는 이런저런 생각들에 휩싸이자 두 손으로 머리를 감싸안았다.

　"준호 방에 있니?"

　갑자기 문 두드리는 소리와 함께 어머니의 목소리가 들린다.

　준호는 침대에서 튕기듯 일어났다.

　"네."

　방문이 열리고 어머니가 얼굴을 내미신다.

　"하영이가 내게 전화했다. 네가 전화를 받질 않는다는구나."

　"무음으로 나 뒀더니 제가 알지 못했나 봐요. 전화해 볼게요."

　"그래라. 그런데 왜 그렇게 부석부석한 얼굴이냐?"

엄마는 아들의 표정에 나타난 심경을 금방 알아챈다.

"아니에요. 어젯밤 잠을 설쳤더니 조금 피곤해서 그래요."

"날도 화창한데, 밖에 나가 바람 좀 쐬지, 그러냐?"

"알겠어요. 엄마 지금 하영이에게 전화해 볼게요."

그리고 보니 아까부터 계속 울려대던 전화는 하영으로부터였다.

준호는 원래 오늘 하영을 만나기로 했었다. 아침에 통화를 해서 시간과 장소를 잡기로 했는데, 교수님을 뵙고 와서는 만날 이유가 없어져 버렸고, 아직 그런 사실을 모르는 하영이가 전화했는데 받지를 못한 것이다.

"왜 전화도 안 받고 그러는 거야?"

신호음이 들리자마자 전화를 받은 하영이 대뜸 따진다.

"아니야. 머리가 아파서 잠깐 누워있었어."

"그래? 많게 아파?"

"아니 이제는 괜찮아. 참, 우리 오늘 어디서 볼까?"

"학교 앞 M 카페에서 보자. 12시. 얘기 좀 하고 김밥에다 떡볶이 먹자."

"그놈의 김밥에 떡볶이는 질리지도 않냐? 하여튼 알았어. 이따 만나."

통화를 끝내고 준호는 다시 침대에 드러누웠다. 사지를 늘어뜨리고 있자니 자신이 마치 바닷물을 떠난 문어 같다는 생각이 들었다. 문득 그녀의 모습도 떠오른다. 갸름한 타원형의 얼굴에는 귀여운 미소가 어려 있는데, 마치 손짓을 하는 것 같았다.

그는 벌떡 일어났다.

"준호야. 우리 예측이 맞은 것 같아. 박선욱이 그놈 일본 애들한테 포섭돼서 밀정 짓을 계속 해 온 것이야."

하영의 말에 준호는 그저 고개를 몇 번 주억거렸다. 예상했던 일이다. 그와 만남 이후 지금까지의 일들을 곱씹어보면 그림이 그려진다. 교수님과 함께 화천 삼촌을 찾아갈 때 고속도로 휴게소에서 슬쩍 비친 그의 모습에 언젠가부터 마음속에 자리 잡고 있던 미심쩍음이 확신으로 굳어졌었다.

"그동안 적어도 양 교수님과 너에 대해서 감시를 해왔던 것 같다. 지난번 화천까지는 따라가지 못했을지라도 그놈이 일본 놈의 끄나풀인 것만은 확실해."

"무슨 다른 이야기라도 있냐?"

"내 친구 견 선생하고 좀 파헤쳤지. 그놈 부친이 아직도 Y 대학 사회학과 교수인데, 일본 문부성 장학생 출신이래. 부친이 일본서 공부하는 동안 그놈도 어린 시절 잠깐이나마 일본 생활을 했고 말이야."

"그래? 그래도 그것이 끄나풀이라는 증거는 아니잖아."

"물론이지. 그런데 그놈도 사실상 일본 장학생이야. 일본 극우단체인 사사카와(일본재단) 재단에서 Y 대학에 100억 원을 출연했는데, 그 연구재단에서 연구비 명목으로 장학금을 받아먹고 있더라고. 유독 Y 대학에 역사 왜곡을 하면서 일본 편을 드는 교수가 많은 것이 이와 무관하지 않다는 건 다들 알고 있는 거잖아."

"그렇지. 동북아역사재단에도 독도가 일본 땅이라는 주장이 담긴 논문을 쓴 위원이 있을 정도이니, 국내 학자 일부가 일본인들의 돈에 매수당하고 있는 것은 다 아는 사실이잖아."

"박선욱 그놈은 학부 때부터 친일파로 키워졌고, 밀정 짓에 앞장선 놈이야. 역사의식이라고는 눈곱만큼도 없는 것은 물론 오히려 친일 앞잡이를 하고 있으니 한심하다. 너에게 접근해서 일본 역사 기행을 하자고 꾄 것도 다 그런 일환이었지 않냐?"

"생각해 보니 그렇더라고. 그런데 그 녀석은 자기 아버지 학교에 다니면서 그쪽에서나 그런 못된 일 하지, 왜 우리 K 대학에 와서 그 짓을 하는지 모르겠네, 참."

"그게 그놈의 임무일 거야. 그 일을 해야만 자기 앞길이 트일 테니까 말이야. 일제강점기 때 부귀영화를 위해서 국가와 민족을 팔아먹은 친일파들의 전형적인 행태지."

준호는 대답 대신 깊게 한숨을 내쉬었다. 작년 가을 학회를 마치고 선후배들이 어울려 맥주 한잔하는 자리에서 그가 뜬금없이 나영을 공격했던 일이 새삼 떠올랐다.

"사실 견 선생과 내가 그동안 그놈을 미행했었다. 무려 보름이 넘도록 말이야. 그가 누구를 만나는지, 무슨 짓을 하는지 등 일거수일투족을 살폈지. 심지어 소매치기 은퇴자를 꾀어 그 녀석 스마트폰까지 훔쳐서 열어봤지. 그놈의 스마트폰 암호가 어떤 패턴인지도 다 알아냈다고."

"너 정말 위험한 일을 하고 다녔구나?"

"내가 뭐랬냐. 견 선생 걔는 입으로만 탐정이 아니야. 자기 아버지 밑에서 차나 수리하고 있지만 늦게라도 경찰에 들어가서 천부적인 수사 능력을 발휘하고 싶다는 놈이야."

"야, 야, 벌써부터 스마트폰 훔치면서 불법이나 저지르는 녀석이 경찰이 되면 볼만하겠다."

"그런 소리 마라. 그 녀석이 벌써 몇 건을 해결했잖니. 교수님 자동차 사고원인도 그렇고, 박선욱이 일본 *끄나풀*이라는 것도 그렇고 말이야."

"구체적인 증거는 나왔어?"

"그놈의 SNS도 다 깠지. 카카오톡은 물론 라인(LINE)까지 말이야. 그놈은 라인을 많이 쓰더라고."

"라인은 일본에서 많이 쓰고 있지. 동남아 일부 국가도 그렇고."

"나도 이번에 알았는데 우리나라 네이버가 라인의 중요한 대주주더라고. 일본 애들이 속 좀 쓰리겠어. 후후"

"네이버도 정신 바짝 차려야 할 걸. 일본 애들이 뺏어 갈 수도 있잖아."

"그러게. 어쨌든 라인으로 주고받은 메시지는 대부분 일본어였어. 그래서 번역기로 다 살폈지. 그 속에 그놈 보고서가 있는 거야. 바로 교수님과 너를 감시하는 일이었어. 1년 전에는 교수님 혼자였는데, 지난해 말부터 너까지 감시해서 보고하는 내용이 있더라고. 다행히 네 삼촌 얘기는 없는 것 같았어."

"보고를 받는 상대방이 누군지를 알 수 없었겠지?"

준호의 물음에 하영은 입술을 꾹 다문 채로 고개만 끄덕인다.

"구체적인 것들이 꽤 있었겠구나?"

"응. 양 교수님 가족 구성원은 물론 출퇴근 시간, 이동 수단, 차량 번호, 가깝게 지내거나 자주 만나는 사람들에 대한 정보 등 세세한 것들까지 다 보고했더라고. 지난겨울 교수님 댁 진돗개 백구 살해 사건 있었지? 그것도 이놈이 개입된 것 같아. 물론 실행은 다른 놈들이 했겠지만, 관련 정보를 제공한 것은 이놈 짓이 분명해."

"우리 삼촌에 대해서는 정말 내용이 없었어?"

"강원도 가는 차량을 미행했지만, 중간에 노출될 염려가 있어서 중단했다는 보고 내용이 있더라고. 교수님 자동차 사고 후 교수님과 너의 동향에 대해서도 보고했는데, 특별한 것은 없었어. 그리고 너에 대해서는 교수님이 아끼는 제자라는 내용도 있더라고. 참, 그리고, 아, 아니야."

하영은 무슨 말을 하려다 중단했다.

"무슨 말인데 그래?"

"별것 아니야."

하영은 얼굴에 웃음을 띠고는 대수롭지 않다는 표정을 짓는다. 그러면서 하마터면 준호를 불안에 떨게 할 뻔했다며 속으로 안도의 한숨을 쉬었다.

"앞으로 어떻게 하는 것이 좋을까? 삼촌에게 이 사실도 알려야 하는 거 아닌가?"

하영이 심각한 얼굴을 하고 준호에게 묻는다.

"야, 잠자코 있으라는 엄명을 하신 삼촌에게 어떻게 이런 말씀을 드릴 수 있냐?"

그러자 하영이 강한 어조로 말한다.

"그렇다고 그런 녀석을 그냥 놔둘 수는 없지 않겠어?"

그 말에 준호는 마땅히 대답할 말이 떠오르지 않아 잠자코 있다. 사실 이 문제는 매우 중대한 것이기 때문에 섣부른 판단을 할 수 있는 계제가 아니었다.

준호는 자신을 빤히 쳐다보면서 대답을 다그치는 하영의 눈길을 피했다. 사실 이제 이 문제에서 손을 떼라는 양 교수님의 말씀은 꺼내지 조차 못하고 있는데 무슨 말을 하영에게 할 수 있다는 말인가.

216

"배고프다."

하영은 입으로 허기진 소리까지 내면서 대답을 재촉한다.

준호가 이내 결심한 듯 말한다.

"하영아. 사실 교수님은 이 문제에서 우리가 빠지기를 원하고 계셔. 우리 삼촌과 같은 생각 이시더라고. 아무런 대응책도 마련할 수 없는 상황에서 성급히 덤볐다는 자책을 하시면서 다시 기회를 보자고 하신다. 그러나 솔직히 나는 그 말씀을 따르는 것이 좋을지, 어떨지, 아직 판단이 서지 않아. 여기서 중단한다면 마치 해야 할 일을 미루고 여행 간 것처럼 찜찜한 마음이야."

하영은 잠자코 듣고 있었다. 그는 이미 준호의 표정에서 자신들의 막막한 앞길을 예감했다. 제자를 아끼시는 교수님의 성품으로 보아 이쯤에서 준호를 놓았을 것이라는 생각이 들었기 때문이다.

하영은 목이 마른 지 이미 얼음밖에 남지 않은 커피잔에 꽂힌 빨대를 빨아들인다. 소음처럼 들리는 그 소리는 마치 허공을 가르는 어퍼컷처럼 공허했다.

"커피 한 잔 더?"

준호가 묻자, 하영은 그를 노려보듯 하며,

"배고프다니까."라면서 다시 빨대에 입을 댄다.

"그래 하영아, 이렇게 하자. 나도 최소한 박선욱 씨 문제만큼은 처리해야 한다는 생각이야. 교수님은 그렇다고 해도, 우리 삼촌은 이미 결심을 굳히고 모종의 움직임을 진행하고 계실 테니 우리는 이것에 대해서만 생각을 하자. 그를 어떻게 할 것인가에 대해 차츰 생각해 보자. 물론 너무 늦으면 안 되겠지. 됐지? 자 가자. 너 좋아하는 김밥과 떡볶이가 앞으로."

준호가 정리된 말을 마치자, 하영이 엄지척을 하면서 벌떡
일어섰다.

작전명 동서남북

용산역 광장 건너편 골목길은 언제나 그렇듯이 북적했다. 약속 장소에는 항상 미리 가 있는 것이 습관처럼 익숙한데 오늘은 조금 늦었다. 합동참모본부 공보실에서 근무하는 이 중령은 지난주에 고려일보 장영철 기자와 약속을 잡았다. 그는 국방부 출입 1진인데, 이 중령은 약속을 잡는 과정에서 아무 일도 아닌 것처럼 뜸을 몇 차례들이고는 마침내 그와 오붓한 시간을 마련한 것이다. 아니나 다를까 그는 벌써 와 있었다. 기자들과 약속을 하면 제때 시간을 맞춰오는 경우가 드물다. 예측할 수 없는 취재와 보도 업무의 특성상 그럴 수도 있지만 어떤 기자들은 별 할 일이 없는데도 늑장을 부리면서 시간을 지키지 않는 사례가 많다. 장 기자는 다르다. 항상 미리 와서는 혼자서 소맥 폭탄주를 타서 먼저 한 잔 마시고는 다음 잔을 기다린다.

"장 기자님. 요즘 국방부 현안이 많아서 좀 바쁘시겠어요?"

자리에 앉자마자 이 중령이 맥주잔에 소주와 맥주를 번갈아 부으면서 겉치레 인사를 한다.

"바쁘긴, 맨날 던져주는 것만 가지고 기자들끼리 지지고 볶는 판이지요. 자, 한잔합시다."

"이렇게 좋은 시간 함께 해주셔서 감사합니다."

이 중령이 두 손으로 술잔을 잡고서 인사를 한다.

"우리끼리 예의는 무슨."

두 사람은 시원스럽게 한 번에 술을 입에 털어 넣는다.

"오랜만에 장 기자님과 함께 소맥을 하니 참 좋네요. 제가 초급장교 때부터 장 기자님을 잘 따랐잖아요. 그때는 지금보다 격의 없는 시절이었는데, 요즘은 교류도 예전 같지 않아서 송구하게 생각합니다."

이 중령이 다시 소주와 맥주를 섞었다.

"뭘 그런 말씀을……, 다 세상이 변하니 우리 사이도 그렇게 되는 것이지. 전에는 출입처에서 방귀만 뀌어도 알아챘는데 지금은 출입처에서 뭔 일을 꾸미고 있는지 도통 알 길이 없어요. 옛날에는 국방부 사무실도 출입이 꽤 수월했는데 지금은 보안을 이유로 봉쇄를 해버리니 콩을 볶는지 팥을 삶는지 알 수가 없잖아. 내 참."

"아니 그래도 저는 기자님들이 어디서 어떻게 그런 은밀한 정보를 확보하는지 참 신기하더라고요."

"뭘. 겨우 지푸라기나 잡든가 아니면 꼬리나 잡고서 흔들거리고 있으니 겉도는 것이지. 정말 중요한 본질을 파헤치지 못하는 한계가 분명히 존재한다고."

"그래도 장 기자님은 민완이라는 평을 듣잖아요. 그래서 경계의 인물이지만 저는 속으로는 좋아합니다. 후 후"

"원 별말씀을. 크렘린 같은 이 중령 때문에 굶어 죽기 일보 직전입니다. 허허허"

"아니, 저야 그래도 최소 한도로 필요한 영양분은 공급해 드리는 편이잖아요."

"허, 자기들 필요한 자료만 내놓는 분들이 무슨 말씀을. 이 중령, 솔직히 이제 기자 취급 받기도 쑥스럽고 때때로 자괴감이 들 정도야. 국방부를 비롯해 정부 기관들이 보안을 이유로 기자들의 취재를 원천적으로 봉쇄해 버리니, 죽이 끓는 사연을 알겠나, 배가 산으로 가는 연유를 알겠나. 애완견처럼 그저 던져주는 먹잇감 물고 한쪽 구석으로 가서 씹어대는 신세지."

"그래도 문제점은 항상 드러나기 마련이고 언론은 그것을 놓치지는 않잖아요? 언론의 대공세를 우리 공보팀이 감당하기가 너무 어렵습니다."

"무슨 말씀을 그리 하시나? 몸통 다 잘라버리고 겨우 꼬리나 터럭 몇 개 남겨놓았는데, 언론의 추적이나 비판이 제대로 먹힐 것 같나? 우리는 때로 막막함을 느낀다고. 철저히 봉쇄당하고 있다는 느낌을 받아요."

"그래도 우리 공직자들이 가장 무서워하는 기관이 언론이지요. 안 그래요?"

"언론기관이라고 하는 걸 보니 우리 이 중령도 아직 권위주의 시절의 언론관을 벗어나지 못하셨구먼."

"아니 저는 그런 뜻이 아니라 그래도 언론의 감시 기능이 있으니 이만큼 민주화도 이루고, 국민의 알권리도 어느 정도는 충족시키고 있다고 봐야 한다는 얘기입니다."

"그래, 대충 보면 그렇게 보일 수도 있지. 그러나 사람들이 잘 모르는 부분이 있어요. 언론은 비판 기능뿐 아니라 예방 기능도 갖고 있지. 그런데 지금 정부는 국방부를 막론하고 어떤 정책을 추진하는 과정에서 사전에 정보 노출을 하지 않아요. 다 결정해 놓거나 아니면 이미 실행단계에서 나타나는 경우가 많아. 이러다 보니 언론의 사전 검증과 비판을 통해서 얻을 수 있는 예방 기능은 전혀 이루어지지 않고 있다고. 특히 외교·안보 정책 중 일본과의 문제가 그렇지."

"무슨 일본과의 문제가 있나요?"

"이 중령은 우리가 일본과 군사적 동맹을 이룰 수 있다고 보나?"

"그거야 미국이 자신들의 이익을 위해서 추진하고 있는 것이잖아요. 우리 정부 입장은 다르다고 봅니다."

"정말 그렇다고 생각해?"

"저는 그렇다고 생각합니다."

"아니 아니야. 내가 갖고 있는 정보는 그렇지 않아."

"그럼, 뭔데요?"

"지금 한일 군사동맹을 추진하고 있다는 정보가 있어."

장 기자가 고개를 치켜들면서 말한다.

"아니 그거야 한미일 군사동맹을 엮으려는 미국의 전략이잖아요. 실제 그런 일이 성사되기에는 어려움이 많지요. 군사적으로 우리를 침략한 일제강점기의 모습이 아직 생생하고, 위안부와 징용 등 역사 청산 문제가 시퍼렇게 살아있는데, 우리 국민 정서가 그것을 용납하겠어요?"

"이 양반, 누가 군인 아니랄까 봐 원론적 말씀만 하시네."

그러면서 장 기자는 술잔을 들었다. 단숨에 들이키고는 잔 밑바닥에 남아있는 거품까지 쪽쪽 빨아댄다. 답답함을 푸는 것일까. 이 중령은 그런 장 기자를 힐끔거리면서 속으로는 회심의 미소를 짓는다. 그 사이 두 사람은 벌써 다섯 잔 이상의 술을 마시고 있었다.

"이 봐, 이 중령!"

"장 기자님, 아니 형님."

얼큰한 취기도 한몫이지만 10년 이상 만나온 출입 기자
와 공보장교의 묘한 관계는 언제부터인가 항상 이런 현상을
만들고 있다. 처음에는 격식을 차리다가 중간에는 형과 아우
로, 나중에는 어깨동무를 하고는 헤어진다.

"형님, 요즘 뭘 그리 파고 다니시는 것 같은데 도대체 뭐
예요?"

"파긴 뭘 파. 도대체 팔 데가 있어야 파지. 다 철판을 깔아
놔서 곡괭이가 들어가긴 하나?"

"형님, 저한테 슬쩍 말씀해 보세요. 어디를 파야 하는지 제
가 가르쳐드릴 테니까요."

"이런, 우리 이 중령 슬슬 본색이 드러나는군. 공보장교들
이 말만 기자들 뒤치다꺼리하는 것이지 사실은 기자들 뭐 하
는지 염탐하고 정보 빼가는 것 아닌가?"

"에이, 형님 왜 이러십니까요? 자 그러지 마시고 말씀 좀
슬쩍 해주세요. 저 물 먹여서 나중 좋은 꼴 못 보라고 그러시
는 건 아니지요?"

"설마 내가 그러기야 하겠어? 그러나 이 건은 아무래도 안
개가 많이 끼어있어서 아직은 잘 모르겠어."

"그래요? 그럼, 오리무중입니까?"

이 중령이 제법 취한 척 묻는다.

"오리보다는 가깝지."

장 기자의 대답에 이 중령은 고개를 외로 돌리고는 어렵다
는 듯이 고개를 갸웃거린다. 그러더니 주위를 살피는 듯 눈

을 굴리는 듯하더니, 대뜸, "형님, 혹시 독도침탈에 대한 문건 아닙니까?"라는 말을 나직이 던진다.

장 기자의 눈에 순간 빛이 났다가 이내 사라지고, 그가 술잔을 들자, 이 중령도 덩달아 자기 술잔을 들어 올린다. 이제 미끼를 던졌는데 의외로 빨리 찌가 흔들린다는 생각에 이 중령은 가슴이 슬며시 뛴다.

"이 중령, 그 독도침탈 건은 이미 우리 기자들도 대충 아는 건이야. 내가 파는 것은 그게 아니야."

차분하게 한마디 하고는 빈 잔을 이 중령에게 다시 건넨다. 이 중령은 아직은 낚싯대를 잡아당길 때가 아니라는 생각이 든다. 좀 더 안정적인 상황을 만들어야 한다. 느긋한 표정을 짓고는 말없이 술을 따른다. 잠시 침묵이 흐르고 다시 술잔의 거품을 빠는 쩝쩝 소리가 동시에 들린다.

"그러면 형님, 독도침탈 문건에 대해선 아직 보도할 생각들이 없으신 모양이지요?"

잠시 후 미끼가 입에 깊숙이 물렸다고 판단한 이 중령이 슬쩍 잡아챘다.

"이 중령, 독도침탈은 일본이 저지르고 있는 현재 진행형이잖아. 그럼에도 우리 정부는 무감각한 상태로 일관하고 있어. 당신 생각은 어때? 우리가 어떻게 해야 하는지 대한민국 군인이 아닌 국민으로서의 의견 말이야."

장 기자는 넘겨짚으며 노련하게 따라 나오고 있다.

"형님. 저는 자칫 이대로 당하는 것이 아닌지 심히 걱정스럽습니다."

"뭘 당한다는 것이지?"

"아니, 저들이 독도를 자기들 땅이라고 우기는 것이 이제는 단순히 일본 내부의 정치적 목적을 떠나서 분명하게 대한민국에 선전포고하는 것 같아서 그렇습니다."

"그렇다고 해도 우리가 적절하게 대응을 하면 뭐가 문제가 될까?"

장 기자는 천천히 발을 한 발짝 더 늘여놓고 있다.

"글쎄요. 그렇게 안이한 생각은 국익에 도움이 되지 않는다는 것이 저의 판단입니다. 아니 우리가 일본의 독도침탈계획에 대한 비밀문건까지 확보했으면서도 위기감은 물론 아무런 대응조치를 하지 않는 것은, 독도를 내주자는 것이나 사실상 다름없지 않습니까?"

그러면서 이 중령은 술에 취한 사람처럼 머리를 흔들어댔다. 그리곤 소주잔을 다시 잡았다. 그러자 장 기자가 손바닥을 보이면서 만류한다.

"형님. 한잔 만 더 하겠습니다. 오늘은 맘속이 더부룩했는데 형님하고 터놓고 얘기하니 좀 후련합니다. 나쁜 놈들 같으니. 나라가 위기에 빠졌는데 서로 재기만 하고 있으니……."

그는 확실히 취한 것처럼 보였다.

"형님, 제 생각으로는 언론도 문제입니다. 아 그런 문건이 입수됐다는 정보를 기자들이 파악했으면 국방부 장관을 상대로 대응책을 물어보고 그와 관련 기사를 쓰는 게 맞지 않습니까? 여기까지가 대한민국 국민으로서 제 생각입니다. 이상입니다."

"그래 알았으니 이제 진정해. 우리 신문이라도 써봐야지. 이 중령 말을 듣고 보니 대충 넘길 일은 아니라고 여겨진다. 사실 나는 우리 해군이 연 2회에 걸쳐서 실시해 오던 독도방어훈련이 무슨 이유로든 축소되거나 취소되고 있는 상황을 주시하고 있었거든. 일본의 독도침탈계획이야 이미 우리도 예상하기는 했지만, 구체적 실행계획에 대한 문건이 입수됐다는 것에 대해서는 사실 긴가민가하고 있었지. 그러나 가만히 생각해 보면 우리 해군의 방어훈련에 해병대와 해군특수전 부대가 불참하는 등 훈련의 규모 및 질적인 부분의 축소가 노골적인 일본의 움직임과 관계가 있을 수도 있다는 생각도 든단 말이지. 그런데 말이야, 이 중령. 그 문건은 아직 소문만 있지 솔직히 실체를 보지는 못했어. 그것은 좀 아쉬운 부분이야."

장 기자가 입맛을 다시더니 자신의 소주잔에 술을 채워 넣는다. 게슴츠레한 눈으로 그 모습을 바라본 이 중령의 입가에 가벼운 미소가 일다가 금방 사라진다.

"형님, 오늘은 이만하실까요? 저는 한 잔 더하고 싶은데, 형님은 힘드시잖아요?"

"아니야 나는 오히려 괜찮다고. 오늘 목요일이잖아. 기자들은 주 5일 근무하면서 금, 토요일에 쉬고 대신 일요일은 근무하지. 우리 이 중령 오늘은 빨리 취하는구먼. 애로사항이 있으면 나한테 얘기해 봐. 도울 수 있는 일이 있으면 움직일 테니 말이야."

"형님이 최고입니다. 저도 존경하는 형님께 뭘 도와드려야 하는데, 제가 항상 부족합니다."

"아니야 지금까지도 고맙지. 그런데 국방부 정보본부 쪽에 이 중령 동기나 친한 선후배들 있나?"

"있지요."

대수롭지 않게 대답한다.

"아까 말했던 일본의 독도침탈 문건 말이야. 내가 알기로는 정보사에서 확보했을 것 같은데, 지금은 상부 보고는 물론 상당 부분 오픈된 것으로 알고 있는데도 우리 기자들은 아직 실체 확보를 못하고 있단 말이야. 그걸 좀 구할 수 없을까?"

넌지시 말하는 투이지만 장 기자의 눈은 빛나고 있다.

"형님. 그 문건은 말씀대로 공개된 것으로 저도 알고 있어요. 출처가 불분명해서인지 아니면 일본의 독도침탈계획에 대해 마땅한 대응 정책이 아직 수립되지 않아서인지는 모르겠지만요. 필요하면 제가 구해드릴게요."

"그렇게 해줄래? 고맙다."

"형님, 지금 형님이 취재하고 있는 것과 비교하면 별거 아닌데요. 뭘."

"내가 취재하고 있는 것이 뭔지 눈치챘나?"

"형님, 죄송합니다. 이 독도침탈 문건하고 또 하나는……."

"또 하나는?"

"일본과 군사동맹에 대한 장관급 비밀 협약을 취재하시는 것이잖아요?"

"그래, 그건 맞아. 그런데 현재는 비밀 협약 개연성이 충분하다는 것밖에 아는 게 없어. 물밑에서 뭔가 움직이고 있는데 그걸 모르니 답답하다는 것이지."

"그렇지요. 우리 같은 하급들이야 거대한 일의 작은 부분만 아는 것이니까요. 그러나 그 조각만 봐도 무엇의 일부분인지는 대충 알 수가 있답니다."

"그렇지 면벽수도(面壁修道)만 해도 도에 통할 수 있는 이치와 같은 거겠지. 이 중령도 대학원 다녔나?"

"군사학 석사학위 겨우 땄습니다. 원래는 국제정치학을 공부해서 좀 더 폭넓은 외교·안보에 대해 공부를 하고 싶었는데 그렇게 됐습니다."

"그래도 그게 어디야. 주경야독이 아닌가."

"형님, 고맙습니다. 그러면 이만 일어나실까요? 아까 말씀하신 자료는 제가 다시 연락드리겠습니다. 맘에 안 들더라도 실망하지 마세요. 다만 제 생각으로는 정신이 올바르게 박힌 이 나라 사람들을 무척 화나게 하는 문서 같았습니다."

"그래, 고마워. 이만 가자. 오늘 택시는 내가 잡아줄게."

택시가 한강대교를 막 건너기 시작하자 이 중령은 스마트폰을 켰다. 김영만 대령의 목소리임을 확인한 이 중령은 나직한 음성으로 보고한다.

"선배님, 남쪽은 오늘 임무 완수했습니다. 자료는 다음 주 월요일에 전달 예정입니다. 북쪽으로부터는 아직 보고가 없었나요?"

"그래 수고 많았다. 북쪽에서도 방금 연락받았다. 잘 처리했다는 보고다. 다들 고생 많았어. 오늘 술값 비용은 보전해 줄 테니 걱정 마라."

"아닙니다. 선배님. 이 정도도 자체 감당 못 한다면 대한민국 국민이 아니지요."

"무슨 소리. 진급 앞두고 몸조심해야 할 자신의 처지보다는 국가의 안위를 먼저 생각하는 네가 자랑스럽다. 동쪽에서 이미 다 마련하셨다고 하니 부담을 갖지 말아라. 아, 동쪽에는 내가 따로 보고드릴 테니 그렇게 알아."

"알겠습니다. 충성!"

전화가 끊기고 이 중령은 택시 뒷좌석에 몸을 풀었다. 평소 좋은 감정을 유지해 온 장 기자는 미끼를 던지니 예상대로 넘겨짚으면서도 주도면밀하게 파고들었다. 이제 장 기자가 그 문건을 손에 쥐면 국방부를 상대로 취재에 들어갈 것이다. 그 과정에서 자연스레 다른 기자들에게도 노출이 돼 공론화되면 금상첨화가 될 것이다. 북쪽으로 불리는 서 중령이 오늘 반도일보 유병호 기자를 만나서 유인하는 작업도 잘 된 것 같은데, 다음 주부터는 취재기자들의 부산함이 보일수도 있다. 두 사람은 국방 담당 기자로서는 군사 분야 전문가 뺨칠 정도의 실력도 있으면서 잘 부러지지 않는다는 평판을 받는 언론인들이기에 일은 잘 진행될 것이다. 그는 제법취기가 오르고 목이 말랐지만, 가슴은 뿌듯했다.

입틀막

고려일보 장영철 기자는 며칠 동안 분주했다. 이 중령으로 부터 은밀하게 건네받은 일본의 독도침탈계획 문건은 놀라 웠다. 일본 내부 문건이 어떻게 흘러나왔는지 모르지만 매우 구체적이고 실현 가능성이 높다는 판단이 들었다. 일본은 한 국이 실효적으로 지배하고 있는 독도를 기습 점거하고, 국제 사법재판소 등을 활용한 외교전으로 독도침탈을 완수한다는 계획이었다.

장 기자를 더 놀라게 한 대목은 독도침탈에 한국 내 친일 세력들을 적극 활용한다는 것이었는데, 한국의 정관계부터 군, 검찰, 경찰, 문화계 및 학계, 심지어는 시민단체들까지 활용하는 등 모든 역량을 동원한다는 것이다. 이것은 일본에 의해 많은 친일 세력이 한국 내에 구축돼 있다는 의미이기도 했다. 요즘 다시 활개를 치는 뉴라이트 인사들이 포함됐을 것이다. 장 기자는 구한말 일본이 대한제국의 국권을 강탈하 면서 조선인으로 구성된 일진회를 앞세운 상황이 재연되는 것이 아닌가 하는 생각마저 들었다. 그렇다면 일본이 이런 계획을 추진하고 있는데도 한국 정부는 과연 어떤 대책을 세우고 있는 것일까. 일본의 계획을 간파하고, 그것을 무산시키거나 격퇴하기 위한 대응책을 마련해야 하는데도 그런 움직임은 보이지 않고 있다. 아니 방관을 넘어 오히려 독도방어훈련까지 축소하고 있으니, 막연하지만 불길한 그림이 머릿속에 그려지는 것 같다. 그의 미간이 잔뜩 찌푸려졌다.

그는 서둘렀다. 국방부 고위급 간부는 물론 합동참모본부의 고위 장성들까지 평소의 친분을 앞세워 차 한 잔 마시는 척하면서 간접 취재를 해나갔다. 예상대로 군인들은 입을 다물었다. 어떤 군인은 다음에 술 한 잔 마시자는 여지를 남기고 즉답을 피하기도 했다. 어떤 장성은 '설마 그런 일이 있겠습니까?'라는 말로 얼버무리기도 했다.

일주일째 되던 날, 장 기자는 내용들을 정리해서 늦게나마 데스크에 보고하기로 했다. 그는 매일 하는 정보 보고 목록은 물론 취재계획서에도 독도침탈 문건에 대해서는 언급하지 않았다. 매우 민감한 주제이면서 아직 실체에 대해 확신이 서지 않았고, 무엇보다도 극도의 보안이 필요한 사안이었기 때문이다. 그런데 막상 취재에 들어가 보니 보통 문제가 아니다. 자칫 한국의 영토인 독도를 일본에 빼앗길 수도 있다는 우려감이 강하게 들었고, 어쩌면 독도로 인해 한일 간 국지전이 일어날 수도 있다는 생각까지 들었다. 더 심각한 것은 한국 정부의 대응이었다. 일본의 독도 영유권 주장에 대한 외교부의 대응은 둘째 치고, 독도방어훈련에도 이상이 감지됐다. 한국군은 그동안 상반기와 하반기 2차례에 걸쳐 해병대와 함정, 항공기까지 동원된 독도방어훈련을 시행해 오고 있었지만, 새로 정부가 들어서고 2년째인 올해도 해군 주도로 벌어졌던 독도방어훈련 규모가 대폭 축소되거나, 또는 연기되는 방식으로 아예 취소되고 있었다. 그전에는 해병대 정예 병력과 해군특수전 부대 요원들까지 투입되는, 말 그대로 제대로 된 방어훈련이었지만 어찌 된 영문인지 정권이 바뀌고 나서는 형식적인 훈련으로 축소되고 만 것이다. 그것도 사전 예고 없이 비공개로 진행하는 것이다.

확보된 문건에 나오는 것처럼 진짜 일본의 의도와 각본대로 가고 있는 것인가.

장 기자는 가슴이 떨렸다. 현 정부 출범 이후 일본과의 역사 청산 문제는 후퇴하고 있다. 일본은 아예 노골적으로 위안부 문제와 조선인 노무자를 강제로 동원한 책임을 부정하고 있고, 독도에 대한 영유권 주장도 돌아갈 수 없는 다리를 넘어오고 있었다.

취재 과정에서 만난 국방정책 관련자들과 합동참모본부 관계자들을 상대로 특정 문건에 대한 입수 사실 여부를 확인했지만, 그들은 모두 확인을 거부했다. 입수 여부 자체가 보안 사항이고, 설령 확보됐다고 하더라도 공개는 더더욱 불가능하다는 것이다. 막막한 느낌을 받았지만, 항상 그렇듯이 그는 다른 길을 찾았다. 원래 기밀이 많아 보안이 철저한 국방부나 합참의 취재는 마치 철문에 갇힌 것 같은 기분은 보통이다. 공식적으로 발표되거나 국방부가 필요해서 건네주는 자료나 베껴 보도하는 것이 일상이다. 어디서 건진 꼬투리를 잡고 늘어져 봐야 손안에 남는 것은 말 그대로 잡힌 꼬투리밖에 없는 경우가 허다했다. 그는 꼬투리를 버리기로 했다. 대신 장관에게 직접 질문을 해서 답변을 받는 형식을 취하기로 했다.

'일본의 독도침탈계획에 대한 문건을 확보했는지?' '확보했다면 어떤 대책을 세우고 있는지'에 대한 질의서를, 대변인실을 통해 서면으로 보냈다.

이제 그에게는 이 문건을 국방부가 확보했는지에 대한 것이 중요하지 않았다. 문건의 내용이 매우 구체적이고 실현이 가능한 계획인 데다, 최근 일본 정부의 움직임 등을 종합해 보면 심각하게 받아들이지 않을 수 없는 문제다. 거기다가 한국 정부는 독도방어훈련을 축소한 것을 넘어 아예 취소하려는 움직임까지 있다는 사실을 확인했기에 더욱 그렇다. 어쩌면 합참의 이 중령은 비공식적으로 확보한 독도침탈 문건을 마치 국방부에서 빼낸 것처럼 나를 속이면서까지 이 문제가 공론화되기를 원하고 있는 것인지도 모른다. 설령 그렇더라도 이 문건, 또는 문건에 담긴 일본의 독도침탈계획에 대한 보도는 매우 의미가 있어 보였다.

장 기자는 국방부가 문건을 확보했다면 사실 확인 차원의 기사와 그 대책에 대한 국방부의 답변을 주 내용으로 쓸 것이고, 확보하지 못했다는 답변이면 그 문건이 한국 사회의 불안을 야기하고 있는데도 안보당국의 대응책이 미진한 것은 물론 거꾸로 독도방어훈련이 취소되거나 축소되고 있다는 것을 팩트 체크, 즉 사실확인 형태로 보도할 생각이다.

그는 기사 출고계획서를 작성하고서 회의 중인 데스크가 자리로 돌아오기를 기다렸다.

스마트폰 진동음이 울린다. 모르는 전화번호여서 망설이다 받았다.

"장영철입니다."

"장 기자님 되시지요?"

중저음의 남자 목소리다.

"그렇습니다만 누구십니까?"

"저는 방첩사에서 나왔습니다. 장 기자님 좀 뵙고 싶어서요."

"방첩사요? 국군 방첩사령부를 말하는 것인가요?"

"네."

"무슨 일인가요?"

"만나 뵙고 말씀드리겠습니다. 무슨 심각한 문제로 찾아온 것은 아니고요."

"그래요? 지금 어디에 계십니까?"

"네 저희는 장 기자님 회사 건너편 1층 S 커피숍에 있습니다."

"알았습니다. 지금 내려가지요."

신사복 차림의 남성 두 사람은 장 기자가 자리에 앉자마자 대뜸 신원 확인부터 한다.

"장영철 기자님이시죠?"

사각에 가까운 턱을 가진 중년 남성은 눈 모양도 사각에 가까웠다.

"제가 아까 통화한 장영철입니다. 무슨 일입니까?"

"잠깐 뭐 좀 여쭤볼 말이 있어서 찾아왔습니다. 협조를 해주시면 감사하겠습니다."

말은 정중하게 하지만 받는 느낌은 좀 위압적이다. 장 기자는 아까 사무실에서 전화를 받고 약속 장소로 나오는 동안 머리를 굴려봤다. 이 사람들이 뭣 때문에 날 찾아왔나? 방첩사라면 군 내 방첩 업무 및 군인과 군사기밀에 대한 보안 감시를 하는 국방부 직할부대인데. 내가 쓴 기사 중 무슨 문제라도 되는 것이 있다는 건가? 장 기자는 자신이 방첩사 요원들과 만나야 할 이유가 얼른 떠오르지 않았다.

한국전쟁이 발발한 1950년 특무부대에서부터 출발한 이 특별한 조직은 민간인 학살과 정치 사찰, 월권과 전횡이 문제가 되어 4·19혁명 후에 육군 방첩부대로 개편이 됐다. 박정희 대통령은 1977년 이 부대를 국군 보안사령부로 재편했고, 1979년 당시 보안사령관을 맡은 전두환은 이 조직을 근간으로 12·12군사반란을 일으켜 결국 대통령 자리까지 꿰찼다. 이후에도 민간인 사찰을 비롯한 온갖 못된 짓을 하다가 1991년 국군기무사령부로 바뀌었지만, 이명박·박근혜 정부 시절에는 여론조작, 세월호 유족 사찰, 계엄령 준비 등을 한 사실이 밝혀지면서 다시 개혁의 칼바람을 맞았다. 2018년 군사안보지원사령부라는 이름으로 재편됐다가 새 정부 들어 국군 방첩사령부로 변경된 것이다.

"장 기자님, 무슨 특별한 문제가 있어서 찾아온 것은 아닙니다. 다만 저희 업무와 관련 몇 가지 여쭤볼 게 있어서이니 놀라지 않으셔도 됩니다."

사각턱의 직원은 인상과는 달리 예의를 갖추는 것에 더해 장 기자를 안심시키려는 말까지 날린다.

"무슨 일인지 말씀해 보세요. 중요 부대에 몸담고 계신 분들이 이렇게 찾아오셨는데 제가 협조해야 할 부분이 있으면 당연히 도와드려야지요."

장 기자도 넉넉한 마음을 내보인다. 그러나 속으로는 긴장감이 오르고 있었다. 그들과 첫 대면을 하는 순간, '아 그것 때문이구나.'라는 생각이 퍼뜩 떠올랐기 때문이다. 취재 중인 일본의 독도침탈 문건의 출처를 캐러 온 것이 분명했다.

"장 기자님. 얼마 전, 국방부 장관님께 취재차 질문하신 내용 중 일본의 독도침탈 문건이라는 부분에 대해서입니다. 질문 내용으로 봐서는 장 기자님이 이 문건을 확보하신 것 같은데, 어떤 경로로 그것을 입수하셨는지 궁금합니다."

돌직구가 날아와 피할 겨를은 없어 보였다.

"그것 말씀입니까? 문서를 입수해서 봤다기보다는 지라시, 아니 사설 정보지 수준의 문건을 입수했지요. 그러나 내용이 워낙 중대해서 기자인 저로서는 확인을 해봐야 할 것 같았습니다. 왜 문제가 됩니까?"

장 기자도 바로 들이댔다.

"아닙니다. 문제라기보다는 장 기자님이 입수한 문서가 우리 국방부에서 빠져나간 문건이라면 저희는 그 유출경로를 파악해야 하기 때문입니다."

이번에는 동행한 다른 중년의 남자가 얼른 답변한다.

"그렇습니까? 그런데 아까 말씀드렸지만, 어떤 특정 문건이 아니라 사설 정보지에서 찾아 발췌한 것입니다. 안보와 관련된 사안이니만큼 확인은 해 봐야지요. 우리 언론들이 매양 하는 일이 아닙니까? 요즘같이 국방부가 보안을 이유로 기자들의 정보 접근을 철통같이 막고 있는 판에 진짜로 중요한 1급 기밀문서를 우리가 무슨 수로 확보하겠습니까?"

장 기자가 볼멘소리를 섞어서 조금 길게 말한다.

두 사람의 방문객은 서로 슬쩍 얼굴을 보더니 다시 질문을 이어간다.

"그렇다면 장 기자님의 질문서에 나온 일본의 독도침탈 문건이라는 것은 실체가 없다는 말씀입니까?"

"그럼요. 그 문건이 국방부에서 나온 실체라면 내가 뭣 하러 장관님께 취재 질문을 하겠습니까? 그 문건을 토대로 바로 기사를 써버리지. 안 그렇습니까?"

둘은 다시 한참 동안 답변을 하지 않고서 눈알을 굴리고 있다. 그러다가 중년의 남자가 질문한다.

"그런데 장 기자님의 질문서를 보면 매우 구체적인 내용들이 언급돼 있습니다. 마치 어떤 특정 문건을 토대로 작성된 것이 아닌가 하는 의문이 바로 들 정도로 말이죠."

"그건 우리 요원님들이 잘 아시잖아요. 사설 정보지의 수준이 비록 미확인이라지만 가끔 그런대로 쓸 만한 정보도 있다는 것을 말이죠. 그리고 그 내용도 육하원칙은 아니지만 나름 신뢰할 만한 개연성이라든가 합리성도 갖추고 있다는 것도 말입니다. 기자들은 가끔 그런 사설 정보지에서 정보를 얻기도 합니다. 왜 방첩사에서는 수집해서 보지 않나요?"

"저희는 정확하지 않은 것들은 취급하지 않습니다."

그들이 뻔한 거짓말을 하고 있다는 생각을 하면서 장 기자가 말한다.

"솔직히 한 말씀 드리면, 저는 요즘 돌아가는 한일 간 외교·안보 행보에 여러 가지 이해 못할 부분이 있다고 생각합니다. 이건 비단 나뿐만 아니고 국방부 출입 기자 상당수, 아니 안보 관련 취재기자들 대부분이 같은 생각 들이예요. 그러다 보니 내가 얻은 사설 정보지 수준의 정보일지라도 안보 문제라면 기자들로서는 사실 확인을 아니 할 수 없는 상황입니다. 우리 안보 당국자들의 행보나 생각, 정책에 뭔가 문제가 있는 것이 아닌가? 라는 의구심이 날로 커져만 가는 판국이니만큼 우리 기자들도 예민해 있다는 얘기지요. 그전 같으면 그냥 넘겼을 일도 예사롭게만 생각되지 않아요."

입틀막

장 기자의 긴말이 계속되는 동안 두 사람은 원하는 답을 얻을 수 없다는 판단이 들어서인지 답답해하는 표정이 역력하다.

"그리고 제가 선생님들께 한 가지 여쭤봐도 되겠습니까?"

이번에는 장 기자가 질문자가 되었다.

"어떤 거 말씀이죠?"

"제가 국방부에 취재차 질의서를 보냈는데, 이렇게 절 찾아와서 문건의 출처를 알아보신다는 건 국방부 또는 정보기관에서 이 문건을 확보했다는 것을 전제로 하는 겁니까?"

그러나 방첩사 직원들은 아무런 답변을 하지 않는다.

"확보한 게 맞나요?"

다시 물었다. 그때 서야 더 나이가 많아 보이는 직원이 말한다.

"장 기자님 오해하지 마십시오. 저희는 상부 지시에 따라 문건이 실제 존재하는지를 알아보려고 하는 것입니다. 우리 국방부가 이 문건을 확보했는지에 대해서는 저희도 모릅니다. 그러나 매우 민감한 내용들이 담겨있고, 또 그것을 토대로 장 기자님이 다각도의 취재를 하고 다니기에 우리는 그 문건의 실체를 파악하지 않을 수 없다는 말씀을 드립니다."

비교적 차분한 입장 설명이다.

"아, 그렇군요. 잘 알겠습니다. 더 이상 저에게 질문하실 게 없으면 이만 올라갑니다. 마감해야 할 기사가 있어서요. 참, 지금까지 이런 적이 없었는데 우리 국방부 참 많이 변했네요. 두 분께 할 말은 아닌 것 같지만, 장관에게 취재 질문한 내용을 가지고 방첩사 요원들까지 찾아온 것은 매우 특이한 상황입니다. 질문에 답변하든가, 아니면 '답변할 수 없다'

라는 입장을 내면 될 터인데, 이렇게 취재기자에게 압박 아닌 압박을 가하는 것이 좀 혼란스럽습니다."

장 기자의 공세에 방첩사 직원들은 굳은 얼굴을 하면서도 무언가 얻어가려는 듯 여전히 미련을 보인다.

"압박이라니요, 당치 않습니다. 그러면 말이죠, 장 기자님. 혹시 그 사설 정보지라도 좀 얻어 볼 수 있겠습니까?"

의외의 뻔뻔한 요구다.

"에이, 그런 허접한 것들은 취급하지 않으신다면서요. 그리고 저도 그것들 버렸어요. 필요한 것들만 메모하고 말이죠. 미안합니다."

못 주겠다는 표현을 완곡하게 해버린 장 기자가 벌떡 일어섰는데도 그들은 그 자리에 그냥 앉아 있다.

"저 먼저 갑니다. 여기까지 오셨는데 뭐라도 구하셨는지 모르겠네요. 국가안보 잘 부탁드립니다."

가볍게 인사를 하고 돌아섰다. 그때야 두 사람도 일어나면서 고개를 조금 숙이며 인사를 한다.

'이놈들이 질문에 답변은 안 하고 엉뚱하게 방첩사 애들을 보내고 있는 것은 무슨 뜻인가? 그러고 보면 이중희 중령이 준 문건이 실체 여부를 떠나 확실히 중요한 것이라는 것은 확인이 된 셈이군. 그러나저러나 내일은 대변인한테 한바탕 난리를 쳐야겠구먼. 이 정권 놈들은 도대체 언론사 알기를 졸로 아는 것 같다는 말이야.'

장 기자는 윗도리 호주머니에서 담배와 라이터를 꺼내 들고 회사 건물 뒤쪽으로 발길을 옮겼다. 아직 담배를 끊지 못하고 있는 동료 기자 네다섯이 합동으로 내뿜은 담배 연기가 맑은 초여름 하늘가로 뭉게뭉게 올라간다.

입틀막

사무실에 들어왔는데 정치부 데스크가 불렀다.

"장 기자, 얘기 좀 하자."

자그마한 회의실 의자에 앉자마자 장 기자가 먼저 말을 꺼낸다.

"선배, 무슨 일 이십니까?"

"음, 별것은 아닌데 장 기자한테 확인 좀 하고 싶은 게 있다."

데스크의 말에 짚이는 것이 있는 장 기자가 얼른 묻는다.

"혹시 독도 관련 취재 문제인가요?"

"그래."

데스크는 간단하게 대답하고는 더 말을 잇지 않는다.

장 기자는 데스크 김형조 선배를 똑바로 바라보지 않고 고개를 숙이고 잠자코 있었다. 질책을 들을 각오는 돼 있었다,

"그런 중대한 문제라면 나한테라도 사전에 보고하고 진행하지 그랬어?"

평소 괄괄한 성격의 데스크답지 않게 차분한 어조다.

장 기자는 대답 대신 선배를 바라봤다. 데스크는 굳은 표정으로 장 기자를 지긋이 바라보더니 고개를 몇 번 끄덕거린다. 이제 무슨 말을 좀 하라는 뜻이다.

"선배, 미리 보고하지 않은 것은 죄송합니다."

장 기자는 고개를 숙였다. 그러면서 미리 출력해 둔 보고서를 건넨다. 보고서 뒤편에는 확보한 일본의 독도침탈 문건도 첨부돼 있다.

"그렇지 않아도 지금 보고서 만들고 선배 회의 끝나기를 기다리고 있었습니다."

데스크는 아무 말 없이 장 기자가 건네준 보고서를 읽고

있었다. 한참 뒤, 데스크가 말문을 열었다.

"그래. 잘 봤다. 그런데 장 기자가 지금 취재하고 있는 부분은 매우 민감한 것이라는 것은 알고 있지?"

"알고 있습니다."

"그러면 이제부터 나에게 보고서에 없는 상황도 설명 좀 해봐."

"이 건과 관련해 아직 국방부의 답변은 듣지 못했습니다. 방금 방첩사 애들도 다녀갔고요."

장 기자가 말문을 열 준비를 해간다.

"방첩사?"

"네 문건의 출처를 캐내려고 하더라고요."

"그렇구먼. 어쨌든 오늘 국장한테 많이 깨졌다. 아마도 국방부나 정부 관련 부처에서 국장께 연락한 모양이야. 단도직입적으로 말할게. 지금 취재하고 있는 사항이 안보상 매우 중요한 부분이니만큼 여기서 중단하라는 게 국장의 지시야."

데스크의 말을 듣는 동안 장 기자는 오히려 담담해졌다. 오히려 꼭 해야 할 일을 하는 것 같은 뿌듯함이 스멀거리고, 기자들만이 갖고 있는 오기가 가슴속에 채워지고 있는 느낌이다. 취재를 중단하라는 것은 보도가 되는 것은 고사하고 아예 관심을 끄라는 것이리라. 그만큼 중차대한 문제라는 얘기인데, 그렇다면 더더욱 그냥 물러서면 안 되는 것 아닌가.

"선배, 무슨 말인지 알겠어요. 그런데 한 가지 물어봐도 되겠습니까?"

"그래 무슨 말인데?"

"국장한테 요청, 아니 압력을 넣은 곳이 어디입니까?"

그렇지 않아도 큰 눈동자를 더 크게 하고서 덤비는 장 기

입틀막   241

자의 태도에 데스크는 당황해하는 눈치다.

"그건 나도 몰라. 아마도 안보 관련 고위층이겠지."

"국방부는 아니지요?"

"그런 것 같아. 국방부라면 우리 회사 정치 데스크인 나한테 직접 연락했겠지. 그 전에 장 기자를 먼저 접촉했을 테고 말이야."

"선배, 그렇다면 역설적으로 이 건은 국방부만의 문제가 아니라 국가 차원의 중대 사안이 아닐까요? 선배 생각은 어떻습니까?"

데스크는 아무런 대답이 없다.

장 기자는 곤혹스러워하는 데스크의 얼굴을 힐끗 쳐다보고는 대답 듣기는 얼른 포기한다.

"그럼, 우선 지금까지의 상황을 모두 말씀드리겠습니다."

장 기자는 데스크 선배에게 독도침탈 문건의 입수 경위부터 문건의 내용에 대한 전문가들의 해설과 전망, 취재 과정을 모두 차분하게 설명했다. 방첩사 직원들의 방문 내용도 말해줬지만, 문건을 건네준 이 중령의 신분은 말하지 않았다. 만약에 있을지도 모를 취재원 보호 상황이 발생할 수 있어서다. 그런 차원에서 데스크도 차라리 모르는 것이 나을 것이기 때문이다.

"이상이 국장이 압력을 받는 국방부 취재 내용입니다. 선배, 어떻습니까? 여기서 그만둬야 한다는 생각이세요?"

데스크는 눈을 감고 있다. 어디로 가야 할지 분간하기 어려운 안개 속 나그네 같은 모습이다.

"어느 개인이나 기업의 이익이 아닌 국가의 중차대한 일과 관련된 것인데, 이렇게 손을 놔야 하는 것이 맞느냐는 겁니다. 저는 선배의 의견을 듣고 싶습니다."

장 기자는 그렇게 말해놓고는 회의실 밖을 바라보았다. 저녁 기사 마감 시간이 다가오면서 편집국 안은 부산하다. 데스크는 어디다 눈길을 둬야 할지 모르는 것처럼 고개를 돌려가면서 오른손으로는 입술 언저리를 만지작거리고 있다. 고민할 때 나타나는 선배의 특유한 모습이다.

장 기자는 그런 데스크 선배에게 미안했다. 언론사 선배들은 후배들에게 모든 것을 다 뒷받침 해준다. 밥을 사거나 술을 사도 선배가 돈을 낸다. 과거에는 휴가비도 선배가 챙겨줬다. 요즘에는 그런 일이 없어졌지만 얼마 전까지만 해도 기자조직과 검사조직은 그처럼 특이한 위계가 있었다. 데스크는 그런 세월 속에서 함께 해 온 좋아하는 선배다.

한참의 침묵을 깨고 데스크가 나직하게 말한다.

"알았어, 장기자. 일단 국장 지시니까 경위서는 작성해. 그리고 그와 별개로 취재한 내용을 토대로 기사를 작성하도록 해봐. 보도 시점이나 방법은 내가 고민해 볼 테니까, 혼자서 끙끙거리지 말고, 알았지?"

"선배, 고맙습니다."

장 기자가 얼른 일어나 허리를 굽히고 정중히 인사한다.

"아니야. 내가 미안하지. 그리고 개인적으로 부탁 하나 하자. 이 사건을 다루면서 장기자 개인의 오기를 부리지는 마라. 저널리스트로서 그리고 대한민국 국민의 한 사람으로서 마땅히 해야 할 그런 대의명분으로 다뤄주기를 바란다."

"명심하겠습니다. 선배."

반격을 준비하는 사람들

"하영아. 아무래도 최선욱 씨에게 린치를 가하는 행동은 마땅치 않은 것 같다."

준호는 며칠째 고민하던 말을 쏟아냈다. 그런 준호를 빤히 바라보고 있는 하영은 아무 대꾸도 없이 손가락으로 탁자를 톡톡 치고 있다. 마치 너 그럴 줄 알았다, 라는 표정이었다.

"나도 양 교수님을 생각하면 꼭 분풀이 하고 싶어. 그러나 저들과 똑같이 폭력으로 위해를 가하는 것은 그리 옳지 않다는 생각이 들어."

준호는 차분한 어조로 다시 한번 속마음을 털어놓는다.

하영은 그래도 아무런 말을 하지 않더니, 이제는 두 손으로 턱을 괴고서는 눈을 감고 있다. 준호도 더 이상의 얘기는 안 하고 조용히 하영의 태도를 지켜본다.

삼촌의 간곡한 지시와 양 교수님의 말씀에 따라 일단 조용히 때를 기다리기로 했지만, 준호는 하영의 주장대로 그동안 양 교수님과 자신을 미행하면서 일본 밀정 노릇을 한 최선욱 씨를 어떤 방법으로든 징치(懲治)하기로 맘먹었었다.

그러나 군대 생활을 하면서도 후임병들에게 단 한 차례도 욕 한 번 하지 않은 것을 포함해 지금껏 살면서 누구와 주먹질 한번 해 본 적이 없는 준호는 마음이 편치가 않았다. 더욱이 최선욱 씨는 같은 대학 같은 과 후배이기도 하다. 그가 부동시(不同視)라는 이유로 군복무를 면제받았기에 학부 졸업은 먼저 했지만, 입학 연도로 치면 준호가 선배. 그냥 놔둬서는 안 된다는 것은 분명하지만 그렇다고 폭력적인 방법으로 그를 혼내주는 것은 결코 좋은 방안이 아니라는 쪽으로 준호의 마음이 흐르고 있었다.

그런데 추진력 강한 하영은 벌써 모종의 계획을 세우고 있는 것 같았다.

"하영아. 내가 다시 부탁한다. 사람이 사람에게 폭력을 쓴다는 것이 옳지 않기도 하지만, 어설피 폭력을 가하다가 자칫 큰 사고로 이어질 수도 있는 것 아니겠니?"

준호는 자기 생각은 밝혔지만, 최종 판단의 몫은 하영에게 맡겼다. 자존심 강한 하영은 누구의 지시를 받거나 강압적인 상황에서는 오히려 반발하는 경우가 있었기 때문이다.

침묵이 흐른 지 한참이 됐지만 둘 다 말없이 앉아 있다. 하영은 무슨 생각을 하는지 여전히 손으로 턱을 받치고서 눈을 감았다 떴다 반복하고 있다. 그는 아마도 현실과 분노 사이에서 방황하고 있을 것이다. 그가 올바른 판단을 할 것이라는 기대감이 슬슬 피어오르자, 준호는 새삼 커피숍 안을 둘러봤다. 그리 넓지 않은 매장을 가득 메운 사람들은 저마다 무슨 말인가를 열심히 해대고 있어서 와자지껄했다. 모두가 자신들만의 세계에 몰두해 있어서인지 바로 옆 테이블에서 큰 소리로 떠들어대는데도 사람들은 여전히 대화를 잘 이어가고 있다. 네 사람이 앉을 수 있는 자리를 독차지하고 앉아 노트북을 켜놓고 무슨 작업을 하는 젊은이도 혼자만의 세계에 몰입해 있다. 사람들은 다들 자신에게 필요한 것만 취사선택해서 시간과 공간을 사용하기에 각각 소우주 같은 존재이리라. 누구도 그 일생이 다른 누구와 완벽하게 닮을 수도 없고, 똑같은 생각을 할 수도 없다. 이 광활하고 끝을 알 수 없는 우주에서 오직 단 하나만 존재하는 것이 바로 나이며, 나 이외의 모든 객체 들 또한 마찬가지다. 그래서 티끌이든, 강아지든, 열악한 환경에 처한 아프리카의 굶는 아이든, 또는 돈 쓸데가 없어서 명품 같은 것을 무작정 사들이는 천박한 부자든, 각각은 우주를 구성하는 한 부분이요, 저마다 독보적 가치를 지니는 것이리라. 우주의 별만큼이나 많은 각각의 인연들이 제 갈 길을 가다가 혈연, 지연, 학연이거나 아니면 우연으로 접속이 되면서, 잠깐이든 오랜 기간이든 시공간을 공유하는 것이 아니겠는가. 무심코 스쳐 지나가는 인연 또한 얼마나 많을까. 바람 한 줄기, 몇 개의 빗방울로도 수없이 많은 경우의 수가 만들어 지는데, 하물며 마주 걸어오는 사람을 피해 가는 일부터 시작해 친구, 연인, 친족관계로 인해 맺어진 인연의 소중함과 막대함은 더 말해 무엇 하랴.

준호는 아직도 턱을 괴고 있는 하영을 힐끔 쳐다보았다. 그는 여전히 눈을 감았다 떴다 하며 별다른 표정이 없다.

준호가 슬그머니 자리에서 일어났다.

"나 잠깐 화장실 다녀올게."

준호가 마른 소리를 내고는 뒤돌아서서 사람들이 가득한 탁자들 사이를 뚫고 출입문 쪽으로 걸어 나갔다. 그러면서 슬쩍 하영을 살폈지만 아까 모습 그대로다. 준호는 불안한 마음이 들었다. 그는 무작정 덤벼들지는 않지만, 한 번 결정을 내리면 매우 빠르게 실행하는 성격이다. 그는 최선욱 씨를 그냥 둬서는 안 된다는 판단을 이미 내린 상태여서, 준호가 폭력적인 방법을 쓰지 말자는 의견을 수용하더라도 아마다른 타격의 방법을 궁리하고 있는지도 모른다. 준호는 커피숍 문을 나선 뒤 슬그머니 돌아서서 유리문을 통해 하영의 동정을 살폈다. 그런데 그가 스마트폰을 만지작거리더니 누군가하고 통화를 한다. 몇 마디를 하고 잠깐 뭘 듣는 것 같더니 곧 끊는다. 준호는 얼른 몸을 돌렸다.

삼촌이 주신 전화기가 울렸다. 진동으로 맞춰서 책상 서랍에 넣어두고 외출했다가 돌아와서는 꺼내놓고 있다.

"삼촌?"

"별일 없지?"

"네. 삼촌은 어떠셔요? 숙모께서도 잘 계시지요?"

"그럼 우리는 잘 있다. 할 말이 있어서 전화했다."

"말씀하세요."

"내일이 토요일인데 오후 7시쯤 나하고 저녁 식사나 하자. 삼촌이 모처럼 서울에 올라갈 예정이니까 맛있는 것 사줄게."

"좋습니다. 숙모도 같이 오세요?"

"숙모는 주말이면 더 바쁘다. 춘천에서 문학동인 모임이 있어서 말이다."

"그렇군요. 그럼 어디서 뵐까요?"

"전에 나하고 한 번 만났던 삼각지 근처 한정식집 기억하고 있지? 거기로 오거라."

"그럼, 내일 뵙겠습니다. 아 삼촌. 제 사촌인 장하영이 아시죠? 걔도 내일 함께 가면 안 될까요?"

"그래."

전화를 끊은 준호는 곧바로 하영에게 전화를 걸었다.

"하영아. 내일 저녁 식사나 함께 하자."

그러나 하영은 시큰둥하게 전화를 받는다.

"아이 귀찮아. 그냥 쉴래."

"왜 그래?"

"강원도에서 삼촌이 오실 거야. 너하고 같이 나오래."

"진짜야?"

갑자기 하영의 목소리에 생기가 돈다.

"그래 인마."

"알았어. 장소와 시간은?"

"이따가 내가 문자로 보내 줄게."

"알았어."

세상에 흥미를 잃어버린 것처럼 의기소침해 있던 하영은 물을 만난 고기처럼 금방 파닥거렸다.

다음날 저녁, 삼촌은 식당에 일찍 도착해 기다리고 계셨다.

"내가 주말에 너희들 불러낸 것이 혹시 청춘사업 방해하는 것은 아니지?"

삼촌이 농담을 다 하신다.

"아니에요, 삼촌."

준호가 얼른 대답하자 하영이 초를 친다.

"삼촌. 사실 준호가 요즘 열애 중이에요. 몇 년 동안 사귀더니 이제는 없으면 못 살겠다는 태세입니다. 요즘 아마 두 사람 모두 옥시토신이 엄청나게 생성되고 있을 겁니다. 오늘도 어김없이 만나기로 했는데, 삼촌 땜에 파투가 났지요."

"그래? 우리 준호가 그런 면이 있었구나. 샌님 같아서 연애도 제대로 못 할 줄 알았지."

하영은 뭐가 그리 즐거운지 삼촌과 맞장구를 치고 있었다.

"내가 전에 말했던 대로 너희들끼리 경거망동은 안 하고 있지?"

순간 준호는 가슴이 덜컥했다. 혹시 하영이와 함께 벌이려고 했었던 일을 삼촌이 감지하신 건가?

"아 삼촌, 저희는 절대 그런 일 없습니다."

준호가 어떻게 대답해야 할지 순간 망설이고 있는데, 하영이 재빨리 대답한다. 마치 정말 아무런 일도 꾸미지 않았던 것처럼 아주 천연덕스러운 표정까지 짓는다. 준호는 아무래도 삼촌의 얼굴을 똑바로 바라볼 수 없어서 맥주잔을 슬그머니 내려놓고는 먹음직스러워 보이는 갈비찜 접시로 젓가락을 내밀었다.

"아무렴 그래야지. 사실 오늘 너희들을 부른 것은 섣불리 나서지 말라는 엄한 주의를 한 번 더 주려 함이다."

준호는 그때야 삼촌의 얼굴로 시선을 옮겼다. 평소에는 인자한 표정으로 조카를 바라보시던 얼굴은 굳어있었고, 조금 전까지 보여주셨던 밝은 인상 대신 목소리마저 어두운 그림자를 품고 있다.

"너희도 알겠지만, 사실 이 사안은 국가적으로도 매우 큰 일이면서 민감한 것이다. 자칫 치밀하고도 거대한 세력 및 조직들과 싸워야 할 판이다. 어쩌면 승산이 없는 게임일 수도 있어. 우리가 분석한 바로는 일본의 독도침탈은 지엽적인 부분이다. 한국의 현 처지를 군이 몇 마디로 표현하자면 '앞으로 한국의 미래에 어떤 외교·안보적 위험이 닥쳐올지 모를 상황에 빠져들고 있다.'라는 것이다."

잠시 말씀을 중단하신 삼촌이 준호와 하영의 유리잔에 다시 하얀 거품이 절반을 조금 못 미치게 맥주를 따르신다.

"그런데 삼촌, 한 가지 여쭤봐도 될까요?"

옆에서 다소곳이 듣고만 있던 준호는 하영의 그 말에 긴장이 됐다. 무슨 엉뚱한 얘기를 하지 않을까 걱정하는 눈초리로 하영의 얼굴을 뚫어지도록 바라봤다.

"뭐?"

"지금은 미국의 눈 밖에 나면 안보는 물론 경제적으로도 어려워질 수 있다는 것이 외교계의 정설인가요?"

"하영이는 그렇게 느끼고 있나?"

"그런 생각이 듭니다."

"정확하게 말하면 분명한 사실이야. G2라고들 하지만 중국을 비롯해서 아직 지구촌에서 미국을 능가하거나 군사적으로 대적할 만한 국가는 없지. 미국은 세계 어디서든 미국의 이익을 위해서는 군사행동을 서슴지 않아 왔지. 이라크, 리비아, 아프가니스탄, 중동, 남아메리카 등 미국에 대적하려거나 미국의 입맛에 맞지 않은 국가들은 도저히 감당하지 못할 미국의 공격을 받아왔었고."

"그러면 이 같은 상황에 대한 변화의 조짐은 없는 건가요?"

"아니야. 국제정치는 대체로 수면 아래서 이루어진다고 봐야 해. 마치 오리가 평온하게 물 위에 떠 있는 것처럼 보이지만 사실은 물갈퀴를 쉼 없이 움직이고 있는 것같이 세계 각국의 수많은 외교관과 공작원들은 물론 국가 중요부서에서는 밤낮, 휴일도 없이 서로 자국의 이익을 위한 논의와 협상이 이루어지고 있단다. 모든 국가의 궁극적인 목표는 자국의 안보를 지키고 경제를 활성화하는 것이지. 그런데 요즘 국제정세는 다양화 추세에 있기에 어느 한 국가의 독주보다는 합종연횡(合從連橫)이 수없이 교차 되는 형국이란다. 그러는 과정에서 미국의 '하드 파워' 정책이 점차 힘을 잃어가고 있는 것만은 확실해. 미국은 2000년대 들어서 빠른 경제성장을 보이는 브라질, 러시아, 인도, 중국, 남아프리카공화국 등 브릭스(BRICS)와 경제와 정치적 측면에서도 많은 갈등을 겪고 있기도 하지. 특히 중국은 명실상부한 G2로서의 국제적 위상을 높여가고 있어서 미국의 고민거리가 되고 있어."

성 대령은 여기까지 말하고 물 잔을 들고 입을 축였다. 점심때부터 몇 시간 동안이나 후배들과의 작전회의를 하면서 마음 한구석에 자리 잡은 안타까운 조국의 현실이 다시 되새김 되고 있다.

"특별한 상황이 발생하면 연락을 해주마. 어쩌면 시끄러울 수도 있어. 그래도 동요하거나 내게 연락도 하지 말고 기다려라. 알겠지? 참, 화천에는 언제 가기로 했지?"

"저희는 5월 마지막 주 금요일에 가기로 했습니다. 다들 그날 강의가 없어서요."

"몇 사람이냐?"

"저하고 하영이, 그리고 제 여친도 가기로 했습니다. 모두 네 명입니다."

"그럼 닭 한 마리 가지고는 부족하겠구나. 네 숙모는 토종닭으로 몸 보신시켜 준다고 벼르고 있던데."

"삼촌, 고맙습니다."

하영이 넉살좋게 넙죽 인사를 한다.

"젊은이들이 찾아오면 나보다 네 숙모가 더 좋아할 거다. 특히 준호는 말만 조카지 진짜 아들같이 여기니 말이다. 그럼, 하룻밤은 묵을 거지?"

"그래야 할 것 같습니다. 첫날은 화천에 도착해 점심을 먹고 나서 우선 화천댐을 구경한 뒤, 오후에 파로호를 둘러볼 예정입니다. 그러면서 파로호에서 간단한 제사를 지낼까도 생각 중입니다. 이튿날은 오전에 화천수력발전소를 만들 때 강제로 노역에 동원됐다가 사고로 돌아가신 분들을 화장시켰다는 현장도 답사해 볼 작정입니다. 숙모님이 그 장소를 수소문해서 알아냈다고 하셨습니다. 일정은 이미 숙모님께 말씀드렸습니다."

"잘했다. 그리고 그때 알아봐 달라던 중공군 60군단 180사단 소속 병사들의 전사 장소가 파로호와 그 인근이 맞다. 내가 당시 전투를 소재로 쓴 논문과 국방부에 있는 전투상보를 확인해 본 결과 80~90% 이상의 개연성이 존재한다. 그리고 이것은 비공식적인 말이지만 당시 미군 작전에 따라 중공군 전사자들 대부분이 땅에 매장되지 않고 파로호에 수장됐다는 얘기도 신빙성이 매우 높다. 나중에는 파로호로 명명됐지만 화천저수지에서 몇 날 며칠 동안 핏물이 흘러내렸다는 주민들의 목격담도 존재했었다. 그러나 그 같은 내용의 공식적인 기록은 찾을 수가 없었다. 우리 국방부 기록에는 전투 성과에 대해서만 기록되었고, 전사자 처리에 대해서는 남아 있는 기록이 없는 것 같다."

"그렇다면 삼촌, 나영이 할아버지의 시신도 당시 파로호에 수장됐을 가능성이 매우 높겠네요?"

"그럴 거야. 당시 중공군들은 후퇴를 하면서 파로호 너머를 집결지로 했기 때문에 많은 중공군들이 이곳으로 모여들었지. 거기서 미군의 네이팜탄을 비롯한 공중 화력과 국군 6사단, 미군 9군단 예하 병력의 공격으로 전멸한 것으로 보인다."

"알겠습니다. 삼촌. 나영이도 이번 파로호 탐사에 동행하기로 되어 있습니다."

"삼촌. 그 나영이가 이 나영이예요."

준호의 말이 끝나기가 무섭게 하영이가 재빨리 나선다.

"그게 무슨 말이냐?"

"아 그 나영이가요, 준호에게 옥시토신을 선물하고 있는 그 중국 출신 동포 여학생이랍니다. 삼촌"

하영이는 그러면서 뭐가 그리 재밌는지 준호를 쳐다보면서 싱글거린다.

"아 그래? 어쨌든 여러모로 의미 있는 답사가 되겠구나."

성 대령도 안면 가득 웃음을 머금으면서 조카를 바라보았고, 준호는 눈길을 둘 마땅한 곳이 없어서 고개를 숙인 채 애꿎은 아랫입술만 깨물고 있었다.

일본 군국주의와 미국 우선주의

성 대령은 조카인 준호를 만나러 오기 전 노량진 수산시장 안에 있는 횟집에서 '동서남북' 작전회의를 가졌다. 모임 때마다 되도록 장소를 달리하는 것은 혹시 모를 누군가의 추적을 예방하고자 함이다. 내밀한 회의는 오히려 사방이 터진 곳에서 하는 것이 유리했다. 밀폐된 방 안에 있다면 밖에서 염탐하기가 쉽지 않아 한편으로는 유리할 수는 있지만, 반대로 누군가 밖에서 감시하는 것을 쉽게 알아차리지 못하는 한계가 있다. 또한 사전에 도감청 장치가 돼 있다면 조용한 곳에서 하는 회의일수록 거의 100% 내용이 유출될 수 있었다.

어쨌든, 작전을 진행하면서 성 대령은 매우 특이한 상황을 파악했다. 바로 일본의 독도침탈계획 문건에 대한 국방부와 안보실의 민감한 대응이다. 그 문건은 양 교수님으로부터 입수해 두 곳의 언론사 기자에게 작전을 통해서 전달됐고, 기자들은 그 문건을 토대로 취재하고 있다. 그런데 국방부 등 안보 관련 기관에서는 언론사에 취재를 중단하는 압력을 넣고 있는 등 극도로 예민하게 반응하고 있다.

성 대령은 그 같은 이유가 둘 중의 하나라는 생각이 들었다. 하나는 국방부 등 안보당국도 이 같은 일본의 독도침탈 계획 문건을 이미 손에 넣었고, 내용도 매우 민감한 것이기에 군 내부자에 의해 언론에 유출됐을 가능성을 갖고 방첩사 요원들이 수사하고 있다는 가정이다.

다른 하나는 안보당국이 문제의 문건을 확보는 못했지만 일본의 그러한 계획에 사실상 동조하고 있거나 어떤 형태로든 은밀한 협의를 해 오고 있기에, 언론을 통해 공론화되는 상황을 필사적으로 막으려 한다는 가정이다. 문건의 내용은 한국의 정상적인 군 간부는 물론 일반 국민까지도 매우 중요하게 받아들이는 것이어서 당연히 공론화와 대응책 마련이 필요한 것이다. 그런데도 안보당국은 해당 언론사에 압력을 넣어서 취재 중단을 요구하고 있으니, 둘 중 어느 가정이든 지금 정부의 행위는 매우 부적절하고 상식 밖의 처사인 것이 분명했다.

성 대령은 이미 두 번째 작전을 계획하고 있었다. 양 교수로부터 건네받은 일본 100인회 관련 자료에는 매우 충격적인 내용이 담겨있었다. 양 교수는 일본의 후지와라 씨가 죽음을 예견하고 보내 준 USB를 기어이 지켜냈고, K 대학 앞에서 김밥가게를 하는 여동생을 통해 성 대령의 손에 쥐어줬다. 그 자료에는 일본 극우단체의 지원을 받아 움직이는 한국 내 친일 단체와 친일 인사들의 명단이 들어있었다. 이른바 친일 매국노 명단이다. 그는 충격을 받았다. 일본의 촉수는 한국 사회 곳곳에, 심지어는 대통령실에까지 뻗쳐있었다. 사법부와 검찰, 학계, 종교계를 비롯한 사회 모든 곳마다 친일파들이 뿌리를 박고 있다. 국방부도 예외가 아니었다. 일본이 을사늑약을 앞두고 매국노 송병준을 시켜 조직한 일진회 명단을 보는 것 같은 착각이 들었다. 성 대령은 이 명단을 어떻게 세상 사람들이 알도록 해야 할지 고심을 거듭하고 있다. 깊은 생각에 들어가다 보면 가끔 멍때리는 표정이 되어서 아내로부터 핀잔을 듣기도 했다. 갈수록 태산이지만 기왕 시작한 김에 두 작전 모두 반드시 성공해야만 했다.

오늘 회의는 이제 막바지에 이르고 있는 '동서남북' 작전을 점검하기 위해서다. 고려일보 장 기자는 이중희 중령을 통해 '꼭 보도 될 것이다.'라는 입장을 보내왔지만, 다른 한 언론사는 매우 곤혹스러운 처지에 빠진 것으로 보였다. 서민호 중령은 이미 '아마도 보도가 좌절될 것 같다.'라는 보고를 하고 있다. 고려일보에서라도 보도한다면 다행이지만 만에 하나 그 신문사도 보도를 하지 않는다면 다른 대안을 마련해야 했다.

성 대령은 보도가 무산될 경우, 마지막 카드로 국회를 찾아가서 양심선언을 하는 방안을 검토했다. 이는 목숨을 거는 일이기도 하지만 성사를 하기 위해서는 몇 가지 사전 공작이 필요했다. 우선 이 문건의 입수와 보고를 공식화하는 것이다. 입수 경위와 내용을 군단의 군단장에게 보고하는 것이다. 군단에서는 즉각 육군본부 등 상부에 보고함과 동시에 군단에 파견 나온 방첩사는 물론 정보사령부를 거쳐 국방부 정보본부 등과 문건 관련 회의가 진행될 것이다. 이미 분석한 바대로 안보당국은 일본의 독도침탈 문건을 입수했건 아니건 지금처럼 문건을 조용히 묻으려 할 것이고, 이를 공식화한 성 대령의 입을 막으려 할 것이다. 여기까지 진행돼야만 양심선언 요건이 만들어진다. 물론 이런 절차를 밟아서 양심선언이 이루어진 후에는 성 대령은 군 기밀누설죄 등으로 군 형법상 피의자로 전락이 되고, 불명예제대를 비롯한 파멸의 구렁텅이에 빠질 것이다. 그동안 건실한 육군 장교로서 오직 맡은 바 임무에만 충실했던 그였지만, 사랑하는 조카를 통해 알게 된 국가의 위기를 결단코 못 본 채 할 수는 없었다.

성 대령이 수산시장에서 광어를 비롯한 먹음직한 횟감 생선을 넉넉하게 사서 같은 건물 2층에 있는 예약한 식당으로 갔더니 이미 서, 남, 북 세 방면의 동지들이 도착해 있다.

"다들 와 있었구먼."

방으로 들어서자 모두 일어나서 거수로 인사를 한다.

"선배님. 수고가 많으십니다. 저희가 해야 할 일인데 송구합니다."

싹싹한 이 중령이 경례 후 손을 비비면서 인사를 한다.

"아니야. 오늘은 내가 대접하는 호스트니 이 정도는 해야지. 자 다들 앉아."

성 대령은 기분 좋은 얼굴로 후배들을 차례로 바라본다.

"다들 차를 가지고 온 건가? 운전하지 않은 사람은 소주 한잔하지 그래?"

"저희 모두 차를 가지고 오지 않고 전철을 이용했습니다."

"그래? 그러면 술 한 잔씩 하도록 해. 난 차를 가져왔고, 서울에서 저녁 식사 후 바로 춘천에 있는 아내에게 가봐야 하니까 술은 사양할게."

"선배님, 아쉽습니다. 그럼, 저희만 몇 잔 마시겠습니다. 안주가 좋아서 술을 안 마실 수 없겠습니다."

김영만 대령이 호기 있게 말하며 좌중을 둘러본다.

"그래. 너무 많이만 마시지 말고 각자 자기 주량껏 마시기다. 주극생란(酒極生亂) 낙극생비(樂極生悲)라는 말 들어봤지?"

성 대령이 문자를 써가며 말하자, 다들 호기심 어린 눈으로 귀를 쫑긋한다.

"사마천(司馬遷)의 사기(史記) 골계열전(滑稽列傳)에 나오는 말인데, 술을 너무 과하게 마시면 어지러운 일이 생기고, 즐거움도 그 정도가 지나치면 오히려 슬픔이 온다는 고사성어야. 10년 전인가, 우리나라 청와대 대변인이라는 작자가 대통령의 미국 순방 기간 중 술에 취해 여성 인턴을 상대로 성추행하다가 난리가 난 적이 있었잖아. 다들 기억나지? 그 사람처럼 술로 자기 신세를 망치지 말도록 공직자들에게 경계하는 마음을 갖게 하는 옛말이야. 다들 자기관리가 철저한 사람들이니 이런 잔소리가 필요 없겠지만 노파심이라 생각하고 이해해 줘. 허허허."

"알겠습니다. 선배님. 각 일병씩만 마시겠습니다."

김 대령이 환하게 웃으면서 말한다.

"낮술이니까 적당히 마시라는 이야기야. 자 다들 목을 축이는 것은 조금 있다가 안주가 나오면 하고, 우선 중요한 대목부터 얘기해 보자. 전체 상황을 김 대령이 설명을 좀 해봐."

"먼저 서 중령이 맡은 신문사는 어려울 것 같습니다. 서 중령이 고생을 많이 하면서 공을 들였는데 아쉽습니다. 사주(社主)가 건설회사를 운영하다 보니 권력자들의 압력에 쉽게 흔들린 것 같습니다. 반면 고려일보는 아직은 꿋꿋합니다."

"그러면 보도 예정일이 언제쯤인가?"

성 대령이 이중희 중령을 바라보면서 묻는다.

"장 기자님 말대로라면 다음 주 수요일이라고 합니다. 편집국장은 계속 압력을 넣고 있는데 아마 데스크가 밀어붙이고 있는 것 같습니다. 장 기자는 자신합니다."

"그 장 기자하고 어떻게 소통하나?"

성 대령이 묻는다.

"지난번 선배님께서 마련해주신 전화기로 직접 통화로 소통합니다. 말씀하신 대로 문자는 전혀 하지 않습니다. 참고로 보고드리면, 장 기자님은 제가 공작 차원에서 문건을 전달해 준 걸 눈치채고 있는 것으로 파악됩니다. 오히려 힘내라는 문자를 보내오고 있습니다. 죄송합니다. 노출돼서."

"아니다. 뜻있는 언론인을 만나서 오히려 잘 된 것이지. 다들 이번 작전에는 꼭 지급된 전화기만을 사용하도록 해. 만사 불여튼튼이야."

"알겠습니다."

나직하게 이구동성이다.

"그래. 보도될 때까지 잘 관찰하면서 지켜보도록 해. 그리고 만약의 상황에 대비한 다음 작전을 좀 얘기하자."

성 대령이 이어서 본론을 꺼낸다.

"이번 작전은 일본의 독도침탈 문건이 언론사에서 보도하고, 이를 토대로 국민이 공분을 일으켜 정부를 압박하면서 우리 안보당국이 정신을 차리도록 하는 데에 목적이 있잖아. 그런데 만에 하나 고려일보마저 보도 할 수 없게 된다면 낭패가 아닌가. 난 이런 상황을 대비한 작전이 필요하다고 생각한다. 여러분 생각은 어때?"

성 대령의 말에 모두가 고개를 미세하게 끄덕이면서 동감이라는 표시를 한다.

"내가 새로운 상황에 대비해야 한다는 것은, 언론보도를 통한 공론화 작전이 실패할 경우만 상정해서가 아니야. 나하고는 매우 친밀해서 마음을 터놓고 지내는 분이지만 너희들에게 밝힐 수 없는 고위 장성 선배와 의논했다. 물론 너희들 신분은 노출이 되지 않았고, 나 혼자 추진하는 상황으로 말씀드렸다. 그분 말씀에 따르면 우리가 예상했던 것보다 대일 굴욕외교 및 퍼주기가 매우 심각한 상황이다. 그 선배를 포함한 군 내 중요부서의 일부 선배들도 현 집권 세력의 잘못된 행보가 한미일 안보동맹 성사를 위해 서려니 생각했었다. 그러나 면밀히 분석해 보니 그런 차원을 넘어서 아예 일본이 원하는 것들을 해결해 주려는 매국의 차원이 아닌가 하는 의구심을 갖게 되었다고 한다. 그로 인해 그 선배를 중심으로 군 내부 일부 고위층에서도 이 문제를 심각하게 생각하고 있다. 지금은 국가보다는 권력에 충성하는 사람들이 군의 중요부서장을 차지하고 있으면서 권위주의적인 사찰까지 하고 있으니 쉽사리 의견표현을 할 수 없는 상황이지만 우리 못지않게 그 선배들도 매우 분개하고 있다. 게다가 분명한 것은 이 같은 상황을 주도하고 있는 곳이 용산이라는 사실이다. VIP가 개입된 것인지는 모르겠지만, 이렇게 가다가는 진짜 대한민국이 일본에 종속되는 상황이 발생할 수도 있다는 것이야."

여기서 성 대령이 짧은 한숨을 내쉬면서 잠깐 말을 그치고 있는데 음식이 나왔다.

"마지막으로 다시 한번 말하겠다. 오늘 여러분에게 한 말은 만약에 언론보도를 통한 공론화 작전이 실패할 때를 상정한 것이다. 다행히 언론보도가 되고 국민이 이 내용을 알아서 들고 일어난다면 우리는 다음 작전을 수행해야 한다. 일본인 후지와라 씨가 목숨을 잃으면서까지 확보해서 양 교수에게 전달한 '먹이' 자료를 공개하는 것이다. 도대체 이 나라 어느 단체, 어느 놈이 일본 밀정인지를 세상에 밝히는 것이니, 이것보다 더 큰 파장이 일 수도 있다. 그러나 일단 첫 번째 작전을 성공시키는 것이 급선무다. 다들 끝까지 최선을 다하자. 이상이다."

성 대령은 차를 몰고 춘천으로 가면서 자기도 모르게 깊이 빠져버린 현재 상황을 되새김했다. 우선 이렇게까지 숨은 채 작전해야 하는 상황이 우습고 어처구니도 없다. 당당하게 소리 높일 수 있는 일인데도 앞날이 창창한 후배 장교들을 데리고 몰래 작전한다는 것이 참으로 씁쓸했다.

어느덧 춘천에 다 와 가고 있었다. 토요일이라서 그런지 강원도로 여행을 떠나는 차량이 많아서 예상보다 시간이 더 걸렸다. 아내는 벌써 두 번이나 전화했는데, 졸지 말고 안전운행을 하라는 명령을 계속 내리고 있다. 교통체증으로 인해 네 시간이 넘는 운전을 하면서도 졸리거나 피곤한 줄 모르는 것은, 성 대령 개인을 넘어 조국 대한민국에 닥친 지금의 상황이 매우 엄중했기도 했고, 거기다가 대한제국을 일본에 팔아넘긴 매국노들 모습의 기시감 때문일 것이다.

그는 양무선 교수를 떠올렸다. 화천까지 찾아와서 딱 한 번 만났지만, 그의 모습에서는 권력자들이 나라를 팔아먹은 것에 분통을 터트리면서 자결을 한 구한말 시인이자 학자인 매천 황현이나 금산군수 홍범식 등 100여 명이 넘는 자결 우국지사들의 비통하고 안타까운 심정을 안고 있는 것이 엿보였다.

전화기가 울린다. 동서남북 작전에만 쓰는 전화기다. 양 교수님, 준호도 이 전화로 소통한다. 성 대령은 정보사 근무를 하면서 알게 된 대포폰 업자로부터 여러 대의 전화기를 사서 쓰고 있다. 불법이지만 관련된 사람들에게 가해질 위험을 감소시키기 위해서 어쩔 수 없는 일이었다. 서쪽 김 대령으로부터 연락이다.

"나다!"

"선배님. 다들 집에 안착했습니다. 저도 방금 집에 들어왔고요. 지금 어디 십니까?"

"나도 곧 춘천 집에 도착한다. 오늘 수고 많았어."

"아닙니다, 선배님. 멍청하게 있으면서 봉급이나 받는 그런 하찮은 군인으로 살고 싶지 않습니다. 눈에 보이지는 않지만 어쩌면 가장 무서운 적일 수 있는 일본의 침략에 대응하는 것인데, 최선을 다해야지요."

"그래, 고맙다. 술도 좀 마셨을 테니 이제 좀 푹 쉬도록 해. 이만 끊자."

"네 알겠습니다. 아, 참 선배님. 절대로 혼자가 아니니 힘내십시오. 충성!"

전파를 타고 백 리가 넘는 공간을 날아온 김 대령의 음성이 가슴을 든든하게 한다. 성 대령은 모처럼 울컥함을 느끼면서 전화를 끊지 못하고 그냥 들고 있었다.

가해지는 그들의 힘

"선배, 이러고도 우리가 기자라고 할 수 있습니까? 그러니 기레기 소리를 듣는 것이 아닙니까?"

장영철 기자는 스마트폰을 손에 쥔 채 데스크의 얼굴 앞에서 씩씩거리며 항의하고 있었다. 그런데도 데스크는 아무 말도 하지 않은 채 눈을 감고 앉아 있다.

"세상에 별 이상한 놈들이 권력을 잡으니, 기자들을 다 기레기로 만드네요. 선배. 저는 이 상황을 도저히 수용하지 못하겠습니다. 사표를 내겠습니다."

그래도 데스크는 아무 말이 없다. 온몸을 이리저리 돌리고 팔을 휘저으면서까지 울분을 토하던 장 기자가 급기야 벌떡 일어서서 회의실 문 쪽으로 걸어 나갔다. 그때야 데스크가 낮지만 또렷한 소리로 말한다.

"장 기자, 당신은 그대로 있어. 책임은 내가 지고, 항의도 내가 할 테니까."

회의실을 나가려던 장 기자가 고개를 돌려 데스크를 바라본다.

"이리 앉아봐. 이미 벌어진 일에 감정적으로 대처하면 꼴이 우습게 된다."

"그러면 이 상황에서 어떻게 해야 합니까? 저는 사표 쓰기 전에 기자협회와 언론노조에 회사 고위층이 기사 게재를 막고 있다는 사실을 알리는 등 공식적인 대응을 준비하겠습니다."

장 기자는 선 채로 대답한다.

"그것은 당신 생각대로 해. 그러나 이 상황에 대한 정확한 내부 정보가 없으면 오히려 궁색해진다. 무엇보다도 우리 신문사에 압력을 넣은 주체가 누군지 명확하게 파악해야 하지 않겠어?"

데스크의 차분한 설명에 장 기자가 다시 자리에 앉았다.

그리고 며칠 뒤, 장 기자는 오후 5시쯤 기획 기사 마감 시각에 맞춰 준비했던 기사를 출고했다. 일본의 독도침탈 문건 내용과 국방부와 합참이 공식적으로는 그 문건의 존재를 부인하고 있지만 사실은 매우 민감하게 받아들이고 있는 상황을 담담하게 썼다. 제보받은 문건의 사진도 함께였다.

문건의 내용도 비교적 자세하게 소개했다. 일본의 독도침탈계획 제1안에는 어선 등으로 위장한 일본 특공대의 기습 침투로 한국의 독도경비대를 무력화시키고 독도를 점거하는 것이다. 이로 인한 양국 간 군사적 긴장과 갈등은 미국의 중재와 정부 간 긴급 대화를 통해서 낮추거나 해소하고, 이후에는 일본이 국제적 위상을 발휘해 국제사법재판소의 판결로 독도에 대한 영유권을 확보한다는 계획이 담겨있었다.

제2안에는 독도를 한미일 군사동맹의 중요한 전략적 기지로 삼아 3국이 공동관리하도록 하는 것이다. 이를 위해 한국

내 뉴라이트 등 친일 단체와 친일 인사들의 활동을 지원, 궁극적으로는 한국 정부가 한미일 군사동맹을 위해서 독도 영유권을 포기하도록 한다는 것이 들어있다.

기사에는 '어느 안(案)이든 한국 고유영토인 독도가 일본 또는 한미일 동맹국의 공동 관리로 전락하는 것'이라는 전문가 분석과 전망까지 함께 넣었다.

장 기자는 또 최근 국내 일부 연구기관과 학자들이 독도에 대한 영유권을 포기할 수도 있다는 주장을 펴고 있는 것과 맞물려 일본 정부의 문서로 보이는 독도침탈 문건은 한국 사회에 큰 파장을 불러일으키고 있다고 분석했다. 매년 2차례씩 실시해 오던 독도방어훈련 축소와 취소 상황, 정부에서 발행한 지도와 책자에 독도 사진이 빠져있는 사실은 물론, 독도의 경제, 안보적 중요성에 대해서는 전문가의 의견을 달았고, 일본의 노골적이고 거침없는 독도 영유권 주장에 대한 한국 정부의 미온적 대응도 비판했다. 최근 독도에 대한 한국 정부의 태도가 석연치 않다는 야당 국회의원의 의견도 달았다.

장 기자의 이 기사는 취재 때부터 내·외부의 압력을 받고 있었기 때문에 출고는 편집국장이 출근하지 않는 날을 잡은 것이다. 기자 근성으로는 둘째가라면 서러워할 정도였던 정치 데스크는 일단 보도를 해놓고 후에 자신이 책임을 지겠다는 심산이었다.

그날 오후. 각 부 데스크가 모여서 하는 회의는 국장이 없는 관계로 부국장이 주재했는데 대체로 빨리 끝났고, 정치 데스크는 오후 7시쯤 장 기자가 쓴 문제의 기사를 인터넷판에 올렸다. 오프라인 신문에도 게재를 추진할 예정이지만,

데스크와 장 기자는 쉽지 않을 것이라고 예상했다. 인터넷판에 장 기자의 기사가 뜨자마자 순식간에 수천 건의 조회 수를 기록하더니 30분도 안 돼 수만 건으로 늘어났다. 데스크는 잔뜩 긴장하고 있던 장 기자를 데리고 회사 앞 김치찌개 집으로 가서 소맥 몇 잔으로 저녁 식사를 대신했다.

"장 기자, 아마도 곧 국장이 난리를 칠 거야. 휴가고 뭐고 팽개치고 달려올걸. 그러니 오프라인(종이신문) 게재는 둘째 치고 인터넷판 기사도 삭제하게 할 가능성이 크다. 그렇더라도 맘 상하지 말라고. 이미 한 번 터져버렸으니 다른 매체나 유튜브 등에서 받아 쓸 가능성도 있고, 인터넷판 기사이니 짧은 시간이지만 수없이 퍼 날라질 거야. 이 정도면 소기의 목적이 달성된 것 아닌가?"

"선배, 고맙습니다. 권력 상층부에서 온 압력을 무질러버리고 보도를 했는데 한동안 시끄럽겠지요. 그런데 선배는 앞으로 어떻게 감당하실 겁니까? 국장 성깔이 보통이 아니고, 특히 경영진 쪽으로도 많은 압력이 들어왔다면서요."

"내가 할 수 있는 일은 여기까지다. 국장하고 싸우는 일은 어제오늘 일도 아니니까 어떻게 되겠지. 그렇지만 이번 건은 국장한테 악영향이 상당할 거야."

그러면서 소맥 잔을 들어서는 한입에 털어 넣는다. 평소 말이 많지 않은 데스크도 이번 사안에 대해서만은 여러 소회가 많은 모양이다.

스마트폰의 문자 진동음이 울렸다. 이중희 중령이 보낸 문자와 이모티콘이 와 있다. 사랑합니다, 라는 간단한 문자와 충성하면서 경례를 붙이는 귀여운 이모티콘이다. 장 기자의 얼굴에 미안함과 씁쓸함이 엉킨 표정이 교차한다.

266

성 대령은 부대 식당에서 저녁 식사를 마치고 관사에 들어가 책을 읽다가 김 대령의 문자를 받고는 인터넷 포털에서 고려일보의 독도침탈 문건 기사를 찾아 꼼꼼하게 읽었다. 기사는 선동적인 문체가 아니고 차분했으며, 사실일 가능성에 염두를 두고, 분석 위주로 작성이 됐다. 기사를 읽으면서도 흥분된 느낌이 전혀 들지 않아서 오히려 독자들에게 진솔함을 더 주는 듯했다.

성 대령은 고려일보 보도마저 자칫 어려울 수 있다는 후배 장교들의 염려에 따라 다른 방안을 고심하고 있었기에 한시름이 놓이는 듯했다. 그는 서랍 안에 넣어둔 작전용 전화기를 꺼내서는 후배들에게 문자를 보냈다.

'모두 고생 많았다. 앞으로 있을 2차 작전인, '먹이'를 준비하도록 하자.'

또 한 곳에도 문자를 보냈다.

'교수님, 고려일보 인터넷판에 지금 기사가 떴습니다. 건강 유의하세요.'

다른 한 사람, 준호에게도 문자로 알려줬다.

'삼촌이다. 별일 없지? 지금 인터넷판에 기사가 올라왔으니 검색해 봐라.'

문자 몇 통을 보내고 스트레칭 삼아 기지개를 켜고 있는데 스마트폰으로 아내가 전화를 걸어왔다.

"여보, 아까도 전화했는데 받지 못했소. 미안. 혹시 외로워 전화한 것은 아닐 테고 말입니다."

성 대령이 농담을 섞어서 전화를 받자, 아내는 잠시 멈칫거린다. 그러더니 가벼운 웃음소리를 보낸다.

"오래 살다 보니 우리 서방님 농담 소리도 다 들어보네요.

그나저나 춘천 집에는 언제 오실 건가요?"

"아, 이번 주말에는 가봐야지요. 그리고 같이 시원한 바닷바람이라도 쐬러 갈까요?"

"어머 정말이에요? 그러고 보니 바다 구경한 지도 오래됐네요. 뭐가 그리 바쁜지 원."

"그러면 금요일인 모레 저녁 식사는 집에서 하는 걸로 합시다. 여기 원주에서 한 시간 정도 걸리니까, 퇴근해서 바로 출발하면 7시 30분쯤엔 도착할 수 있을 거요."

"그러세요. 참, 우리 준호는 다음 주 주말에 온다고 했어요. 금요일에 와서 하루 묵는다고 했으니까, 가급적 그때도 오셔야 합니다. 당직 걸렸다고 하지 마시고 미리 일정 조정 좀 해놓으세요."

"아, 알겠어요. 난 그 주 목요일부터 이틀간 휴가를 낼 계획입니다. 서울에서 열리는 외교·안보학회 참석도 있고 해서 그러니 금요일은 일찍 가리다. 준호가 온다니까 당신이 더 신나는 것 같은데요?"

"아무렴 그럴리가요. 삼촌 조카가 서로 죽고 못 사는데 내가 중간에 낄 공간이 있나요?"

"그래도 나보다 당신이 은근히 준호를 더 챙기는 것 같던데. 어쨌든 오늘은 이만 안녕입니다. 잘 자요."

"잘 주무세요."

아내와 기분 좋은 통화를 마친 성 대령은 창문을 열고서 시원한 밤공기를 맞아들였다.

관사 밖 희미한 가로등 너머의 서쪽 하늘가에는 아직도 미련을 버리지 못한 노을의 잔영이 남아있고, 그 위에는 갈고리 같은 초승달이 또렷하게 박혀있었다.

서랍 속에서 진동 소리가 들려온다. 후배들과 연락용으로 쓰는 전화기인데 묘하게 급하다는 느낌이 든다. 그는 얼른 서랍을 열었다.

"김 대령, 무슨 일인가?"

급하게 묻는데 대답도 금방이다.

"선배님, 언론을 통한 공론화 작전은 이 시각으로 중단된 것 같습니다. 고려일보 인터넷판에 올라온 기사가 조금 전 사라졌습니다."

잠시 양쪽 모두 침묵이다.

"인터넷에 노출된 지 딱 한 시간 만에 기사가 내려진 것입니다. 남쪽이 확인한 바에 따르면 휴가 중인 국장이 급히 회사에 나와 결정했다고 합니다. 담당 기자가 반발은 하고 있지만 다시 인터넷판은 물론 지면에도 게재될 것 같지는 않습니다."

김 대령의 보고를 차분하게 듣고 있던 성 대령은 헛기침을 두어 번 하고는 차분한 목소리로 말한다.

"그럴 것이라고 예상은 좀 했지만, 너무 빠르구나. 절대 권력이 작용하지 않고서는 쉽지 않은데 말이다. 문제는 지금부터야. 그 내용이 보도되기 전까지는 방첩사 차원에서 조사를 했겠지만, 이제는 전 군 차원에서 관련자들을 색출하려 할 것이다."

성 대령은 잠시 뜸을 들이다가 다시 말을 잇는다.

"남, 북 두 곳에 급히 연락을 취해서 지금껏 사용한 전화기를 비롯해 이번 공작에 관련된 모든 자료를 확실히 은폐시키도록 해. 특히 복사해서 우리 네 명이 각자 갖고 있는 '먹이'는 성공할 때까지 수행해야 하는 다음 작전을 위한 것이니 특별히 잘 은폐시키도록 해라. 이 시각부터 잠시 수면 상태로 전환한다. 내가 다시 연락할 때까지 당분간 어떤 형태로든 나에게 접근하지 말도록 해."

성 대령은 마무리를 지시하면서 다음 작전을 생각했다. 물론, 이미 짜놓은 계획이 있고, 작정한 상태다.

"선배님. 말씀하신 대로 혼자서 밀고 나가시기에는 쉽지 않을 겁니다. 저라도 힘을 보태겠습니다."

김 대령의 안타까운 목소리다.

"아니야. 이미 신문 인터넷판에 보도가 됐고, 포털에서 많은 사람들이 기사를 읽었을 테니까 군불은 지펴진 상태다. 바탕은 깔려있다고 봐도 돼. 그러니 여러 사람이 나설 것 없이 나 혼자로도 충분하다. '먹이'가 세상에 제대로 던져지도록 하면 될 일이다. 그리고 이미 게재된 기사를 황급히 내릴 정도로 거대 권력이 움직였다는 사실은 그만큼 그 문건이 매우 중대하다는 것과 우리의 판단 또한 틀리지 않았다는 것을 반증해 주고 있다. 그동안 수고 많았다. 우리 관사에는 도·감청 예방 장치가 돼있어 괜찮지만 김 대령도 각별하게 조심해라."

"알겠습니다. 그런데 선배님. 아이들한테는 연락하지 않더라도 제게 만이라도 메시지는 주십시오."

"무슨 말인지 알았다. 그 상황이 오면 내가 따로 소통 창구를 마련해 놓을 테니 그렇게 알아. 이만 들어가서 빨리 아이들에게 정리하라고 지시해. 이상이다."

"알겠습니다."

서쪽인 김 대령과 통화를 마친 성 대령은 전화기를 들고 방안을 서성였다. 조카인 준호는 문자메시지로 보도된 인터

270

넷판 기사를 읽었다는 것과 기사를 양 교수님에게도 보내드렸다는 소식을 전해왔지만, 그는 아직 답장을 하지 않았다.

그는 몇 번의 망설임 끝에 전화를 걸었다.

"교수님, 너무 늦은 밤이 아닌가 싶습니다."

"아닙니다. 이제 9시도 안 넘었는데요. 그나저나 기사 잘 봤습니다. 수고 많으셨어요."

"교수님, 그런데 그 기사가 지금 내려졌습니다. 송구합니다."

"그렇군요. 저도 예상은 하고 있었습니다만 아쉽네요. 우리나라 곳곳에, 아니 요즘에는 최고 권력기관을 비롯해 국가기관 곳곳에도 밀정들이 버젓이 포진하고 있는데 그런 신문기사를 가만 놔두겠습니까?"

"그렇겠지요. 하여튼 교수님. 이번 작전으로 독도침탈 문건이 실제 존재하고 있고, 국가 내부에도 수많은 밀정, 아니 매국노들이 박혀있다는 것도 확실히 알 수 있었습니다. 그것만도 수확이라면 수확이겠지요."

"맞습니다. 그나저나 밀정들의 움직임이 좀 더 노골화되면 성 대령님이나 관련된 모든 분에게도 파장이 미칠 텐데 걱정됩니다."

"그럴 수 있겠지요. 그래서 말씀입니다만 교수님. 주신 '먹이'를 소화하는 것은 상황을 면밀하게 주시 분석한 후 일정을 잡아야 할 것 같습니다. 지금 군 내부에서는 독도 관련 문건이 어떻게 국내로 들어왔고, 그것을 누가 입수했으며, 그것을 언론사에 건넨 사람을 찾는 것에 혈안이 돼 있습니다. 방첩사와 정보사 등 군의 수사, 정보기관에서는 국방부 출입 기자가 입수한 것으로 봐서 분명 군 관련자가 자료를 입수해 유통한 것으로 간주하고 있습니다. 이에 저희도 잠시 움직임을 멈추도록 하겠습니다. 가능한 최대로 빠르게 '먹이'를 소화하도록 하겠습니다. 그리고 저와 소통에 사용하신 전화기는 전원을 꺼서 비닐로 감싼 다음 집 정원 한구석에 30센티미터 이상 깊이로 파묻도록 해주십시오. 급한 연락은 제가 여동생분을 통해 은밀히 하겠습니다."

"아이고 참, 이렇게까지 싸워주시니 참으로 감사드립니다. 하실 일이 따로 있고, 자칫 큰 곤욕을 치르실 수 있는 분에게 이런 위험한 일을 맡겨드렸다는 것이 죄송할 따름입니다."

"아닙니다. 교수님은 목숨까지 위협받으시잖습니까. 앞으로도 각별한 주의를 기울이시는 게 좋겠습니다."

"저야 이제 건강도 많이 회복됐으니 괜찮습니다. 후지와라 씨는 목숨을 잃었는데 저는 멀쩡하니 그분께 미안하기도 합니다. 어찌 됐든 그분이 넘겨준 자료를 잘 활용해서 한국의 위기를 극복하는 것은 물론 한일 간에 벌어질 비극을 막아야지요. 대령님도 모쪼록 건강하시기를 바랍니다."

"분투하겠습니다. 교수님!"

성 대령은 양 교수와의 통화를 끝내고 운동복으로 갈아입었다. 그는 후배 장교들과 소통에 사용하던 전화기의 전원을 끄고서 일본의 독도침탈계획서 사본, 그리고 작은 비닐봉지에 따로 넣은 USB를 함께 큰 비닐봉지에 담았다. 다시 비닐로 몇 겹 더 싼 다음 상의 호주머니에 넣고는 관사 현관문을 나섰다.

초여름을 눈앞에 둔 공기는 상쾌했고 하늘에는 헤아릴 수 없이 많은 별이 촘촘하게 박혀 반짝이고 있다. 서산 봉우리에 걸쳐 있는 초승달의 빛은 벌써 희미해졌고, 성 대령이 조심스레 걷고 있는 산책길 숲은 어둠이 짙게 드리워져 있었다.

우리가 찾는 건 일본에서 온 USB입니다

"양무선 씨 집이 맞죠?"

대문으로 연결된 인터폰 화면에 넥타이를 매고 안경을 쓴 남자의 얼굴이 나타나면서 묻는다.

양 교수 부인은 대뜸 물어 오는 사람의 목소리가 부드럽지 않고, 교수라는 직책도 없이 남편 이름을 부르는 것에 순간 불안한 마음이 앞선다.

"맞는데, 누구세요?"

"검찰청에서 나왔습니다. 문 좀 열어주시지요."

이번에는 좀 거들먹거리는 듯하다.

그녀는 망설였다. 마침 집에는 남편도 없었다. 아침 식사 후 병원에 다녀오겠노라고 하면서 아들이 운전하는 차를 타고 나갔기 때문이다.

"지금 집에 안 계시는데, 무슨 일로 찾으십니까?"

"양무선 씨가 집에 없어도 상관없습니다. 우리는 공무를 집행하기 위해 왔으니 속히 문을 열어주세요."

그녀는 쿵쾅거리는 가슴을 안고서 발을 동동거리다가 이

내 문 여는 스위치를 눌렀다. 안방으로 들어가 얼른 매무새를 가다듬고 현관으로 다가가 문을 열었다. 정장을 입은 사람 한 명과 뒤따르는 사람들까지 네 명이 벌써 현관에 다가와 있는데, 그중 세 명은 사과 상자만 한 것들을 들고 있다.

"서울중앙지검에서 나왔습니다. 양무선 씨의 연구비 횡령 피의사건에 대한 압수수색을 진행하려니 협조해 주시기를 바랍니다. 양무선 씨와 어떤 관계입니까?"

아까 인터폰 화면에 나타난 사람이 서류봉투에서 뭔가를 꺼내면서 묻는다.

"저는 양무선 교수 안사람입니다. 그런데 무슨 무슨 횡령 사건이라는 것인가요?"

그녀가 통통거리며 뛰는 심장을 간신히 억누르면서 되묻는다. 그러나 남자는 서류를 그녀의 코앞에 갖다 대고는 기계음 같은 소리를 뱉는다.

"압수수색 영장입니다. 가택을 비롯해 양무선 씨의 승용차, 컴퓨터, 전화기를 비롯한 관련된 모든 것에 대해 압수수색을 할 예정이니 협조해 주세요. 방해하면 공무집행방해죄가 될 수 있습니다."

"그이가 무슨 죄를 지었다고 이러세요? 몇 달 전 교통사고를 당해 아직도 완전 회복이 되지 않았는데요. 아, 이걸 어쩌나?"

"지금 집에 없으면 전화로 연락하세요. 그리고 속히 집으로 오라고 얘기하시고요. 전화기와 차도 함께 압수수색을 해야 하니 어디다 버릴 생각일랑 하지 말라고도 하세요. 다 알고 왔으니 이제 와서 발뺌해야 소용없습니다. 자 그러면 우선 가택수색과 압수를 진행하겠습니다. 서류 다 보셨지요?

자, 시작합시다!"

그 말이 끝나자마자 뒤편에 서있던 남자들은 거리낌 없이 현관 안으로 들어오더니 안방과 서재를 묻고는 재빨리 그곳으로 향한다.

그녀는 그때 서야 안방 화장대 위에 놓아두었던 전화기를 찾아서 거실로 나와 남편에게 전화를 걸었다. 전화기가 꺼져 있는 걸 보니 진료 중인 모양이다.

돈이라면 아예 관심이 없어 보이는 남편은 그 흔한 비상금도 한 푼 없다. 집과 학교를 오가면서 연구와 가르침 외에는 단 한 번의 해찰도 하지 않았다. 정치나 사상, 문화, 남녀관계 등 세상의 모든 일들이 노골적이고 적나라하게 변하면서 사람들의 눈길을 요구하고 있는데도, 남편은 그런 일에 곁눈질했는지는 모르지만 적어도 그쪽으로 고개를 돌린 적은 없었다.

"가족관계를 보니 아들과 딸이 있던데, 그들 방문도 좀 열어주시지요. 방 한 곳의 문은 잠겨있네요."

순간 그녀는 어지럽고 다리가 후들거림을 느꼈다. 아이들 방을 수색하겠다는 말인가. 그래도 간신히 힘을 냈다.

"아들과 딸이 각각 방을 쓰고 있는데 왜 걔들 방까지 보겠다는 겁니까? 아직 20대의 학생들이에요."

그녀가 작지만 항의하듯 또박또박 말했다.

"아 그건 남편의 범죄혐의를 입증할 만한 자료나 서류를 혹시 자녀들 방에 숨겨놨을 가능성이 있기 때문입니다. 협조하시지요."

이번에는 그가 그녀의 눈을 똑바로 쳐다보면서 말한다.

안경 너머에서 날아오는 기분 나쁜 눈길에 그녀는 고개를 돌리고 말았다. 딸은 외출할 때나 방 안에 있을 때도 항상 문을 잠근다. 어렸을 적부터 누가 자신의 방에 들어오는 것을 매우 싫어해서 부모인 양 교수 부부마저도 꼭 필요한 일이 아니면 잘 들어가지 않는다. 밖에 나갈라치면 열쇠는 언제나 안방의 엄마 화장대 서랍에 넣어둔다. 이런데 검찰청에서 나온 사람들이 압수수색을 한답시고 딸아이의 방을 온통 헤집어놓는다면 어쩐란 말인가. 그녀는 다시 전화기를 켰다.

"시간 없어요. 협조하지 않으면 문을 부수고 들어갈 수밖에 없습니다." 안경 쓴 남자, 검사라는 그 사람이 다시 공갈을 치듯 말하자 그녀는 움찔했다. 딸아이 방문이 부서진다는 것은 더 안 될 일이기 때문이다.

"그래요. 열어드리겠습니다. 그 대신 아이의 물건을 함부로 다뤄서 파손되거나 마구 헤집어놓으면 안 됩니다. 사실 제 딸은 자폐장애가 있습니다."

그녀의 울먹임이 절반이다.

그래도 검사라는 남자는 일행 중 한 명에게 지시를 하면서 그녀의 말을 귓등으로도 안 듣는 것 같았다.

그녀가 열쇠를 가지고 1층에 있는 딸의 방문 앞으로 가자 40대 초반으로 보이는 남자가 미리 기다리고 있었다. 그는 턱이 거뭇할 정도로 수염이 많이 나는 사람 같아 보였는데 눈 맵시에는 의외로 선한 빛이 보였다. 오히려 미안해하는 표정을 짓고 있는데, 그녀는 고개를 숙이고는 말없이 문을 열었다. 그녀도 어쩌다 딸의 방에 들어가기 때문에 어떤 때는 기실 궁금하기도 했었다. 그러나 예민한 딸을 위해서 궁금증 해소를 참았다. 딸의 방은 정갈했다. 침대는 단정하게 정돈되어 있고, 책상을 비롯해 모든 비품과 소품까지도 제자리에 다소곳이 비치되어 있었다. 깔끔하고 구김 없는 딸의 성정이 그대로 엿보였다.

"사모님. 저는 검찰수사관입니다. 따님의 나이가 몇 살입니까?"

그가 나직한 목소리로 물어 온다. 위압적인 투가 아닌 수사관의 조용한 말에 그녀는 잠시 어리둥절하다가 곧 대답했다.

"스물두 살입니다."

"제 딸은 이제 열다섯입니다."

자신의 딸 나이를 말하는 수사관에게 그녀는 무슨 말을 해야 할지를 몰랐다. 무슨 의도에서 묻는지 생각해 봤지만 달리 떠오르는 것이 없다.

"제 딸도 자폐장애거든요. 좀 심한 편입니다. 지금 중등 특수학교에 다니는데 아이 엄마가 애를 먹고 있어요."

그 말이 들리자, 그녀는 우군을 만난 듯 갑자기 맘이 차분해지고 침착해지는 기분이 들었다.

"어머 그렇군요. 부모님이 참으로 고생이 많으시겠어요. 그 맘 이해합니다. 사실 저도 특수교사를 했었답니다. 우리 딸은 심한 편은 아니지만 그런 아이들 가족들은 모두가 항상 좌불안석이지요."

"뭐 그렇더라도 자식인데 어쩌겠습니까. 잘 나도 제 자식이고, 못 나도 내 자식이라는 말이 있잖아요."

수사관은 조용조용한 말로 대화를 이어가면서도 밖의 동정에 신경을 쓰는 눈치다.

"참, 사모님. 이 방 물건은 가능한 한 건드리지 않겠습니다. 책상 서랍과 옷장만 조심스럽게 좀 살펴보겠습니다. 죄송합니다."

그러면서 수사관은 무엇을 생각하는지 고개를 갸웃거리기도 하면서 느긋한 태도로 딸의 책상 서랍 등을 차분하게 살폈다.

그녀는 그 사람의 태도에 그나마 안심이 되는 듯했지만, 그래도 방 밖으로 얼른 나갈 수가 없었다. 안방과 서재는 물론 아들의 방까지 다 헤집어놓더라도 딸의 방은 지켜야 했기 때문이다. 그래도 밖이 궁금했다. 그녀는 방에서 나와 안방과 서재, 그리고 아들의 방을 다니면서 압수수색이라는 상황을 살폈다. 검찰에서 나온 사람들은 무엇을 찾는지 세세한 부분까지 다 헤집어서 살피고 있었다. 얼핏 보니 상자 한 곳에다가 논문이나 신문 기사를 모아놓은 자료들을 넣었지만, 그 외 별다른 것은 보이지 않았다. 그런데 다른 상자 한 곳에는 서재와 아들 방에서 가져온 USB 여러 개가 있었다. 그녀는 슬그머니 다시 딸의 방으로 향했다.

문이 닫혀있다. 열고 들어가자, 딸의 책상에 있는 작은 메모지에 뭔가를 쓰던 수사관은 흠칫 놀라다가는 곧 그녀를 향해 고개를 조금 끄덕이면서 눈을 깜박였다. 그리곤 자신이 쓴 메모지를 책상에 뒤집어 놓고는 손가락으로 가리켰다. 그녀는 그 뜻을 금방 알아차렸다. 수사관이 조금 큰 소리로 말한다.

"이곳에는 별것이 없는 것 같네요. 이만 끝내겠습니다."

방을 나간 수사관은 거실 소파에 앉아서 TV를 켜놓고는 리모컨을 잡고 채널을 이곳저곳으로 돌리고 있던 검사에게 다가가 무슨 보고를 하는 것 같았다. 그녀는 방 밖의 동정을 살피고는 떨리는 가슴을 두 손으로 부여안고 책상으로 다가

우리가 찾는 건 일본에서 온 USB입니다　　　279

가 수사관이 뭔가를 써서 엎어놓은 메모지를 뒤집었다. 손이 떨려 메모지를 한 번에 집지 못한 그녀는 알 수 없는 뜻의 글을 눈으로만 얼른 읽었다.

'우리가 찾는 건 일본에서 온 USB입니다.'

조여오는 그들

병원에서 진료를 마쳤다. 양 교수는 아들이 운전하는 차 뒷좌석에 오르자마자 전화기를 꺼내 전원을 켰다. CT 촬영 등 진료 도중 전화기 전원을 꺼놓은 것이었다. 전원이 들어오고 부팅이 되는 동안을 기다리는데 운전석의 아들이 놀라는 목소리로 말한다.

"아버지. 집에 검찰청에서 나와 압수수색을 하고 있답니다. 엄마가 제 전화기에 문자로 남겨놨어요. 이게 무슨 일일까요?"

갑자기 어지럼증이 일었다. 양 교수는 눈을 질끈 감았다 다시 떴다 몇 번을 하면서 심호흡으로 안정을 취하려 했다. 머리 수술 후 조금 충격적인 말을 듣거나 그런 상황을 맞으면 이 같은 증상이 나타나곤 한다. 양 교수가 잠시 아무런 반응을 보이지 않자 운전석에서 아들이 여쭌다.

"아버지. 괜찮으세요?"

"괜찮다. 무슨 일인지 모르겠다. 어머니께 전화해 볼 터이니 너무 걱정 말고, 안전운전 하거라."

그리고는, 이제야 부팅이 끝난 전화기로 아내에게 전화를 걸었다. 한 번의 신호음이 채 끝나기도 전에 아내의 목소리가 들린다. 그런데 의외로 차분하다.

"여보. 이제 병원 진료 끝나셨어요?"

"아, 그래요. 전원을 꺼놔서 전화를 받지 못했소. 그런데 무슨 일이 있소?"

양 교수가 서둘지 않고 묻는다.

"집에 도착하면 아시겠지만, 검찰청에서 나온 사람들이 무슨 압수수색인가를 하겠다고 왔었습니다. 끝났다고 하면서 나간 지 이제 한 20여 분 된 것 같아요."

"그래 무슨 일이랍디까?"

양 교수는 일부러 담담하게 말한다. 많이 놀랐을 아내가 속을 감추고 일부러 평온한 말투로 얘기하는 것에 미안하고도 고마웠다.

"무슨 연구비 횡령인가 어쨌다든가, 그런 말을 하더라고요. 압수수색 영장이라고 내미는데 자세하게 읽어볼 겨를도 없었어요."

"많이 놀랐겠소. 그 사람들이 뭘 가지고 갑디까?"

"압수수색 목록에 서명하라고 해서 자세히 살펴봤는데요, 특별한 것은 없고 논문 같은 거 몇 장하고, 아 그리고 USB 몇 개를 가지고 갔어요. 당신 서재에 있는 컴퓨터 본체하고요."

"알았어요. 한 30분 있으면 집에 도착할 것 같소. 너무 걱정하지 말고 계시구려."

"그런데 처음에 그들이 당신 휴대전화와 자동차도 압수수색을 한다고 했는데, 제가 지난겨울 자동차 사고 때 휴대전화를 잃어버리고 지금 자동차도 사고 후에 새로 산 중고차라고 했더니 잠시 생각하다가는 그냥 갔어요."

"아 그래 잘 말했네요. 이따 봅시다."

아내와 전화를 끊고 잠시 생각에 잠긴 양 교수는 검찰이 자신을 상대로 무엇을 수사하려는지 도무지 감이 잡히지 않았다. 지금까지 불법은 물론 편법 자체도 기피 한 삶이었기에 검찰이 압수수색까지 하러 왔다는 것이 이해되지 않았다. 그동안 내가 의식하지 못했던 잘못이 있었다는 말인가.

전화기가 진동한다. K 대학교 기획처장으로 있는 강 교수의 전화다. 행정학과 교수인 그와는 오랜 기간 막역하게 지내오고 있는 처지였다.

"양 교수님. 강 교수입니다. 몸은 좀 어떠십니까?"

전화를 받은 쪽에서 아직 대답도 제대로 하지 못했는데, 수화기 저편에서는 벌써 안부를 물어 온다.

"덕분에 좋아졌습니다. 안 그래도 오늘 병원에서 진료받고 나오는 길인데 주치의 말씀이 거의 회복 단계라고 하네요. 다들 염려해 주신 덕분입니다."

"아이고 다행입니다. 아 그런데 교수님. 흥분하시거나 걱정을 미리 하시지는 말고 제 이야기를 좀 들어주셨으면 합니다."

"그래요, 무슨 일인데 그런 밑자락을 깔고 그러십니까? 죽다 살아난 사람이 뭐가 걱정이겠습니까? 염려 마시고 말씀하세요."

"죄송합니다. 사실 오늘 검찰에서 교수님 연구실에 대해 압수수색을 해갔습니다. 연구비 횡령 사건이라고 하더군요."

"그렇군요. 사실 제가 오늘 병원에 있는 동안 우리 집에도 검찰청에서 나와 압수수색을 해갔다 하네요. 죄가 있으면 받아야지요."

"아이고 무슨 그런 말씀을 하십니까? 양 교수님 청렴한 거야 하늘이 알고 땅이 알고 우리가 압니다. 아마 무슨 오해가 있었을 겁니다. 저도 우리 법무팀과 로스쿨 교수님들 통해서 알아보겠으니 너무 염려 마세요. 필요하면 변호사도 로스쿨 교수님들과 상의하겠습니다."

"고맙습니다. 사실 저는 연구비 횡령에 대해서는 전혀 그럴만한 사안이 없었기에 그리 크게 걱정은 하지 않습니다. 다만 우리 대학과 제자들에게 혹시 흠이 가지 않을까 저어됩니다."

"그런 일은 없을 것입니다. 시간 되고 건강이 허락하시면 한 번 학교에 나오세요. 아니면 제가 댁으로 찾아뵈어도 좋습니다."

"그러면 제가 내일 오후쯤에 학교로 가겠습니다. 그렇지 않아도 제 연구실을 얼마나 헤집어놓았는지 궁금하기도 하고요."

"교수님, 그리하시면 내일 뵙겠습니다. 이만 끊겠습니다."

진심으로 걱정하고 위로해 주는 강 교수와 통화를 하고 나니 조금 더 안정되어 간다. 어느새 어지럼증은 사라졌다. 양 교수는 다시 검찰의 뜬금없는 압수수색에 대한 의문에 빠져들었다.

"여보, 미안하오. 많이 놀랐지요?"

"아니에요. 저도 처음에는 무슨 일인지 많이 걱정했는데 그 사람들의 태도를 보고는 큰일은 아닌 것 같다는 생각이 이상하게 들었어요."

"왜 그렇소?"

양 교수가 묻자, 그녀는 후다닥 안방 문을 닫고서 침실 옆 의자에 먼저 앉았다. 양 교수가 따라 앉자 그녀는 걸치고 있던 엷은 겉옷 호주머니에서 손톱만 하게 접은 종이쪽지를 꺼내서 건네어 준다.

양 교수는 아내와 그 메모지를 번갈아 쳐다보다가 이내 그것을 펴 보았다. 그리곤 아내를 다시 바라본다.

"오늘 압수수색을 하러 온 검찰수사관 중 한 분이 저에게 써서 준 것입니다. 무슨 뜻인지는 모르겠지만 거기 씌어있는 그대로예요."

그러면서 아내는 자초지종을 말해준다. 양 교수는 다시 어지럼증이 이는 것 같아 잠시 눈을 감았다. 그 수사관이라는 분이 적시해놓은 USB는 후지와라 씨가 목숨 대신 보내 준 그 USB가 분명해 보였다. 그렇다면 검찰이 자신에게 씌워놓은 횡령 혐의는 명분이고, 집과 학교 연구실 압수수색의 실제 목적은 그 USB를 찾아내기 위한 것이라는 말인가. 그는 그 USB를 직접 열어보지는 못했다. 후지와라 씨가 남긴 편지에는 그곳에 한국 내 친일 조직과 친일파들의 명단이 들어 있다고 했으니, 만약 이 파일이 세상에 공개된다면 엄청난 파장이 일 것으로 양 교수는 판단했다. 그래서 명운을 걸고 일본의 독도침탈계획 문건을 공론화하고 있는 성 대령에게 은밀하게 전달하면서 폭로를 부탁한 것이다. 염치없는 일이지만 그로서는 선택의 여지가 없었다. 다행히 성 대령은 양교수가 준 USB를 '먹이'라고 표현하면서 확실하게 소화하겠다는 의사를 밝혀왔는데, 그 안에는 100여 명의 현대판 친일파 명단이 들어있다는 말도 함께 해주었다.

"여보. 무슨 생각을 그리하세요?"

아내가 남편의 무릎을 살짝 건드리면서 이번에는 걱정스레 묻는다. 양 교수는 대답 대신 아내의 손을 잡는다. 그녀의 손은 오늘도 따듯했고 보드라웠다.

"걱정 마시구려. 별일 없을 테니. 언제나처럼 나를 믿어준 당신이 정말 고맙소. 이번 일은 내가 혼자서도 넉넉히 해결할 수 있는 일이니, 크게 맘 쓰지 않아도 되오."

"정말 그래도 돼요?"

"물론이오."

양 교수는 전에 없이 자신감 있게 대답한다.

"그랬으면 좋겠어요. 아직 몸도 성치 않으신데. 참 오늘 의사 선생님은 뭐라고 하세요?"

"음 그게 아주 좋아졌다고 하네요. 거의 완치된 수준이랍니다. 다만 무리하지 말라는 당부는 있었지만 말이오."

"아 정말 그 말씀을 듣고 싶었어요. 그동안 잘 이겨내시느라 고생하셨어요."

"다 당신 덕분이오."

정이 듬뿍 묻어나는 부부의 정다운 대화가 오가는데 밖에서 인기척이 나면서 문을 가볍게 두드리는 소리와 함께 아들의 목소리가 들린다.

"엄마 아빠. 들어가도 돼요?"

"그래 들어와~"

아내의 대답과 동시에 부부의 맞잡은 손이 그때 서야 얼른 떨어졌다.

☆

화요일인 이튿날 오후, 양 교수는 점심 식사 후 학교를 찾았다. 가을학기 복학 예정이어서 편의점과 커피숍을 돌아다니며 아르바이트하는 아들은 아버지가 학교에 다니러 가신다는 말을 듣고는 자신이 모시고 다녀오겠다고 했지만, 양 교수는 극구 사양했다. 지하철을 이용해 대학 교정에 들어서니 역시 젊은 활기로 생기가 가득했다. 수목은 생기가 절정에 이르다 못해 넘치는 푸름을 햇빛에 실어 발산하고, 싱그럽게 펼쳐진 잔디밭에는 발랄한 학생들의 웃음소리가 가득했다. 그는 크게 숨을 들이마셨다. 폐에 신선한 공기가 듬뿍 들어오는 것이 여실히 느껴진다. 벌써 20년을 넘게 맡아온 교정의 내음은 변하지 않은 것 같다. 그러자 힘이 솟아나는 것 같아 그는 앞가슴을 열고 두 팔을 뒤로 돌려서 어깨 근육에 힘을 좀 줬다. 약간 현기증이 인다. 그는 주치의와 아내의 얼굴이 동시에 떠올랐다.

대학 행정실에 미리 전화를 해뒀기에 문은 열려있었다. 연구실에 들어서니 검찰의 압수수색 흔적이 고스란히 남아있다. 불과 어제 일이면서 아무도 주인 없는 연구실을 정리할 수 없기에 종이들이 바닥에 흩어져 있고, 책들도 몇 권은 여기저기에 나뒹굴고 있었다.

그는 조심스레 종이와 책들을 비켜서 책상으로 다가가 앉았다. 손을 밑으로 내려 책상 맨 위쪽 서랍을 열고서 윗면을 더듬었다. 테이프로 붙여놓았던 USB는 그대로 있었다. 그는 그것을 떼어서 호주머니에 넣었다. 그리곤 책장 옆에 놓아둔 종이상자로 다가가 살펴보는데, 다 헤집어져 있다. 살펴보니 그 속에 감춰둔 100인회 관련 자료들이 보이지 않았다. 아뿔싸, 그동안 모아 온 자료 중 몇 개는 간수를 하는 데에 실패한 것이다.

"양 교수님. 사실 어제 말하지 못한 것이 있는데, 검찰이 압수수색을 나오기 전에 이미 연구실에 도둑이 들었었나 봐요. 검찰 애들 말이 '누군가 사무실을 뒤졌었다'라고 했답니다."

양 교수를 만난 대학 기획처장 강 교수는 새로운 사실을 말한다.

"아 그래요?"

"어제는 이래저래 양 교수님 머리가 더 복잡해질까 봐 얘기를 안 했지요. 그런데 도대체 무슨 일로 그러는지 교수님은 잡히는 감이 없습니까?"

그러나 양 교수는 눈길을 강 교수에게 두면서도 아무런 말을 하지 않고 있다.

"양 교수님. 내게라도 말을 좀 해 보세요. 혼자서 끙끙 앓지 말고 말입니다. 참, 커피는 마셔도 문제없지요?"

항상 변함없이 친절한 강 교수의 진심을 양 교수는 잘 알고 있다. 그러나 양 교수는 자신만이 갖고 있는 이 문제를 다른 사람에게 말하는 순간 어쩌면 자신에게 씌워진 무서운 운명이 그 사람에게도 전이될 것이라는 생각에 휩싸여 있다. 마치 병이 전염되듯이 말이다. 사람의 운명도 암세포처럼 다른 이에게 전이된다는 생각이 새삼스러웠다.

"교수님, 검찰에서 수사를 하겠다는 제 혐의에 대해 좀 알아봐 주십시오. 변호인을 선임하는 것도 강 교수님이 좀 해 주시고요. 이번에 친구 한 번 도와주세요. 부탁합니다."

"그렇지 않아도 이미 양 교수님이 10년 이내에 수행한 연구용역 자료를 다 찾아놨고, 그에 관련한 회계처리 내용이라든가 필요한 것들도 자체 점검하고 있습니다. 그런데 이상한 것이, 보통 검찰이 이런 연구비 횡령 사건 수사할 때는 학교를 상대로 연구비 관련 자료 확보를 위해 꼭 압수수색을 하는데 이번에는 그렇지 않았습니다. 자료를 임의로 제출해 달라는 요청도 아직 없고요. 그것참, 무슨 목적으로 이러는지 알 수 없지만 어쨌든 이번 검찰의 수사가 양 교수님의 연구비 횡령 사건을 기어이 파헤치기 위한 것이 아니라는 묘한 생각도 든단 말입니다."

강 교수의 합리적인 분석에 양 교수는 속으로 뜨끔했다. 그러면서 저간의 속사정을 얘기해야 하나 생각이 슬쩍 들었지만 이내 거두어들였다.

"하여튼 강 교수님이 돕겠다니 갑자기 걱정이 사라지는 듯합니다. 극락에 갈 큰 보시입니다."

"성당에 다니시는 양 교수님이 극락을 운운하다니 하느님께 혼날 일이구먼요."

"아닙니다, 굳이 변명하자면 강 교수님이 의지하는 부처님의 가피(加被)가 저에게까지 넘치니 절로 나오는 감사의 인사지요. 그럼 저는 이만 집에 돌아가 보겠습니다."

"그러시지요. 검찰에 대한 대응은 우리 학교 차원에서도 적극 할 예정입니다. 양 교수님에 대한 평가나 평판이 그리 만든 것이겠지요. 저도 제 친구인 양 교수님을 위해 최선을 다하겠습니다. 몸조리나 잘하세요."

"참 고맙습니다. 강 교수님."

서로 정다운 인사를 마치고 강 교수 방을 나온 양 교수는 다시 캠퍼스를 가로질러 지하철역 쪽으로 향했다. 늦봄 특유의 옅은 안개가 하늘을 가려서인지 오늘 햇볕은 그리 따갑지 않다. 그는 서둘지 않고 천천히 걸음을 옮겼다. 지하도를 이용하지 않고 신호를 기다렸다가 길을 건너서는 50여 미터를 더 걸었다. '고향 김밥'이라는 조그만 간판이 보이자, 그는 자신도 모르게 걸음을 서둔다. 바지 호주머니 안에서 꼼지락 거리고 있는 그의 손에는 자그마하게 접어진 편지가 들려있었다.

☆

성 대령은 점심시간이 되어갈 무렵 준호의 전화를 받고는 잠시 멍했었다. 급한 상황이 발생해 정확한 분석이 필요했지만, 수백 리 떨어진 곳에 있으면서 매인 몸이라서 당장 현장에 갈 수 없었기에 더 답답했다. 준호에게 들은 정보를 토대로 법조인 친구에게 부탁하는 것으로 초동 조치를 했다.

부대 내 식당에서 점심을 먹는데 무슨 맛인지를 전혀 느끼지 못했다. 아직 상황이 정확히 파악되지 않았기 때문인데, 그는 애꿎은 법조인 친구를 볶아댔다. 집무실로 돌아와 커피를 마시다가는 벌떡 일어나 서성거렸다. 유리 칸막이 밖 사무실에 있는 부하 군인들은 저마다 바쁜 일손을 놀리고 있었고, 그들은 상관인 군단 정보참모 성 대령의 모습에는 관심을 두지 않는다.

준호네 집, 아니 형님 집에 오늘 오전 경찰에서 압수수색이 들어왔다는 소식은 매우 당황스러운 일이다. 공기업 이사로 재직하시는 형님이 배임수재라는 범죄혐의를 받고 있다니. 욕심 없이 조용하게 자신의 직분에만 충실하고, 결코 원칙에 벗어나지 않으시는 형님의 성격으로 미루어 돈을 받고 잘못된 업무를 처리했을 거라는 것이 상상되지 않았다. 정년을 2년도 채 남겨놓지 않고 계시는데 도대체 무슨 일일까? 일손도 잡히지 않고 걱정은 갈수록 태산만큼 커지고 있다. 그는 조카에게 다시 전화를 걸었다.

"준호야, 너무 걱정하지만 말고 지금까지의 상황을 삼촌에게 다시 설명 좀 해봐. 아까 말했던 대로 압수수색 영장 내용은 배임수재라는 것이지?"

"네 삼촌. 제가 읽어봤습니다."

"구체적인 범죄혐의 사실에 대해서는 적시되지 않았더냐?"

"그런 것 같았어요."

준호의 음성은 아까보다는 침착해졌지만, 아직도 떨리고 있는 듯하다. 점심 전 스마트폰의 진동음이 울릴 때 묘하게 불길한 예감이 들었었다. 아니나 다를까 생전 겪어보지 못한 일이 형님에게 생긴 것이다. 공직자나 다름없는 형님이 경찰 수사 대상이 됐다는 것은 나중 기소 여부를 떠나 그 자체만으로 매우 좋지 않은 일이다.

"내가 변호사 친구에게 연락을 해뒀다. 아마 아버지에게 연락이 갈 거다. 그리고 아버지께 전화했는데 받질 않으시는구나. 혹시 연행되거나 그런 것은 아니지?"

"그렇지는 않은 것 같습니다. 아버지는 지금 회사에서 행사 참석 중이시랍니다. 제가 아까 삼촌에게 전화를 드리기 전에 통화했어요."

"그럼, 아버지 휴대전화를 압수당하지 않았다는 거네?"

"그런 것 같아요. 제가 알기로는 경찰이 아직 아버지 회사에는 가지 않았던 것 같아요."

"그래?"

성 대령은 이상한 느낌이 들었다. 인지 사건 수사에서 범죄 피의자의 휴대전화와 컴퓨터 압수는 기본이기 때문이다.

"그렇다면 경찰이 압수수색을 어떻게 진행하더냐?"

"우리집에 와서 안방을 대충 뒤지고는 별다른 것이 없다면서 제 방도 수색해야겠다고 하더라고요. 저는 기분이 나쁘고, 이상한 생각도 들었지만, 방문을 열어줬어요. 그런데 제 방에서 컴퓨터 본체와 책상 서랍 속에 있던 USB를 몽땅 다 가져가는 거예요. 제가 항의를 했지요. 논문작성을 위해 사진 등 모아 둔 자료집이라고 얘기를 해도 막무가내였어요. 대신 문제가 없으면 속히 돌려주겠다는 말을 하면서 제게 압수 목록 서명을 요구했습니다."

성 대령은 조카의 뒷부분 말은 귀에 들어오지 않았다. 그는 경찰들이 USB를 챙겼다는 말을 듣는 순간, 휙 하면서 머리에 떠오른 무엇이 있었다. 그렇다. 경찰은 아마도 누군가의 사주를 받은 것이다. 그들은 일본 후지와라 씨가 보내서 양 교수에게 전해지고, 다시 자신에게 전달된 일본 극우단체 100인회의 한국 내 밀정들의 일부 명단이 담긴 USB를 찾는 것이다. 형님에게 씌워진 배임수재는 양 교수님과 함께 행동하고 있는 준호를 압수수색 하는 명분에 불과한 것이리라.

"준호야. 혹시 이 건 말고 다른 일은 없었더냐?"

"별일은 없었어요. 아참, 한 열흘쯤 전에 아파트에 도둑이 들었었어요."

"도둑?"

"네."

"아파트에 어떻게 도둑이 침입하나?"

"아버지께서 출근하시고 저도 학교에 갔을 때 엄마가 집을 비우고 성당 미사를 다녀오신 모양이에요. 그동안에 도둑이 아파트 현관문을 어떻게 열고서는 침입하려다가 마침 택배 아저씨가 오자 계단을 통해 달아났다고 했어요. 두 명이었답니다. 112신고를 받고 온 경찰 말로는 쇠지레를 현관문 사이에 넣고 아예 어그러뜨려서 문을 열려고 했었네요."

"잘 알았다. 하여튼 아버지와 어머니가 걱정 많이 하실 테니 잘 위로해 드리고, 삼촌이 법률적 대응을 변호사에게 의뢰해서 준비하고 있다는 말씀도 꼭 드려라. 이따가 저녁에 아버지하고 통화하마. 그 사이 무슨 일이 발생하면 삼촌에게 전화하고. 알았지?"

"알겠어요. 수고하셔요."

전화를 끊은 성 대령은 마음이 더 불안해졌다. USB의 행방을 쫓는 일본 100인회의 칼날이 바로 지척에 바짝 다가와 있다는 생각이 들었다. 경찰을 움직여서 수사를 빙자해 준호의 방을 수색했고, 거기서 USB는 무조건 쓸어 담아갔다니, 그 저의가 분명하게 나타나 보였다. 그렇다면 준호 앞줄에 있는 양 교수님도 이미 이와 비슷한 상황을 겪었을 것이다. 그는 스마트폰을 다시 잡았지만 애써 눌러 참았다. 급하다고 원칙을 무너뜨려서 꼬투리를 남겨놔서는 안 되었다. 그는 어쩌면 양 교수님이 자신에게 접선해 올 것이라는 생각이 들었다. 만난 지 얼마 되지는 않았지만, 그분은 강한 책임감이 있고, 사려가 깊다는 인상을 그에게 남겼기 때문이다. 비록 가난하더라도 품위와 꼿꼿한 기개를 잃지 않았던 조선의 기개 높은 선비 같다고 생각했었다.

마침 오후 참모 회의 시간이 다가왔기에 그는 회의 자료를 챙겨서 집무실을 나왔다. 제복의 군인들이 분주히 오고 가는 군단사령부는 언제나 활기가 넘친다. 얼마 멀지 않은 비행장에서 이륙하는 전투기의 묵직한 소음이 들려오고 있었다. 그는 손목시계를 보면서 발걸음을 빨리했다.

약 한 시간 정도 회의를 마치고 집무실에 돌아와서 휴대폰 전원을 켰다. 휴대폰에는 그동안 문자가 여러 개 와 있었는데, 특이한 문자가 하나 있었다. 김밥집이라고 저장돼 있는 번호에서 온 것이다. 그는 서둘러 열어봤다.

"밀린 김밥값 좀 보내 주세요. 재료를 사려니 돈이 급하네요. 계좌번호를 보냅니다. 신한은행 계좌 001-010-5241-1109 예금주 고향 김밥!"

성 대령은 사무실 벽에 걸려있는 시계를 쳐다봤다. 퇴근 시간이 거의 다 되어간다. 무슨 일일까. 김밥집 사장은 양 교수의 여동생이다. 성 대령에게 USB, 즉 '먹이'를 전달해 줬다. 양 교수에게 비상용 전화기를 몰래 전달한 것도 이분이다. 이지적인 인상과는 맞지 않게 김밥가게를 운영한다는데 판단이 빠르고 머리가 좋은 것 같았다. 군 생활 거의 전부를 정보 및 첩보 업무를 한 성 대령은 양 교수의 지시로 자신에게 USB를 전달해 주던 그 여성의 깔끔한 일 처리에 깊은 인상을 받았다. 그녀는 공중전화를 이용해 전화를 걸어와, 대뜸 만날 장소와 시간을 말해줬다. 영동고속도로 덕평 자연휴게소는 양방향 휴게소인데, 대략 서울과 원주의 중간쯤이다. 그곳의 '별빛 정원' 매표소 앞에서 만나 '먹이'를 전달받았다. 시간 맞춰 도착하니 그녀는 미리 도착해서 호두과자 봉지를 들고 있었고, 둘은 선 채로 호두과자 한 개씩을 먹은 뒤에 곧 헤어졌다. 성 대령의 손에는 호두과자 봉지가 들려있었고, 그 속에는 비닐로 싸여진 USB가 호두과자에 섞여 있었다.

성 대령은 금방 알아차렸다. 지금 보낸 문자는 급하니 이 번호로 전화를 해달라는 암호문이다. 그는 초조해졌지만, 중요한 전화를 부대 내에서 할 수는 없었다.

부대 밖으로 나오자마자 성 대령은 공중전화를 찾았다. 전화를 받은 김밥집 여사장은 차분한 목소리로 금일 저녁 급히 만났으면 한다면서 성 대령의 의사를 물어 온다. 지금 원주에서 출발이 가능하다고 대답하자 오후 8시 30분 수도권 제1순환고속도로 시흥 하늘휴게소 2층 분식코너를 지명한다. 이 휴게소는 양방향은 아니지만 건물은 함께 쓴다는 말과 함께 미리 인터넷으로 길 안내를 검색해 원주에서 올 수 있는 시각을 예측했다고 덧붙였다.

영동고속도로 인천 방향은 퇴근 때라서인지 제법 정체를 이루고 있었다. 스마트폰으로 길 안내를 찾아보니 도착 예정 시각으로 8시 10분을 가리키고 있다. 7시 30분쯤 형님께 전화했다.

"형님, 접니다. 많이 놀라셨지요?"

"놀라긴 뭘. 도무지 무슨 일인지 전혀 감이 잡히지 않는구나. 내가 그런 일을 한 기억이 없으니, 말이야."

"그러실 겁니다. 지금까지 평범하면서도 청렴하게 살아오셨잖아요. 아마도 무슨 착오가 있었을 겁니다. 제가 법조인 친구를 수소문해서 이미 대응에 들어갔습니다. 형님께서도 유리한 자료나 무슨 얘깃거리가 있으면 말씀해 주세요. 곧 제 친구 장 변호사가 전화를 드릴 것입니다."

"고맙구나. 동생에게 이런 부담과 신세를 지게 되니 부끄럽기도 하고 미안하기도 하다. 그렇지만 나는 일탈의 기억이

조여오는 그들

전혀 없으니 답답하기도 하지만 다른 한편으로는 담담한 마음이기도 하다.”

“형님, 절대로 무슨 일은 일어나지 않을 거니 형님도 맘 차분하게 잡수세요. 형수님도 잘 안심시켜 드리고요.”

“오냐 알았다. 참 넌 별일 없는 거지?”

“저야 군에 있는데 무슨 일이 있겠어요. 걱정 마세요. 저는 잘 있습니다. 아내도 별일 없고요. 참, 형님. 아까 준호 얘기로는 형님 회사에는 경찰이 오지 않았다면서요? 지금 쓰고 계시는 전화기도 물론 그들이 압수를 안 했고요.”

“그래. 다행히 집에만 압수수색을 했지, 회사에는 오지 않았더구나. 내일이라도 경찰이 회사까지 와서 압수수색을 한다면 근심거리다.”

“장담하는 건데요, 경찰은 형님 회사에 가지 않을 것입니다. 저는 그런 확신이 드네요.”

“무슨 근거가 있는 거냐?”

속으로는 걱정하고 계셔서인지 형님은 예민하게 반응하신다. 성 대령은 얼른 수습한다.

“아까 낮에 급히 법조계 친구들을 동원해서 알아봤는데, 그렇게 큰 사건은 아니라는 이야기를 들었습니다.”

성 대령은 하얀 거짓말을 했다. 정보 및 첩보요원들은 때로 가족들에게 거짓말을 할 경우가 있다. 밖에서 활동하면서 이루어진 자신의 움직임이라든지, 출장 목적 등에 대해 어쩔 수 없이 거짓말을 해야만 하기 때문이다.

“그랬으면 좋겠다. 이거 평생 쌓아온 좋은 평판을 하루아침에 무너뜨릴 수 있다는 생각에 맘이 편치가 않구나.”

“사필귀정 아니겠습니까? 결말은 좋을 것입니다. 편안히 계세요."

"너도 만사 불여튼튼이니 항상 조심하고 또 조심하거라."

"잘 알겠습니다. 형님."

통화를 하는 동안 어느새 영동고속도로에서 서해안고속도로로 접어들었고, 곧이어 서서울 요금소에 도달했다. 이곳을 거쳐서 다시 수도권 제1순환고속도로로 들어가면 만날 장소인 시흥 하늘휴게소가 지척이다.

예상된 시각보다 15분이 덜 걸렸다. 코로나19 팬데믹이 끝나가면서 사람들의 생활에도 많은 변화가 생겼다. 그중 하나로 저녁 귀가 시간이 앞당겨진 것 같았다. 지금 시각이면 한창 붐빌 도로에는 예전보다 차량이 많이 줄어들었다. 직장마다 저녁 회식 빈도가 줄어들고, 집으로 일찍 귀가하는 사람들이 많다 보니 퇴근 때의 러시아워도 당겨진 것이다.

성 대령은 휴게소로 들어서자마자 주유소로 향했다. 되돌아가기에는 조금 부족해 보이는 연료를 보충하고 주차장으로 다시 돌아갔다. 도시 외곽이라서 그런지 매연에 찌든 도심 특유의 형언하기 어려운 냄새는 나지 않았다. 주차장 가장자리는 숲과 붙어있다. 달콤한 아카시아 꽃향내가 코를 간지럽힌다. 긴 호흡을 몇 번 하고는 간단한 스트레칭과 제자리 뛰기를 했다. 어렸을 적부터 형님을 따라다니면서 배웠고, 군에 있으면서 쉬지 않고 수련한 태권도 덕에 그는 강한 군인다운 체력과 몸매를 가졌다. 아직도 완전군장 원거리 도보 훈련도 빠지지 않는다. 허리를 꼿꼿이 세우고 큰 보폭으로 하체 근력 운동을 몇 분간 하다가 휴게소 건물로 향했다.

에스컬레이터를 타고 2층으로 올라가니 제법 널찍한 공간에 차림표대로 배식구가 따로 있는데, 식사 시간이 좀 지나서인지 사람들은 뜸해 보인다. 이리저리 둘러보던 성 대령은 분식코너 앞 의자에 앉아서 자신을 바라보고 있는 모자 쓴 여인을 발견하고서 그쪽으로 빠르게 발길을 옮겼다.

"성 대령님. 그동안 안녕하셨는지요. 급히 서신을 드립니다.

일본 100인회의 위협이 아주 가까이 와 있습니다. 얼마 전 제 집에 도둑이 들어 안방과 서재를 집중적으로 뒤졌던 흔적이 있었습니다. 잃어버린 것이 없어서 그때는 대충 넘어갔습니다만, 어제 제 집과 학교 연구실에 검찰이 압수수색을 나왔습니다. 뒤늦게 알았지만 연구실에도 이미 도둑이 들었었답니다.

그런데 어제 집에 온 검찰수사관 한 분이 일행들 몰래 아내에게 동봉한 메모지를 남겼습니다. 간단한 글자지만 이를 토대로 여러 가지를 종합, 유추해 본 결과 검찰이 찾는 것은 문제의 USB가 분명합니다. '먹이'라고 표현하시는 그것 말입니다.

100인회는 지금 한국 내에 심어놓은 각계의 밀정들을 시켜서 검찰까지 움직이고 있으며, 급기야 수사를 빙자해 합법적인 수색까지 하면서 그것을 찾아내려는 것 같습니다. 저런 행태로 봐서 100인회는 무슨 수를 써서라도 그것을 찾아낼 심산인 것 같습니다.

각별히 조심하셔야 할 것 같아요. 제 생각으로는 저들의 거침없는 움직임으로 봐서는 조만간 관련된 사람들에게 차례로 위해를 가할 가능성이 큰 것으로 보입니다.

지금 저들 위협의 직접 대상자는 저와 그리고 외람되게도 성 대령님의 조카인 성준호 군입니다. 물론 우리 두 사람 주변 인물에 대해서도 저들은 이미 많은 정보를 확보했을 것입니다. 그러나 가장 걱정되는 사람은 준호 군입니다. 저는 이미 테러를 당했고, 저한테는 이미 USB가 없다는 것을 파악했을 것이기 때문입니다.

그래서 준호 군을 상대로 한 저들의 집요한 추적이 예상됩니다. 저한테 저지른 가택침입과 압수수색 방식이 될 수도 있고, 아니면 납치나 테러가 될 수도 있습니다. 저들은 교통사고가 난 후 현장에서 USB를 찾지 못하자 내 휴대전화기만 가져갔던 것인데, 그 후 내 집과 학교 연구실에서도 그것을 찾지 못했으니, 다음 집중 목표는 준호 군일 가능성이 농후합니다. 준호 군을 꼭 지켜주십시오. 물론 준호 군뿐만 아니라, 성 대령님을 비롯한 공론화 작전을 폈던 분들도 신변 안전에 각별한 주의가 필요해 보입니다.

일이 이렇게 크게 벌어진 것에 대해서 정말 송구합니다. 제 선에서 어떻게든 매듭지었어야 했는데 생각이 짧았습니다. 그러나 역으로 생각하면 우리 한국 내에서까지 저들 일본 100인회가 횡행하고 날뛰고 있다는 것이 확인된 것은 어처구니없게도 수확이라고 아니 할 수 없습니다.

성 대령님. 지금 저의 마음은 두 갈래입니다. 하나는 성 대령님과 준호 군을 비롯해 우리 모두 무사해야 한다는 것입니다. 다른 한 갈래는 그래도 일본의 독도 침탈계획을 저지하고, 일본 100인회의 한국 내 밀정들의 명단을 폭로해서 대한민국이 일본으로부터 진정한 독립을 이룰 수 있도록 해야 한다는 것입니다. 염치없지만 저는 솔직히 성 대령님이 후자의 길도 택해 주셨으면 하는 바람입니다.

죄송합니다. 그리고 고맙습니다.

성 대령님의 무운(武運)을 빕니다.

양무선 올림

원주 관사로 돌아와 양 교수님의 편지를 읽던 성 대령의 얼굴은 갈수록 굳어져 갔다. 내용으로 보아 양 교수님은 아직 준호네 집에 도둑이 들고 경찰의 압수수색이 진행됐다는 사실을 모르고 있다. 그러나 이미 그것을 예상할 정도로 사태가 심각하고 위급하다고 판단한 것이다.

그는 책상에 앉아서 양 교수님의 편지와 동봉해 있던 검찰수사관이라는 사람의 메모를 번갈아 읽어보고 또 읽어봤다. 검찰수사관은 무슨 연유인지 모르지만, 자신들이 하는 일이 옳지 않은 것이라는 것을 아는 것이다. 일본에서 온 USB를 찾는다는 걸 알려주는 것으로 보아, 수사의 목적과 그 이면에 도사리고 있는 저의까지 알고 있는 듯했다. 이 정도면 상부의 강력한 지시를 받지 않고서는 도저히 이루어질 수 없는 것이리라. 절대로 무시 못 할 지시자는 대체 누구일까? 어디까지 일본 밀정들이 포진해 있는 걸까?

역사가 침몰한 대붕호

호수에는 주름진 산들이 거꾸로 담겨 강바람에 조금씩 흔들리고 있다. 파란 하늘 속을 떠다니는 구름도 호수에 잠겨있다. 호수는 하늘, 구름, 산까지 품고 있다. 하얀 물새 한 마리가 수면 바로 위를 가벼운 날갯짓으로 천천히 날고, 멀지 않은 곳에서는 물새인지 산새인지 새 울음소리들이 간간이 들린다. 초여름 햇살을 받은 잔잔한 물결은 셀 수없이 많은 하얀 비늘을 만들어내고 있었다.

준호는 답답했던 가슴이 뻥 뚫리면서 시원함을 느꼈다. 심호흡을 여러 번 하고, '끙'하는 소리를 내면서 기지개도 켰다. 양 교수님과 함께 한 시간, 그리고 두서없이 예측하지 못한 일들이 잇따라 일어나면서 겪었던 몇 개월 동안의 혼란이 한순간에 사라지는 것 같다. 꼭 꿈을 꾸었던 것 같기도 했다.

꼭 와보고 싶었던 곳 파로호(破虜湖), 아니 대붕호(大鵬湖)였다. 준호는 이곳에 이만 구가 넘는 중공군의 시신이 수장돼 있다는 사실이 믿기지 않았다. 이승만 전 대통령이 '破虜湖(파로호)'라고 쓴 글은 돌에 새겨져 파로호 전망대 옆에 세워져 있는데, 그 앞에서 기념사진을 찍는 사람들도 더러 있다. 준호는 가슴이 아팠다. 그에게는 이 기념비가 이념 갈등에 따른 끔찍한 전쟁의 상징물처럼 느껴졌다. 호수 밑바닥에는 아직도 수만 구나 되는 사람의 유해가 수장돼 있는데, 그 옆 수변에는 그들을 죽음에 이르게 했다는 것을 증명하는 전승 기념탑이 서있다.

반공을 국시로 삼는 대한민국에서, 그것도 수백만 명의 인명이 희생된 전쟁을 치르면서 겨우 지켜낸 국가에서 당연한 기념비요, 자랑스러운 전적비로 생각할 수도 있다. 그렇지만 한편으로는 수장돼 있는 중공군을 위로하는 위령탑은 아닐지라도 최소한 위령제라도 맘 놓고 지낼 수 있도록 했으면 좋았을 것이다. 수장돼 있는 그들도 사람이기 때문이다. 중공군 중에는 한국인도 꽤 있었다. 일본의 경제적 수탈과 핍박을 피해 중국으로 떠났거나, 독립운동을 위해 조국을 떠났던 사람, 또는 그들의 후손이 상당수 포함 돼있는 것이다. 어쨌든 국적이 어디고, 조상이 어디고, 인종이 무엇이든 사람은 모두 다 존중받아야 하는 것이다. 그것이 인간사회를 지탱해 주는 것이기 때문이리라. 그러나 이 사회는 지금도 누군가 여기서 위령제라도 지낼라치면 바로 빨갱이라는 낙인을 면치 못하는 곳이다. 아직도 극단적 이념에 매몰된 대한민국이다.

강원도 화천지역의 뜻있는 사람들과 어떤 시민단체가 이곳에 위령탑을 세우고자 했지만 어찌 빨갱이들을 위한 위령탑을 세운다는 말이냐는 보수단체의 공격으로 무산되고 말았다. 보수단체 회원들은 위령제를 지내겠다는 시민단체들을 향해 극렬한 언행을 마다하지 않았으니, 영혼을 위로하겠

302

다는 휴머니즘마저 이념을 앞세운 무리에 의해 쫓겨나는 슬픈 장소가 바로 여기고, 그런 일이 엄연히 존재하는 곳이 한국 사회다.

파로호, 아니 대붕호가 그것을 상징적으로 말해주고 있었다. 파로호라는 이름은 한국전쟁이 끝난 뒤인 1955년 11월 당시 대통령이던 이승만이 직접 찾아와 오랑캐를 격파한 호수라는 뜻으로 파로호라는 휘호까지 써서 붙여진 이름이다. 이 호수의 본래 이름은 대붕호(大鵬湖)였다. 한 번 날갯짓에 구만리를 오르고, 하늘을 덮는 전설 속 붕(鵬)새의 이름을 따서 대붕호라 불렸다. 북한강 상류 수천 골짜기를 품은 대붕호는 하늘에서 보면 실제로 대붕의 형상을 보여준다. 그 대붕이 구만리를 날아오르는 곳이 화천댐과 발전소가 들어선 자리고, 그 바로 옆에 실제로 구만리라는 오래된 마을이 있었다.

이곳은 한국전쟁 때 이념대결로 많은 젊은이가 희생된 아픔과 슬픔만이 있는 곳이 아니다. 지금도 호시탐탐 한국을 노리고 있는 일본의 가학과 침탈의 역사가 고스란히 남아있는 곳이다.

조선을 강탈한 일제는 대붕호를 보고는 '조선 반도에 어찌 그런 상서로운 이름이 가당하냐?'며 이름을 대명제로 슬그머니 바꿔버렸다. 그곳에 일제는 댐과 발전소를 만들었다. 1937년 중일전쟁을 일으켜 대륙 침략을 꾀하던 일본은 전기가 필요했다. 경인 공업지구의 군수공장에 전기를 공급해야 하는데, 당시 한반도 남쪽에는 발전소가 없었기 때문이었다. 일본은 강원도를 다 돌아보고는 이곳에다 댐과 발전소를 만들기 시작했다. 1938년 착공해서 1944년 완공한 댐이 지금의 화천댐이고, 구만리 수력발전소다. 지금은 화천수력발전소로 불린다.

당시 댐과 발전소를 건설하는 것은 매우 어려웠다. 제대로 된 건설장비가 없었던 시절, 일본은 여기 난공사에 조선인들을 강제로 끌어다 투입했다. 하루 연인원 3,000여 명의 조선인이 공사장 강제노역에 투입됐으며, 날마다 두세 명씩 다치고 죽어갔다. 공사가 끝날 때까지 무려 1,000여 명이 공사장 사고로 숨졌으니, 기실 이 화천댐과 수력발전소는 우리 조선인의 소중한 목숨이 쌓여 만들어진 것이다.

그때 희생된 사람들은 공사장 인근에서 화장됐는데, 숙모의 말씀에 따르면 지금도 구만리 인근에 두 개의 화장터 흔적이 남아있다.

이렇듯 이곳은 일제강점기에는 우리 조선인이 강제노역을 당하면서 1,000여 명이 넘는 무고한 사람들이 희생된 아픈 역사의 현장이다. 그리고 한국전쟁 때는 비록 적이지만 2만 명이 넘는 중공군 젊은이들이 죽었으며, 그들 시신이 이곳 호수에 수장돼 버린 슬픔의 현장인 것이다. 두 개의 비극을 품고 있는 곳이 바로 여기 대붕호다.

화천군 일부 주민과 시민단체는 이 호수의 이름을 원래의 대붕호로 바꾸자는 운동을 펴고 있다. 그러나 보수단체들은 색깔 공세를 앞세워 극렬히 반대하고 있다는 것이다. 본래의 이름을 찾는 것이 어찌 이념적으로 공격받을 일인가. 38도선 북쪽에 있는 대붕호는 한국전쟁 이전까지는 북한지역에 속해 있으면서 화천저수지로 불리기도 했다. 발전소가 있는 이곳은 쌍방이 서로 물러설 수 없는 지역이어서 그만큼 엄청난 전투가 벌어졌고, 인명피해도 많았다. 그래서 51년 5월 중공군의 마지막 춘계 대공세 때 미국 9군단과 한국군 6사단의 포위공격으로 후퇴하던 중공군의 전사자가 많았던 곳이다.

준호 일행은 오후 1시30분쯤 도착해서 호숫가를 돌아봤다. 중간중간 차에서 내려 호수가 만들어낸 아름다운 산천경개를 구경하면서 잠시 시름을 잊기도 했다. 대붕호를 둘러보노라니 하늘과 산과 강물만이 보였다. 구불구불 끝없이 펼쳐진 호수는 강원도 화천군에서 인접 군인 양구군까지 이어져 있다. 면적은 38.9㎢로 약 10억 톤의 물을 담을 수 있는 큰 호수다. 호수 상류에는 안보 위기를 조성해서 쿠데타로 잡은 권력의 안정을 꾀하려던 전두환 정권 사기행각의 산물인 평화의 댐이 있다. 전두환이 말 한 '사기 평화'가 아니라 자연의 아름다움과 고요한 진짜 평화가 여기에 있었다. 이 호수 그대로, 이 자연 그대로라면 될 것을, 여기에 무슨 이념이라는 괴물을 대입시킨다는 말인가.

준호는 교수님과 함께 진행하던 일들이 중단되면서 찾아온 잠깐의 무기력을 떨쳐버리고 새로운 부분에 대한 지식을 쌓았다. 고대사학을 전공하는 그는 양 교수님의 충고에 따라 한국을 중심으로 한 근대 동북아의 역사를 집중해서 공부했다. 특히 일본에 대해서는 그들이 지향하고 있거나 채택하고 있는 외교·안보 정책, 중장기적인 국가전략 등에 대해 전문서적까지 찾아 읽었다. 일본 또는 일본인에 대해 통렬한 비판은 물론 칭찬 일색의 책도 읽어보았다. 그들을 정확히 알아야 대적이 불가피한 그들을 이길 수 있다는 생각이 들었기 때문이다. 일본에 대한 더 많은 정보를 섭렵해야겠지만, 벌써부터 드는 확실한 마음은 '일본은 제국주의의 꿈을 이루기 위해 가고 있고, 일본인에게는 대륙진출의 야욕이라는 DNA

가 들어있다.'라는 것이다. 오직 국가 이기주의에 집착해 있으면서 다른 국가와의 상생은 염두에 두지 않는 것이다. 아메리카 퍼스트라는 미국 우선주의보다 훨씬 더 나쁘다. 미국은 최소한 민주주의 원칙과 기후변화 등 인류의 보편적 가치를 중시하거나, 또는 그런 척이라도 한다. 그러나 일본은 자기들의 잘못된 과거마저 다 부정한다. 사죄는커녕 오히려 그런 문제를 제기하는 것이 더 잘못이라고 주장을 한다. 몇 명이 되는지는 정확히 모르지만, 북한의 일본인 납치에 대해서는 끈질기게 물고 늘어지면서도 적게는 5만 명에서, 많게는 수십만 명에 이르는 조선인 위안부 문제나, 많게는 350만 명이나 되는 조선인 강제적 징용에 대해서는 부정하거나 모르쇠로 일관한다. 한마디로 후안무치이며, 인간애, 즉 휴머니즘은 내팽개쳐버린 것이다. 후쿠시마 오염수가 인접한 국가들에 대한 해양오염 피해는 물론 지구촌까지 환경재앙이 우려되는데도 우리가 알 바 아니라는 태도를 보이는 그들이다.

준호가 이번에 새로 안 사실 중에는 해방 직후에도 일본은 한국에 대해 비열하고도 못된 짓을 서슴지 않았다. 연합군에 항복한 일본은 한반도에 미군이 들어오기 전까지 얼마간의 통치 기간이 더 있었다. 항복 후 일제 조선총독부는 미군에게 '북쪽에 소련군이 주둔하게 돼 조선인은 경계해야 한다. 따라서 미군이 진주하기까지 조선총독부가 계속 조선을 관할 해야 한다.'라는 내용의 비밀 서한을 보낸다. 한반도 내부 상황을 잘 모르고 있던 미군의 하지 중장은 이를 허용했고, 조선의 치안과 행정권을 계속 맡은 일제 조선총독부는 이때다 하면서 조선은행에서 돈을 마구 찍어냈다. 일본이 항복하기 전까지 조선총독부 산하 조선은행이 발행한 돈은 당시 화폐단위로 약 47억 원이었다. 그런데 일본은 약 보름간 이보다 무려 두 배가 넘는 91억 원의 돈을 찍어낸 것이다. 화폐의 통화가 급격히 많아지면 시장경제에 치명상을 입히는 것을 모를 리 없었지만, 그들은 엄청난 돈을 찍어내 일본인과 그리고 일제에 협력했던 조선인들에게 나눠줬다. 조선총독부에 근무했던 일본인 한 명에게 지금 돈으로 치면 무려 100억 원이나 되는 거금을 주기도 했다. 일본인들은 이 돈으로 조선의 문화재와 금붙이 등을 사들여 몰래 일본으로 반출해갔다. 조선인 매국노들은 일제가 준 돈으로 건물을 비롯한 부동산과 양조장 등 장차 돈이 될 만한 것들을 사들여 치부했다. 이때 부자가 된 매국노들의 후예 중 상당수가 지금 한국에서 기생하고 있는 일본 밀정이 된 것은 불 보듯 뻔한 것이리라.

이 때문에 해방 후 한국의 경제는 대혼란에 빠졌다. 쌀값은 24배가 넘게 올랐고, 전체 물가는 평균으로 무려 30배가 뛰었다. 일본의 수탈로 인해 가뜩이나 궁핍했던 한국인들은 폭등한 물가로 인해 큰 어려움을 겪었고, 도회지 빈민들은 끼니를 잇지 못하고 굶어 죽는 사례가 속출했다. 대구 10.1 사건 발발은 바로 이런 쌀값 폭등으로 인한 식량난이 가장 큰 이유였다. 여기에다 한국전쟁이 발발하면서 한국은 다시 엄청난 고물가를 맞이했고, 가난한 국민은 끝없는 굶주림에 맥없이 쓰러졌다.

일본은 이런 못된 짓을 벌여놓은 뒤, 한국전쟁 때는 미군을 비롯한 연합군의 전쟁물자 조달 공장을 운영하면서 2차 세계대전 전범국으로서 파괴된 경제를 금방 회복하고 재건의 기틀을 마련했다. 이런 작자들이 일본이다. 그들은 강점기 한국과 한국인에 대해 저지른 모든 범죄행위를 부정하는 것을 넘어, 이제는 독도를 침탈하고, 수많은 밀정들을 한국 사회에 심어 다시 음흉한 침략을 꾀하는 것이다.

☆

　준호는 새내기 대학생부터 양 교수님의 강의를 듣고서 역사바로잡기에 동참하겠노라는 막연한 생각을 품었지만, 실제 양 교수님과 함께 일본의 역사 왜곡을 비롯한 도발에 함께 대응하면서 이제는 일본에 맞서 싸우는 새로운 독립운동 투사라는 자긍심도 생겼다. 누가 알아주랴. 그러나 일반 사람들의 눈에는 보이지 않는 일본의 악행과 도발을 막지 않으면 구한말 때처럼 그들에게 야금야금 먹히고 말 것이기에 그는 양 교수님처럼 그 길을 가기로 맘을 먹었었다.

　며칠 전에는 경찰이 집에 들어와 압수수색을 했는데, 다른 것은 거들떠보지도 않고 내 방에서 USB만 챙겨갔다. 사건 수사는 아버지 배임수재 혐의라는데 어찌 내 방을 목표로 삼았다는 것인가. 그날 밤잠을 설치면서 곰곰이 생각한 끝에 그는 마침내 답을 찾았다. 바로 후지와라 씨가 교수님에게 보낸 편지 속에 씌어있는 USB를 찾기 위해 경찰이 밀정들의 사주를 받고 수색에 나선 것이라고 결론을 내렸다. '어떻게 그럴 수 있을까'라는 생각도 했지만 이익에 눈이 먼 사람들은 나라를 팔아먹은 매국노들이 득세하던 구한말이나 지금이나 다 존재할 것이라는 단순한 이치를 대입하니 그런 판단 또한 무리가 아닌 듯싶었다.

　준호는 그때까지도 교수님에게 USB의 존재를 여쭙지 않았다. 교수님은 어느 정도 회복이 된 뒤 '이제 이 일에서 손을 떼도록 하자'는 말씀을 하셨기도 했지만, 그의 맘 한구석에는 지혜로운 교수님의 반전이 반드시 있을 것이라는 기대감도 없지 않았기 때문이다. 그건 그렇고, 그 USB를 찾기 위해 내 방까지 뒤지고 다닌다는 것은 아직도 일본 100인회가 그것을 확보하지 못했다는 얘기가 된다. 그래서 나에게까지 이렇게 덤비고 있다는 말인가. 두려움과 소름으로 오싹함이 밀려오자, 준호는 그날 밤을 뒤척이면서 지샜다.

　파로호 답사를 떠나기 전 준호는 미리 교수님에게 전화를 걸고 싶었지만 참았다. 아니 망설이고 있었다. 비록 전화 형식이지만 교수님의 목소리라도 듣고 싶었고, 단순한 답사가 아니라 일제강점기 때 한국인 강제노역으로 지어진 화천댐과 수력발전소 현장, 당시 사고로 죽은 조선인 징용자들의 화장터도 보러 가는 것이기 때문에 교수님에게는 꼭 말씀드리고 싶었다. 다른 때 같았으면 교수님을 모시고 갈 수도 있는 그런 중요한 답사이기도 했고, 거기다가 나영 씨의 할아버지가 전사한 곳이 그쯤이면서 시신도 파로호에 수장됐을 가능성이 매우 높다는 것 등 여러모로 의미가 있는 답사이기 때문이다. 그런데 의외로 교수님이 아침 일찍 전화를 주셨다. 잘 다녀오라는 말씀에 덧붙여 혹시 무슨 일이 있으면 삼촌에게 꼭 연락해서 도움을 받으라는 말씀도 있으셨다. 이상하게 들리지는 않았고, 다만 걱정이 담겨있다는 것을 분명히 느낄 수 있었다.

　"준호 씨. 무얼 그리 골똘히 생각하세요?"
　나영 씨의 상큼한 목소리가 귓전을 가볍게 두드리자, 그는 금방 밝은 표정을 하고서 돌아봤다. 무늬가 없는 옅은 하늘색 상의와 청바지를 입은 그녀는 무엇을 쓰는지 오른손에는 볼펜을 쥐고 있고, 왼손에는 취재 수첩 같은 것을 들고 있다. 미소와 함께 살짝 나타나는 보조개가 하얀 이와 함께 예쁘게 조화를 이룬다.

"아 나영 씨."

그는 얼른 팔을 들어 그녀의 어깨를 가볍게 쓰다듬었다. 그러자 나영은 싫지 않은 표정을 지으면서도 얼른 주변을 둘러본다. 하영이와 철수는 어디서 무엇을 하는지 보이지 않는다.

아침에 서울에서 출발할 때부터 나영의 얼굴은 긴장돼 있었다. 준호는 오늘 찾아가는 곳이 나영의 할아버지가 전사한 곳이면서 어쩌면 70년 이상을 물속에 잠겨있을 수 있다는 것에 그녀의 마음이 착잡할 것이라는 생각이 들었다. 그는 운전을 하면서도 옆 좌석에 앉아있는 나영을 슬쩍슬쩍 쳐다봤다. 그녀는 무슨 생각을 하는지 창밖으로만 눈길을 보내고 있었고, 뒷좌석에서는 하영과 철수가 선후배 서열은 팽개치고 재치 있는 농담으로 장난을 치고 있다. 그들은 앞좌석에 준호와 나란히 앉아가는 나영이 뒷좌석 사람들에게 괜스레 신경이 쓰이지 않도록 일부러 자신들만의 즐거움을 발산하고 있는 셈이다.

준호는 그렇게 운전하면서 전화를 걸어오신 삼촌의 주문대로 혹시 뒤따르는 차량이 있는지를 살폈지만 특이 사항은 발견되지 않았다. 그러면서 자연스럽게 나영의 옆얼굴까지 자주 살폈다. 그걸 아는지 모르는지 나영은 거의 한 번도 준호 쪽으로 눈길을 주지 않고 있다.

사실 나영은 준호가 아침에 집으로 데리러 갔을 때도 기색이 좋지 않아 보였다. 차량 운행 동선에 따라 하영이를 먼저 태우고 그녀 숙소 앞으로 갔는데, 웃음기를 띠기는 했어도 평소와는 다르게 어두운 그림자가 어른거리는 듯했고, 평소 보이던 예쁜 보조개도 잘 보이지 않았다.

고속도로 휴게소에서 한 번 쉬고, 화천댐 인근에 도착해서 점심 끼니를 때우기 위해 식당을 찾아 들어갔는데도 그녀의 얼굴에는 즐거움보다는 아직도 긴장하는 빛이 더 많아 보였다.

기회를 엿보던 준호는 주문한 음식이 나오자, 옆자리에 앉은 나영이에게 말을 걸었다.

"나영 씨. 이건 도토리묵이라고 하는데 혹시 먹어봤어요?"

그러자 나영의 대답이 금방 나온다.

"우리 고향에서도 도토리묵 많이 먹지요. 저 어렸을 때는 한국으로 수출한다면서 도토리를 줍는 사람들도 많았어요. 지금은 어떤지 모르지만요."

"하기야 다 같은 민족이어서 식문화도 같으니 그럴 수밖에요. 나영 씨 많이 드세요. 혹시 알아요? 진짜로 할아버지가 전사하신 곳을 정확히 알 수 있을지도 모르잖아요. 제 삼촌도 그렇지만 숙모도 꽤 많은 것을 알고 계시더라고요. 그리고 현장에 가보면 마음속에 느껴지는 뭔가가 있을 수도 있지요. 야, 하영이, 철수. 그렇게 먹지만 말고 내 말이 어떻다고 토를 좀 달아보시지 그래?"

그러자 도토리묵을 젓가락으로 집다가 끝내 상 위에 떨어뜨리고는 투덜대던 철수가 넉살좋게 으르렁댄다.

"형 때문에 떨어뜨렸잖아. 아 나영 씨, 미안해요."

그러자 하영이 얼른 나선다.

"아 그래 준호야. 우리가 나영 씨 생각을 좀 못했어. 나영 씨 너무 우울해 하지 마세요. 우리가 있잖아요. 야, 철수야. 너 형수님 좀 웃게 만들어봐."

하영이 제법 재치 있게 좋은 분위기를 만들려고 한다.

"아이 죄송합니다. 앞으로 형수님께 잘하겠습니다. 충성!"

철수가 익살스럽게 말하면서 웃는데, 준호가 얼핏 보니 나영도 입을 가리고 살포시 웃고 있다. 다소 마음이 놓였다. 여러 가지로 착잡할 수도 있는 나영에게 미리 편안한 마음을 가지도록 배려했어야 했는데, 미안한 마음이 들었다.

그렇게 나영은 겨우 얼굴에 웃음기를 띠었고, 준호는 마음이 안정되면서 파로호를 둘러보는 것에 겨우 몰두할 수 있었다. 파로호 국민관광지에 들어서니 민물고기 매운탕을 파는 음식점들이 즐비했고, 선착장에는 평화의 댐 인근까지 하루 두 번 왕복 운행하는 유람선이 손님을 기다리고 있었다. 호숫가로는 인공구조물을 만들어서 호수에서 물고기가 튀어오르는 것까지 구경할 수 있을 정도였고, 호수 왼쪽 건너편으로는 화천댐의 모습이 바라보였다. 오른쪽으로는 굽이굽이 이어지는 호수가 아스라한 산들과 조화를 이루면서 멋진 풍광을 자아낸다.

다들 시원스레 펼쳐진 호수의 정취를 만끽했다. 아름다움에 젖으면 옆 사람도 몰라보는지 네 사람은 어느새 각자 자신만의 세상 속으로 빠져 들었다. 활동적인 하영은 제자리 달리기를 하다가 호수를 향해 심호흡을 하면서 기지개를 켜고, 차 안에서는 거의 쉼 없이 떠들어 대던 철수는 호숫가에 마련된 의자에 홀로 앉아 강물을 멍하니 바라보고 있다. 준호 뒤에 조금 떨어져 있는 나영은 수첩에 뭘 쓰고 있었다. 그녀는 그러면서 준호를 흘깃흘깃 쳐다본다. 그것만이 아니라 주차장으로 들어오는 차가 있으면 유심히 살펴보는 것도 같았고, 비탈진 산 쪽의 우거진 숲도 천천히 둘러본다. 준호는 그녀가 마치 경계병 같다는 생각이 들어서 혼자 피식 웃었다.

그런 그녀가 다정하게 말을 걸어오고, 잠시 둘만의 오붓한 시간이 되자 준호는 가슴이 뛰었다. 캠퍼스나 학교 근처 식당, 또는 커피숍에서 만났을 때의 느낌과는 뭔가 다르게 그녀가 새삼 아름다워 보이고 껴안아 보고 싶은 충동도 일었다. 여행은 사람의 마음을 설레게 하는 것만이 아니라 사랑도 깊어지게 하는 것일까.

"우리 나영 씨. 뭘 그리 쓰시나요?"

준호가 수줍어져 가고 있는 나영을 향해 묻는다.

"그냥 제 느낌을 적고 있어요. 왠지 이곳에 할아버지의 영혼이 계시는 것 같은 생각도 들고요."

"지금 우리 눈에는 아무것도 보이지 않지만 72년 전 이곳에서는 나영 씨 할아버지를 포함해서 수많은 젊은이가 희생됐지요. 그들 모두에게는 각자 부모 형제, 그리고 어떤 이들은 아내 또는 연인도 있었겠지요. 그들이 얼마나 그리웠겠어요. 이역만리에서 말이에요. 제 마음도 너무 아픕니다."

준호는 그렇게 말하면서 다시 착잡해지는 마음에 고개를 돌렸다. 호수의 잔물결에는 환한 햇빛이 반짝거리면서 흔들거린다. 저 물속 깊은 곳 어디엔가 잠겨있을 중공군들은 지금 어떤 생각을 하고 있을까. 아니 영혼이 떠난 시신이기에 아무런 감정이 없겠지. 그들의 영혼은 어디로 갔을까. 하늘로 가지 못하고 아직도 구천을 맴돌다가 가끔 육체가 있었던 이곳을 찾지 않을까. 그렇다면 나영의 할아버지도 금쪽같은 손녀가 여기에 왔다는 것을 알아챌 수 있을까. 아니 모를 수도 있겠다. 아들은 유복자이고, 그 아들이 낳은 손녀딸인데 어떻게 알아볼 수 있을까. 문득 여기저기서 물고기들이 튀어 오르는데, 준호는 오랫동안 물속에 잠겨있던 영혼들의 답답함이 터져 나오는 것이라는 생각이 들었다.

"준호 씨, 뭘 그리 생각하세요?"

나영의 말에 준호는 퍼뜩 깨어났다. 요즘 가끔 어떤 생각이 꼬리에 꼬리를 물고 이어지다가는 결국 씁쓸한 감정만 남게 되는 때가 많다. 그는 얼른 나영에게로 고개를 돌렸다.

"하영이와 철수하고 미리 의논했는데, 여기 호숫가에서 오늘 제사를 좀 지내려고 해요."

"제사요? 무슨 제사?"

나영이 의아한 표정으로 묻자, 준호가 잠시도 뜸을 들이지 않고 말한다.

"제 삼촌이 알아본 바로는 여기가 나영 씨 할아버지가 전사한 곳이 맞을 확률이 거의 90% 이상이에요. 또 당시 전사한 중공군 시신들을 이곳에 수장한 것도 한국군의 기록에는 없지만 숙모가 채집한 이곳 사람들의 증언과 비공식적인 기록에 의하면 거의 확실합니다. 미군의 기록은 삼촌도 살펴보지 못했답니다. 그저께 우리 셋이 미리 만났어요. 이곳 호수에서 나영 씨 할아버지, 그리고 함께 잠들고 계시는 수만 명의 젊은이들을 위로하는 제사를 지내기로 했어요. 물론 거창한 제사는 아닙니다. 그냥 제물을 약간 마련했어요. 어제 어머니하고 시장에 나가서 샀는데, 닭도 한 마리 삶고, 과일이랑 건어물이랑 떡이랑 조금씩 준비했어요. 아, 이런 술을 안 샀다. 오면서 막걸리를 산다고 해놓고서 깜박했네."

준호는 진지하게 말하다 도중 너스레를 떨었다. 가만히 듣고만 있던 나영의 얼굴에 슬픈 미소가 피었다가 이내 슬픈 기색만 남았고, 곧 눈물까지 글썽이고 있었기 때문이었다.

그는 아무 말 없이 나영의 어깨를 살포시 감쌌다. 새는 떨고 있었다. 그는 안고 있는 범위를 조금 더 넓혔다. 그래도 떨림은 계속됐다. 그는 손가락으로 그녀의 등을 가볍게 도닥도닥했다.

"나영 씨. 우리 함께 가까운 동네로 막걸리 사러 갑시다. 자 차에 타요."

준호가 나영을 데리고 차에 올라 시동을 거는 것과 동시에 숙모로부터 전화가 왔다.

"준호야. 지금 어디에 있어?"

"네 숙모. 지금 제사 때 필요한 막걸리가 없어서 사러 가는 중이에요."

"아 그래? 지금 어디쯤인데?"

"파로호 국민관광지 인근에 있어요."

"그러면 거기서 멀지 않은 곳에 간동면 사무소가 있으니 거기 근처 상점에서 사와. 그리고 나도 지금 거기로 갈게. 오늘 춘천에서 있은 문학회 모임도 예상보다 일찍 끝났으니 함께 제사를 지내자."

"아 네, 몇 시쯤 여기에 도착하세요?"

"한 30분쯤 후. 우선 국민관광지로 가서 전화할게."

"알겠습니다."

준호가 숙모와 통화를 하는 도중 나영은 가슴이 뛰고 얼굴이 붉어졌다. 아직 준호 씨 부모님께 인사도 못 드린 상태인데, 장차 시댁 어른이 되실 숙모님을 먼저 뵙는 것에 송구스러운 마음과 함께 걱정도 되는 것이다. '합격점을 받아야 할 텐데'라는 엄마의 말씀도 떠올랐다. 어느새 눈치를 챈 준호가 다독거린다.

"나영 씨. 걱정 마요. 숙모는 작가이신데, 이해심도 깊답니다. 내가 미리 조금 말씀드렸으니 너무 긴장하지 않아도 돼요. 우리 나영 씨 정도라면 일등 신붓감이죠. 이렇게 예쁜 데다가 맘씨도 곱고, 또 나를 사랑하잖아요."

그러면서 오른손으로 슬쩍 나영의 손을 잡는다. 나영의 심장은 더 뛰었고, 마음은 행복감으로 가득 채워진다. 그녀는 준호에게 잡힌 손을 천천히 꼼지락거리었고, 이내 두 사람의 손은 깍지가 끼여져 서로를 향한 뜨거운 감정의 통로가 되었다.

국군 박성민

"어머 누가 이렇게 준비를 다 했어?"

숙모는 준호와 친구들을 번갈아 바라보면서 칭찬을 마다하지 않으신다.

"숙모님. 준호가 다 했어요. 우리는 그저 들러리입니다. 하하."

하영이 엄지척으로 칭찬한다.

"아녜요 숙모. 엄마와 함께 장을 봤어요. 제가 어디 제수를 마련할 줄 아나요?"

"기특하다 얘. 이렇게 제사를 지낼 생각도 다 하고. 나도 이곳에서 위령제를 지내려는 주민들의 행사에 참여하고 싶었지만, 결국 무산이 되어 못했는데 말이다."

"아 그러면 여기서 중공군들을 위해 위령제를 지내려는 분들도 계시나요?" 하영이 물었다.

"그럼. 그렇지만 극우 보수단체들의 방해로 실행되지는 못했지. 모 종교단체에서도 위령제를 검토했다가 무슨 이유에서인지 그만뒀다고 하더라고. 죽은 사람들을 위한 제사에

도 이념이 작용하는 것 아니겠니? 미안하다. 우리 기성세대
들이 해결했어야 하는데 아직도 그러질 못하고 결국에는 후
손들에게 숙제로 남겨 놨으니, 말이야."

"사실 이념 갈등이 우리 젊은이들에게는 금방 와 닿지 않
거든요. 그런데 의외로 우리 주변에는 이념에 의해 제약받거
나, 또는 이념의 눈치를 봐야 하는 일들이 많더라고요."

숙모와 하영의 대화를 다소곳이 듣고만 있던 철수도 나
선다.

"하영이 형. 우리 남자들 군대 가는 것부터 이념에 따른 것
이 아닌가요?"

그러자 하영이 고개를 갸웃거리더니 말한다.

"글쎄. 군대야 안보를 지키려는 모든 국가가 조직한 것이
니까 꼭 이념 때문이라고만 할 수는 없지 않겠어?"

"그래도 사회주의국가인 북한과 대치하고 있으니, 젊은이
들이 의무적으로 군대를 가야잖아요. 우리 군대 생활하면서
반공교육은 귀에 못이 박히도록 받았잖아요. 그게 이념교육
아닌가요? 그리고 그 이념에 의해 우리 조국이 분열되고 절
단되어 있잖아요?"

철수는 나름 논리를 엮어 말한다.

"그래. 그 말도 맞지. 어쨌든 남북 분단의 가장 큰 원인은
자본주의를 채택하고 있는 미국과 사회주의를 채택하고 있
는 소련이 각자의 영역을 확대하려는 과정에서 나온 것이니
까. 두 나라는, 아니 영국도 포함해서 한반도 문제를 다루던
국가들은 당시 한국의 입장은 전혀 생각하지 않고 자신들의
이익만을 생각했기에 결국은 우리 한반도를 두 동강 내버리
고 만 것이지. 그 속에는 분명 격화하고 있던 이념대립이 존

재했었고, 이후 발발한 한국전쟁도 결국에는 두 이념대립의 산물이지."

숙모는 차분하고도 나직한 목소리로 젊은이들의 말에 응대해 주셨다.

준호네는 호수가 내려다보이는 곳에 자리를 잡았다. 화천군 간동면 구만리의 도로가 있는 쪽 호숫가 대부분은 낭떠러지나 다름없었다. 일제가 수력발전소를 만들기 위해 댐을 건설하면서 물이 불어나자, 일부 저지대 호숫가에 살던 사람들은 그나마 손바닥만 한 전답과 집을 잃었다. 사람들은 수몰로 좁혀진 땅에 다시 집을 짓고서 호수에서 고기를 잡거나 화전을 일구며 살았고, 아니면 고향을 등졌다는 것이다.

호수를 아래로 끼고 굽이굽이 도는 이 지역 도로는 위험천만해서 차들은 빨리 달릴 수도 없었고, 그래서 굴을 뚫어 굽어진 도로를 반듯하게 하려는지 여기저기서 공사판이 벌어지고 있었다. 가급적 호숫가로 바짝 다가가려 했는데 내려가는 길도 없었고, 있다 하더라도 좌대 낚시터를 운영하거나 아니면 몇 가구가 사는 동네여서 제사를 지내는 곳으로는 적당하지 못했다. 할 수 없이 도로 옆 공터를 찾았다. 마침 공사 차량 몇 대가 주차돼 있고, 그 옆 안쪽으로 조금 들어가니 네댓 평쯤 됨직한 평평한 곳이 있었다. 급경사 진 밑으로는 수백 년은 됐음 직한 창창한 소나무 몇 그루가 서있고, 크지 않은 잡목 사이로는 커다란 산그림자가 잠긴 호수가 내려다보였다.

국군 박성민

호수를 향해 돗자리를 펴고 그 위에 널빤지를 깔았다. 그 위에 다시 엄마가 굳이 챙겨주신 하얀 종이인 식지를 깔았다. 여름이 코앞이라서 사과와 배는 비쌌지만, 구색은 맞춰야 한다는 엄마의 말씀에 따라 세 개씩 샀고, 아직 덜 여물었을 것 같은 수박도 하나 샀다. 엄마는 궁핍한 서민들에겐 이 시기에 제사를 지내는 것이 가장 곤혹스러웠다고 가르쳐주셨다. 가난한 집 제사 돌아오듯 한다는 옛말이 있는데, 가난한 서민들에게 괴롭고 견디기 힘든 일이 자주 생길 때를 빗대어 이 말을 썼으니, 뒤집어보면 그만큼 제사는 꼭 지켜야 할 관습이었고, 그에 따라 밥을 굶더라도 제사는 엄격한 격식을 차려야 했다는 것이다.

엄마는 시루떡과 밤, 대추는 물론 문어포, 명태포 등 건어물도 준비해 주셨다. 삶은 닭 외에 산적과 사슬적도 한 접시 만들었는데, 어머니는 미안해하는 준호에게 "제사는 제사이니만큼 그래도 갖출 건 어찌 챙겨야 않겠냐."고 말씀하셨다. 생선을 쪄서 가져오려 했지만, 초여름으로 접어드는 계절이라 변하기가 쉬워서 생략했으나 숙주나물과 고사리나물, 김치 등 밥 반찬거리는 구절판에 챙기고, 밥은 새벽에 일어나신 어머니가 손수 지어 보온 도시락에 넣어 주셨다. 미역국도 있어서 어찌어찌 제사상 격식은 갖추게 되었다.

"형님이 고생하셨겠네. 이렇게 제수를 마련하시느라 말이야."

숙모는 놀라움을 감추지 못하더니 이내 팔을 걷어붙이고 달려드신다.

"이렇게 진설(陳設)하는 게 맞는지 모르겠다."

숙모는 일회용 접시에 음식을 담아서 제사상에 이렇게도

놓아보고 저렇게도 놓아보면서 정성스럽게 상을 차린다. 그 모습이 너무 진지하다. 조상 모시는 제사를 준비하고 있는 여염집 아낙 모습 그대로다. 준호는 어려서부터 외가와 친가에서 제사 지내는 것을 봐왔지만 주로 어른들의 뒷전에서 구경만 했고, 커가면서 참례하기 시작한 제사에도 그저 건성으로 따랐을 뿐이라서 제사음식을 어떻게 진열하는지는 몰랐다. 하릴없이 숙모의 지시를 따르는 수밖에 없었다. 준호와 나영이 숙모를 도와 상차림을 하는 동안 하영과 철수는 제사를 지내려는 사람들이 앉거나 서있을 곳에서 잔가지나 검불, 잔돌을 들어낸 뒤 돗자리를 깔고는 제법 불어오는 늦은 봄바람에 날리지 않도록 귀퉁이에 돌을 얹어놓았다. 다들 나름대로 분주하게 움직였다.

"다 된 것 같아. 아, 참 준호야. 술잔을 올려야지."

숙모는 손바닥을 가볍게 마주치면서 제사 준비가 거의 다 됐음을 말한다.

그렇게 다들 나서서 제사 지낼 준비를 마쳐가는데 갑자기 뒤에서 작은 헛기침 소리가 들렸다. 일시에 다들 놀라 뒤를 돌아보니 허리가 굽지는 않았는데 한 눈에도 연세가 많아 보이는 백발의 노인이 다가오고 있었다. 등에는 작은 가방을 짊어지고 있다.

다들 긴장한 눈빛으로 노인을 바라본다. 혹시 훼방을 놓지 않을까 염려해서다. 그러나 준호 일행의 생각에는 관심이 없다는 듯 노인은 서두르지 않고 천천히 걸어왔다. 제사상 앞에 이른 노인은 아무런 말도 없이 제사음식과 사람들을 차례로 살핀다. 그때까지도 준호를 비롯한 일행은 그저 노인을 지켜보고만 있었다.

"무슨 제사를 지내는가요?"

이윽고 노인이 말문을 열면서 제사상에서 눈을 떼 사람들을 바라본다. 그러나 준호를 비롯해 아무도 선뜻 대답하지 못하고, 대신 무슨 영문인지를 몰라 노인을 힐끔거리면서 일행들의 얼굴을 서로 쳐다보고만 있다.

그러는 사이 얼핏 본 노인의 얼굴엔 꼬장꼬장한 느낌은 없고, 대신 차분하고 점잖은 인상 같아서 준호는 속으로 덜 걱정이 되었다.

"보아하니 여기에 묘도 없는 것 같은데 무슨 사연이 있는 모양입니다, 그려?"

노인이 그렇게 말하면서 고개를 이리저리 돌리다 숙모의 눈길과 마주쳤다. 잠시 뜸을 들인 숙모가 침을 한 번 삼키면서 대답에 나선다.

"네 어르신. 저희는 여기서 이 파로호, 아니 대붕호에 계신 분들을 위해서 제사, 아니 위령제를 지내려고 합니다."

숙모답지 않게 더듬거리신다.

그 말을 들은 노인은 잠시 아무 말이 없다가는 숙모를 향해 묻는다.

"여기 호수에 누가 계신다고요?"

나직한 목소리지만 은근히 카랑한 맛이 있다.

대답해야 하는 사람들의 침묵이 잠깐 이어진다.

다시 숙모가 나섰다.

"어르신. 여기 호수에는 한국전쟁 때 전사한 중공군 시신 수만 구가 수장돼 있다고 합니다. 저희는 그분들의 영혼을 위로하고자 조촐하지만 제사를 지내려고 합니다."

천천히 그리고 또박또박한 숙모의 말씀이 끝나자 다시 침묵의 시간이다.

　무심히 듣고 있는 것 같았던 노인은 보일 듯 말듯 고개를 몇 번 끄덕이고는 걸머진 가방을 한편에 내려놓고서 제사상으로 바짝 다가갔다. 그리고는, 허리를 굽혀서 과일 접시들 자리를 바꾸는가 하면 가운데 놓인 떡 접시도 제사상 가장자리로 옮긴다.

　"남의 일에 간섭하는 것을 나무라는 뜻인 감 나라 배 나라 한다는 말처럼 제사 지내는 격식은 집마다 문중마다 다 다르니 무엇이 옳다 그르다고는 할 수 없지. 그러나 기본원칙은 있어요. 신위(神位)가 놓인 쪽은 가급적 북쪽으로 해야 하지. 가만있자 아, 그리고 보니 신위의 방향은 대충 맞는 것 같고."

　노인은 일행들에게 하는 말이 분명한데도 혼잣말처럼 하신다.

　사실 북쪽에 있는 호수를 향해 상을 차리다 보니 방향은 저절로 맞아떨어진 것이어서, 준호는 숙모와 친구들의 얼굴과 번갈아 마주치며 어색한 미소를 짓는다.

　"어르신. 이제 막 시작하려고 했었는데, 도와주신다면 저희로서는 큰 도움을 받는 것이겠네요."

　숙모가 완곡한 표현으로 도움을 요청 하자 노인은 잠시 숙모를 쳐다보고는 말한다.

　"부인 말씀이 참 고맙습니다. 나같이 이제 곧 죽을 노인이 무슨 도움이 된다고 그러시오, 그저 함께 제사에 참례하게 해주신다면 오히려 내가 더 감사할 일이외다."

　"그럼 함께 하시지요. 제사도 좀 주관해 주시면 더 좋고요."

　"그럽시다 그래요. 내가 인생 막판에 어찌 운이 좀 있는 것 같소, 그려. 이렇게 젊은 사람들과 뜻있는 일을 함께한다니 말이오, 자 다들 일렬로 서서 우선 두 번 절하고, 음 음 참신(參神)이 끝났으면 다음은, 아 여기서 우리 제사 법식대로 다 할 수는 없겠지. 그러면 다음은 오늘 초헌관(初獻官)을 맡을 분 앞으로 나오시오. 초헌관은 제일 처음 술잔을 올리면서 제사를 지내는 사람을 말하는 거요."

홀연히 나타난 노인의 주재로 제사가 진행됐다. 집사는 하영이 맡아서 노인의 지시대로 잔에 술을 따르는 등 서투른 몸짓을 놀렸다. 초헌관으로 나선 준호가 두 번 절하고 무릎을 꿇자, 향을 살라야 했지만 준비를 못했으니 어쩔 수 없다는 노인은 그래도 축문은 있어야 한다면서 즉석에서 제문을 지어 천천히 읊었다.

"계묘년(癸卯年) 음력(陰曆) 4월 7일, 대붕호에 묻힌 혼령들께 여기 젊은이들이 삼가 제(祭)를 올립니다. 70년이 넘는 세월이 흐를 때까지 호수에 갇힌 혼령들을 위한 진혼도 못했음을 용서하시옵소서. 마음은 있었지만 쉽게 실천할 수 없었던 이 나라의 사정을 살피시고, 이제는 그만 구천을 떠나 영면하시기를 바라옵나이다. 작은 제물이지만 정성껏 마련하였사오니 비례(非禮)일망정 흠향(歆饗)하시옵소서."

은근히 내공이 느껴지는 노인의 축 소리는 준호를 비롯한 사람들의 귀를 넘어 파로호에 빨려 들어갈 듯 오히려 낭랑하기까지 했다. 무릎을 꿇고 함께 엎드린 일행들도 노인의 축 소리에 귀를 기울이는지 꼼짝하지 않는다. 준호는 슬쩍 나영을 쳐다보았다. 사실인즉슨 이 제사는 그녀의 할아버지를 비롯한 중공군의 영혼을 달래는 것이었으니, 나영의 마음은 다른 이들과는 또 다를 것이기 때문이다. 그녀는 눈을 감고 손을 맞잡은 채 노인의 축문에 빠져있는 듯했다. 호수 절벽을 타고 불어 올라 오는 바람이 어깨를 덮은 그녀의 머리칼을 살짝살짝 건드리고 있었다.

준호는 이 축문이 호수 밑바닥에 갇혀있는 영혼들을 일깨우는 주문일 수도 있다는 생각이 순간 들기도 했다. 오랫동안 갇혀있던 영혼들이 이제라도 원래 가야 할 그곳으로 갈 수 있기를 바랐다.

준호는 네 댓살 적 외할머니댁에 놀러 갔다가 이상한 장면을 본 적이 있었다. 풍악 소리가 들려서 할머니 손을 잡고 가보니 논에 물을 대주는 조그만 샘에서 굿판이 벌어지고 있다. 화려한 채색의 옷을 입은 무당은 경중경중 뛰다가 때로는 빙빙 돌면서 무슨 소리를 하고 있는데 그녀는 머리엔 꿩 꽁지깃을 길쭉하게 꽂은 모자를 썼다. 양쪽 손에 방울과 북채를 들고서 이리저리 휘두르고 있고, 장단을 책임진 꽹과리와 징은 연이어 울어댔다. 나중에는 무당이 길게 늘어뜨린 오색 천을 몇 가닥 우물에 넣고는 무언가를 잡는 것 같은 모습도 보였고, 제사상 앞에서는 늙수그레한 부부가 손을 비비면서 연신 고개를 숙이면서 뭘 빌고 있었다. 나중에 할머니께 들은 바로는 그 부부의 시집간 딸이 소박맞아 친정으로 돌아온 후 정신이상 증세를 보이다가는 어느 날 그 샘물에 몸을 던졌다는 것이다. 시신은 건졌으나 영혼은 아직 그 물속에 있으니 나오게 해서 저세상으로 가도록 굿을 했다는 것이다.

"초헌이 있으면 아헌(亞獻)과 종헌(終獻)도 있는 법, 두 번째 잔을 누가 올릴 것인가?"

초헌관의 인사가 끝나자, 노인이 좌중을 둘러보면서 말씀하신다.

서로 얼굴만 바라보는데 숙모가 노인께 여쭙는다.

"어르신. 여자는 제사를 지낼 수 없는 것인가요?"

그러자 노인이 사람들은 보지 않고 제사상 너머의 호수에 눈길을 주고서 말한다.

"가부장제와 남자 위주의 세상 때는 대부분 그러했지만 지금 어디 그런 고루한 생각이 가당하겠소? 여인네도 제사를 지내는 것이 흠이 될 것이 뭐 있겠소이까. 아무렴."

그러자 숙모가 나영을 보면서 말한다.

"그럼, 이번엔 나영 씨가 술잔을 올리세요. 마지막에는 다른 친구가 하고요."

숙모로부터 지명을 받은 나영은 처음에는 얼떨떨하다는 표정을 짓더니만 곧 제사상 앞으로 다가가 다소곳이 무릎을 꿇고 앉았다. 그녀는 아까 봐뒀던 준호의 술 올리는 장면을 떠올렸는지 조그만 대접에 담긴 물을 손에 약간 적시면서 잔을 올리기 전에 하는 손 닦는 절차까지 이행했다.

준호는 제사를 지내는 나영이 혹시 격한 감정에 울지나 않을까 걱정이 됐지만 그녀는 차분하고도 담담하게 아헌관의 역할을 마치고 일어났다. 준호와 눈길이 마주친 그녀는 슬쩍 미소까지 띠었고. 준호는 그런 그녀에게 고개를 끄덕여주면서 웃음을 보냈다.

마지막 술잔을 올리는 종헌관(終獻官) 자리를 놓고 하영과 철수가 서로에게 떠밀자, 노인이 한 말씀 하신다.

"옛적에는 제관으로 발탁이 되면 작지만 영광이었소. 행실이 바르고 적실(嫡室)이어야만 하는 등 대충 아무나 맡는 자리가 아니란 말이지. 그래서 관(官) 자를 붙여줬던 것이네.

하기 싫음, 말게. 나라도 할까?"

그러자 철수가 도리도리로 일행들을 쳐다보면서 얼른 앞으로 나선다.

"어르신. 제가 하겠습니다."

다들 가볍게 웃는다. 노인의 표정에 그때는 웃음기가 좀 엿보였다.

제사가 끝나고 음복을 하기 위해 다들 자리를 잡고 앉았다. 곧 버성긴 분위기가 가시고 준호가 권해드린 막걸리 잔을 받아든 노인이 좌중을 둘러보면서 차분한 어조로 말씀을 꺼내신다. 사실 다들 노인에 대해 궁금했었기에 준호 일행은 그런 노인을 다소곳이 바라보았다

"이제, 내 이야기를 좀 하리다."

그러면서 하얀색 비닐봉지를 꺼내놓으시는데 공책이 한 권 들어있다.

"이 공책은 내가 딱 72년 전 이맘때 여기서 돌아가신 분으로부터 받은 것 이어. 그때 내가 열일곱 살 때였지 아마⋯⋯."

목격자

광복 후 미국과 소련이 각각 자기들의 정치이념을 한반도에 심기 위해 협상을 벌인 결과 한반도는 두 동강이 났다. 위도 38도선을 남북으로 가른 뒤 북쪽에는 소련군이 진주했고, 남쪽에는 미군이 진주해서 군정을 벌였다. 미군은 몇 년 후 군정을 종식하고 떠나면서 화력이 뛰어난 무기들을 회수해 가버렸다. 당시 이승만을 비롯한 남한의 단독정부 수립 세력이 북진통일을 공공연히 떠들어대자, 2차 세계대전을 치르면서 많은 인명 손실은 물론 경제적으로도 큰 내상을 입은 미국은 다시 또 전쟁을 치르는 것이 큰 부담이었다. 거기다가 자칫 사회주의 세력의 맹주인 소련과 전쟁을 벌일 우려가 컸기 때문에 남한의 북침을 막기 위해 공격용 무기는 대부분 회수해 버린 것이다. 그로 인해 당시 한국군은 화기를 비롯한 전투력이 열악 하기 그지없었다.

1950년 6월 25일 한국전쟁이 일어나기 이태 전 강원도 화천군 간동면 읍내에서 그리 멀지 않은 벽촌에 살던 박성민의 집안은 38선 이남 지역인 강원도 춘성군 사북면으로 이사를 했다. 거기에 살고 계시는 큰할아버지는 동생인 성민의 할아버지와 함께 일제강점기 때 화천댐과 구만리 발전소 건설 현장에 강제 징용됐다가 사고로 죽은 동생을 지키지 못했다는 자책감에 못 이겨 고향을 떠났었다.

사북면은 38선이 지나는 곳인데, 그들이 사는 동네는 남쪽에 위치 해있어서 남한 관할 아래 있었다. 성민의 누나는 열여섯이 되던 해 도회지로 식모살이를 떠났고, 큰형은 1950년 1월에 도입된 징병제에 따라 입대가 예상되자 그해 4월 자원입대했다. 객지에서 직업 없이 전전하기보다는 입에 풀칠이라도 하는 편이 낫겠다는 판단에서였다. 그런 큰형은 전쟁이 시작된 지 3일도 안 돼 전사를 했다. 탱크를 앞세워 파죽지세로 몰고 내려오던 북한군에게 한국군은 변변한 무기도 없이 저항했고, 결국 많은 사상자를 내고 후퇴할 수밖에 없었다. 이승만 대통령은 라디오로 방송된 연설에서 "용감한 우리 국군이 북한 인민군을 격퇴하고 있으니, 서울 시민들은 안심하고 생업에 종사하라"는 말을 했지만, 거짓말이라는 것이 금방 들통나고 말았다. 인민군들은 휴전선을 돌파한 지 이틀 후인 27일 벌써 서울에 들어오기 시작했는데, 대통령은 그날 밤 10시 거짓 내용의 담화를 발표한 것이다. 그리고 갑작스레 한강 인도교를 폭파해 버려 남쪽으로 피난을 가기 위해 다리를 건너고 있던 수백 명의 서울시민을 죽게 해버렸다. 물론 대통령은 27일 새벽 이미 남쪽으로 피난을 가고 서울에는 없었다.

넉 달도 더 지난 뒤에야 전해진 큰 형의 전사 소식에 집에서는 엄마의 대성통곡과 속으로 울고 계시는 아버지의 곰방대 연기가 뒤엉켜 한동안 기괴하기까지 했다. 전쟁이 터진지 6개월이 다 될 무렵에는 국군과 미군이 압록강까지 밀고 올라가 곧 통일될 것이라는 소문이 들렸다. 그러나 전쟁은 쉽사리 끝나지 않았고, 성민이네가 살던 사북면 근방은 구만리 발전소와 화천댐을 확보하려는 남북 양측의 확고한 목표에 따라 치열한 전쟁터가 되었다. 38도선을 중심으로 북한군 및 중공군의 공세에 맞서 국군과 연합군은 치열한 전투를 벌였고, 매일 매시간 매 순간 수많은 젊은이가 단 몇 평의 땅을 빼앗기 위한 전투에서 초개처럼 목숨을 잃었다. 성민이가 살던 지역 주민들은 전쟁터의 한복판에서 공포에 떨었고, 서로 밀고 밀리는 양측의 우세나 패배에 따라 인민군 편을 들거나 아니면 국군 편을 들어야 하는 이중생활에 마음은 물론 뼈까지 삭을 정도였다.

몸과 마음이 다 얼어붙는 정월의 추위가 어느 정도 가시고 호수의 얼음도 점차 녹아내렸다. 절기로는 입춘이 훨씬 지났지만, 아직 진짜 봄은 멀었다.

오르락내리락하던 전선이 어느 정도 고착될 무렵, 박성민이 사는 곳은 국군이 다시 장악했다. 어느날 성민은 그물을 챙겨, 작은형과 함께 동네 앞 북한강으로 나갔다. 북한강은 그 위쪽 화천의 대붕호와 연결된 강이다. 두 살 더 많은 작은형은 아이 때는 몰랐는데 커가면서 조금 모자라는 것이 나타나서부터 부모님의 걱정거리였다. 그렇지만 낚시나 그물로 물고기를 잡는 일은 다른 사람이 따를 수 없을 정도로 탁월했다. 부모님은 3남 1녀 중 막내인 성민이가 초등학교를 졸업하자마자 집안 살림을 도우라는 말씀을 하셨다. 맏이인 누나와 그 아래 큰 형은 이미 객지에 나가 있었고, 작은형은 집안일을 맡을 수 있는 처지가 아니었기 때문이었다, 그는 말없이 부모님의 말씀을 따랐고, 얼마 되지 않은 농토를 일구는 일을 거들었다. 화천군 간동면에서 살 때는 가까운 곳의 대봉호에서 고기를 잡는 일로 일과를 때우기도 했다. 공부를 더 하고 싶었지만 겨우 끼니 때우기도 어려운 형편은 그가 꿈을 키우기에는 불가능에 가까웠다. 덩치가 제법 큰 그는 열여섯 살이 되던 해까지 농사일을 하면서 부모님을 도와드렸고, 전쟁이 터지고서는 아직 어려서 징집이 되지는 않았지만, 참혹한 전쟁의 모습은 이미 눈에 익도록 봐왔다.

햇살이 제법 봄 흉내를 내고 있었다. 작은형과 함께 점심밥도 거른 채 북한강에 나가 그물질을 했는데, 운 좋게도 큰 쏘가리를 몇 마리 잡았다. 회를 치면 쫀득쫀득할 정도로 질감이 좋은 데다가 싱싱한 맛인 쏘가리는 매운탕으로도 제격이어서, 사람들은 술과 밥을 곁들여 다 먹고서도 돌아서면서 아쉬운 듯 꼭 입맛을 다시는 게 쏘가리 요리다. 성민은 몸져누우신 어머니를 생각하면서 귀가를 서둘렀다.

집안에 들어서자, 점퍼를 입은 사람 둘이 마루에 앉아 아버지와 얘기하고 있는데, 사립문을 들어서는 아들 일행을 본 아버지가 벌떡 일어서더니 얼른 다시 나가라고 손짓하신다. 영문 모른 채 들통을 들고 그대로 밖으로 나온 성민이는 담장 밖에서 귀를 쫑긋거려보지만 무슨 일인지 도무지 알 수가 없었다. 둘째 형은 잡은 고기들이 들어있는 통을 들여다보다가 심심했는지 이제 막 돋아나는 들풀을 손가락으로 건드려보면서 희롱을 하고 있다.

얼마쯤 지났을까, 방문객 두 사람이 사립을 나서자, 성민은 부리나케 뛰어 들어갔다.

"아버지. 무슨 일이랍니까? 누구여요?"

아들의 물음에 그때까지도 마루에 앉아있던 아버지는 얼굴을 마주치지 않고서는 홱 돌아서서 안방으로 들어가신다. 성민이 곧 따라 들어가자, 방에서는 엄마의 한숨 소리가 천장에 닿아 있고, 아버지는 빈 곰방대를 만지작거리고만 계셨다.

아무 소리 안 하고 엄마 머리맡에 앉은 성민은 아버지의 얼굴을 한 번 쳐다보고는 어머니의 이마에 손을 얹어보았다. 아침에 집을 나갈 때보다는 열이 덜한 것 같은데, 엄마의 표정은 더 안 좋아 보인다.

"엄마. 쏘가리 잡았는데 어떻게 할까요? 매운탕 끓일까?"

성민이 말을 건네자, 엄마는 수척하고 퀭한 얼굴로 아들을 바라보더니 가느다란 목소리로 말한다.

"아버지 쏘가리회 좋아하시니 떠 드려라. 가서 막걸리 있으면 한 병 사 오고. 부엌 찬장 그릇에 몇 푼 있다."

"아니, 아버지 회로 드시고도 남을 정도로 한 두세 근은 될 거요."

"그러면 매운탕도 끓여라. 작은아버지도 좀 오시라고 하고."

"알았어요."

그날 밤 작은아버지 내외가 오셔서 함께 식사했지만, 엄마는 끝내 일어나지 못하고 누워계셨다. 나중에 안 일이지만 엄마는 몸이 아픈 것보다는, 맘이 아주 많이 아프신 것이다. 그날 온 사람들은 다름 아닌 징집영장을 들고 왔던 면사무소 병사계 직원들이었다. 작은형이 군대를 가야 한다는 것인데, 9개월이 넘도록 전쟁이 계속되면서 전사자가 늘어나는 바람에 군인들 숫자가 많이도 부족하다는 것이었다. 이 지역에서는 인민군들이 들어왔을 때 이미 자원입대 형식으로 젊은이들을 쓸어간 적이 있어서 한바탕 난리가 났었다. 스무 살인 작은 형은 징집 대상이기는 하지만 머리가 조금 부족하기에 입대를 피했고, 그런 사정을 아는 면사무소에서도 형을 굳이 입대시키지는 않았다. 그러나 이제는 빨리 입대 숫자를 채우라는 상부의 압박이 심하여 어쩔 수 없다면서 최후 통보를 하러 온 것이다.

그날 밤 성민은 새벽녘까지 잠을 이루지 못했다. 동이 터 오자, 그는 부리나케 일어나 부엌으로 가서는 물을 끓였다. 큰형의 전사 소식을 듣고부터 몸져누우신 엄마는 웬일인지 아직도 기신 못하고 계시지만, 그가 엄마를 위해서 할 수 있는 일은 별로 없었다. 늙수그레한 한약방 아저씨가 오셔서 진맥했지만, 뚜렷한 병명이 나오지 않아서 처방도 흐지부지 됐다. 그러면서 엄마는 갈수록 수척해지신다. 그는 특별한 약은 없으니 따뜻한 물이라도 자주 마시라는 한약방 아저씨의 말씀을 귀담아 뒀다가 매일 아침에 이 일을 하는 것이다. 엄마는 그렇게 병석에 누워계시면서도 꼭 아버지의 식사는 챙기려고 일어나신다. 끙끙거리면서도 밥상은 차려놓고 다시 방으로 들어가 누우신다. 가끔 작은 엄마가 녹두죽이나 어죽을 쑤어 올라치면 인사치레로 좀 드시고는 바로 누우신다. 성민이 보기에도 엄마는 쉽게 병을 떨치고 일어나시기가 힘들 것으로 보였다. 거기다가 큰아들이 이미 전사했는데도 여러모로 부족한 둘째 아들을 기어이 전쟁터로 보내야 한다는 것이 엄마를 더 아프게 만드는 것이다.

아침을 때운 성민은 옷차림새를 대충 가다듬고 면사무소로 향했다. 임시 건물로 만들어진 면사무소 병사계를 찾아가니 어제 그 직원들을 포함한 여러 사람이 분주하게 일을 하고 있다.

"저어 어제 우리집에 오셨던 분들을 좀 만나러 왔구면요."

꾀죄죄하지는 않지만, 남루한 기색이 뚜렷한 성민의 모습을 자세하게 살피던 병사계 직원이 알아본다.

"너 저 밑둥거리 동네 박두봉 씨 아들 아니냐?"

"맞아요."

"그런데 네가 웬일이냐?"

"상의 좀 하러 왔습니다."

"무슨 상의?"

"조용한 데에서 말씀드리면 안 될까요?"

"안될 것까지는 없지만 무슨 일인데 그래?"

"저……."

성민이 망설이면서 목적한 말을 쉽게 꺼내놓지 못한다.

"이놈아. 생긴 것은 소 잡아먹도록 다 큰 놈이 뭔 말인데 그렇게 굼떠? 나도 바쁜 사람이다!"

질책이 날아 오자 성민이 얼른 말을 토해낸다.

"그러니까, 제가 우리 형 대신 군대에 가면 안 될까요?"

하다 보니 턱없이 큰소리가 나와 버렸다.

사무실 안 사람들이 다들 성민을 바라보자, 그는 고개를 숙인 채 어디 숨을 곳이 없는가를 살폈지만 정작 움직이지도 못하고 그 자리에 못 박은 듯 서있다.

"이놈이 지금 뭔 소리를 하는 것이냐? 나랏일이 어디 네가 하고 싶다고 된다는 것이더냐?"

다시 그 직원의 질책 소리가 났지만, 왠지 앙칼지지는 않고 부드러웠다. 여기저기 사람들의 두런거리는 소리가 이내

가시자 다른 직원이 손가락질로 성민이를 부른다. 안쪽 의자에 앉아있는 것으로 보아 여기 책임자 같았다.

"나이가 몇 살이냐?"

그가 앉은 채로 묻고 성민이는 서서 대답했다.

"지금 열일곱이구먼요."

"그려? 덩치는 스무 살도 더 먹어 보인다. 학교는?"

"국민학교 졸업했구먼요."

"글은 잘 배웠더냐?"

"원래는 중학교 가려고 열심히 공부했지만, 형편이 그래서 그만뒀구먼요."

"오냐. 그러고 섰지 말고 이리 앉아라."

그때 서야 접이식 의자를 내준다.

그로부터 일주일 뒤, 성민은 군에 입대했다. 둘째 형 대신에 군대를 갔으니 이름도 박성조로 바뀌었다. 부모님 모두 펄쩍 뛰었지만 좀 모자란 둘째 아들이 군대에서 사고를 치거나 잘못된 행동을 하는 바람에 일어날 상황이 뻔했기에 결국엔 성민의 주장을 꺾지는 못했다.

훈련소에서 간단한 제식훈련과 총검술을 익히고, 스무 발도 안 되는 실탄사격을 하고서는 전투부대에 바로 배속되었다. 그가 속한 부대는 국군 6사단이었다. 낙동강까지 밀렸다가 전세를 뒤집고 두만강까지 밀고 올라간 국군과 유엔군은 중공군의 개입으로 다시 후퇴를 거듭하다가 38선 부근에서 밀고 밀리는 공방전을 거듭하고 있을 때였다.

봄이 완연한 5월 초, 성민이 배속된 6사단은 용문산에서 중공군의 대대적인 공격에 직면했다. 서부전선에서 1차 춘계 대공세에 실패한 중공군이 동부전선으로 눈을 돌렸기 때문이다. 인근의 북한강은 춘천 화천 양구로, 남한강은 여주 충주로 이어지는 뱃길이고, 또한 용문산 인근에는 홍천, 인제 방면과 횡성, 원주 방면의 도로가 교차하는 육상교통로의 요지였기에 피아(彼我)간에 중요한 곳이었다.

중공군의 끊임없이 몰아붙이는 막강한 공세로 거의 궤멸 지경에 이른 6사단 2연대는 그래도 후퇴하지 않고 끝까지 버티었다. 한없이 몰려드는 중공군에 맞서 국군은 사력을 다했지만 일정 부분 후퇴를 할 수밖에 없었다. 그런데 국군의 끈질긴 항전 배경에 주력부대가 있을 것으로 판단한 중공군은 공세를 늦추었고, 여기에 유엔군의 강력한 항공지원으로 전세가 역전됐다.

중공군이 후퇴하자 국군과 연합군은 대대적인 반격 작전을 펼쳤다. 특히 미군은 그동안 소극적인 방어 전투에서 공세로 전환했다. 기동력을 살려 중공군과 북한군의 허리를 급습하는 전술을 펴면서 적을 압박해 갔다.

6사단장 장도영 준장은 용문산 전투에서 패해 후퇴하는 중공군을 추격했다. 용문산에서 격전지를 돌파한 한국군 6사단은 불과 며칠 만에 가평군 북면에 이르고, 이웃한 춘성군, 지금의 춘천시 사북면 지암리까지 중공군을 맹추격했다. 유엔군의 제3차 반격 작전계획에 따라 화천탈환을 목표로 하고 있었던 미 제9군단은 6사단과 함께 진격을 계속했다. 이 작전에 미군 2개 연대와 한국군 6사단 1개 연대가 투입됐다. 이들 3개 연대는 춘천~화천을 연결하는 도로와 가평~지암리 간 도로를 점령하고, 이어 지암리 남쪽을 장악해 중공군을 포위했다. 대대 단위로 포위망을 뚫으려는 중공군은 교전 끝에 수천 명이 포로로 잡혔으며, 포로보다도 스무 배가 넘는 군인들이 전사했다. 이 전투에 투입된 6사단 제19연대에 박성민이 있었다. 아니 형 이름인 박성조로 배속되었으니, 그때 그는 박성조 이등병이었다.

미군의 주력부대가 화천읍을 점령하고 6사단 병력이 화천저수지(대붕호) 남쪽에서 구만리 발전소~병풍산을 연결하는 캔사스 선(문산~연천~화천저수지~양구~간성)의 일부를 탈환해 장악해 버리자, 박 이병이 배속된 6사단 예하 연대병력은 대붕호로 인해 퇴로가 차단당해 호숫가 일대에서 허둥대던 중공군의 섬멸 작전에 돌입했다.

그의 부대는 이미 전투력을 상실한 중공군 패잔병을 상대로 소대 또는 중대 단위로 중화기를 쏘아대면서 몰아붙였고, 화천군 읍내를 미리 장악한 미군과의 협공에 몰린 중공군들은 호숫가 여기저기서 살길을 찾아보고자 이리저리 뛰고 또 뛰고, 엎드리거나 기어서, 은폐나 엄폐물을 찾았다.

박 이병 부대가 대붕호가 내려다보이는 산기슭을 점령하고 동틀 무렵부터 한 시간여 동안 잠시 휴식을 취하고 있는데, 고요한 아침을 깨뜨리는 굉음이 들리고 비행기가 저공으로 지나가면서 하늘에서는 불덩이가 쏟아져 내리기 시작했다. 강가에 모여든 중공군들은 미군 폭격기에서 쏟아져 내려오는 네이팜탄을 피해 허둥거리면서 목숨을 구하려 했지만, 살길이 없었다. 불붙어 살점이 타면서 터져 나오는 고통에 찬 비명들이 강 물결을 진동시키고, 화약 냄새에 섞여 맡아지는 살타는 냄새는 강가를 휘돌면서 초목마저 외면하게 했다. 어디에 그렇게 많은 중공군이 숨어 있었던가? 어디서 그렇게 많은 사람이 있었던가? 개미 떼처럼 많아 보이던 사람들의 움직임이 차츰차츰 적어지고 있었다.

다시 전투명령이 떨어져 중공군들을 향해 총을 발사하고 있는 박 이병의 눈에 그들은 이미 적군이 아니었다. 그냥 총탄 세례와 불바다 속에서 허둥대면서 살길을 찾아 이리 뛰고 저리 달리는 가련한 사람들이었다. 많은 사람이 불에 타는 고통을 이기지 못해 차라리 강으로 뛰어들었다가는 허우적거리다가 죽는다. 우박처럼 쏟아지는 총알을 맞고서 낫에 베이는 풀처럼 맥없이 무너져 내리는 사람들의 모습은 박 이병의 감각을 무디게 만들었다. 그는 숨이 가빠지면서 가슴이 답답했다. 옆에서 무심히 총을 쏘아대던 분대장도 어느새 총부리를 거두고는 처연한 눈빛으로 강가에서 펼쳐진 아비규환을 멍하니 바라보았다.

나중에 명명됐지만 며칠간 계속된, 이른바 파로호-지암리 전투는 국군과 미군의 대승으로 끝이 났다. 천 명이 넘는 중공군이 포로로 잡혔으며, 장비와 탄약, 식량 등을 운송하는 데 쓰인 노새와 말을 비롯해 전쟁 물품도 노획됐다. 2만 명이 넘는 중공군이 여기서 숨졌다. 한국군 보고서에는 이 일대 전투에서 약 2만 4,000명의 중공군이 숨진 것으로 기록이 됐다.

박 이병은 구만리 발전소 탈환 작전에 투입돼 성공을 거둔 뒤에 그 지역의 지리를 잘 안다는 이유로 곧 차출되었다. 화천저수지로 불리는 대붕호 인근에는 중공군들의 시신들이 쌓여있다시피 했고, 그 큰 호수도 그들이 흘린 피로 이미 빨갛게 변해가고 있었다. 미군은 이런 상황을 정리하기 위해 사역병들을 차출했는데, 박 이병도 그 속에 포함된 것이다.

박 이병은 미군이 동원한 중장비가 중공군의 시신을 처리하기에 앞서 혹시 아직 죽지 않은 적군이 있는지를 파악하는 작전에 1차 투입됐다. 이미 한쪽에서는 중장비 소리와 함께 시신들이 호수로 밀려들어 가기 시작했다.

몇 사람의 적군 시체를 뒤적이던 박 이병은 때때로 눈을 감고 말았다. 죽은 중공군들은 계급장은 물론 명찰도 없었다. 여름에 접어들었지만, 두툼한 옷 그대로였고, 어떤 시신은 웃통이 벗겨진 채였다. 상당수의 중공군은 불에 까맣게 그슬려 처참한 모습을 하고 있었다.

박 이병은 입대 후 지금까지 자신의 의지대로 움직여보지 못했다. 무조건 명령에 따랐을 뿐이다. 밥을 먹을 때도 그랬고, 잠을 자거나 휴식을 취할 때도 그랬고, 심지어 용변을 보는 일조차 고참병이나 상관의 허락을 받아야만 했다. 순간순간 벌어지는 전투는 개인의 생각이나 고민을 허락하지 않았다. 그는 명령에 따라 쏘고, 돌격하고, 때로는 후퇴했다. 그러나 전투가 끝나고 적병의 시신이 즐비한 모습을 보고 있노라니 갑자기 속이 울렁거린다. 그는 잠시 멀리 호수 건너로 눈길을 보냈다. 그 쪽 산은 들어가는 길이 없어서 사실상 막혀있는 곳인데 군데군데 나무들이 없어 보인다. 그는 어렸을 적 나룻배를 타고 건너가 그곳에 화전을 일구던 동네 사람들 생각이 났다. 적은 땅뙈기마저 수몰되면서 농사지을 땅이 없어지자, 궁여지책으로 호수를 건너 화전을 일궈 밭농사를 지었다. 일본은 수력발전소를 만들기 위해 화천댐을 건설하면서 이 지역 많은 저지대 땅이 물에 잠기도록 해, 그렇지 않아도 겨우겨우 살아가던 궁벽한 산지 사람들의 삶을 망가뜨렸다. 더욱이 댐 건설에는 인근지역은 물론 전국에서 끌려온 수많은 조선인 강제 징용자들이 동원됐고, 그중 1,000여 명의 사람들이 공사 도중 다쳐서 숨지는 비극도 벌어졌다. 할

아버지도 바로 그 공사장에서 돌아가신 것이다.

중장비 소리가 크게 들려서 뒤를 돌아보니 그곳을 지휘하는 미군이 깃발을 흔들면서 영어로 뭐라고 외친다. 아마도 빨리빨리 점검하라는 말 같았다. 박 이병이 다시 총구를 아래로 겨누면서 움직이는데 어디선가 신음하는 소리가 희미하게 들린다. 흠칫 놀란 그가 그쪽으로 총구를 들이대자, 복부에 총상을 입은 중공군이 누운 채 그를 쳐다보고 있다. 눈동자는 이미 풀려가고 있는 것을 보니 치명상을 입어 살아날 가망은 없어 보인다. 박 이병은 망설였다. 명령 지침대로라면 바로 사살해야 했다. 그러나 적이지만 곧 죽을 것 같은 사람에게 총을 쏘고 싶지는 않았다. 순간 어떻게 할까를 고민하는데, 그 중공군의 시체가 움직인다. 오른손에 뭔가를 쥐고 힘겹게 쳐드는데 마치 그것을 주고 싶어 하는 것 같았다. 박 이병은 주위를 둘러보았다. 멀지 않은 곳에서 확인 사살을 하는 총소리가 들리고, 중장비들이 움직이는 소리가 제법 크게 들리고는 있지만, 그에게 관심을 두는 동료나 미군은 안보였다. 박 이병은 허리를 굽혀서 얼른 중공군의 손에서 낚아채듯 그것을 받았다. 공책이었다. 그는 다시 한번 두리번거리고는 그것을 상의 안쪽에 쑤셔 넣었다.

쓰러져 있는 중공군을 다시 쳐다보는데 그의 얼굴에 희미한 미소가 지어지는 듯하더니 스르르 눈을 감았고, 곧 공책을 건네주던 손도 힘없이 늘어졌다. 박 이병은 잠시 눈을 감았다 뜨고는 그곳을 떠났고, 다시 뒤를 돌아보지 않았다.

색 바랜 공책

노인이 긴 이야기를 마치더니 그때까지 손에 쥐고 있던 비닐 속에서 공책을 꺼낸다. 빛이 누렇게 변한 공책은 겉표지에 아무런 글이 없었다.

"이 공책에 그 중공군이 일기를 써놓은 것 같았는데, 부인에게 편지를 쓰는 형식입디다."

준호가 가까이 다가가 노인의 손에 있는 공책을 조심스레 살핀다.

"어디 젊은이가 한 번 보구려. 내가 읽으면서 보니 한문과 한글이 혼용되어 있어요. 내용을 보아하니 이분이 광복군 출신인 것 같아요. 중공군이었지만 우리 조선인이었던 게지."

준호가 공책을 받아 들고는 앞뒤 겉표지를 조심스레 살피다가 표지를 열었다. 노인 말씀대로 한문과 한글이 혼용돼 있었다. '나의 사랑하는 아내에게 씁니다.'라는 서문이 있으니, 아내에게 쓴 편지가 분명했다. 서문을 조금 읽다가 문득 나영을 바라봤다. 그녀는 호기심이 가득한 눈으로 공책과 준호를 번갈아 바라보는데, 숨도 쉬지 않고 있는 것 같았다.

"저 어르신. 여기 이 여학생이 중국에서 유학 온 우리 동포예요. 한자도 잘 알고요. 허락하신다면 이 학생이 읽어볼 수 있도록 하시는 것이 어떻겠습니까?"

준호가 노인에게 정중하게 청한다.

"난 이미 자네에게 줬으니, 누가 읽게 하던지 그건 내 알 바 아니지."

노인이 흔쾌히 승낙하신다.

노인의 말씀이 끝나기도 전 나영은 준호가 들고 있던 공책에 벌써 마음을 내밀었지만, 막상 손길은 내놓지 않았다. 준호가 공책을 나영의 가슴 앞으로 들이밀자, 그녀는 노인과 준호는 물론 숙모를 비롯한 다른 사람들의 얼굴을 일일이 바라보면서 가볍게 인사를 한다.

나영이 앉은 자세를 다시 바로잡고는 숨을 한 번 고르더니 공책을 연다. 오래된 종이에서 나는 냄새가 그녀의 코에 닿았지만, 그녀는 바로 씌어있는 글자에 눈을 박았다. 연필로 쓴 글씨는 희미하게나마 남아있어서 간신히 읽을 수 있을 정도였고, 어떤 글씨들은 다만 흔적으로만 남아있다.

"잠깐. 나영 씨. 혹시 소리를 내서 좀 읽으면 안 될까요? 우리도 내용을 보고 싶은데 일일이 다 돌려가면서 읽기는 좀 그렇잖겠어요?"

하영이 긴급 제안을 내놓는다.

나영이 좌중을 돌아보니 다들 고개를 끄덕이면서 동의하고 있다.

그녀가 목청을 가다듬고는 읽기를 시작했다.

342

편지

"序(서)

나의 사랑하는 아내에게 씁니다.

당신을 떠나온 지 벌써 며칠이 지나갔구려. 꽃 같은 아내를 두고 전선에 나가는 내 마음을 무어라 형언할 수 있겠소만, 그래도 내 조국이 일본 놈들의 압제에 시달리다가 해방된 지 5년도 채 안 되어 다시 미 제국주의와 그 일당들에 의해 유린당하는 것을 볼 수 없어서, 만 부득 나서게 된 것이오. 당신도 잘 알다시피 抗美援朝 保家衛國(항미원조 보가위국)은 脣亡齒寒(순망치한)을 경계하는 중국으로서 당연하며, 궁극적으로는 국민당의 장제스를 앞세워 대륙을 침략하려는 미국의 야욕을 분쇄하는 것이 아니겠소.

또한 조선의 분열은 소련과 미국이 자국의 이익을 위해서 조선 인민의 이익을 배제하고 임의로 그어놓은 그들 두 나라 세력 확장의 결과요. 나는 조선이 외세의 간섭 없이 자주적이고 민주적인 국가로 성장하는 것을 바라오.

당신의 뱃속에 이제 4개월 된 우리의 아이가 자라고 있는 것을 생각하면 기쁘고 가슴이 벅차오, 당신과 아이를 위해서 몸을 바쳐서 일하고, 사랑해 주고 싶소. 그러나 우리 할아버지가 대한제국의 군인으로 壬午年(임오년) 때 일본군에 대항했다 쫓겨나 사냥꾼으로 전전하다가 독립군이 되어 일본군과 싸웠듯이, 아버지가 할아버지의 뒤를 이어 만주 벌판에서 일본군과 싸웠듯이, 나도 광복군으로 일본군과 싸운 뒤 이제는 외세에 짓눌린 조선을 위해서 나섰소. 내 마음은 예쁜 당신과 이제 태어날 우리 아이와 함께 오순도순 행복하게 살고 싶소. 그러나 세상은 아직 우리에게 이런 小小(소소)한 행복의 시간을 허락하지 않은 것 같으오.

걱정하지 말아요. 나는 당신에게 반드시 돌아갈 겁니다. 이 편지를 시작으로 나는 당신과 나만의 가상공간을 만들고, 그 속에서 당신과 많은 대화를 나눌 겁니다. 당신도 이 공간으로 들어와요. 나는 항상 그 속에 있을 것입니다. 비록 눈으로 보이는 연결선이 없지만 하늘이 우리에게 이어준 그 인연의 線(선)이 바로 통로가 되어서 우리만의 공간을 만들어줄 것입니다. 몸은 떨어져 있지만 우리는 그 공간에서 서로 마음만이라도 二姓之樂(이성지락)을 느껴봅시다.

우리는 崩城之痛(붕성지통) 叩盆之痛(고분지통) 없이 百年偕老(백년해로)하는 부부가 될 것입니다.

당신의 仰望終身(앙망종신) 마음을 나는 가슴 깊이 알고 있으니 부디 우리가 가상공간이 아닌 실제 공간에서도 상봉하는 그날을 誓願(서원) 해 봅니다. "

나영의 목소리는 맑았지만 조금 떨렸다. 서문의 마지막 부분을 읽으면서부터는 점차 목이 잠기는 듯했다. 준호는 물한 컵을 나영에게 내밀었다. 고개를 끄덕여 고마움을 표시하던 나영은 다시 좌중을 돌아보면서 작지만 또렷하게 말한다.

"죄송합니다. 좀 떨립니다. 그렇지만 이제부터는 작은 목소리지만 쉬지 않고 읽겠습니다. 양해해 주셔요."

그리고는, 다시 목청을 가다듬고는 공책의 책장을 넘겼다.

一(하나)

抗美援朝(항미원조) 지원군으로 출전한 8일째 날, 아내에게 편지를 씁니다.

사랑하는 아내여. 보고 싶소이다. 나는 오늘도 훈련을 마치고 전선에 투입되기만을 기다리고 있소. 나는 通譯(통역) 겸 戰鬪兵(전투병) 이라오. 소속은 3병단 제60군단인데, 산하 사단에 배속될 예정이오. 배 속에 있는 아이의 搖動(요동)이 나에게도 느껴진다오. 당신과 나는 서로 연결 돼있는 것 같소. 우리는 連理枝(연리지)요.

二(둘)

別離(별리) 10일째요.

나는 180사단에 배속되었소. 이 부대는 山西(산시)에 주둔하고 있는데, 과거 일본군으로부터 빼앗은 구식 소총을 가지고 있소. 부대원들은 팔로군 출신들이 많은데, 국공내전 때 국민당 군으로 있다가 항복한 군인들도 꽤 있다오. 듣기로는 곧 소련에서 보내온 신식 무기들로 무장을 한 뒤 조선으로 투입된다고 하오.

내가 없어서 당신이 불편할까 봐서 걱정이라오. 우물에서 물도 길어 와야 하는데 아기를 가진 몸이니만큼 너무 많이씩

떠 나르지 마시구려. 날씨가 추우니 땔감은 아끼지 말고 방을 따뜻하게 하시오. 입대하기 전 더 많이 마련해 놓지 못해서 못내 아쉽구려. 내 사촌 동생에게 부탁을 해놨으니 부족해지면 가서 말하구려. 아니, 동생이 먼저 집에 와서 살펴볼 것이오. 동생이 비록 다리는 절지만 힘은 장사라오. 조선 광복군으로 일본군과 싸울 때 다리에 총상을 입고도 끝까지 탈출을 해서 자기 부대를 찾아 돌아온 강인한 젊은이요. 부탁인데 좋은 색싯감이 있으면 仲媒(중매)를 좀 스시오. 당신처럼 참하고 예쁜 조선 處子(처자)로 말이오.

나는 戰場(전장)으로 가지만 오히려 당신과 배 속의 아이가 걱정이오. 부디 무사하기를 빈다오. 오늘은 엄청 춥네요. 그래서인지 당신이 더 보고 싶어요. 寤寐不忘(오매불망)입니다.

三(셋)

別離(별리) 보름째 같소.

오늘은 그동안 사격훈련을 하면서 사용하던 일본의 38식 소총을 반납하고 소련제 모신나강 저격용 소총을 받았소. 사격훈련 때 다른 동료들보다 월등하게 총을 잘 쏜 것도 있지만 아마도 내가 광복군으로 일본군과 싸울 때와 국공내전 때 총을 잘 쐈다는 기록이 작용한 것 같아요.

얼마 안 있으면 국경을 넘어서 조선 땅으로 들어가게 된다오. 내 부모, 조부모의 나라인 조선이 일본 놈들에게 빼앗겼다가 겨우 해방됐는데, 다시 미국과 싸워야 한다니 막막하기는 하지만 결전의 각오는 충만하오. 광복군 때 지청천 장군 밑에서 일본군을 격퇴했던 때의 의지가 되살아납니다.

여전히 당신의 고운 모습이 생각나오, 우리 아이도 뱃속에서 잘 자라고 있지요? 당신이 그리워서 잠이 오지 않네요. **輾轉不寐**(전전불매)의 밤입니다.

四(넷)
25일째 날입니다.

조선에 入境(입경) 후에는 편지를 쓸 겨를이 없을 것 같소. 그곳은 전투가 치열한 곳이라고 합디다. 내 공책에 쓰는 편지가 당신에게 전달되지는 않겠지만 나는 당신이 이 편지를 읽어볼 것이라고 믿고 있어요. 비록 글로 쓰지만 우리만의 공간에서 電信(전신)처럼 내 마음에서 당신 마음으로 전송될 것이오. 나는 이 공책을 항상 가슴에 품고 있어요.

오늘밤도 안녕히. 당신 생각으로 잠 못 이루니 **念念在玆**(염념재자) 입니다.

五(다섯)
오늘 드디어 조선에 들어간답니다. 집을 떠난 지 며칠째인지 잘 모르겠소. 나는 한 자루의 차오몐과 수류탄, 탄약을 받았소.

차오몐이 들어있는 길쭉한 자루를 어깨에 가로질러 메니 마음까지 든든하오. 조선에서는 차오몐을 미숫가루라 한다오. 한 자루는 열흘 치지만 실상은 7일 정도면 바닥이 난다고 합니다. 이 차오 몐을 만들기 위해서 동북 지역의 많은 인민은 물론 저우언라이 총리까지 손수 나섰다니 아껴서 먹어야겠소.

꼭 살아서 당신에게 돌아가겠소. 그때 아이가 배 속에 있을지, 나와서 걸어 다닐지 모르겠지만 어쨌든 우리 아이와 함께 잘 있어 줘요.

날이 무척이나 춥네요. 당신이 입던 솜바지로 내 속옷을 만들어준 덕분에 그래도 견딜 만 하오. **糟糠之妻**(조강지처)의 고마움 잊지 않으리다.

六(여섯)

오늘이 며칠인지 알 수가 없구려. 며칠 전 얼어붙은 압록 강을 건넜다오. 구름처럼 수많은 동지와 함께 컴컴한 밤에 안개처럼 조선에 들어왔어요. 미군의 비행기는 밤낮을 가리지 않고 날아다니는데. 우리는 낮에는 방공호에 숨고, **夜陰**(야음)을 이용해 **南**(남)으로 이동한다오. 탄약과 무기, 식량을 짊어진 노새와 말들도 우리만큼 힘들어하네요. 짐승들을 부리는 노무지원군들도 고생이 많소.

당신이 보고 싶소. **隔闊相思**(격활상사).

七(일곱)

남쪽으로 내려올수록 추위는 좀 덜한 편이오. 오늘밤은 눈이 내리지 않고 배가 불쑥 나온 달이 **白色**(백색)의 산야를 비추고 있네요. 당신의 고운 얼굴이 생각납니다. 우리를 만나게 해준 **月下氷人**(월하빙인)에 감사합니다.

八(여덟)

밤낮을 바꾸어 이동하다 보니 체력이 많이 소진 되구려. 밤새 행군하고 새벽녘에는 도착지에 **塹壕**(참호)나 **防空壕**(방공호)를 파서 은폐와 엄폐를 해야 하기에 그렇소. **戰場**(전장)

에 가까워지는 느낌이오. 식사는 차오몐 가루를 입에 넣고 눈 한 줌을 집어서 함께 먹는 것으로 해결하고 있소.

적 비행기의 정찰과 폭격을 피하려 불을 피우지 못하니 감자를 삶아 먹거나 따뜻한 물을 마실 수 없는 상황이오. 우리에게 공군 비행기가 없다는 것이 한탄스럽소. 이러니 어쩔 수 없이 酷寒(혹한) 속에 차가운 눈을 배 속에 넣고 나면 온몸이 사시나무가 떨듯 요동을 친다오.

어젯밤에도 미군의 정찰기와 폭격기가 행로 상공에 나타나 긴급 대피했소. 다행히 폭격당하지는 않았는데, 급히 은폐하려다가 대포를 운반하는 노새가 미끄러지면서 한바탕 소동이 있었소. 발목이 부러진 노새는 어쩔 수 없이 폐사시켰고, 고기로 조각을 내어 다른 노새에게 짊어지웠소. 이 녀석이 자기 동료의 냄새를 맡았는지 히힝 거리면서 뒷발을 마구 내지르는 통에 또 애를 먹었소. 동물들도 뭘 알기는 아는 모양이오.

당신을 떠나온 지 벌써 두어 달은 되어가는 것 같구려. 그렇다면 앞으로 4개월 후에는 우리 아이가 태어나겠구려. 딸이면 당신을 닮고 아들이면 나를 닮으면 좋겠소. 父風母習(부풍모습) 이겠지요.

九(아홉)

어젯밤은 美軍機(미군기) 공격을 받았소. 야간 이동 중에 앞서가던 다른 연대가 미군 비행기의 기총소사와 폭탄 공격을 받아서 큰 피해가 났소.

제법 밝은 달빛에 하얀 눈까지 합쳐져 어둠을 사르는 바람에 총기와 대포에서 반사된 빛이 적군의 정찰기에 포착되었던 모양이오. 정찰기 한 대가 먼저 와서는 상공을 두어 번 旋回(선회)하고 돌아갔는데, 20분도 안 되어 비행기 서너 대가 우레와 같이 다가오더니 기총소사와 폭탄을 쏟아붓더이다. 수백 미터의 행군대열 중 2백여 미터에 걸친 대열이 순식간에 아수라장이 되고, 뒤편에 있던 우리 부대는 신속히 길옆 나무 밑으로 대피했는데, 적들의 공격이 끝나고 현장에 달려가 보니 수백 명의 병사들이 죽거나 신음하고 있었소.

처음 적들의 공격을 받고는 속으로 뜨끔한 것이 사실이오. 우리는 단 한 대의 비행기도 없는데 적들은 하늘을 맘대로 날아다니면서 우리를 공격해 대고 있으니 한탄스럽소. 이제 신생국인 우리 中國(중국)은 아직 공군을 조직하지 못하고 있어서 공산국의 盟主(맹주)인 소련이 공군 지원을 해주어야 하는데도 그렇지 않다고 다들 떠들었소. 나도 속으로 스탈린에게 욕을 퍼부었소.

그래도 이만한 게 다행이었소. 앞뒤로 이어지는 부대들은 용케 잘 피했으니 말이오, 우리에게는 守則(수칙)이 있소. 이동 중에 적의 폭격을 받거나 기총소사가 쏟아지더라도 절대 그 자리에서 움직이면 안 된다는 것이오. 그렇게 해야만 더 이상의 공격을 받지 않고 다른 부대 동료들에게 피해를 주지 않기 때문이오.

敵機(적기)를 피하는 방법은 이것이 유일하오. 아직 우리에게는 공군력도 없지만 적기를 격추 시킬 對空火器(대공화기)가 없다시피 하오. 또한 우리는 전선으로 이동하는 것이 목표이기 때문에 적기를 격추하려는 행동을 보이려다가는 자칫 모든 것을 잃고 말 수도 있기 때문이오.

추운 참호 속에서 당신을 생각하니 덜 춥네요. 一別三春

(일별삼춘).

十(열)

남쪽으로 이동하면 할수록 미군 폭격기들의 出沒(출몰)이 잦아서 시도 때도 없이 숨는 일이 계속되고 있소. 간부들 말로는 兵站(병참) 補給線(보급선)을 차단하기 위한 미군의 폭격 때문이라는 거네요.

며칠 전에는 우리 부대가 주둔하고 있는 곳에서 멀지 않은 곳에서 엄청난 분량의 식량과 콩기름, 수십만 벌의 겉옷과 내의, 신발 등 헤아릴 수 없이 많은 물자가 미군의 火彈(화탄)을 맞고 불타버렸다는 안타까운 소식이오. 고위 장교들의 얼굴에는 걱정하는 기색이 역력하오. 火彈(화탄)을 미국말로 네이팜탄이라고 하는데, 비행기에서 내려올 때는 폭탄인데 땅에 떨어지자마자 온통 불바다를 만들면서 모든 것을 태워버린다오.

미군 비행기들은 때로 기름을 뿌리면서 불을 내기도 하는데, 그 귀한 기름을 어디서 그렇게 가져오고 함부로 뿌려대는지 알 수가 없소. 우리와는 다른 차원에서 사는 사람들 같아요.

어느덧 깊은 계곡과 높은 봉우리 쪽 빼고는 눈이 보이지 않고 날씨는 덜 추워서 살만하오. 밤에는 아직도 춥지만, 만주와 압록강 근처보다는 확실히 다르게 기온이 높은 것 같소. 당신이 있는 우리 집도 추위가 많이 누그러졌겠지요? 부디 몸을 따뜻하게 하시오. 頭寒足熱(두한족열) 이랍니다.

十一(열하나)

이제 곧 전선에 투입됩니다. 抗美支援軍(항미지원군)의 제5차 전역이 시작된다고 하네요. 우리 연대 정치공작원이 발표하자 병사들이 다들 주먹을 불끈 쥐면서 승리를 향한 함성을 지르는 모습이 氣勢(기세) 등등하오.

이번 5차 전역의 승리로 우리 我軍(아군)이 주도권을 획득해야만 조선 전쟁의 기간을 줄일 수 있답니다. 현재 미군과 남조선군을 주축으로 한 연합군은 대체로 위도 38도 선에 저지선을 구축하고 있다고 하네요. 우리는 이 저지선을 뚫고 남조선의 서울까지 일거에 탈환하는 것이 목표입니다.

어느덧 4월 中旬(중순)이라네요. 여기 밤공기는 아직 차갑지만, 낮에는 제법 온기가 많아요.

멀지 않은 곳에서 들리는 포격 소리에 귀가 쫑긋거려집니다. 이제 분명한 戰線(전선)이네요. 그래도 난 두렵지 않아요. 당신과 우리 아이를 생각하면 힘이 납니다. 내 마음은 終天之慕(종천지모) 입니다.

十二(열둘)

우리는 전투태세를 갖추고 참호 속에서 돌격 명령만 기다리고 있다오. 우리 3병단 임무는 美軍(미군)과 南朝鮮軍(남조선군) 일부가 주축으로 있는 중부 전선 縱深(종심)으로 공격해 들어가 동부전선과 서부전선의 연합군 간 연결을 갈라놓는 역할이랍니다. 다들 士氣(사기)는 충천해 있어요. 다만 國民黨(국민당) 군에서 항복한 병사들의 사기가 문제로 보이네요. 특별한 조짐은 보이지 않지만, 정치공작원들은 이들에 대해 많이 신경을 쓰는 눈치입디다.

솔직히 가슴이 떨리네요. 무서워서가 아니라, 내가 총부리를 겨누고 수류탄을 던져서 죽여야 하는 敵軍(적군)이 나와 같은 民族(민족)이라는 데서 오는 안타까움 때문이겠지요. 차라리 내 눈앞에 남조선 군인이 아니라 미군이 나타났으면 좋겠소.

이제 해가 지면 총공격이 이루어질 것이오. 暴風前夜(폭풍전야)이랄까. 다들 숨을 죽이고 있어서인지 더 寂寞(적막)한 듯하오. 여태껏 듣지 못했던 풀벌레들의 울음소리가 새삼 들리네요. 서쪽 하늘엔 어느덧 초승달이 나타나고, 남서쪽으로 보이는 黃昏(황혼)은 아름다워요.

여보, 나의 武運(무운)을 빌어주시구려. 이 편지가 당신에게 보내는 마지막 편지가 되지 않기를 바라오. 愛別離苦(애별리고)가 없기를 기원합니다.

十三(열셋)

여보, 나 살아 있소. 내가 살아서 다시 당신에게 편지를 쓰고 있어요. 내 몸은 穩全(온전)합니다. 총알이 내 모자를 貫通(관통)했지만, 나는 상처를 입지 않았소. 폭탄이 폭발하면서 튀어 오른 흙더미에 묻혀서 간신히 살 수 있었소. 일주일 동안 밤낮없이 귀청이 찢어지는 포성과 총성 속에서 살아남았다니 믿기질 않지만 진짜로 나는 멀쩡해요.

나와 함께 돌격했던 지원군 병사 중 절반은 보이지 않네요. 총탄과 포탄에 찢긴 몸뚱어리를 감싸고 고통에 못 이겨 울부짖는 병사들의 신음이 음산합니다.

돌격 소리에 나는 참호 속에서 튀어나와 미친 듯이 앞만 보고 달렸어요. 적 진지에서는 우리 포병부대가 쏜 폭탄들이 灼熱(작열)했지만, 우리 옆에도 적들이 쏘아대는 포탄들이 터지면서 많은 병사가 나뒹굴고 쓰러졌어요. 進軍(진군)을 督勵(독려)하는 꽹과리와 나팔 소리가 수없는 포탄과 총소리 사이를 뚫고 戰場(전장)에 메아리치고 있는 가운데, 나를 비롯한 수천이 넘는 우리 부대 병사들은 한꺼번에 총을 쏴대면서 진격 또 진격했어요. 병사들은 총알을 피해서 엎드리지 않고 앞으로 달렸습니다. 소나기처럼 쏟아지는 적의 총알은 돌진하는 병사들의 머리를 관통하고, 허리를 관통하고, 어깨를 관통하면서 우리 병사들을 칼날에 베인 풀잎처럼 허물어지게 했어요. 나는 무심히 달리면서 쏘고 또 쏘았습니다. 두려움이 무엇인지, 죽음이 무엇인지 아예 생각조차 할 수 없는 지경이었고, 그저 먹먹한 마음으로 앞만 보고 달리면서 쏘고, 넘어지면 일어나 다시 달렸습니다. '총에 맞지 않고 이대로 마냥 달리기만 하면 얼마나 좋을까.'라는 생각도 잠깐 들더이다. 수없는 총알들이 귓전을 스치면서 기괴한 울음소리를 내고, 내 옆과 앞뒤에서는 풀썩거리는 소리를 내면서 스러지는 병사들로 인해 금방 시체 언덕이 만들어지고 있었지만, 그곳을 타 넘으면서도 나는 그냥 무덤덤했어요. 살고 죽는 게 아무런 의미도 없는 것처럼, 전쟁터는 그저 그런 듯했어요. 五感(오감)이 마비된 것 같아요.

용케도 적의 탄환과 포탄의 파편을 피한 나는 敵(적) 진지 앞에 이르러서는 방망이 수류탄을 던졌어요. 작은 먼지들이 휘돌고 난 뒤 진지는 곧 피가 튕기는 싸움판으로 변했어요. 먼저 진지 속으로 뛰어들어 백병전을 벌이고 있던 지원군 병사가 쓰러지는 것을 보고는 나는 개머리판을 휘둘러대고 있는 적군을 향해 돌진했습니다.

그런데 너무 멀었어요. 불과 열 걸음도 안 되는 거리였는데 그 검은색의 미군 병사에게 돌진하는 시간은 마치 한 시간이나 걸리는 듯 지루하기까지 했어요. 가야 하는데, 가서 찔러야 하는데, 내 마음 한구석에서는 다가가고 싶지 않은 마음과 달려들어야 한다는 마음이 뒤엉켰어요.

마침내 그 얼굴 검은 군인에게 다가서는 순간 우리는 눈길이 마주쳤어요. 그의 눈빛이 天眞(천진)하다는 생각이 들면서 착검한 총을 앞으로 내밀던 나의 행동이 주춤거렸는데, 그쪽도 소총을 잡은 손으로 나를 내리치려던 동작이 멈칫거린다는 것을 느꼈어요. 그 순간이 얼마나 됐을까요? 아마도 길었을 거예요. 왜냐면 나는 그의 왼팔이 덜렁거리면서 힘이 빠져있다는 것을 알아봤을 정도니까요. 이미 총에 맞았겠지요. 그의 까만 눈동자와 그것을 감싸고 있는 흰자위가 묘한 조화를 이루면서 나의 가슴을 울렁이게 했어요. 처음 본 異國人(이국인)의 모습이 왠지 낯설다는 생각보다는 신기하고, 아까웠고, 그래서 차마 착검한 총을 앞으로 더 내밀 수 없었어요. 그도 나의 이런 행동을 느꼈는지 총을 쳐든 채 그대로 있더라고요. 그때 갑자기 그가 맥없이 고꾸라졌어요. 어디선가 날아온 총알에 관통당한 그의 목에서는 선혈이 낭자하게 흘렀는데, 아, 그의 눈이 나를 올려다보고 있었어요. 힘겹게 겨우 눈을 한두 번 깜박이더니 더 이상 움직이지 않았지요. 그의 앞에 쪼그리고 앉았어요. 나는 울었어요. 소리를 내지는 못했지만, 아니 소리를 낸다 해도 죽음을 부르는 포성과 총성과 꽹과리와 나팔 소리, 돌격을 외치는 함성과 사람이 땅바닥에 쓰러지는 소리, 총칼이 서로 부딪치면서 나는 둔탁하거나 기괴한 소리, 몸에 칼이 박히고 총알이 박히는 소리, 피가 튕기면서 허공을 가르는 소리, 그리고 고통에 못 이겨

내뱉는 처절한 신음에 묻힐 것이었지만, 어쨌든 나는 눈물이 왈칵 쏟아지고 그냥 서러웠어요.

수많은 전우가 내 옆에서 죽어갈 때도 오직 앞으로 돌격해야 한다는 일념만이 모든 감정을 덮어버렸는데, 그래서 병사들의 죽음을 아파하고 애도할 틈도 없었는데, 내 전우도 아닌데 적의 죽음 앞에서 나는 왜 울고 있는가? 라는 생각이 들었어요. 그런데도 더 슬퍼졌어요. 나는 아예 적의 진지 땅바닥에 털퍼덕 주저앉아서 그 흑인 병사 앞에서 꺼이꺼이 울었답니다. 생각해 보니 그 적군의 죽음이 슬프다기보다는 이렇게 아무런 인연도 없이 모르는 사이인데도 서로 무조건 죽여야 한다는 이 전쟁의 소용돌이에 있는 내 처지가 너무 억울하고 한탄스럽다는 생각이 들어서였을 것 같아요.

나는 거기서 죽음을 맞았을 것인데 이상하게 죽지 않았어요. 진지를 탈취당한 미군은 공중폭격과 대포를 앞세워 우리에게 絨緞(융단) 砲擊(포격)을 해댔어요. 갑자기 거대한 폭음과 함께 땅이 들썩이는 육중한 흔들거림이 밀려오더니 하늘에서 수많은 흙더미가 나를 덮쳤어요. 그 순간 정신을 잃었고, 나는 동료들의 보살핌 속에 깊은 참호 안에서 서너 시간이나 누워 있다가 빗물이 얼굴을 적시면서 다시 生(생)을 느끼게 됐답니다.

살았다는 생각이 들면서 나는 다시 슬퍼졌지만, 동료들이 나를 일으켜 세우고 수통의 물을 마시게 하는 바람에 또 울지는 않았어요. 그리고는, 당신의 달덩이 같은 얼굴과 이제는 제법 컸을 당신 뱃속의 우리 아이 생각에 뭉클한 맘을 다잡고 기운을 차렸어요. 전쟁터에서는 氣(기)가 떨어지거나 衰(쇠) 하면 쉽게 죽는다는 俗說(속설)이 있어요. 기가 왕성해야 총알도 피해 간답니다. 나는 아직 죽으면 안 되지요. 당신과 우리 아이를 만나기로 약속했으니 지켜야지요.

나는 이제 차오몐을 먹을 겁니다. 한 움큼을 먹고 물을 마시고 나면 다시 우리 위대한 抗美援朝(항미원조) 군대의 底力(저력)을 보이는데 내 힘을 보탤 수 있을 거요.

적군의 포격과 공중폭격이 뜸하기는 하지만 여전히 쉼 없고, 멀지 않은 곳에서 포성과 총성이 귓전을 두드립니다. 이제는 慢性(만성)이 되어서인지 아무렇지도 않아요.

깊숙한 참호 속에서 僞裝(위장)하고 있으니, 마음이 좀 편해집니다. 오늘 밤 다시 적진을 향해 돌진해야 하는 상황이니 내 목숨이 어찌 될지 모르겠지만 살아있는 동안 당신의 사랑을 절절하게 느끼고 있습니다. 오늘도 안녕. 天佑神助(천우신조)와 琴瑟之樂(금슬지락)을 함께 꿈꾸며.

十四(열넷)

여보, 安寧(안녕).

지금은 내 귀가 잘 들리지 않아요. 그래도 나는 아직 살아있답니다. 어젯밤 突擊戰(돌격전)도 처절했어요. 적들도 많이 죽었지만, 우리도 많은 피해가 났어요. 나는 운이 좋은가 봐요. 총알이 내 심장으로는 오지 않고 비켜나가고 있어요. 우리 중대의 인원은 이제 3분의 1로 줄어들었어요. 옆 부대들도 마찬가지로 보입디다.

하늘을 까맣게 덮다시피 한 미군 폭격기들이 쏟아 내리는 폭탄은 鬼哭聲(귀곡성)을 내면서 지상으로 내려오는데, 땅속 깊이 파 헤집는 그 폭발의 위력은 전진하는 우리 병사들을 멀리 날려 보내거나 산산조각을 내버리는 무시무시한 괴물이라오.

그래도 우리 병사들은 앞을 향해서 돌진, 또 돌진했소. 병사들 대부분은 이미 죽음을 초월한 상태이니, 그들을 막을 자는 아무도 없을 것 같았소.

아, 우리 바로 옆 고지에서는 火彈(불탄)이 내려와서 사람은 물론 초목을 깡그리 태워버리고 있었소. 이것이 쏟아지면 우리는 깊은 참호를 파고 그 속으로 들어가 흙을 덮어쓰는 것밖에는 도리가 없었소. 네이팜탄은 땅에 떨어지자마자 세상을 불바다로 만들어버리니 그 무엇이 그 속에서 온전할 수 있겠소. 불을 피해도 참호 안의 酸素(산소)가 순식간에 枯渴 (고갈)돼서 기절하는 병사들도 많아요. 그것이 휩쓸고 지나간 곳이 바로 地獄(지옥)이오.

그저께까지는 밤에만 공격했는데 어제부터는 낮에도 돌격전을 계속했다오. 적군은 더 맹렬한 폭격과 포격을 해대고 있으니 며칠째 잠을 자지 못한 병사들은 전진하면서 발을 헛디뎌 넘어지는 경우도 많다오. 어떤 병사는 넘어지자, 포탄이 쏟아지거나 말거나 아예 드러누워 버리기도 하니, 졸음이라는 것이 죽음을 부르는 포탄보다 더 무섭네요. 내 발걸음도 허공을 내딛는 것처럼 均衡(균형)을 잡기가 어려울 지경이오.

내 바로 옆에서 폭탄이 터지면서 한쪽 鼓膜(고막)이 터진 것 같아요. 다른 한쪽도 먹먹하면서 머리도 아프네요. 안 들려서 오히려 좋은 점도 있소. 머리를 먹먹하게 하는 폭발음이 마치 먼 곳에서 들리는 것처럼 아스라하게 들리니 차라리 恐怖感(공포감)이 덜 한 것 같소.

돌격부대인 우리 연대가 너무 앞서 진격하느라 전력 손

실도 크고, 동시에 橫隊(횡대)로 진격하던 옆 다른 부대들의 진격이 예상보다 부진하면서 우리 부대는 잠시 전진을 멈추었소.

전열을 다시 정비하라는 상부의 지시에 따라 중대 단위의 인원 점검과 장비 점검을 하고 나서 참호를 깊게 파고서는 대기하는 중이오. 열 명 중 아홉 명은 잠에 곯아떨어진 것 같소. 보초병들만이 두 눈을 번뜩이면서 警戒(경계)를 서고 있는데, 후퇴하는 적군들은 보병 단위의 총격은 거의 하지 않았기에 우리는 잠시만이라도 小康(소강) 局面(국면)에 휴식을 취할 수 있었소. 곧 저들의 공중폭격이 시작되겠지만 우리 병사 대부분은 그때는 또 그때라는 생각들을 하면서 태평이오.

전쟁터에서 이승과 저승의 갈림길은 刹那(찰나)의 순간에 결정되는 것이지만, 그 각각의 세계는 生(생)과 滅(멸)의 極端的(극단적) 차이 같아요. 어저께까지 차오몐을 먹으면서 누런 이를 드러내며 웃었던 나이 어린 전사(戰士) 장뱌오가 폭격에 맞아 얼굴을 알아보지 못할 정도의 처참한 모습으로 변해 구덩이에 묻혔다오.

그것을 지켜보면서 나는 이제 죽음에 무감각해진 나 자신을 발견했소. 내 동생처럼 아껴줬던 장뱌오의 죽음에 가슴이 아파서 울지도 않았을뿐더러, 그냥 무덤덤하게 서 있는 나를 自覺(자각)하고도 별다른 느낌이 들지 않았소. 내가 삶과 죽음을 초월한 것은 아닐진대, 아마도 너무 많은 사람이 죽어가고 있는 현실에서 인간으로서의 본성을 상실한 것이 아닌가 하오. 그래서 나는 살아있다는 것이 무슨 의미가 있을까 하는 의문이 들기도 합니다.

나는 문득 장뱌오가 흙을 밀쳐버리고 벌떡 일어설 것 같은 생각이 들었어요. 우리가 지금 서로 벌이고 있는 이 살육의 현장은 그냥 각본에 따라 죽고 죽이는 京劇(경극) 같으며, 그러기에 이제 죽음의 역할을 끝낸 장뱌오도 땅을 헤집고 나오지 않을까, 하는 것 말이오.

　　나는 장뱌오가 갖고 다니던 遺品(유품)을 챙겼는데, 다름 아닌 차오몐 자루요. 그가 먹다 남긴 차오몐을 꺼내서 내 자루에 넣고 있는데 나는 그 가루에서 장뱌오의 얼굴을 봤어요. 그는 항상 그랬듯이 웃고 있었어요. 지난 한겨울 조선 전장에 투입되면서 입은 발가락 동상으로 발이 가렵다면서 찡그린 얼굴 외엔 나는 그가 인상을 찌푸리거나 불평불만 하는 모습을 보지 못했었지요. 나는 그가 남긴 차오몐 한 움큼을 내 입에 넣는 것으로 그와 作別(작별) 했어요.

　　그에 대해서 이렇게 자세하게 적는 것은 그에게는 기억해 줄 가족이 없기 때문이오. 당신과 나, 어쩌면 곧 태어날 우리 아이까지 셋이라도 그를 기억해 주자는 의미에서요.

　　장뱌오는 180사단 주둔지인 西安(시안)에서부터 東北(동북)을 거쳐서 조선에 왔는데, 열여섯 살부터 2년 동안 국공내전에 참가하여 장제스의 국민당 군을 대륙에서 몰아낸 용감한 전사였어요. 그는 부모님이 일찍 돌아가시자 열한 살부터 求乞(구걸)로 어린 여동생을 키웠는데, 상한 음식을 먹은 여동생이 복통을 일으켰지만, 치료를 받지 못해 결국 죽고 말았답니다.

　　지금 우리 지원군 총사령관인 펑더화이 대장군도 열 살 때 집안의 생계가 끊기자, 정월 초하룻날 동생과 함께 구걸을 하면서 목숨을 부지했던 어린 시절이 있었답니다.

그 시절 장뱌오가 살았던 지역에서도 국민당 정부의 폭정과 실정으로 물가가 수십 배로 올라 식량을 구하지 못한 수많은 인민이 餓死(아사)했는데, 그는 여동생 죽음의 원인이 부패한 국민당 정부에 있다고 믿었고, 그래서 자발적으로 인민해방군에 들어갔다오. 1949년 제2차 국공내전에서 승리한 뒤 중화인민공화국이 설립되자 그는 농촌에서 농사를 지으면서 살고자 했지만, 그가 속한 180사단이 항미원조 군으로 선발되자 그도 지원군의 일원으로 다시 전장에 나섰던 겁니다.

아, 이제야 나와 좋은 因緣(인연)이었던 사람들이 떠났다는 것을 自覺(자각)하니 마음이 휑뎅그렁하네요. 당신과 나는 이런 마음이 들지 않도록 해야겠지요.

나는 항상 당신을 향해서 끝맺음 인사를 합니다. 그러면서 이 인사가 마지막이 아닐 것이라는 다짐도 해둡니다. 하늘이 나의 이런 바람을 알아주면 얼마나 좋을까요. 우리의 인연은 雷逢電別(뇌봉전별)이 아닙니다.

十五(열다섯)

5차 전역 6일째인 오늘도 우리는 美軍(미군)이 주축인 연합군의 고지를 향해서 내달렸어요. 수없이 많은 戰友(전우)가 적의 총탄과 폭탄에 쓰러졌고, 부대원들이 부족해지면 계속 보충이 되고는 있지만 갈수록 적의 防禦線(방어선)을 뚫기가 힘들어지고 있소.

그래도 나는 아직 健在(건재)해요. 그렇지만 배가 너무 고프네요. 차오멘도 얼마 남지 않아서 겨우 虛飢(허기)만을 채우고 있답니다. 그래서 전사한 전우들의 차오멘을 모아서 자기 자루에 담는 것도 우리 병사들의 중요한 일 중의 하나입니다. 굶으면 허기가 져서 눈앞이 노래지고 달리기는커녕 총을 겨누기도 힘이 듭니다.

차오몐만 오래 먹다 보니 문제가 생기기도 합니다. 대변이 딱딱하게 굳어서 排便(배변)하기가 어려워요. 열흘째 그일을 못 한 병사도 있답니다.

처음 출병할 때 받은 차오몐은 밀과 콩, 옥수수, 고량미 등을 볶아서 고운 粉末(분말)로 만든 것으로, 그 안에 설탕, 참깨, 땅콩도 조금씩 들어있어서 먹기 좋았는데, 지금 전선에 보급되는 차오몐은 바짝 말린 고량미만을 볶아서 만든 것으로, 씁쓸하면서도 떫어서 넘기기에 쉽지 않네요.

배가 고파서 얼마 남지 않은 차오몐을 한 줌 먹고 물을 좀 마셨는데, 배 속이 부글부글 끓어오르면서 신물이 넘어오고 있네요.

이제 탄환도 수류탄도 거의 다 떨어졌어요. 탄환이든 식량이든 전투 보급품이 필요한데 미군의 비행기들로 인해 병참 부대의 이동이 어려운가 봅니다. 제때 보급을 해주지 못해서 병사들이 굶주리고 있다는 생각으로 애를 태우고 있을 병참 부대원들에게 오히려 미안한 마음이 들기도 합니다. 아. 저 원수 같은 미군의 비행기 소리가 이제는 지긋지긋해지네요.

조선의 산과 들은 완전한 草綠(초록)으로 변하고 있어요. 농사철이 되었지만, 농부들은 보이지 않고 온통 총소리와 대포 소리, 敵(적)의 탱크가 구르는 소리, 병사들의 사기를 충전시키는 함성만이 들판을 채우고 있네요.

민가의 텃밭에서 자라는 채소들을 제멋대로 뜯어왔다가 政治工作員((정치공작원)에게 호되게 당한 병사들이 있었어요. 우리는 조선에 들어오기 전 교육을 받았는데, 그중 하나가 '조선의 풀 한 포기 나무 한 그루도 함부로 다루지 말라'면서 조선 인민들에게 害(해)를 끼치는 어떠한 행위도 용납하지 않겠다는 것이었어요. 그 병사는 그런 지침을 어기고 조선 인민의 밭에서 무단으로 채소를 가져왔으니, 혼이 날 만도 했지요. 메마른 차오몐만 먹다가 어쩌다 푸른 채소를 입에 넣으면 정신이 혼미할 만큼 입맛이 돌았어요.

당신이 끓여준 야채 국물이 너무 그립소. 그러고 보니 당신이 말아 준 구수한 국수 맛도 생각이 나서 입안에 침이 돌구려. 오늘도 안녕. 雙飛(쌍비) 꿈은 이루어질지어다.

(중략)

十七(열일곱)

오늘 벌써 이틀째 굶고 있소. 참호 옆에서 연하게 보이는 풀이나 나무뿌리를 캐서 먹고 있는데 쓰고 딱딱해서 넘기기가 어렵소. 그것을 먹은 어떤 병사는 腹痛(복통)이 심해서 데굴데굴 구르기도 하는데 다들 허기가 져서 그냥 멀뚱멀뚱 바라보고만 있을 수밖에 없소. 기운이 없으니, 미군의 비행기가 低空(저공) 정찰을 해도 대공사격은 엄두도 내지 못하고 있소.

아군의 모든 보급선이 끊어져서 식량과 탄약을 보충받지 못하니 참으로 통탄스럽소. 미군은 보급품이 넘쳐나오. 빼앗은 미군의 진지에는 탄약은 물론 식량이 가득했소. 얇은 쇠로 만든 깡통 속에는 익혀놓은 고기도 들어있었고, 과일이나 사탕, 과자가 들어있는 깡통도 있었다오. 미군들은 이것을 씨레이션이라고 한다는데 맛이 기막히게 좋더이다.

그런데 배가 고픈 한 한 병사가 이 깡통 속에 있는 고기를 한꺼번에 너무 많이 먹었다가 체해서 토하고 설사를 하느라 한바탕 紅疫(홍역)을 치렀소. 그 병사는 그날 밤 전투에서 전사했는데, 다른 병사들은 그가 먹다 남긴 깡통 속의 고기를 쳐다보면서 입맛만 다셨지 선뜻 먹지는 않습디다. 아마 우리 동양인들은 먹어서는 안 되는 것이 그 속에 들어있을 것 같다는 말들이 돌았기 때문인 것 같소.

미군으로부터 노획한 깡통 음식도 곧 없어지고, 차오멘도 다 떨어져서 며칠째 굶었더니 지금은 배가 고파서 뱃가죽이 등에 붙을 지경이오.

중대장과 정치공작원은 곧 보급품이 도착할 거라고 하면서 병사들을 督勵(독려)하고 있지만 다들 갈수록 기운이 떨어져서 멍한 얼굴들을 하고 있소. 이런 때 적군이 공격해 온다면 어찌 될까 근심이오. 총을 들고 있기가 힘들어서 참호 벽에 그냥 기대어 놓고 있소이다. 제발 적군이 공격해 오지 않기를 바라고 있소.

당신은 굶지 말고 꼭 끼니를 챙기기를 바라오. 아이 몫까지 잘 먹어야 합니다. 오늘은 이만 안녕. 당신만은 桂玉之愁(계옥지수)의 어려움이 없기를 바라오.

十八(열여덟)

드디어 오늘 補給品(보급품)이 도착했소. 말과 나귀와 수레에 실은 차오멘 등 전투식량과 탄환, 수류탄을 보니 없던 기운도 솟아나오.

중대 정치공작원은 너무 빨리, 한꺼번에 많이 먹지 말라

364

고 신신당부하고 있소. 내가 볼 때는 정치공작원이 가장 고생이 많은 것 같소. 이 사람은 나보다 나이가 조금 어려 보이는데 병사의 사기를 떨어뜨리지 않도록 격려하고 독려하는 모습이 너무 진지하고 勇猛(용맹)해서 다들 협조하고 있소이다. 자신도 굶으면서 우리에게 더 먹이고 싶어 하는 그 모습에서 진정한 공산당원의 모습을 보았소.

그나저나 보급품을 싣고 전선에까지 도착한 勞務者(노무자)들의 모습도 처참하오. 오는 도중에 미군 비행기의 공습을 여러 차례 받아서 원래 출발할 때의 보급품 중 절반 이상을 잃어버렸고, 사상자도 절반 이상이 났다고 하네요. 이 전쟁으로 전투병뿐만 아니라, 모든 사람이 죽어가고 있소.

미군들의 무차별 폭격으로 무고한 민간인들도 수없이 죽어가고 있어요. 내가 직접 목격한 바로는 조선인 농부가 시골길에서 혼자 소달구지를 끌고 가는데 미군의 비행기들이 나타나서는 기총소사는 물론 폭탄까지 떨어뜨리고 있었어요. 숲에 숨어 있던 우리 지원군 병사들은 대공화기를 갖추고 있지 않아서 저지하지도 못했는데, 불쌍한 농부는 소와 함께 폭탄에 맞아 산산조각이 나 버렸어요.

아, 전쟁은 누구를 위해서 하는 것인가라는 懷疑感(회의감)이 들었어요. 그래도 우리 지원군은 조선을 공격하는 미제국주의에 맞서 싸우는 명분이라도 있지만 도대체 미군은 왜 남의 나라에 와서 유엔군이라는 이름으로 조선을 공격하는지 알 수가 없구려.

정치공작원은 며칠 쉬었다가 다시 제5차 전역의 2단계 攻勢(공세)를 개시할 예정이랍니다. 그런데 이렇게 兵站(병참) 補給(보급)이 어렵고, 화력도 약하고, 制空權(제공권)도 전혀 없다시피 하니 솔직히 전쟁에서 승리할 수 있을지 걱정입니다. 항미지원군의 투지는 아직도 대단하지만, 이 부분을 뺀 나머지 전력에서는 차이가 너무 많이 나니 말이오. 그래도 우리는 조선 인민을 지원한다는 명분으로 목숨을 내놓았으니 꿋꿋하게 나아가야지요.

이번 전투로 조선에서 미군을 몰아내고 빨리 전쟁을 끝냈으면 좋겠습니다. 듣자 하니 연합군 중에서 영국은 전쟁을 서둘러 종식해야 한다는 주장을 한답니다.

어쨌든 음식을 좀 먹었더니 다시 힘은 납니다만 당장 어찌 될지 알 수가 없으니 朝不慮夕(조불려석)이오. 그래도 다시 안녕.

(중략)

二十(스물)

역시 당신은 잘 있었을 거로 생각하오.

나는 오늘 차오몐 덕분에 목숨을 건졌소. 적의 流彈(유탄)이 내 가슴 쪽에 박혔는데 차오몐 자루를 뚫지 못했소. 하필 (적군 입장에서) 차오몐이 가득한 곳으로 날아온 총알은 곡물가루에 막혀 힘을 잃고 그 속에서 잠자고 있더이다. 가까운 곳에서 날아왔다면 뚫었을 텐데 먼 곳에서 난사된 총알이라서 그랬을 것이오.

어쨌든 나는 奇蹟(기적)을 얻었다오. 어쩌면 나는 매일 매 시간이 기적의 시간일 것이오. 내 운명은 그 수많은 총알과 포탄 파편들 사이를 용케도 비켜 다니면서 기적을 쌓아가고 있소.

기적은 괜히 생긴 것이 아니라 당신이 나의 武運(무운)을 빌고 빌어서 그리된 것으로 생각하오. 나는 그 총알을 간직하고 있소. 내 손톱보다 조금 더 큰 총알은 조금 이지러져 있는데 놋쇠로 만든 것이오. 포로로 잡힌 남조선 군인을 통역하고서 대화하다가 들은 얘기인데, 총알을 목걸이로 만들어 걸면 護身(호신)이 되어 총알을 피할 수 있다고 합디다. 迷信(미신) 같은 말이라 여겼는데, 내 몸을 뚫어서 임무를 완성하지 못한 총알을 내가 간직하고 다닌다는 것이 어찌 우습기도 하오. 내가 살아서 당신에게 간다면 이것으로 목걸이를 만들어 주리다. 당신도 조선의 피가 흐르는 여인이니 어쩌면 적용될지도 모르잖소. 身土不二(신토불이)

二十一(스물하나)

5일째 쉬지 않고 돌격전을 벌이다가 中斷(중단)되고 있소. 탄약과 수류탄이 다시 떨어져 가고, 적보다 화력이 한참 열세인 대포의 포탄도 그나마 枯渴(고갈)되었소. 그런데 미군은 탱크를 앞세우고 이제는 돌격 태세를 보이고 있다니 방법이 없소.

5 일치 배급을 받은 차오멘도 바닥이 나고 있는데. 전사한 병사들의 차오멘을 챙길 여유도 없을 정도로 적과의 攻防(공방)이 치열했소. 전투가 휩쓸고 지나간 山野(산야)에는 피범벅이 된 彼我(피아)의 시체들이 언덕을 이루듯이 쌓이는 상황도 자주 일어나고 있소. 쌍방 인력 손실이 엄청나오. 우리 부대는 5일 전과 비교하면 다시 절반으로 줄어들었소. 절반 정도의 병사들이 전사를 했거나 부상했소. 자주 보충하고 있는 것을 생각하면 사실 우리 부대는 이미 전멸한 것이나

다름이 없소.

　이러니 부상병들을 옮기는 일이 큰일이오. 다리를 다쳐서 걷지 못하는 부상병이나 큰 부상으로 혼자 이동할 수 없는 부상병들은 擔架(담가)에 태워 이동시키는데, 담가 앞뒤를 들고 있는 두 병사는 땀으로 범벅을 하면서 헐떡이고 있소. 그 틈에 적군의 비행기가 나타나면 부상병과 함께 숨느라 여념이 없는데 그사이 숨을 거두는 병사들도 많았소. 안타깝지만 작전상 후퇴할 때는 조금이나마 여유가 있어서 전사한 동지들을 假埋葬(가매장) 형태로 예우를 하지만 적군에 쫓기다시피 허겁지겁 후퇴할 때는 전사자들을 쳐다볼 여유도 없다오. 非情(비정)하지만 어쩔 수 없었소.

　뒤를 따르던 소규모 병참부대는 미군의 포병부대 공격과 비행기의 폭격으로 보급품을 다 잃어버리고 겨우 말과 나귀만을 몰고 우리 부대 뒤편에 隱身(은신)하고 있다오. 그들은 우리보다 식량 사정이 더 안 좋아서 벌써 이틀째 굶고 있다고 하네요.

　생각해 보니 지원군은 지금껏 딱 5일 아니면 1주일 攻勢(공세)를 펼치고 나서는 그 자리에서 멈추거나 아니면 다시 후퇴하는 傾向(경향)이 반복되고 있소. 이 모두가 병참 보급이 원활하지 못해서 일어나고 있는 것 같으오. 우리가 한 번에 보급받는 탄약과 식량은 5 일치 아니면 7 일치요, 탄약과 전투식량이 고갈되면 다시 전투를 계속할 수 없으니 어쩔 수 없이 다시 보급품을 기다릴 수밖에 없소.

　최근에는 미군들이 이 같은 우리의 戰術的(전술적) 弱點(약점)을 알아챘는지 아군의 공세가 5일째를 넘어가면서부터는 강한 반격의 기세를 올리고 있소. 탱크를 앞세운 미군들은 기관단총과 칼빈소총, 무겁지만 강력한 총알을 멀리 보내는 M1 소총을 갈겨대면서 물러서지 않고 육박전도 불사하고 있소.

우리는 점차 후퇴를 하면서 적들의 공세를 피하고 있지만 전우들의 목숨으로 힘겹게 빼앗은 땅을 손쉽게 넘겨준다는 생각에 분하고 원통하다는 생각도 든다오.

그러나 우리 지원군의 생명은 지휘관의 명령을 철저히 지키는 것이라오. 그것이 다소 불합리하고 맘에 들지 않는다 하더라도, 그것이 당장 나와 동료의 목숨에 치명적이라는 것을 알더라도 지휘관의 명령은 반드시 따라야 하오. 누구도 주춤거리는 병사는 없다오. 그러기에 우리 抗美(항미) 지원군은 비행기도 없고, 군사 장비를 비롯한 모든 면에서 미군에 한참 뒤떨어지지만, 오히려 그들을 압도하면서 전쟁을 승리로 이끌고 있다는 분석이오.

어쨌든 우리는 다시 후퇴할 모양이오. 지휘관이 상부와 無電(무전)을 하는 말을 듣자 하니, 병참 보급이 어려운 상황에 빠졌기 때문에 다시 38도 선 부근에서 부대 재정비와 병참 보급을 할 예정이라오. 우리는 북위 37도 선까지 치고 내려왔지만, 다시 제자리로 돌아가야 한다는 이야기인데, 많은 병사의 목숨이 헛되고 있소. 어찌 되었든 우리는 쉽게 좌절한 項羽(항우) 같은 전철을 밟지 않고 반드시 捲土重來(권토중래) 할 것이라 믿소.

편지가 또 이어지기를 바라며 오늘은 이만 안녕.

二十二(스물둘)

後退(후퇴)를 하는데 적의 追擊(추격)이 대단히 빠르오.

미군과 남조선군은 탱크와 자동화부대 보병들이 주축이 된 別動隊(별동대) 형식의 공격대를 편성해서 후퇴하는 우리 지원군의 후방으로 과감하게 돌파해 들어오고 있다 하네요. 후퇴하던 우리 부대는 순식간에 혼란에 빠졌소. 이런 작전은 우리 지원군이 미군이나 남조선군을 상대로 써먹던 專有物(전유물)이었는데 지금은 거꾸로 된 것 같으오.

兵團(병단)이 쪼개지고 旅團(여단)이나 사단까지 쪼개져서 서로 연결점을 찾지 못해 우왕좌왕하고 있는 것은 물론 연대 단위 부대도 덩달아 갈피를 잡지 못하고 있다오.

원래 우리 180사단은 3병단과 9병단의 철수를 엄호하는 임무를 수행하는 제60군단 소속으로 179사단, 181사단과 함께 임무를 수행 중이었소. 그런데 가장 남서쪽을 담당하는 우리 사단은 두 개 사단과는 다르게 圓滑(원활)한 후퇴를 하지 못하고 적군에게 포위되고 말았소.

미군들은 우리 후방 깊숙이 맹렬하고도 과감하게 들어와서 橋梁(교량)이나 나루터 등 중요 길목을 빼앗아 先占(선점)하고는 우리보다 열 배는 더 우세하고도 강력한 화력으로 包圍網(포위망)을 좁히고 있소. 공중에서도 미군 폭격기들이 공동작전을 벌이는 통에 갑자기 패잔병으로 전락한 우리 부대는 허둥거리고 있을 뿐이오.

후퇴하고 있는 우리 뒤에는 남조선 6사단 병력이 거센 공격을 퍼부으면서 달려들고 있으니, 우리 사단 전체가 완전 포위를 당한 것 같으오.

내가 배속된 사단은 상급 부대와 무전 연락이 끊긴 상태여서 사태가 심각하다오. 바로 위 부대인 60군단과는 물론 3병단 본부와도 전혀 연락이 되지 않고 있다오. 상급 부대와 연결하는 사단의 무전기가 전투 중에 망가졌기 때문이라네요.

식량도 다 떨어져 가고 탄약도 바닥난 상태여서 이제는 자칫 포로가 될 운명에 놓여있소. 우리 중대는 지금 산속 수풀 속에 은거하고 있는데, 이따 저녁이 되면 다시 포위망을 빠져나가기 위해 행동을 개시할 예정이오.

사단사령부에서는 이미 부대를 해산하고 각자 각개약진으로 포위망을 돌파해서 38도선 이북으로 후퇴하라는 명령을 내렸었다고 하오. 이에 따라서 중대 단위의 무전기를 부숴버리고 暗號文(암호문)도 모두 불태워버렸소.

막다른 길에 다다른 느낌이오. 累卵之危(누란지위)지만, 顚沛匪虧(전패비휴)의 각오입니다.

二十三(스물셋)

이틀째 굶다 보니 虛飢(허기)가 져서 걷기조차 힘들었소. 산속으로만 後退(후퇴)를 하고 있어서 인가 근처에서 버린 푸성귀조차 구할 수 없다오. 조금 연하면서 가시가 달린 작은 나뭇가지를 꺾어서 먹어보았소. 하얀 꽃이 달려있는데 조선인 노무자들은 이것들을 찔레라고 합디다. 꽃도 먹고, 이미 쇠어서 좀 딱딱한 나뭇가지도 먹었는데, 배 속이 부글부글 끓어오르고 있소.

얼마 전까지는 식량이 부족하면 칡 순을 먹었는데 지금은 쇠어서 씹기가 힘들고, 떫은맛도 많아서 약 대용으로만 억지로 먹고 있소. 조선에서는 칡을 藥材(약재)로 많이 쓴다는데, 속이 편하지 않거나 便祕(변비) 또는 泄瀉(설사)가 날 때 좋다고 합니다. 조선의 산에는 칡이 많아서 지난 초봄에 고립되어 식량이 떨어졌을 때는 자주 칡을 캐 먹기도 했었소.

조선의 계곡물은 맑아서 그냥 마셔도 좋을 것 같은데, 지금은 곳곳이 전사자들의 시체로 오염이 되어 있을 때가 많아서 난감하다오.

가장 아까운 것은 사단에 배속된 병참 운반 동물인 수백 필의 노새와 말을 전부 도망치도록 해버린 것이오. 전투식량이 고갈된 상황에서 이 짐승들을 屠殺(도살)해서 식용으로 해도 될 것 같은데, 지휘부가 이런 어처구니없는 결정을 해버리고 말았다오.

우리 사단에는 유독 국민당 군 포로들이 많이 配屬(배속)되어 있소. 그들은 우리 인민해방군의 포로가 됐다가 조선 전장에 투입됐기에 항상 탈출을 생각하는 것 같은 느낌도 많이 받았소. 이렇게 적군에게 포위되고 또 쫓기고 있는 판국이니, 그들이 집단으로 叛亂(반란)을 일으키거나 적군에 항복하는 일이 벌어지지 않으리라는 보장도 없다오.

나는 우리 중대장의 지시에 따라서 맨 뒤쪽의 경계를 맡는 무리에 속해 夜陰(야음)을 이용한 후퇴 작전을 벌이고 있소. 낮에는 덤불이나 깊숙한 계곡의 바위틈을 이용해서 숨어 있다가 어둠이 깔리면 예정해 둔 방향으로 후퇴하고 있소.

아까 오전에는 어떤 병사가 뱀을 잡아서 날 것으로 나눠 먹었소. 며칠째 굶으면서 잠을 자지 못하니 다들 눈은 쑥 들어가면서 토끼 눈같이 빨갛고, 배가 고파서 허리는 구부정하고, 얼굴은 수염이 더부룩해서 마치 原始人(원시인) 같아 보입니다.

먹을 수 있어 보이는 것은 나무뿌리든 나뭇가지든 열매든 꽃이든 가리지 않고 먹어 치우고 있습니다. 배가 아파 신음

372

하는 소리가 여기저기서 들려옵니다.

이웃 중대에서는 참말 웃지도 울지도 못 할 일이 있었습니다. 풀어준 노새 중 한 마리가 산속을 헤매다 자기를 부리던 노무자를 기어이 찾아왔더랍니다. 고삐를 잡았던 노무자의 얼굴에 자기의 머리를 들이대면서 아는 체를 하는데, 그 노무자는 이제라도 잡아먹자는 중대장의 말을 듣고는 가지고 있던 쇠꼬챙이로 노새의 허벅지를 힘껏 찔렀답니다. 놀란 노새가 펄쩍 뛰면서 그 노무자를 튕겨내고는 산속으로 달아나 버리고 말았다고 하네요. 눈앞이 노래질 정도로 배가 고파서 노새라도 잡아먹으려 했던 병사들은 허탈해하면서도 그 노무자를 탓하지를 못했답니다.

잠을 좀 청하려는데 멀리서 들리는 포성이 묘하게 가슴에 박히고 있네요. 편대를 이룬 미군의 비행기들도 空襲(공습)하러 북쪽으로 날아가고 있어요. 며칠째 잠을 자지 못했는데도 오히려 정신은 말똥말똥합니다.

朱脣白齒(주순백치)와 아늑한 품을 가진 당신이 그립습니다. 안녕.

二十四(스물넷)

깊은 숲으로 감추어진 산허리를 타고 후퇴를 하고 있지만 이 길이 맞는지 모르겠소. 北極星(북극성)을 보면서 방향을 잡았고, 포성이 들리는 반대쪽이니 맞을 것 같기도 하오. 지금은 잠시 숨을 돌리느라 바위틈새에 들어가 있는데 졸음이 다시 쏟아지려고 하네요.

초저녁에 잠깐 휴식을 취한다기에 다른 병사들과 좀 떨어진 곳에서 등걸에 의지해 쉬다가 깜박 졸았는데, 눈을 떠보니 중대장 이하 병사들의 모습이 보이지 않았소. 순간 외톨이로 落伍(낙오)했다는 불안감과 두려움이 엄습해 오는데 한 발짝도 움직일 수 없었소.

내가 조선족이라서 漢族(한족)이 대부분인 부대원들이 나를 일부러 落伍(낙오)시킨 것은 아닐 것이라는 믿음은 아직 확고해요. 그들은 모두 항미지원군이라는 사명감이 투철하고, 그동안 치열한 전투를 함께 겪으면서 쌓은 전우애가 두텁기 때문이오. 특히 우리 조선족들은 인민해방군으로 참전해서 국민당 군과의 전투에서 奕奕(혁혁)한 전과를 올렸고, 전투 능력도 뛰어나다는 평가를 받아왔었소. 인민해방군 내에서는 조선 출신 병사들에 대한 신뢰가 대단하오. 여기에다 나는 후퇴 과정에서 遭遇(조우)할 수 있는 조선 사람들과의 疏通(소통)에 꼭 필요한 通譯兵(통역병)이라서 일부러 나를 떼어놓지는 않았을 것이라는 판단이오.

자주 굶어서 영양실조에 걸리고, 굶주린 뱃속에 나무뿌리 같은 딱딱한 섬유질을 먹어 변비와 배탈이 심해지면서 기력을 잃은 병사들은 잠이 들면서 그대로 죽는 경우도 있소. 그래서 부대가 급히 후퇴할 때는 지휘관의 간단한 신호에 따라 움직이는 병사들만 우선 떠나는 일이 허다하오. 자신 몸 하나도 주체하기 힘들 정도로 기운이 없는 상황에서 설령 낙오병이 있다 한들 챙겨줄 여력이 없기 때문이라오. 누굴 탓하겠소.

나는 우리 중대가 향하고 있는 목적지인 鷹峯(응봉)의 위치를 어림잡아 길을 나섰어요. 이 봉우리는 38도선 못미처 있는데, 여기를 지나야 더 북쪽에 있는 우리 군단과 병단 본부로 합류할 수 있소.

여러 명이 걸을 때는 그래도 수월했는데 혼자서 가려니 다리가 팍팍해서 더 힘이 들었소. 어둠 때문에 길을 잡기도 어려웠소. 푹 꺼진 구덩이가 보여 그 속에 들어앉았소. 그래도 堅忍至終(견인지종)이오. 아늑한 느낌이 들면서 당신 생각이 나오. 사랑하오. 잠시 눈을 붙이고 싶소.

(중략)

二十八(스물여덟)

비가 내리고 있소. 굴을 찾아서 기어들어가 피를 피하면서 이 편지를 쓰고 있소. 처음에는 기다랗던 것이 어느새 몽당연필로 변해서 곧 심이 떨어질 것 같으오. 나는 이 연필로 당신에게 편지를 쓸 때마다 내 運命(운명)과 이 연필심의 운명 중 어느 게 더 길 것인가를 생각해 보곤 했다오.

세상 만물은 다 끝이 있는 것 같소. 언제까지 쓸 수 있을 것 같았던 연필심도 어느덧 다 닳아져 가는 것을 보면 새삼 그 끝을 염두에 두지 않았던 시간이 무심하기도 하지요. 내 생명도 언젠가는 반드시 끝이 있겠지만 그래도 나는 그 끝이 당장은 아닐 것이라는 예감을 억지로 하곤 합니다. 어쩌면 맞을지도 모르겠어요. 내가 처음 배속받았던 우리 중대의 병사 중 지금까지 살아남은 병사는 아마도 나뿐이 아니겠나 싶어요. 전사하면 다른 병사들이 보충되고, 또 보충되고 하면서 두 달 이상의 전투를 치르고 있으니, 누군들 살아남을 수 있겠어요? 중대는 남았어도 병사는 가고 또 가고, 그렇답니다.

이제 화천저수지를 따라 잘 후퇴하면 당신을 다시 만날

확률이 무척 높아질 것 같다는 느낌이 들어요. 물을 막아서 수력발전소를 만든 저수지라서 무척이나 크다고 합니다. 헤엄을 쳐서 건너는 건 어렵고, 저수지를 따라 우회하거나 폭이 좁아진 곳을 찾아서 뗏목 등을 이용해 건너야겠지요. 혹 거기에 橋梁(교량)을 건설할 수 있는 우리 공병(工兵)부대가 있는지도 모르지요.

그런데 기분이 별로네요. 우리 중대 정치공작원의 얼굴이 영 시원찮아요. 항상 긍정적이고 다른 사람에게 용기와 희망을 주는 사람인데 지금 그 사람의 얼굴에는 전례 없이 愁心(수심)이 가득해 보입니다. 그래서 내 마음도 찜찜하답니다. 그렇지만 별일 없을 거예요.

다시 金石爲開(금석위개)의 의지를 다져봅니다. 오늘도 당신과 아이의 건강을 기원하오.

二十九(스물아홉)
당신에게 편지를 쓴 지가 며칠이 지났는지 가물가물하오. 그러나 당신의 고운 얼굴은 절대로 잊지 않아요.

나는 지금 호숫가에 있어요. 내가 오고 싶었던 곳에 와보니 실상 저수지가 아니고 큰 호수네요. 푸른 물빛에 잠겨있는 산들이 고요한 아침 산들바람에 흔들거리고 있어요. 물안개가 걷혀가면서 물속 고기들이 여기저기서 솟구쳐 오르며 기운을 뽐내고, 넘친 봄기운은 세상의 모든 꽃을 활짝 열리게 하고 있어요. 강 건너편 산에는 하얗거나 분홍 색깔의 꽃들이 점점이 박혀있는 것 같아요.

포성과 총소리, 하늘을 찢어놓을 것 같은 굉음을 내는 비행기 소리만 아니라면, 느지막한 아침거리를 장만하기 위해

강가를 찾은 匹夫(필부)의 日常(일상)이 아닌가 싶어요.

나는 어젯밤 다리에 銃傷(총상)을 입고 겨우 死地(사지)를 빠져나와 여기를 찾아왔답니다. 어제까지 산을 넘고 물을 건너 겨우 도착한 곳에 지원군은 없었고, 대신 미군과 남조선 정예병들이 고지에 진을 치고 포위망을 두르고 있었던 것 같습다. 네다섯 명 단위로 슬금슬금 기어서 새벽녘에 화천저수지 남쪽에 있는 산에 도달했는데 갑자기 집중사격이 쏟아졌어요. 황급히 되돌아 뛰었지만 아차, 우리 뒤에도 남조선군 추격부대가 바짝 뒤따르고 있었답니다.

進退兩難(진퇴양난)이었어요. 나는 중대 정치공작원의 뒷모습만 보고 쫓아다녔습니다. 그가 달리면 나도 달리고, 그가 엎어지면 나도 엎어졌습니다. 그가 民家(민가)가 있는 곳을 향해서 뛰어가니 나도 그쪽으로 뛰었습니다. 절대로 민가나 인민들에게 피해를 줘서는 안 된다는 교육 내용이 언뜻 머리를 스쳤습니다. 동네 앞으로 난 작은 개울을 건너서는 숲이 보이는 오른쪽으로 방향을 틀고 얕은 논두렁을 엄폐물 삼아 달렸습니다. 지금 시절이면 논에는 벼가 심어 있어야 했지만 전쟁 통에 농사를 廢(폐) 한 것인지 논에는 물도 없고 벼 그루터기들이 그대로 있었어요.

희뿌연 새벽빛이 고개를 내밀면서 형태만 보이던 정치공작원의 뒷모습이 제법 뚜렷하게 보일쯤 갑자기 동네 쪽에서 총소리가 나고 총알이 우박처럼 쏟아졌습니다. 다리가 뜨끔함과 동시에 나는 '어이쿠' 소리를 내면서 앞으로 고꾸라졌지요. 몇 미터 앞서 달리다가 멈추어 엎드린 정치공작원이 뒤를 돌아다보면서 내 눈과 마주쳤습니다. 순간 망설이는 그의 눈동자가 내 눈에 들어왔습니다. 아직은 잘 보이지 않았는데 나 혼자서 그런 생각이 들었을까요. 앞을 한 번 보고 다시 나를 쳐다보던 그는 匍匐(포복) 자세로 나에게 다가왔습니다. 그리곤 총에 맞아 피를 흘리고 있는 내 다리를 보더니 주머니에서 헝겊을 꺼내 묶기 시작했어요. 맞을 때는 별로였는데 금방 아픔이 밀려오기 시작했어요. 상처에 압박을 가하니 머리끝이 쭈뼛거릴 정도로 통증이 심하더군요.

총을 맞은 병사는 나뿐만 아니었습니다. 우리 뒤를 따라 무작정 뛰던 지원군 병사들도 표적이 되어서 총을 맞고는 여기저기에 나뒹굴고 있었어요.

총소리는 더 가까워지고 있었지요. 나는 諦念(체념) 상태로 빠져들었어요. 다리에 총을 맞았으니 더 이상 움직일 수 없다고 생각했지요. 그 순간에도 당신의 둥그런 얼굴이 떠올랐고, 얼굴도 볼 수 없었고 느낌도 제대로 가져보지 못한 뱃속의 우리 아이도 생각이 났어요. 이상하게 아이의 작은 손이 내 손가락을 꼬물꼬물 잡고 있다는 느낌이 들었어요.

"내가 부축할 테니 빨리 여기를 빠져나갑시다."

메마른 투의 정치공작원 말에 나는 퍼뜩 정신을 차리고 다리에 힘을 주고 일어났어요. 생각보다는 어렵지 않게 중심을 잡았는데, 물론 그 사람이 나를 부축하고 있었지요. 걸어보니 걸을 만 했습니다. 나중에 알았지만, 총알은 내 종아리를 조금 뚫고 지나갔어요. 뼈를 으스러뜨리지는 않아서 조금이라도 걸을 수 있었던 거지요.

총소리는 더 가까워지고 어지럽게 들려왔어요. 다급한 마음에 우리는 한 몸이 되어 걸었지만, 어찌 된 일인지 동작이 일치된다는 느낌이 들지 않았어요. 내가 그에게 먼저 피하라는 말을 하려고 그의 옆얼굴을 쳐다보는 순간 갑자기 나를 받쳐주던 그의 팔이 몸통과 함께 스르르 무너져 내렸습니다.

내가 그를 일으켜 세우려는데 쓰러진 그는 축 늘어져서 아무런 힘도 없었어요. 그의 옆구리에서는 피가 꾸역꾸역 흘러나왔고, 그는 숨을 헐떡였어요. 항상 당당하고 희망적이었던 그의 눈은 반쯤 감긴 채 그새 초점이 없었지요.

그는 그렇게 전사했어요. 주변에는 아직 숨이 끊어지지 않은 지원군 병사들의 신음이 계속되었는데, 나는 그들을 몇 번이나 쳐다보면서도 결국에는 외면했어요. 나는 '내가 무슨 도움이 되겠어!'라는 슬픈 독백마저 입 밖으로는 내지 못하고 다친 다리를 질질 끌면서 애초에 가려던 방향으로 나아갔어요. 나중에는 엉금엉금 기다시피 하면서 死地(사지)에서 벗어나려고 애를 썼지요.

2백 미터는 족히 갔을 겁니다. 남조선 군인들의 誰何(수하)가 멀지 않은 곳에서 들려왔습니다. 아직 죽지 않았거나 도망치지 못한 지원군 병사들을 체포하는 소리였지요. 나는 논두렁 밑에 몸을 바짝 붙이고는 꼼짝하지 않고 있었어요.

天幸(천행)이었지요. 남조선 군인들이 포로로 잡은 지원군 병사들을 데리고 그 자리를 떠나자 갑자기 적막감이 몰려왔어요. 한참 후 아침 해가 떠서 들판을 환하게 비추는데 그때야 피비린내가 내 콧속에 가득하다는 것을 알았습니다. 중대 정치공작원의 피가 내 옷에 잔뜩 묻어있었는데, 그는 이제 나에게 피비린내를 풍기는 존재밖에 더 이상의 의미는 없는 걸까요? 그의 시신이 있을 것으로 생각되는 쪽으로 고개를 돌렸어요. 그가 거기 그대로 있을 것 같았지만 끝내 나는 되돌아가지 못했어요. 그리곤 정말 외톨이가 되었다는 생각에 戰慄(전율)했습니다.

나는 하늘을 보고서 반듯이 누웠어요. 하늘은 도화지 위에 옅은 파란색 물감을 칠해 놓은 듯 조각구름들과 조화를 이루고, 하늘로 치솟아 오르다 다시 공중제비돌기를 하면서 마음껏 날갯짓 하는 수십 마리의 이름 모를 새들은 거침이 없어 보였습니다. 다리의 痛症(통증)은 잊어버리고 나는 자유를 만끽하는 새들의 群舞(군무) 속에 빠졌습니다. 햇볕에 얼굴이 따갑다고 느끼고 보니 후퇴하는 도중 더워서 모자를 버린 것에 후회가 됩디다. 生死(생사)가 頃刻(경각)에 달렸는데, 얼굴 따가운 것에 민감하게 반응하는 내가 참 어처구니 없었어요.

눈을 감았어요. 눈부시기도 했지만, 이제 세상의 일에서 그만 벗어나고 싶어서일까요, 눈을 감으면 아무것도 생각나지 않고 오직 생명만 붙어있으면 했어요. 五感(오감)은 물론 五慾(오욕) 七情(칠정)까지 몸과 정신이 모두 정지해 있다가 다시 깨어날 수 있는 그런 상태로 말이요. 잠이 들면 정신은 잠시 쉬겠지만 신체의 일부 기능은 살아있으니 내가 원하는 것은 아니요. 나는 가슴이 터질 것 같은 生(생)과 死(사)를 가름하는 空間(공간)에서 잠시라도 벗어나고 싶었어요.

어둠이 내릴 때까지 나는 종일 논바닥에 누워서 이리 뒤척거리고 저리 뒤척거리면서 총상의 고통에 몸부림쳤습니다. 지혈은 되었지만, 총에 맞은 부위가 부어오르면서 다리 전체의 감각이 둔해지는 듯하고, 열이 오르면서 목이 말라 타는 듯했지만 물을 구하러 나갈 수 없었기에 마른침만 계속 삼켰습니다.

전투 중에 며칠째 밥을 먹지 못하고 물을 마시지 못했어도 그처럼 고통스럽고 참기 힘들었던 적은 없었는데 이번만큼은 인내의 한계에 다다랐다는 느낌이 들었습니다.

밤이 되어서 다시 이동해보려고 움직여봤더니 통증이 심해지고 온몸이 나른해지면서 寒氣(한기)마저 들었습니다. 게다가 밤이 되면서 여기저기서 다시 총성이 들리고 추격하는 남조선군의 고함치는 소리도 간간이 들렸습니다. '아 이제는 죽고 싶다.'라는 自嘲(자조)가 나도 모르게 터져 나왔습니다. 그러다가 얼른 내 손으로 입을 막았습니다. 그러고 보니 하루 종일 한마디도 안 하고 있었네요.

밤이 깊어지고 소쩍새가 끈질기게 울어대는데, 나는 북극성과 북두칠성을 보면서 움직일 시각을 기다렸습니다. 북두칠성의 머리가 북극성을 중심으로 0시 방향에 있는 것으로 보아 자정쯤 되어 보였어요. 별을 보면서 방향과 시간을 알아보는 것은, 광복군으로 일본군과 유격전을 펼치며 싸울 때 선배님들이 가르쳐 준 것이랍니다. 우리 조선 사람들은 참으로 영특한 것 같아요.

야간 이동 시에는 새벽 3시쯤이 가장 좋답니다. 이 역시 일본군과 싸울 때 배운 것이고, 중국 해방전쟁이라고 불리는 국공내전에서 자주 실행했던 것이오. 경계병들에게 피로가 몰려와 긴장이 풀어지기 시작하는 시간대랍니다.

나는 그제야 내게 총이 없다는 것을 알았어요. 어디에서 총을 놓쳐버렸는지 기억조차 나질 않아요. 총 맞은 다리를 끌면서 기어서 움직이기 시작했어요. 부어오른 다리는 감각이 없어지다시피 했지만 이를 악물고 논두렁을 타고 넘었습니다. 땀으로 목욕을 하면서 한 시간가량 이동하니 조그만 野山(야산)이 나타났고, 나는 그곳을 우회해서 또 기었습니다. 세상은 寂寞(적막)했고, 가끔 숨을 몰아쉬면서 드러누워 바라보는 하늘에는 별들이 초롱초롱했습니다. 이처럼 고즈넉하고 아름다운 하늘 아래 아픈 다리를 질질 끌면서 기어가는 비참한 내 모습이 어울리지 않는다는 생각도 들었지요. 자연의 浪漫(낭만)으로 철철 넘치는 조선의 깊은 밤 山野(산야)지만, 그 한 귀퉁이에서는 고통에 몸부림치는 한 인간이 애처롭게 버려지고 있었습니다. 아직도 기적을 이어가고 있다는 것과 절대 죽지 않을 것이라는 억지 믿음을 갖고 있는 스스로에게 서 말입니다.

그렇게 死鬪(사투)의 밤을 지새우고 나는 지금 푸른 호수를 바라보고 있습니다. 화천저수지라고 부르는 이곳이 어쩌면 나의 마지막이 아닐까, 하는 강한 예감이 듭니다. 더 이상 갈 곳이 없는 것 같아요. 뒤로부터는 추격당하고 퇴로는 차단됐는데, 앞에는 커다란 호수가 고요히 버티고 있네요. 그토록 목숨을 걸고 겨우 찾아온 곳이 사실은 운명처럼 나를 기다리는 죽음의 장소라는 것이 믿기지 않아요. 참, 허망스럽습니다.

내 주변으로 항미지원군 병사들이 하나둘 모여들고 있네요. 몸이 성한 병사는 거의 없이 대부분 부상당 했거나, 굶고 지쳐서 눈에 핏발이 서있는데 흐릿한 눈초리로 나처럼 멍하니 강물을 바라보고 있어요. 다들 물을 마시고 싶어 하지만 물가로 내려가기에는 가파른 벼랑이 가로막혀 있답니다.

아직도 총과 수류탄을 지닌 병사들도 있네요. 그들의 눈은 패잔병으로 쫓기는 군인답지 않게 아직도 熒熒(형형)한 빛을 내고 있어요. 그래도 기운은 내기가 힘든지 개머리판을 땅에 대고서 겨우 주위를 바라보면서 경계하는 눈치입니다.

호수의 아침 안개가 거의 다 걷혀가고 있어요. 멀리서 귀에 익은 비행기 소리가 들리기 시작합니다. 한 대가 아니고 여러 대 같아요. 순식간에 가까워지고 있네요. 이상하게 나는 直感(직감)합니다. 저 비행기의 목표지점은 바로 내가 있는 이곳이라는 것을요.

이제 더 이상 당신에게 便紙(편지)를 쓸 수 없을 것 같아요. 비록 당신에게 직접 전달되지는 못한 편지였지만, 나는 時空(시공)을 초월한 우리만의 공간에서 당신이 이 편지를 다 읽었으리라고 생각해요. 항상 건강해야 합니다. 당신은 우리 아이도 잘 키울 거예요.

산등성이 쪽에서 우리 지원군 병사들이 무리를 지어 이쪽을 향해 뛰어오고 있네요. 그들은 각기 총을 들고 있어요. 그들 뒤쪽에서 간간이 총소리도 들리고요. 미군이거나 아니면 남조선 군인들이 우리가 있는 곳을 향해 쏘는 것일 거예요.

여보. 나도 이제 항미지원군 병사로서 마지막 任務(임무)를 다해야 할 것 같아요. 내 옆에서 나뒹굴고 있던 총을 잡을 겁니다.

이제 진짜 이별입니다. 그러나 나는 당신과 우리 아이를 끝없이 사랑합니다. 사랑하는 아내여, 안녕.

抗美援朝(항미원조) 保家衛國(보가위국)의 현장에서
徐香美(서향미)의 남편 金國善(김국선) 書(서)

이렇게 만나다니

나영의 편지 읽는 소리가 그쳤다. 다 읽은 것인가. 준호는 상념 속에서 빠져나와 나영의 얼굴을 살폈다. 그런데 나영이 손으로 얼굴을 감싸 쥐고서 울먹인다. 한 손에는 여전히 공책을 들고 있다. 준호는 나영이 편지를 쓴 중공군의 처지를 불쌍하게 여기다 감정이 복받쳐 우는 것이 아닐까? 하는 생각을 했다.

그러나 나영은 이제 어깨를 들썩이면서 울음소리까지 내고 있다. 격한 감정이 복받치고 있다는 것이다. 다들 나영을 달래려 하지만 마땅한 말이 떠오르지 않는데, 옆자리에 앉아 있던 숙모가 나영의 어깨를 가만히 두드린다.

"나영 씨. 그만, 그만 울어요. 응?"

그래도 나영은 울음을 그칠 줄 모른다.

이번에는 준호가 나선다.

"나영 씨. 어르신도 계신 데, 그만 그치세요. 이제 우리도 정리를 할 시간이 되고 있어요."

그러자 얼굴에서 손을 뗀 나영이 울먹이면서 겨우 입을 여는데, 다들 귀를 의심하는 말이 흘러나온다.

"우리 할아버지예요. 이 공책 속 편지를 쓴 분이 바로 우리 할아버지란 말이에요."

그리곤 이번에는 공책을 가슴에 끌어안고서 "할아버지, 할아버지"를 부르면서 흐느끼고 있다.

모두 놀란다. 준호는 그때서야 그녀가 편지를 다 읽고 나서 되뇌던 말이 떠올랐다. 그래 분명 김국선이라고 했어. 그분, 나영이 할아버지의 성함이야. 나영이가 한국전에서 돌아가신 할아버지의 소속과 성함을 알려줄 때 들었던 그 이름이야.

준호는 무릎걸음으로 나영이 앞으로 다가갔다. 아직도 울고 있는 그녀의 손에서 천천히 공책을 빼냈다. 공책을 펼쳐 얼른 마지막 부분을 보는데, 거기에는 희미하지만 분명히 한자로 '金國善(김국선) 書(서)'라는 글자가 씌어있었다.

준호는 망치에 머리를 맞은 것처럼 순간적으로 먹먹한 상태가 되었다. 그러다 머릿속이 텅 비는 것 같더니, 다시 물이 채워지면서 출렁거린다는 느낌이 들었다. 상체가 조금 흔들거렸다. 그리고는, 이내 나영의 어깨를 감쌌다. 바람 소리만 들린다.

"어르신. 참으로 기이한 인연입니다. 사실 이 공책에 편지를 쓰신 분이 여기 나영 씨 할아버지입니다. 그분은 임신한 아내를 남겨두고 한국전쟁에 참전했답니다. 나영 씨는 유복자인 아버지의 당부로 할아버지의 전사 장소를 알아봐 달라고 제게도 의뢰했고요. 그래서 저도 나영 씨 할아버지의 존함을 알고 있었습니다. 사실 여기 계신 숙모님의 남편, 아니 제 삼촌이 지금 현역 장교신데요, 나영 씨 할아버지의 전사

이렇게 만나다니

장소가 이곳 파로호, 아니 대붕호일 가능성이 매우 크다는
정황도 이미 파악해 주셨습니다."

준호의 말이 채 끝나지도 않았는데 앉아계시던 노인이 고
개를 들어 나영을 뚫어지게 바라보신다. 나영은 이제 울음을
그쳤는지 손수건을 꺼내서 눈가를 닦고 있다.

그러다 노인이 나직하지만, 비명 같은 소리를 낸다.

"어찌 이런 기이한 일이, 어찌 이런 기이한 상봉(相逢)이
있을 수 있다는 말인가."

노인이 자리에서 일어나시려는데 옆에 계시던 숙모가 얼
른 부축했고, 그런 노인 앞으로 나영이 얼른 일어나 다가선
다.

"어르신. 정말 고맙습니다. 이렇게 저희 할아버지의 유품,
아니 할아버지를 만나게 해 주셔서 정말로 감사드립니다."

허리를 깊숙이 숙여 인사를 하는 나영은 노인이 두 손을
내밀자 얼른 부여잡고는 다시 울음을 내놓는다. 노인은 고개
만을 연신 끄덕거리시는데 눈에는 물기가 조금 비추었고 맞
잡은 손은 가볍게 떨리고 있었다.

"어머나, 세상에 이런 일도 다 있구나. 아 정말 무슨 연극
같아. 준호야, 어쩌면 이럴 수 있니?"

상황을 대충 파악한 숙모도 얼굴이 발갛게 상기된 채 주먹
쥔 한 손을 다른 손바닥에 두드리는 특유의 동작으로 놀라움
을 나타내고 계신다. 하영과 철수도 기적의 상봉이 낳은 슬
픔에 함께 적셔져 갔다.

☆

"내 김국진이라는 그 이름을 잊지 않고 있지. 아니 70년이 넘었지만, 아직도 숨지기 직전에 나를 쳐다보는 그 처연한 눈빛을 잊을 수가 없어요."

노인과 나영의 감정이 진정되고, 준호를 비롯한 다른 일행들도 마음이 정리되면서 모두 들 다시 자리에 앉아 어수선함이 가시자, 노인이 자신의 심경을 내비친다. 그리고는, 옆에 앉은 나영의 손을 잡는다.

"어찌 이리 곱기도 하는가. 진짜 그분의 손녀일 것이라는 생각이 드는구면."

노인은 연신 고개를 돌려 자신의 옆에 앉은 나영의 얼굴을 바라보신다. 그런 노인의 얼굴에는 흐뭇한 빛도 있지만 어찌 보면 할 일을 마쳤다는 편안함도 얼핏 엿보였다.

"어르신. 아까 말씀하신 것처럼 그 이후 나영의 할아버지 시신이 어떻게 됐는지는 모르시겠네요?"

숙모가 여쭙자, 노인은 긴 한숨을 내쉬면서 잠시 뜸 들이다가 곧 말씀을 내놓으신다.

"두말할 필요가 있나. 그때 난 계속 내 일을 했고, 내 뒤에 나타난 미군들의 중장비가 전사한 중공군들의 시신을 호수에 다 밀어 넣어버렸던 것이지. 미군, 아니 연합군으로서는 수많은 적군의 시신을 처리하는 것도 보통 문제가 아니었다오. 여름철은 곧 다가오는 데다, 휴전 얘기가 나오면서 서로 한 뼘의 땅이라도 더 차지하려다 보니 전투는 갈수록 치열해지고 있었고 말이지. 사실 그때는 피아간 적군의 시신을 인도적으로 처리할 여유는 없었던 것이야."

"그럼, 어르신은 곧 제대 하셨나요?"

숙모의 질문이 이어진다.

"아니야. 나는 곧 다른 전선으로 투입됐지. 53년 7월에 휴전됐는데, 나는 그때까지 고지전에 투입돼서 수없이 많은 죽음의 문턱을 넘나들었지. 치명적인 부상은 아니지만 총도 여러 방 맞았어. 다행히 죽지 않고 이렇게 90까지 살았으니 질긴 목숨인 게지."

"아닙니다. 죽고 죽이는 전장에서 그런 휴머니즘을 발휘하셨으니, 하느님께서 지켜주신 것 같습니다."

"아직 죽지 않고 있으니 별 소릴 다 듣는구먼. 그것이 어찌 인간애라는 말인가."

"그런데 어르신. 저어, 궁금해서 여쭙니다. 여기는 오늘 어떻게 오셨어요?"

숙모의 물음은 준호를 비롯한 일행 모두가 품고 있는 의문이다. 갑자기 제사 현장에 나타난 노인의 정체는 이제 알았지만, 그분이 어떻게 여기를 찾았는지는 미스터리이기 때문이다. 다들 노인의 입만 바라본다.

"그것이 많이들 궁금하신 모양이구먼. 그럴 만도 하지. 서울에서까지 내려와서 이곳 대붕호에 계신 분들에게 제사를 지내려는데 웬 노인네가 나타났으니 궁금한 것을 떠나 의아했을 것이야."

여기까지 말씀하신 노인이 컵을 찾으신다.

"아까 제사 지내고 남은 술 있으면 한 잔 주시게. 없으면 물이라도 좋고."

하영이 얼른 비스듬히 눕혀진 막걸리병을 들어 종이컵에 따라 노인에게 권해드린다. 두어 모금을 천천히 마신 노인은

388

입맛을 다시고는 다시 말씀을 이으신다.

"나는 그 공책을 건네준 중공군을 잊을 수가 없었지. 전쟁이 끝나고 하사관으로 20년을 더 군에 있었지만, 항상 내 머릿속에는 그분의 얼굴이 떠올랐어. 나에게 공책을 건네주고 마지막 숨을 거둘 때의 평안해지는 것 같은 모습은 오히려 나를 괴롭혔지. 나는 가끔 그 공책을 꺼내서 읽어봤더랬지. 아내에게 쓴 애절한 편지지만 그 속에는 전쟁터의 군인들이 겪고 있는 심리적 고통과 죽음에 대한 단상들이 고스란히 들어있었거든. 내가 죽인 사람들이 얼마나 될까? 이 물음에 대한 대답은 나중에 죽어서 하느님에게서나 듣겠지만, 나는 인간의 근본에 대해서 많은 생각을 하게 됐어요."

"아, 어르신도 심리적으로 엄청난 고통을 받으셨겠습니다."

숙모가 다시 노인의 마음을 어루만져드린다.

"어디 나쁜이겠나?"

"그래도 그렇지요. 남다른 아픔을 많이 겪으셨잖아요."

"그 말은 맞지. 그날 목숨이 덜 끊어진 중공군도 꽤 있었지만 아랑곳하지 않고 호수에 수장시키는 모습은 이후 두고두고 나를 괴롭혔다오. 당시 난 총으로 사람을 쏘아서 죽이는 일 외에는 해 본 적이 없었고, 그 일을 하면서 추호의 자괴감도 없었어. 그런데 산 사람을 죽이는 일보다 죽어있는 시신과 살아날 가망이 없을지라도 엄연히 아직 죽지 않은 부상자를 물속에다 처넣는 것이 나에게는 큰 충격이었다오. 예부터 원수라도 죽은 자에 대해서는 대체로 관대했었던 우리 조선의 관념 때문일 수도 있었겠지만, 어쨌든 나는 많은 세월 고통의 시간을 보냈었지. 군에서 제대한 나는 늦게나마 바로 그 공책을 들고서 여기를 찾아왔소. 아무도 모르는 곳에서 나는 무릎을 꿇었어요. 제물(祭物)도 준비를 못했지만 나는 두 번 절하고 속으로 명복을 빌었소. 그분, 여기 이 처자의 할아버지인 김국선, 그 분에게 절을 했지만 실은 여기 수장돼 있는 수많은 중공군 젊은이에게 제사를 지낸 것이오."

여기까지 말씀하신 노인은 갑자기 숨이 가쁜지 가슴을 펴고는 짧은 호흡을 몇 번 하신다.

옆에서 놀란 숙모가 얼른 노인의 팔을 잡고서 기색을 살폈다.

"어르신. 어디 편찮으세요?"

그러자 노인은 아무 말 없이 두리번거리더니 물이 들어있는 잔을 들고서 조금 들이키신다.

"옛날얘기를 하려다 보니 감정이 조금 올라오는 것 같으오. 10년도 전에 심장에 무슨 관이라는 것을 삽입했는데, 가끔 이런 증상은 있다오. 별거 아니오."

"정말 괜찮으시겠어요?"

앞쪽에 마주 앉아있던 준호가 심각한 표정으로 여쭙는다.

"아니, 그리 놀랄 일이 아니래도. 허 허,"

그러면서 노인은 헛기침을 한 번 하신다. 목청을 가다듬는 모양인데 준호는 걱정이 되었다. 아직 정정해 보이기는 하지만 90세 고령이니, 언제 돌발 상황이 발생할지 모르기 때문이다. 그러나 노인은 정색하고서 다시 말씀을 이어나가신다.

"내 얘기를 마저 하리다. 그로부터 지금까지 난 이맘때면 꼭 이곳을 찾아온다오. 마침 내가 제대 후에 화천 시내에서 약초와 산삼을 판매하는 상점을 해왔기에 시간을 낼 수 있었지. 지금이 5월 말일께 맞지 않소? 내 죽을 때가 다가오고 있으나 아직도 이 공책에 담긴 편지를 받을 분을 찾지 못했소.

솔직히 그럴 엄두도 나지 않는 일이지만 말이오. 사실 나는 오늘 마지막으로 여기를 찾아온 것이오. 이 공책을, 아니 이 편지를 다시 원래 주인에게 돌려드리려고 말이오. 돌아오는 일요일에 아들을 따라 서울에 간다오. 무슨 병이 있어서 치료한다는데, 난 알아요. 가면 다시 못 온다는 것을."

거기까지 말씀하신 노인은 다시 몇 번 숨을 몰아쉰다. 준호가 보기에는 심각해 보이지는 않지만, 저절로 긴장감이 높아진다. 노인은 눈을 감고 계시는데 상체를 조금씩 흔들거리신다.

"참, 신기하기도 하고, 이게 꿈인지 생시인지 모르겠기도 하고, 하여튼 여러모로 내 구십 평생 가장 기이한 일을 오늘 겪는 것 같네. 이런 인연이 어디 또 있을까?"

"네 어르신 정말 대단한 인연입니다. 저 호수 밑바닥에 계신 나영 씨 할아버지를 비롯한 모든 분의 영령이 나서서 이런 기적을 만들어준 것도 같고요."

"정말 다시 한 번 감사드리고 또 감사드립니다. 누구보다 제 아버지께서 무척이나 좋아하실 거예요."

나영도 나서서 노인에게 또 인사를 드린다.

"내 이제 곧 일어나리다. 날 여기까지 태워다 준 우리 딸이 다시 곧 올 테니."

"따님이 어디 사세요?"

"여기 화천군 읍내에서 살지. 아들 하나 딸 하나인데 딱 좋아. 자식이 많으면 걱정도 그만큼 많은 것이지."

노인의 말씀이 끝나기 무섭게 60대 초반으로 보이는 여성이 30대로 보이는 남자와 함께 준호 일행이 앉아있는 곳으로 걸어오고 있다.

노인이 천천히 일어서시더니 한 말씀 더 하신다.

"내 이제 한이 없소, 원래 호수로 들어갈 편지가 수신인에게 제대로 전달이 된 것 같으니, 말이외다. 한 가지 당부할 것이라면 앞으로 이곳에서 위령제도 지내고 위령탑도 좀 세우는데 여러분들이 앞장 좀 서시구려. 다 같은 사람인데, 죽은 사람에게 제사 지내고 영혼을 위로하는 일에 공산당이 뭐고, 또 사회주의, 민주주의가 다 뭐란 말이오. 그렇게 이념에만 붙들려있다면 이 나라는 희망이 없습니다. 이념은 목적이 아니고 수단이라고 그럽디다. 인간이 인간답게 사는 수단이 무엇인가 고민하다가 이러저러한 이념들이 만들어졌는데, 우리는 그 수단을 마치 목적 인양 착각하고 그것을 이루기 위해 온갖 짓을 다 하잖소. 나도 그동안 숨어서 혼자 몰래 제사를 지낸 것이 부끄러웠소. 왜 내놓고 당당하게 그러질 못했을까 후회도 해봤지만 결국 실행은 못하고 말았어. 오늘 여러분을 만나고 보니 내가 그동안 죽지 못하고 살았던 이유가 분명해졌네. 다들 안녕히 잘 가시오. 참 우리 손녀딸, 김국선 선생의 손녀면 내 손녀이기도 하지, 허 허 허. 참으로 반갑네, 그려. 아버지 모시고 이곳에 오거들랑 꼭 얼굴을 봅시다. 그때까지 내가 살아있을지 모르지만."

긴 말씀을 마치고는 특별히 나영의 손을 다시 부여잡으신다. 준호는 노인의 말씀을 들으면서도 그분을 모시러 온 사람들이 신경 쓰였지만, 의외로 딸로 추정되는 여성과 젊은 남성은 노인의 뒤에 이르러서는 아무런 기척도 하지 않고서 조용히 서서 말씀만 듣고 있다.

노인의 말씀이 하나도 틀리지 않고, 어쩌면 이 세상 사람들을 향해 꼭 하고 싶으신 것이어서인지는 몰라도 다들 숙연

392

한 자세로 들었다. 준호는 새삼 노인의 모습을 찬찬히 바라보았다. 아직도 할 말은 하고야 말겠다는 강단이 느껴지는데, 그는 순간 양무선 교수님이 생각났다.

노인의 말씀이 끝나자, 뒤에 서있던 남자가 밝은 목소리로 말한다.

"할아버지. 저희 왔어요."

젊은 남자가 정중하게 인사를 드리자, 노인의 얼굴에 미소가 핀다. 그사이 함께 온 여성은 노인의 가방을 챙긴다. 노인이 돌아선다. 홀연히 와서는 기적과 같은 상봉을 펼쳐놓고 떠나신다. 준호는 노인과의 이별이 마지막일 것이라는 생각이 들면서 목이 메인다. 적군의 시신을 수장하는 일에 부역한 죄책감으로 평생 괴로워한 노인은 이제 갖고 있던 짐을 부려놓고 가신다. 그에게는 전사한 중공군의 편지가 담겨있는 그 공책이 평생토록 마음을 옥죄는 사슬처럼 느껴졌을 것이고, 그것을 벗기 위해 죽음을 앞두고 마지막으로 여기를 찾아온 것이리라.

"어르신. 건강하셔야 합니다. 저희도 함께 기도할게요."

숙모의 외침이 노인의 등 뒤에 닿는 것 같았지만 그분은 뒤돌아보지 않고 천천히 발걸음을 옮기신다. 양옆에서 부축하고 있는 따님과 손자가 고개를 살짝 돌려 인사를 대신한다. 어디서 날아왔는지 노랑나비 한 마리가 그들의 머리 위를 너울거리며 오르락내리락 노란 줄을 그려내고 있었다.

신(新) 구한말

　준호 일행은 돗자리에 다시 둘러앉았다. 초여름 해가 서산으로 많이 기울어가고 있어서 이제 정리를 하고 떠날 때가 되었지만 아무도 선뜻 그 말을 꺼내지 않는다. 몇 시간의 일이 마치 꿈을 꾼 것 같은 생각에 다들 멍한 모습이다. 한편으로는 이 대붕호에서 제사를 지내는 것이 무슨 숙명이었던 것처럼 느껴지기도 해서 새삼 숙연해지기도 했다.

　호수를 등 뒤로 하고, 준호 맞은편에 앉은 나영은 노인이 남겨놓고 떠난 할아버지의 공책을 다시 가슴에 안은 채 고개를 조금 숙이고 있었다. 그녀는 눈을 뜨고 있지만 눈동자 속으로는 아무것도 들어오지 않았다. 갈수록 더 살랑대는 바람 소리도 귀에 들어오지 않았고, 청량한 솔향이 섞인 물 냄새도 맡아지지 않았다. 서로 둘러 앉아있는 사람들의 모습은 그저 실루엣으로만 보이는 듯했고, 사랑하고 소중한 그 남자, 준호 씨의 존재도 어쩐지 느껴지지 않았다.

　그녀는 잠깐잠깐 공책 속에 담긴 할아버지의 애절한 편지를 되새김했다. 그러자 마치 자신이 벌써 20년 전에 돌아가

394

신 할머니가 되어서 신혼의 달콤함이 가시기도 전에 전선으로 훌쩍 떠나버린 남편의 편지를 받아보고 있다는 착각이 들기도 했다. 동양의 사자성어를 빗대어 아내에 대한 사랑과 인연을 곱씹는 것으로 전선의 두려움을 이겨내려고 했던 남자의 얼굴이 그려졌다. 임신한 아내를 생각하면서 그 혹독한 추위를 견뎌내고, 비 오듯 쏟아지는 총탄 속을 무심히 달리던 전사의 뒷모습도 보인다. 그녀는 생각했다. 적진을 향해 달려야만 했던 할아버지의 등 뒤를 떠미는 것은 무엇이었던가?. 하늘의 법은 아닐진대, 그렇다면 인간의 법인가. 아니면 생존을 위해 할 수 없이 선택한 길이었더란 말인가. 불현듯 그녀는 전쟁터에서 적진을 향해 돌진하거나 총을 쏘아대는 군인들의 모습이 마치 그림자 연극에 출연한 꼭두각시라는 생각이 들었다. 이념의 굴레에 갇힌 정치가들은 그림자 연극처럼 귀중한 사람들의 생명을 실에 매달아 춤추게 한다. 그러다가 목적이 달성되거나 실패한 정치가들은 말없이 실을 놓아버리고, 춤추거나 흔들거리던 꼭두각시들은 자신에게 쏟아지는 빛을 영광으로 착각하면서 죽을힘을 다하다가 스르르 맥없이 주저앉는다. 전선의 병사들은 단지 정치가들이 쥐고 흔드는 실에 의해 조종되는 삶에 불과한 것이다. 자본주의와 사회주의라는 이념의 대결이 시작된 이래 수천만, 아니 수억 명의 사람들이 꼭두각시가 되어 전쟁터에 내몰렸을 것이다. 항미원조(抗美援朝)의 명분 아래 한국전에 참전한 할아버지는 어땠을까? 공산당원이 아닌 할아버지는 독립군이었던 아버지의 뒤를 이어 독립군, 광복군으로서 일본군과 싸웠다. 그것은 숙명이었을 것이다. 조선이 위기에 처한 것을 절대로 방관하지 않겠다던 마오(毛) 국가주석의 신념에

이의를 제기하지 않고 당연히 참전한 할아버지의 행위는 옳았던 것일까. 임신한 아내를 홀로 남겨놓고, 돌아올 기약 없는 전선으로 떠났던 할아버지의 의기는 어디서 비롯됐을까. 그녀는 고개를 흔들었다. 지금 시대와 그때 할아버지의 시대는 달랐기 때문에 지금의 생각이나 사상만으로 그때의 행위를 평가할 수는 없다는 생각이 들었기 때문이다. 다만 옳다고 여기는 것을 행하는 것이 개인의 행복이나 이익보다 더 큰 가치로 여겼기에 응당 참전했을 것이라는 생각은 든다.

그녀는 문득 고개를 쳐들고는 사람들을 둘러봤다. 일행들이 있는데도 짧지 않은 시간 동안 혼자만의 생각에 사로잡혀 있었다는 미안함이 꿈틀거린다. 그런데 사람들은 나영을 의식하지 않고 작은 소리로 대화를 나누고 있는데, 어쩌면 혼자서 생각할 수 있도록 배려하고 있다는 생각이 들었다. 그녀는 그때서야 사랑하는 준호 씨의 얼굴을 찬찬히 바라보다가 자신을 흘금거리는 다른 일행들의 눈길을 의식하고는 시선을 준호 씨 머리 위의 숲으로 얼른 옮겼다.

그때다. 그녀의 눈에 뭔가 반짝거리는 것이 스치듯 잡혔다. 이상스레 심장이 두근거린다. 그녀는 눈을 크게 뜨고서 그곳을 유심히 바라보았다. 도로 쪽으로 약 15미터가량 떨어진 제법 큰 소나무 뒤로 무언가 움직임이 분명하다. 그녀는 허리를 곧추세우고는 꿩의 머리처럼 고개를 쳐들어서 다시 그곳에 눈길을 박았다. 그녀가 두 손으로 땅을 짚으면서 막 일어나려는데 나무 뒤의 그림자가 무언가를 앞으로 쑥 내민다. 뾰족한 화살처럼 보이는 것이 이쪽을 향하는 것을 본 나영이 벌떡 일어나 준호의 등 뒤로 잽싸게 넘어간다.

"준호 씨!"

나영의 다급한 목소리와 거의 동시에 쉭, 하며 바람 가르는 소리가 들리고, 곧이어 나영의 입에서 '헉'하는 단말마의 신음이 흘러나온다.

　영문 모른 채 앉아 있다가 갑작스레 자신의 등을 온몸으로 감싸는 나영의 행동에 이어 신음과 함께 그녀의 몸이 금방 무겁게 느껴지자, 준호는 얼른 되돌아서 벌써 축 늘어진 그녀를 안았다. 왼쪽 어깨에 가까운 그녀의 등짝에 박힌 화살이 보였고, 하늘색의 겉옷 위로 벌써 빨간 핏물이 배어 나왔다. 순식간에 일어난 일이기에 무슨 상황인지 파악이 안 됐지만 준호는 그 순간 양 교수님 댁 진돗개의 죽음이 머리를 스쳤다. 암살이라는 생각이 번뜩 튀어나왔다.

　"다들 엎드리세요! 숙모, 하영아 철수야!"

　다급한 준호의 외침에 일행들은 그때야 그 자리에 엉거주춤 주저앉거나 엎드리는데, 그래도 무슨 일인지 궁금한지라 다들 고개를 들고서 옆 눈으로 사태 파악을 하려고 했다.

　순간, 빠앙~ 빠앙~ 하는 자동차 경적이 계속 울리면서 급제동에 바퀴 미끄러지는 소리가 날카롭게 들리고, 몇 사람들이 악!, 하면서 지르는 큰 고함이 거의 동시에 들려왔다.

　준호가 나영의 몸을 살피면서 어쩔 줄 모르는 속에서도 화살이 날아온 방향을 가늠하고 그쪽을 쳐다보는데 소나무와 잡목 사이로 몇 사람이 엉켜서 싸우는 모습이 보인다.

　기합 소리와 쇠끼리 부딪치는 소리가 어지럽게 들리자 벌써 상황을 대충 파악한 하영이 벌떡 일어나더니 앞으로 달려나간다. 갈까 말까를 망설이던 철수도 하영의 뒤를 이어 싸움판이 벌어지고 있는 곳으로 달린다.

　항상 단정하고 정갈한 모습이던 숙모가 눈을 동그랗게 뜨고서 기다시피 움직여 나영의 곁으로 올 때까지도 준호는 어떻게 해야 할지 몰라 그냥 나영을 안고만 있었다. 그녀는 겨우 신음을 내고 있었지만 움직임이 거의 없었고, 화살이 박힌 곳에서는 더 많은 피가 흘러나오는지 등판에는 빨간색의 범위가 점점 넓어지고 있었다. 준호는 세상이 암흑처럼 캄캄하다고 느꼈다.

숙모가 전화기를 꺼내려고 손가방이 있는 곳으로 가는 동안 준호도 겨우 호주머니에 손을 넣어 전화기를 찾았다. 그러나 전화기는 잡히지 않았고, 그때야 차 안에 넣어두었던 생각이 들자, 그는 입술을 깨물면서 화살이 박힌 나영의 등만 쓰다듬다가 그녀의 목덜미에 얼굴을 묻었다.

그러고 1, 2분이 지났을까, 사이렌이 급하게 울리고, 곧 하영과 철수를 따라온 119구급대원들이 신속하게 나영의 상태를 살피더니 들것에 싣고서 내달린다. 그녀의 심장은 아직 뛰고 있는지 심폐소생술은 하지 않았다.

준호는 그때서야 겨우 일어서서 멀어져가는 나영을 바라보았다. 따라가고 싶었지만, 이상하게 다리가 움직여주질 않는다. 그러는 사이 발을 동동 구르고 있던 숙모는 멍하고 서 있는 준호의 손을 잡아주려다 빨간 핏물이 엉겨 붙은 그의 손바닥을 보고는 손수건을 꺼내 닦아주시면서 울먹었다.

"준호야. 괜찮아, 괜찮아. 나영 씨 괜찮을 거야."

하영이 준호의 어깨를 어루만지면서 위로했지만, 준호의 귀에는 아무것도 들어오지 않았다.

"하영 씨. 어떻게 된 거예요? 난 이제 119에 전화했는데, 벌써 도착하다니."

숙모의 말씀에 하영이 얼른 대답한다.

"네, 저희가 화살 날아온 쪽으로 갔을 때 이상하게도 이미 상황이 거의 마무리되고 있었어요. 그리고는, 2분도 채 지나지 않아 구급차가 도착한 거예요. 참, 저기서도 한 분이 부상당 했어요. 목덜미에 상처를 입었는데 다행히 위험한 곳은 아니라서 급히 지혈하면서 병원으로 출발했어요."

"누구죠? 그 사람이?"

숙모는 순간 심장이 멎는 듯해서 말이 떨려 나왔다.

"우리는 잘 모르는 분이었어요. 저기 저분들이 이쪽으로 오시네요."

하영의 말에 숙모는 물론 준호도 겨우 정신을 차리고는 사람들이 오고 있는 쪽으로 눈길을 보냈다.

주변을 경계하면서 다가오고 있는 사람들은 대여섯 명이었는데, 그중 한 사람은 걸어오면서 누군가와 계속 통화를 하고 있다. 차림새는 청바지를 입어서 민간인 복장이지만 얼핏 보기에도 듬직한 군인티가 났다.

"상황 종료입니다. 이쪽에는 젊은 여성 한 분이 등에 화살을 맞아서 긴급 후송 중이고, 네? 아닙니다. 젊은 여학생으로 보이고, 형수님은 안전하십니다. 그리고 격투 중 우리 측에서 한 명이 목에 상처를 입었지만 치명적이지는 않습니다."

그리곤 잠시 상대방의 얘기를 듣더니 다시 말을 잇는다.

"2명입니다. 인근을 샅샅이 살폈지만, 그 이상의 인원은 보이지 않습니다. 실행 보조팀은 아마 상황 종료 직전에 빠져나간 것으로 보입니다. 네 지금 결박 해놓고 있는데, 곧 경찰이 도착하면 인계할 예정입니다. 저는 여기서 이만 철수하겠습니다. 춘천에서 뵙겠습니다. 충성!"

통화를 끝낸 분이 준호의 숙모에게로 다가와 꾸벅 인사를 한다.

"형수님. 저 김영만 대령입니다. 안녕하십니까?"

"아 김 대령님. 어머, 여기 어쩐 일이세요? 아니 이곳에는 어떻게……."

말을 잇지 못하신다.

"네 형수님. 저희가 조금 늦었습니다. 위치 파악이 되지 않아서 애를 먹었습니다."

"위치 파악이요?"

"저희가 저들의 테러를 예측하고 막으려 했는데, 어디에 계신 줄을 몰라서 지금에서야 도착했습니다. 그나마 경찰에서 형수님 위치추적에 협조를 해줘서 겨우 이 시각에 왔습니다."

"아 그렇구나. 내 전화기를 가방에 넣어놓고 있었네. 아이, 참 이를 어째?"

그러면서 그녀는 발을 동동 구르면서 전화기를 열어 살핀다.

오후 2시부터 남편으로부터 무려 수십 번의 전화가 걸려왔었다. 예기치 않은 노인의 방문으로 함께 제사를 지내고, 이어서 나영의 할아버지가 남긴 편지를 읽으면서 그들만의 시간에 몰입해 있던 두어 시간 동안 애타는 남편의 전화는 끊임이 없었다. 남편은 이미 아내가 포함된 준호 일행이 누군가로부터 테러를 당할 것이라는 판단에 따라 위치를 파악하기 위해 미리 전화했었던 것이리라.

그녀는 가슴이 쓰리다 못해 심한 통증이 몰려오는 것을 느꼈다. 본래 위장이 좀 약한데, 심한 충격이나 스트레스를 받으면 이렇듯 아픈 증상을 겪는 것이다. 그녀는 티를 내지 않으려는 듯 입술을 깨물면서 물병을 찾아 두리번거렸다.

준호가 숙모에게 다가갔다. 그는 숙모가 김 대령이라는 분과 대화를 나눈 뒤 얼굴이 이지러지는 것에 마음이 쓰였다.

"숙모. 어디 편찮으세요?"

준호가 묻자, 숙모는 애써 인상을 펴신다.

"아니야. 이제 괜찮아. 속이 좀 쓰려서 그래. 참, 너 전화기 어디 있니? 삼촌에게서 그동안 전화 오지 않았어?"

"제 전화기는 차 안에 뒀어요. 내리면서 깜박 잊었던 모양이에요."

"그렇구나. 네 삼촌 애 많이 타셨을 거다. 나도 전화기를 무음으로 해놓고 가방에 넣어놨으니, 너나 나하고 통화를 하려던 삼촌은 애가 타는 정도를 지나서 아마 수명이 단축됐을 거다. 아휴 이를 어째."

숙모의 말씀에 준호의 머리도 다시 띵했다. 그리고는, 순식간에 벌어진 일들이 조금 이해되고 정리되는 것 같았다. 지금 위기의 상황에서 저격범들을 제압한 것은 삼촌이 보내신 분들이다. 아까 김 대령이라는 분의 말씀대로라면 우리의 위치를 파악하려던 삼촌은 통화연결이 되지 않자 경찰에 위치추적을 요청해서 가까스로 이곳으로 요원들을 보내신 것이 아닌가.

삼촌은 오늘 일이 벌어질 것으로 예측하고 준비를 해 오셨던 것이었다. 그리고 보니 삼촌은 전날 통화에서 혹시 미행하는 차들이 있는지 잘 살피라는 충고를 하셨지만, 이 같은 상황이 일어날 것으론 말씀하지 않으셨다. 노심초사하시면서도 내가 마음이 쓰일까 봐 티를 내지 않으면서 대비하셨고, 하필이면 숙모와 내가 두어 시간 동안이나 전화를 받질 않는 바람에 애를 태우신 것이다.

"준호야. 병원으로 가보자. 가만있자 나영 씨가 어디로 이송됐는지를 좀 알아야 하는데, 김 대령님, 방금 여기서 구급차에 실려 간 여학생 어느 병원으로 갔는지 혹시 알 수 있을까요?"

건장한 체격의 사람들과 대화를 나누고 있던 김 대령님은 숙모가 다가가 질문을 하자, 잠시 숙모를 한쪽으로 모시고 온다.

"형수님. 그렇지 않아도 떠나기 전 드릴 말씀이 있습니다. 저는 오늘 이 현장에 없었던 사람입니다. 형수님과 준호 군의 위치추적과 긴급한 현장 지휘를 위해 어쩔 수 없이 여기에 왔던 것이고, 성 대령님은 인근 모처에서 상황을 보고받으면서 점검하고 계십니다. 지금부터 저쪽에 있는 불곰, 아니 최 원사라는 사람이 상황 설명과 경찰 조사에 대한 대응을 얘기해줄 겁니다. 지금 구급대원에게 연락해 보니, 화천병원에서는 그만한 외상을 치료하기 어려워 춘천으로 이송 중이랍니다. 출혈이 좀 많았지만, 현재까지는 생명에 지장은 없어 보인답니다. 다만 박힌 화살을 빼내는 과정에서 어떤 상황이 발생할지는 모른다고 하니 예의주시하면서 연락을 드리도록 하겠습니다. 석궁을 한 발 쏘고는 천우신조로 저희에게 붙잡힌 괴한 두 명도 허벅지가 칼에 맞고, 격투 과정에서 팔이 부러지는 등 상처를 입은 상태입니다. 국적이나 이름 등을 물어도 아예 입을 닫고 있으니, 지금으로서는 한국인인지도 불분명합니다. 아무런 신분증도 나오지 않았습니다. 이 상황에 대해 경찰에서 조사할 텐데, 그때는 되도록 형수님 신분이 노출되지 않도록 하는 방안을 강구 하도록 하겠습니다. 그래서 말씀입니다만, 일단 형수님 먼저 여기를 떠나십시오. 나머지는 저기 사람들이 다 처리할 것이니 안심하시고요."

김 대령님의 말씀이 끝나자, 가방을 챙기려던 숙모는 준호가 걱정되는지 그냥 멍하니 쪼그리고 계신다. 그러다가 갑자기 벌떡 일어서시더니 김 대령님을 쫓는다.

"그럼, 우리 준호랑은 언제 여기에서 나가나요?"

이미 뒤돌아선 김 대령님을 붙잡고서 다시 묻는다.

"아, 그것은 경찰이 와서 현장을 점검하고 간단한 진술을 한 뒤에 갈 수 있을 것입니다. 이미 석궁으로 인한 피해자가 발생했으니, 경찰로서는 매우 중대한 사건으로 취급할 것입니다. 어쩌면 조용히 수습될 수도 있겠지요. 하여튼 일단 현장에 있던 사람들의 진술도 필요한 것이니만큼 준호 군 등은 여기서 잠깐 있다가 경찰이 오면 함께 이동하든지 아니면 추후 조사를 받든지 할 수 있을 것입니다. 너무 걱정은 마세요. 이제 당분간 긴급상황은 없을 테니까요."

김 대령님이 그렇게 설명했는데도 숙모는 가방을 멘 채 어정쩡한 모습으로 서 있다.

준호가 숙모에게 다가갔다.

"숙모. 저희 걱정은 마시고 어서 들어가세요. 아마도 삼촌과의 연관성이 우려돼서 그러는 것 같습니다."

차분한 음성으로 말씀드리자, 숙모는 고개를 몇 번 끄덕이시더니 준호의 손을 잡는다.

"그래 알았어. 난 먼저 갈 테니 전화해라. 어차피 오늘 내로 사건조사가 마무리되기는 힘들지 않겠니? 예정대로 오늘 밤은 우리 집에서 묵도록 하자. 나영 씨가 춘천에 있는 병원으로 가고 있다니 아무렴 우리 집에 있다가 소식을 듣고 가보기도 좋지 않겠니?"

"네, 숙모. 그렇겠네요. 그럼 이따가 상황 봐서 전화를 드릴게요. 어서 가셔요. 경찰이 생각보다 빨리 올 수도 있잖아요."

"그래 알았다."

한숨을 크게 내쉰 숙모는 아직 치우지 못한 채 남아있는 제사상을 안타까운 듯 바라보더니 차가 있는 도로 쪽으로 부지런히 발길을 옮겼다. 그런 모습을 지켜보던 준호는 그때야 옆에 서 있던 하영과 철수의 눈길을 의식하고는 그들에게로 돌아섰다.

"하영아. 아까 저쪽에서 있었던 상황 좀 얘기해 봐."

준호의 묻는 말에 하영 대신 철수가 바로 대답한다.

"준호 형, 우리가 저쪽에 갔을 때는 이미 상황이 마무리된 것 같았어. 네다섯 명의 아저씨들, 저기 계시는 분들이 막 두 명을 제압하고 있더라고. 그사이 벌써 격투가 벌어졌는지 우리 측 한 사람은 목덜미에서 피가 흐르고 있고, 그놈들은 널브러져 있었어. 한 놈은 허벅지에 칼이 박혀서 피를 흘리고 있었는데, 그놈들이 있던 현장에는 석궁 두 개와 화살 9개, 그리고 단검 두 자루가 있었다 하더라고."

"그랬구나. 정말 다들 큰일 날 뻔했다."

그러면서 내쉬는 준호의 큰 한숨에 두 사람도 감염됐는지 동시에 짧은 한숨을 내뱉는다.

"그나저나 준호 형, 이게 뭔 상황인지 잘 모르겠어. 왜 우리를 석궁으로 쏘아서 죽이려고 했을까? 저놈들은 또 누구지?"

철수가 문제를 제기한다.

준호는 잠자코 있었다. 아직 내용을 모르는 철수에게 긴

사연을 말하려면 몇 시간이 필요할 것이고, 어쩌면 이해 못할 수도 있는 복잡한 문제이기 때문이다. 하영은 입을 닫고 딴청을 피우고 있는데, 아마도 자신이 알고 있는 내용에다가 현 상황을 대입시켜서 이미 사태 파악을 한 것같이 보인다. 이런 상황을 매우 의아해하면서 갈피를 잡지 못하고 있는 철수는 묵묵부답하는 준호에게서 눈을 돌려 이번에는 하영에게 묻는다.

"이게 도대체 무슨 일이야? 아니 우리가 무슨 죽을죄를 지었다고 화살로 쏘고 그러냐고? 그리고 갑자기 나타난 저분들은 또 누군데 우리를 구해주고 말이야. 난 도무지 뭐가 뭔지 모르겠어."

매우 혼란스러워하는 철수의 모습을 지켜보노라니 준호는 미안하기 짝이 없었다. 그렇다고 다 말해줄 수는 없으니, 다만 건성일망정 이해가 되도록 말해줘야 할 성싶었다.

"철수야. 이리 와 봐."

준호는 철수의 팔을 잡고서 호수가 쪽으로 이끌었다. 이제는 서쪽으로 많이 기울어진 해가 호수에 긴 산그늘을 만들어 놓고 있었고, 제법 선선한 바람이 호수에서 언덕 쪽으로 올라오고 있었다. 그동안 주변 여기저기를 살피면서 이상한 부분이 없는지를 파악하던 건장한 체격의 남자들은 두 놈을 묶어놓고 지키고 있던 일행들과 무슨 이야기들을 나누고 있다.

"철수야. 간단하게 말할 테니 내 얘기 잘 들어."

"형, 저도 이 상황이 매우 심각하다는 것쯤 알고 있어요. 그리고 지금 여기서 구체적인 얘기를 다 들을 수 없다는 것도요."

"그래 그럼, 됐다. 사실 양 교수님과 나는 일본 극우단체로부터 위협을 받을 수 있는 일에 개입이 되어 있어. 물론 우리 조국인 한국을 위하는 일이지. 오늘 일본 극우단체의 뒤를 추적하던 분들이 우리를 보호하기 위해 여기로 오신 거고, 마침 우리를 테러하려던 놈들을 격투 끝에 붙잡은 거지. 네가 본 바로 그대로야."

준호는 활을 맞아 중태에 빠진 나영의 얘기는 하지 않았다. 그녀의 상태가 걱정돼서 가슴이 울렁거렸고, 축 늘어진 나영의 몸무게가 느껴져 다리마저 후들거리는 느낌이 들고 있다.

"알았어, 형. 하여튼 너무 상심하지 마! 나영 씨는 괜찮을 거야. 그나마 119구급차가 그렇게 빨리 올 줄은 몰랐잖아. 힘내 준호 형!"

철수는 고맙게도 준호의 말을 그대로 받아들였고, 더 이상의 의문은 제기하지 않고서 오히려 준호를 위로했다. 준호는 철수에게 고맙다는 말도 할 수가 없었다. 갑자기 목이 메어오기 시작한 것이다. 그때 50대 초반으로 보이는 건장한 어른이 다가오신다. 아마도 오늘 출동하신 분들의 대장 격인 듯했다.

"어이, 학생! 자네가 성준호인가?"

정확히 준호를 지명하고 물으신다.

"제가 성준호입니다."

마음을 얼른 추스른 준호가 대답한다.

"그래. 오늘 여러모로 충격이 좀 있었겠다. 그러나 일단 상황은 종료됐으니 더는 염려하지 않아도 될 것 같아. 자 어이 거기 학생들도 좀 여기로 와 봐. 함께 의논할 일이 있으니."

그러면서 하영과 철수도 부른다.

"오늘 일은 우리도 얼떨결에 출동했기에 그 자세한 내막은 잘 몰라요. 그러나 나쁜 놈들을 막아야 한다는 사실은 명확한 것이고, 저놈들이 첫발을 발사된 후에 발견해서 저지했으니 아쉽기도 하네. 어찌 됐든 지금부터는 사태 수습 국면이야. 아까 계셨던 분의 지시대로 우리는 이 사건에 대응할 거야. 대신 학생들도 피해자 진술조서를 꾸밀 때 불필요한 사항은 모르쇠로 잠그고, 그냥 아무것도 모른 채 기습으로 석궁 화살을 받았다고만 하도록 해요. 지금 경찰이 곧 도착할 것이니까 우리와 함께 관할 경찰서로 가자고. 참, 차를 가지고 왔다면서?"

"저기 주차해 놓았습니다."

겨우 대답하는 준호에게,

"그런 심리상태로 차를 운전할 수 있겠어? 여기 도로가 매우 좁고 어지러워요. 어이 조 박사, 이리로 좀 와봐. 아 나는 불곰이라고 해."

불곰이라는 분은 혼자 웃다가 일행 중 한 사람이 다가오자 마주 걸어 나가서는 뭐라고 말을 나눈다.

호수에 반사된 햇빛이 얼굴로 비춰오자, 준호는 눈을 찡그리면서 새삼 자신의 옷매무새를 살폈다. 그의 바지에는 아까 나영의 몸에서 흘러나온 피가 빨간 자국으로 선명하게 남아 있다. 그는 다섯 손가락 끝으로 핏자국을 더듬었다. 거슬거슬한 느낌이 손목을 거쳐 팔뚝을 타고 심장 쪽으로 올라가는 것 같은 느낌이 들었다. 그는 거기서 손가락을 떼려다 말고 이번에는 핏자국에 손가락을 비비었다. 핏물 오선(五線)이 그려지는 듯했다. 그녀의 심장에서 나온 핏물로 그녀가 제발 살아있기를 빌어 마지않는 악보를 만들었다. 음률도 없고 소

신(新) 구한말   407

리도 없지만 준호는 그 노래를 호수에서 반사돼 비춰오는 햇빛에 실었다. 빛은 거꾸로 되짚어가 호수에 잠겨가는 듯했다. 어디선가 바람 소리인 듯 물결 소리인 듯 가느다란 음성이 들려왔다.

'모든 사람은 이념을 떠나 다 존중받아야 한다.'

승부수

나영은 다섯 시간이 넘는 수술 끝에 화살은 빼냈지만, 그것이 등 쪽 깊숙이 박히는 바람에 폐를 손상했다. 출혈도 많았던 탓에 아직 의식을 회복하지 못하고 있었다. 사흘째 열이 올랐다 내렸다 반복하면서 중환자실 의료진은 물론 밖에서 그녀가 무사하기를 빌면서 이제나저제나 좋은 소식을 기다리던 준호, 그리고 숙모와 친구들의 애를 태우고 있다.

어찌 된 일인지 석궁 테러 사건은 언론에 기사가 단 한 줄도 나오지 않았다. 그날 준호를 비롯한 친구들은 경찰에게 현장에서 있었던 사건들을 설명했고, 불곰이라고 불리는 분을 비롯한 건장한 어른들은 차를 타고 구만리 횟집으로 쏘가리 매운탕을 먹으러 가는 도중 석궁 테러 현장을 발견하고 범인들을 덮쳐서 제압했다고 진술했다.

그런데 담당 경찰들은 어디선가 걸려 온 전화를 받고는 즉시 조사를 중단했고, 이후 들이닥친 건장한 사복경찰들이 사건 서류 일체와 석궁사건 피의자들을 데리고 어디론가 가버렸다. 초동수사를 하던 경찰들은 허탈해했지만 아무도 입을 열지는 않았다. 그 이후로 준호를 비롯한 일행은 사흘이 넘도록 지금까지 경찰로부터 어떤 연락도 받지 못했다.

준호 일행이 석궁 테러를 당한 지 나흘째 되는 날이다.

대한민국 국회 의원회관에서는 이색 기자회견이 열렸다. 사전 예고를 하지 않았다가 회견 30분 전에서야 국회 출입 정치부 기자들에게 긴급 공지된 기자회견에는 현역 육군 대령이 정복을 입고서 직접 마이크를 잡았다.

기자회견에는 야당 국회의원 여럿도 함께했는데 충격적인 내용이 폭로됐다. 일본이 독도를 침탈하기 위해 만들어놓은 계획문건이었는데, 얼마 전 고려일보 인터넷판에 보도됐다가 곧 사라진 기사 내용과 같은 것이었다. 육군 대령은 군 첩보활동 과정에서 획득한 것이라고 입수 경위를 밝혔다.

곧이어 다른 문건이 공개됐다. 다름 아닌 일본 정부와 일본 극우세력이 한국에 심어놓은 밀정(密偵)들의 명단이었다. 이미 죽은 과거 친일파들의 명단이 아니라 지금 멀쩡히 살아서 일본에 충성하고 있는 현대판 친일파요, 밀정들의 이름이 공개된 것이다. 주요 약력, 그리고 일본 정부나 극우단체에 포섭된 시기까지 기술돼 있었다. 현역 장관 여럿을 포함해 과거 장관 역임을 했던 유명 인사, 현직 공공기관장, 국가 학술단체장, 대학교수, 사회단체장, 언론인, 현역 장성, 검찰과 경찰 고위직까지 100명의 명단이 고스란히 들어있었다. 구한말 일진회의 명단을 보는 듯했다. 막 배포된 자료에서 밀정들의 명단을 확인한 기자들은 여기저기로 전화를 걸기도 하고, 일부는 기사를 송고하기에 여념이 없다. 뒤늦게 달려온 정부 각 부처 국회 파견관들도 상부에 보고하느라 동분서주하고 있었고, 미처 인쇄

410

된 자료를 확보하지 못한 기자들, 국회의원 보좌관, 관련 공무원들은 서로 뒤엉켜서 자료를 낚아채는 일까지 벌어졌다.

공식적인 발표가 끝나고 기자들 상대로 일문일답이 진행되고 있는데, 일단의 군인들이 기자회견장을 덮쳤다. 정복을 입은 육군 대령은 그 자리에서 수갑을 찬 채 끌려 나갔다. 국회의원 몇몇이 앞을 막아섰는데도 사정없이 밀쳐졌고, 사진을 찍던 기자들도 어깨로 밀어붙이는 군인들에게 막히고 제지됐다. 한심스럽게 펼쳐지는 이 볼썽사나운 장면을 멀지 않은 곳에서 눈에 새록새록 새기고 있던 고려일보 장영철 기자는 장탄식을 토해냈다.

그 시각 일본 도쿄에 있는 미군기지 안에서는 미국과 일본, 한국 등 3개국 국방부 장관이 모였다. 그들은 '아시아판 나토'(NATO)인 이른바 '미일한(美日韓) 군사동맹' 협정을 위한 사전 단계로, 미일한 안보협의체를 구성하는 비공개회의를 막 시작하고 있었다.

'나토(NATO)의 동진(東進)은 없을 것'이라는 약속을 깨고 동진에 동진을 거듭하던 나토는 급기야 러시아·우크라이나 전쟁이 일어나도록 했고, 이제 자칫 유럽 전체로 전운이 번질 기세다. 러시아는 핵전쟁도 불사할 태세이니 어쩌면 인류의 파멸이 앞당겨지고 있는 것인지도 모른다.

이런 판국에 이념을 앞세운 미국과 일본은 자신들의 욕심을 채우기 위해 한국을 끌어들여 아시아판 나토를 만들려고 하니, 그 바람에 장차 지구촌의 다음 전쟁터는 바로 한반도가 아니겠냐 싶은 깊은 우려가 마지막 봄비와 함께 대한민국을 우울하게 적시고 있었다.

파로호

1판 1쇄 인쇄 2025년 3월 20일
1판 1쇄 발행 2025년 3월 28일

지은이 송금호
펴낸이 안성호 | 편집 이준경 조현진 | 디자인 송혜근
펴낸곳 리잼 | 출판등록 2005년 8월 9일 제2018-000061호
주소 05307 서울시 강동구 상암로 167, 7층 702호
대표전화 02-719-6868 팩스 031-765-5322
홈페이지 www.rejam.co.kr 전자우편 iezzb@hanmail.net

ISBN 979-11-92847-03-0